# L'énigme
## de la rue Saint-Nicaise

# Laurent JOFFRIN

*Les aventures de Donatien Lachance,
détective de Napoléon*

# L'énigme de la rue Saint-Nicaise

ROMAN

© Éditions Robert Laffont, S.A., 2010

# 1

# La machine infernale

L'ombre allait et venait, agrandie par la lumière des braises, comme un fantôme qui ferait les cent pas. Toujours Bonaparte suivait le même cercle, les mains derrière le dos, le cou tendu en avant, agitant son épaule gauche et tirant sa manche, tandis que la nuit de nivôse envahissait la pièce austère où, depuis un an, un homme en gouvernait trente millions.

Bourrienne perçut une suite de mots confus. Il les prit au vol, laissant des blancs entre eux sur le papier, pour les compléter pendant une accalmie.

— Écrivez ! Au citoyen Fouché. Nous n'avons pas de bonne littérature en France, c'est la faute du ministre de la Police.

Bourienne écrivait à la hâte. Il était assis sur un tabouret dans l'encoignure de la fenêtre, devant une table haute où l'on voyait une pile de papiers, un encrier de cuivre et une chandelle aux trois quarts fondue dans son bougeoir. Le silence était seulement troublé par le grattement de la plume et le crépitement des bûches.

Bonaparte s'arrêta devant une commode, prit une pincée de tabac, la fourra dans son nez et éternua. L'herbe brune se répandit sur son gilet. Il jura. « Foutre ! Ce tabac ! Quelle plaie ! » Bourrienne refréna un sourire qui semblait dire : « Le tabac est fait pour éternuer, général. » Mais avisant le regard du maître, « à traverser la tête », disaient les soldats, le secrétaire plongea dans ses notes. Bonaparte brossa son gilet, ferma la tabatière et reprit sa dictée d'un ton rageur.

— Nous autorisons les pamphlets les plus vulgaires et les plus séditieux, quand les bons romans et les libelles favorables restent ignorés du public. Vous veillerez, citoyen ministre, à rétablir l'équilibre dans l'orientation des lettres. Nous avons mis les journaux au pas. Mon intention est de ranger les écrivains en bataille. Faites-moi des propositions en ce sens.

Il tomba dans son fauteuil, se parlant à lui-même.

— Fontanes a raison. Le conte américain de ce M. de Chateaubriand est plein de sensibleries mais il parle à l'imagination. C'est la suite de Rousseau. C'est nouveau par le style, par le sujet. Et en politique, c'est inoffensif. L'avez-vous lu, Bourrienne ?

— Non, général, je n'ai guère le temps de lire. J'écris...

Bonaparte ignora l'allusion.

— Vous le prendrez ce soir, il est là sur la console, Fontanes me l'a fait tenir avant parution. Vous le regarderez à vos moments perdus. Votre avis sur cette *Atala* m'intéresse, vous avez du jugement.

Bourrienne cilla sous le compliment.

— Je n'ai guère de moments perdus, citoyen consul. Mais je le lirai...

— J'espère bien que vous n'avez pas de moments perdus, Bourrienne. Vous travaillez pour la République ! Ce jeune Chateaubriand doit être aidé. Il était de l'armée des princes, il est légitimiste, ce qui ne plaide pas pour lui. Mais Fontanes m'a dit qu'il préparait un gros livre pour réhabiliter la religion chrétienne, « Le Génie du catholicisme » ou quelque chose comme cela. Voilà qui sert ma politique. Fouché doit le comprendre. Il est trop républicain, Fouché ! Ma politique est nationale. Il faut refermer le gouffre anarchique, il faut dessouiller la Révolution. Il ne doit plus y avoir de bleus et de blancs dans la République. Ceux qui poursuivent ces funestes excès doivent être châtiés sans faiblesse. Il faut effacer les anciennes divisions, à l'Académie comme dans le pays.

Depuis un an, depuis que Brumaire avait fait de ce général d'aventure un Premier consul, Bonaparte dictait ainsi sa conduite à la France. « Ce n'est pas tout d'être aux Tuileries, il faut y rester », avait-il dit à Bourrienne. La bataille de Marengo y avait pourvu. Ainsi tournait-il depuis douze mois, comme un derviche du pouvoir, dans ce petit cabinet caché au milieu d'un grand palais. Roederer, visitant avec lui les Tuileries, avait dit : « C'est beau, général, mais c'est triste. » Il avait répondu : « Comme la grandeur. »

Il prit un stylet sur le guéridon d'acajou et commença à triturer le bras du fauteuil avec sa pointe, creusant de petites cavernes dans la peinture dorée. Régulièrement, l'ébéniste posait un nouveau bras, que Bonaparte écornait encore.

— Écrivez ! Vous veillerez particulièrement, citoyen ministre, à assurer la position en France de M. de Chateaubriand, qui se cache de la police et vit à Paris sous le pseudonyme de David Lassagne, originaire de Neuchâtel en Suisse. Par Fontanes qui le protège, vous lui donnerez ses passeports et toutes facilités pour s'établir légalement. Nous le rayerons en temps voulu de la liste des émigrés. Son rôle dans la littérature sera éminent. Ses écrits historiques servent la concorde française. Je sais qu'il est lié à Germaine de Staël qui m'insupporte...

Il se leva d'un bond, jeta le stylet et marcha vers son ombre qui diminuait sur la bibliothèque. Il secouait encore son épaule gauche en tirant sur la manche droite de son uniforme, repris par le tic familier.

— ... mais je compte sur votre tact pour nous l'attacher sans le quitter des yeux.

Il revint à la cheminée. Il ouvrit encore la tabatière d'ivoire mais il la referma avec un claquement.

— Voilà. Assez fait pour la journée, je reprendrai ce soir. Mettez cela au propre. Je signerai demain matin.

Il se ravisa.

— J'oubliais. Je dois une autre instruction à Fouché.

Bourrienne soupira et se tint prêt.

À une demi-lieue de là, comme la nuit d'hiver tombait sur Paris, trois hommes en blouse bleue de marchand forain entraient dans la rue de la Loi, ci-devant Richelieu, qui descendait des boulevards vers la rue Saint-Honoré le long du Palais-Royal. Ils escortaient une charrette à deux roues attelée d'un vieux cheval noir qui tirait une charge cachée par une bâche enserrée de cordes.

Le premier, un homme jeune et maigre au nez long, guidait le cheval par la bride. Le deuxième, plus grand, de mine soignée et de visage étroit, marchait une main sur la bâche qu'il rajustait dès qu'un cahot la dérangeait. Derrière eux, le troisième, un tout petit homme trapu au cheveu noir et dru, le visage tanné avec des yeux rapprochés, se livrait à un étrange manège autour de l'attelage. Il s'arrêtait dès qu'il voyait une pierre, pour la ramasser et la placer sur la charrette, comme pour constituer une réserve.

Ces hommes semblaient vaquer à une banale occupation ; rien chez eux n'attirait l'attention, sinon, pour un témoin vigilant, les regards furtifs qu'ils jetaient à droite et à gauche, comme s'ils craignaient d'être épiés. Les passants ne les remarquaient pas : la plupart rentraient chez eux pour le réveillon de Noël, qu'un arrêté du gouvernement venait de rétablir après sept ans d'interdiction révolutionnaire.

Arrivé au bout de la rue de la Loi, le trio pénétra sur la gauche dans une ruelle animée qui menait à la place du Carrousel, devant les Tuileries, et dont le nom, une heure plus tard, entrerait dans l'Histoire.

Bourrienne attendait à sa table la plume à la main, les sourcils froncés par la déconvenue. Ainsi, la journée continuait, encore et encore. Elle avait commencé à sept heures du matin, il était bientôt sept heures du soir. Douze heures à écrire sous la dictée comme sous la mitraille, à deviner les mots qui se bousculaient dans un flot inégal, roulés par cet accent corse qui brouillait la moindre phrase.

Bonaparte prit une lettre sur le bureau de chêne en forme de violon qui occupait le centre de la pièce. C'est là qu'il se tenait pour lire ou écrire, le dos à la cheminée, là qu'il faisait asseoir ses ministres l'un après l'autre, en face de lui, dans la partie la plus resserrée du meuble, et que les dossiers passaient de la droite à la gauche au fur et à mesure que les affaires étaient résolues. Bonaparte lut la lettre à la lumière du feu puis la jeta par terre où elle rejoignit le tas de papiers qu'il appelait le « répondu ».

— Écrivez ! À Fouché. Par le bulletin de police, j'apprends, citoyen ministre, que les curés du département de la Seine-Inférieure ont annoncé à l'office la victoire de Hohenlinden. Je vous prie de faire cesser ces extravagances. Si les prêtres commentent les victoires en chaire, ils commenteront les défaites.

Il se jeta encore dans le fauteuil.

— Bon ! Assez travaillé pour aujourd'hui. Il paraît que je vais à l'opéra. C'est une guigne. Mais les femmes insistent. Que voulez-vous ? Ma tâche est ingrate, vous le voyez tous les jours. Il faut bien servir la France. Même à l'opéra !

À mi-chemin dans la rue Saint-Nicaise, comme ils voyaient la place du Carrousel s'ouvrir en contrebas, les trois hommes se concertèrent. L'emplacement était bon. Ils firent manœuvrer la charrette devant le café d'Apollon et la placèrent en travers de la chaussée qu'elle barrait à moitié, juste à côté de la devanture du culottier Beirlé.

Dans le café, les clients étaient attablés, servis par une jeune femme rose et fraîche en tablier blanc. Chez le culottier, une autre jeune femme faisait des travaux d'aiguille penchée sur son ouvrage, éclairée par une chandelle, près du berceau où dormait un nouveau-né. Dans la devanture voisine, une fleuriste coupait ses fleurs d'une main vive et les arrangeait en bouquet sur son plan de travail en marbre.

Il fallut faire avancer et reculer le cheval pour trouver la meilleure position. Une fois la charrette disposée en travers, perpendiculaire aux façades, le plus grand des trois s'éloigna, descendit la rue et traversa la place du Carrousel en longeant la grille des Tuileries, semblant chercher quelque chose ou quelqu'un. Pendant ce temps, le plus petit déposa ses pierres de l'autre côté de la chaussée, comme un obstacle supplémentaire qui rendait le passage encore plus étroit.

Bourrienne se leva et disparut par la porte du fond qu'il referma avec précaution. Bonaparte passa dans son salon pour dîner. Quoique ce fût le 24 décembre, soir de Noël 1800, il n'allait pas changer son habitude militaire. Dès qu'il entra, le repas fut servi sur un guéridon d'acajou qui semblait perdu dans un coin du salon : potage, rôti de bœuf, chapon, entremets, crème française et génoise. Bonaparte expédia les plats en un quart d'heure avec son usuel chambertin coupé d'eau. On lui servit son café, très sucré. Puis il alla s'asseoir sur le sofa, près de la cheminée.

Dans cet immense palais qui se dressait face au Louvre, entre les pavillons de Flore et de

Marsan, les feux ne réchauffaient pas les pièces. Mais Bonaparte était au chaud près du foyer. Il se détendit, rencogné, l'esprit ailleurs, ses deux jambes croisées devant lui. Il regardait le feu sans le voir. Une minute plus tard, sa tête tomba sur son épaule et ses yeux se fermèrent pendant que la nuit s'épaississait sur les allées du parc. Un moment s'écoula, paisible et silencieux.

Soudain la porte s'ouvrit. Un froissement de robes envahit le salon plongé dans l'ombre rougeoyante. Joséphine entrait, suivie de sa fille Hortense, les épaules nues et la coiffure relevée.

— Citoyen consul, tu travailles trop ! dit Joséphine. Tu t'es endormi ! Nous allons au spectacle. T'en souvient-il ? Es-tu prêt ?

Son sourire révéla quelques dents noires ; elle referma la bouche. Bonaparte qu'elle avait réveillé la regarda d'un œil effaré. Puis il retrouva ses esprits. Joséphine continuait :

— Je te rappelle que nous partons entendre *La Création* de Haydn, qu'on n'a jamais jouée en France. Les voitures sont prêtes.

— Partez devant, maugréa-t-il, je n'ai pas l'humeur à Haydn. Il m'ennuie. Je préfère les Italiens. Et je dois encore travailler ce soir.

— Mais, Bonaparte, tu te tues à la tâche ! La musique te divertira. Tout Paris y sera.

— Tout Paris ?

— C'est la première ! Les généraux, les ministres, le faubourg Saint-Germain que tu fais revenir d'exil, ils seront tous là !

— Bon... Alors je n'écouterai qu'un mouvement. S'il n'est pas trop long.

Joséphine fit sa moue de fillette et sa voix devint caressante.

— Allez, Bonaparte, viens...

De l'autre côté du Pont-Royal qui menait des Tuileries à la rive gauche, le plus grand des trois marchands forains trouva ce qu'il cherchait. Sur le quai de la Seine, à l'angle de la rue du Bac, deux fillettes vendaient des petits pains à la criée. À l'une, il proposa une pièce d'argent pour venir sur l'autre rive et tenir son cheval pendant qu'il visitait un client. Heureuse de l'aubaine, voyant la pièce qui, pour elle, était une petite fortune, Marianne Pensol, une gamine maigre vêtue d'une robe trouée, un mouchoir sur la tête, le teint pâle et les yeux louches, suivit l'homme à travers le pont et sur la place, jusqu'à la rue Saint-Nicaise. Là, il lui donna un fouet et lui demanda de tenir la bride jusqu'à son retour. La mission de Marianne était de maintenir le cheval en place, ce qui ne semblait pas difficile : immobile, les pattes écartées, la bête s'était endormie entre ses brancards. Puis l'homme repartit vers le Carrousel pendant que ses deux compagnons restaient aux aguets, l'œil fixé sur lui. Arrivé sur la place, il se posta bien en vue de ses complices, en face de la grille, tourné vers les fenêtres allumées du palais, d'où viendrait le cortège.

Joséphine prit Bonaparte par le bras. Ils sortirent par la galerie de Diane qui conduisait à l'escalier du pavillon de Flore. Lannes, Lauriston et Rapp, fiers sabreurs en uniforme de cérémonie, attendaient le maître dans l'entrée de marbre. Un valet à bas blancs apporta les manteaux. Joséphine prit le sien. Elle demanda un de ces *shalls* dont la mode venait d'Orient. Le valet apporta un carré de tissu d'une profonde couleur amarante que Joséphine enroula autour de ses épaules.

— Quelle étrange parure, dit Rapp qui était un peu butor, on dirait une couverture.

Joséphine fut piquée par la balourdise du militaire.

— Il me semble, général, que vous vous y entendez autant en matière de mode que moi pour pointer un canon. C'est un *shall* d'Orient que j'ai acheté hier au Petit Poucet. Avant un mois, croyez-en, tout Paris en portera.

— Voilà une dépense qui grèvera encore le budget, dit Bonaparte avec humeur.

Ils continuèrent leur échange en descendant le grand escalier. Dans la cour du palais, au milieu d'un groupe de généraux et de courtisans qui battaient la semelle dans la froidure, Joséphine et Hortense s'avancèrent pour monter en voiture. Joséphine se retourna.

— Mon *shall* est très bien, Bonaparte !

— Tu dépenses trop, Joséphine, tu fais jaser. J'ai signé hier une facture de 1 250 francs pour des gants et des chapeaux. Avec cette somme, je peux vêtir un régiment !

— Allons, nous sommes en retard, il est plus de huit heures, coupa Hortense qui entraîna sa mère.

Laissant les deux femmes, Bonaparte sauta dans la première voiture où Berthier l'attendait, sa grosse tête frisée penchée par la portière. Lannes et Lauriston étaient déjà assis à ses côtés sur la banquette. César le cocher fit claquer son fouet. L'attelage prit vivement l'allée qui conduisait aux grilles du palais, précédé par l'escorte des grenadiers à cheval dont les bonnets d'ourson ondulaient au rythme des grands chevaux qui trottaient en cadence.

Le cortège entrait à peine sur la place du Carrousel que Bonaparte se rendormit dans le fond de la voiture. Il se mit à rêver de l'Italie, quand il chevauchait sur les bords du Tagliamento, menant son armée vers Vienne à travers les montagnes, après que Lodi, Arcole et Rivoli avaient fait d'un général de vingt-six ans le sauveur de la République.

C'est là que se passa la chose la plus étrange, la plus inattendue, un de ces événements incongrus qu'on trouve au cœur des plus grandes actions de l'Histoire et qui en modifient le sens. Au moment où le convoi passa devant lui, à la sortie du palais, le guetteur, qui devait enlever son chapeau pour faire le signal, fut pris de tremblement. De près, on eût vu qu'il était saisi d'un trouble intérieur. Il était pâle, les yeux hagards, les bras le long du corps. Immobile, paralysé, terrorisé, il regarda passer le cortège sans broncher, manquant à prévenir ses deux complices qui l'observaient. Surpris, les deux autres ne virent le cortège que lorsqu'il était déjà dans la rue Saint-Nicaise et qu'il venait sur eux à grande vitesse. Alors le plus petit s'enfuit vers le coin de la rue pendant que l'autre fourrageait sous la bâche de la charrette avant de courir à son tour se mettre à l'abri. L'escorte à cheval arriva sabre au clair. Marianne Pensol tendit le cou pour apercevoir le Premier consul. À côté d'elle, on cria « Vive Bonaparte ! ».

César le cocher avait un peu bu avant de prendre son service. Il vit une petite charrette attelée qui menaçait de lui barrer la route. Il fouetta les chevaux, évita l'obstacle et tourna dans la rue de Malte. À cet instant, la mèche atteignit la poudre. L'explosion fut terrible. Le corps de Marianne Pensol fut éparpillé alentour, le cheval coupé en deux, les cavaliers de l'escorte soulevés de leur selle. Les vitres du carrosse explosèrent, la voiture de Joséphine fit une embardée. Un éclair illumina le quartier ; les chevaux se cabrèrent, roulant leurs grands yeux fous et agitant leur crinière, avant de partir au galop malgré les cochers.

« C'est contre Bonaparte ! » cria Joséphine qui s'évanouit. Hortense restée consciente vit des maisons écroulées, des passants couchés sur le pavé et même une roue projetée dans les airs qui retombait sur un trottoir. Un bruit mat résonna dans la voiture. Se retournant, le cocher ramassa avec dégoût le sabot d'un cheval, coupé net et sanguinolent, qui avait atterri sur le toit de bois peint. Devant Hortense et Joséphine qui faisaient demi-tour, le cortège avait continué dans la rue Saint-Nicaise puis dans la rue de la Loi, vers le Théâtre des Arts. Pendant que les officiers de la Garde criaient d'aller plus vite, les invités du Premier consul passèrent devant les boutiques éventrées, les débris humains collés aux murs, les gravats éboulés des façades ravagées, la tête d'un cheval arrachée par l'explosion et gisant dans le caniveau, une femme coupée en deux, une autre qui serrait sa poitrine d'où coulait un flot de sang.

À l'opéra, Junot était au parterre et on avait déjà joué vingt mesures de l'oratorio lorsque le bruit de l'explosion couvrit la musique. L'orchestre s'arrêta. Junot tourna la tête en tous sens et dit à son voisin : « Que veut dire cela ? Comment aurait-on tiré le canon à cette heure ? Et puis, je l'aurais su. » Il était gouverneur de Paris. Les spectateurs se regardaient avec une mine effrayée. Une explosion nocturne laissait présager le pire. Chacun savait que Bonaparte était attendu à la première ce soir-là et donc qu'il était en route. Plusieurs complots, déjà, avaient été déjoués. La peur emplit le théâtre pendant que le chef d'orchestre se demandait s'il fallait reprendre l'oratorio. La fortune de cette société reposait sur celle de Bonaparte. Le Premier consul prévenait le retour des convulsions, des émeutes, des proscriptions et, surtout, nommait à tous les emplois. Lui tué, tout chancelait devant un gouffre soudain rouvert. Junot se leva, pâle comme la mort, et marcha vers la sortie.

À cet instant la porte de la loge d'honneur s'ouvrit : Bonaparte s'avança. Il était impassible, avec seulement une colère froide dans les yeux. « Ces coquins ont voulu me faire sauter, dit-il à Junot en s'asseyant. Nous les arrêterons et j'en ferai une justice éclatante ! Faites-moi apporter un imprimé de l'oratorio. » À sa vue, le parterre retourné vers sa loge éclata en acclamations. On commença par applaudir, puis on cria, on hurla, on tapa du pied. Les lustres tremblèrent et l'ovation devint un délire. Bonaparte se leva, ému, et salua de la main. Il se rassit mais les vivats le firent se relever trois fois. Puis il étendit le bras comme un empereur romain. Le bruit se tut. Il fit un signe du menton au chef. L'orchestre recommença l'oratorio.

# 2

# Le jardin des ambitieux

Ce jour-là, plus tôt dans l'après-midi, Donatien Lachance, commissaire au ministère de la Police générale, entrait par la rue Saint-Honoré dans un jardin calme qui était le cœur tumultueux de Paris.

Le Palais-Égalité, ci-devant Palais-Royal, s'étendait dans un rectangle planté d'arbres taillés et d'herbe tondue, coupé d'allées de gravier, encadré sur trois côtés par des galeries de pierre. Longtemps le duc d'Orléans y avait loué des boutiques aux commerces les plus raffinés comme aux plus outrageants, ennoblis par les colonnades qui les protégeaient de la pluie et de l'opprobre. On était le 3 nivôse an VIII, 24 décembre 1800 dans l'ancien calendrier, et un soleil bas ne parvenait pas à réchauffer la ville engourdie par l'hiver.

Pour traverser le jardin, de la rue de la Loi vers la rue de Valois, Donatien avait suivi la galerie de Bois qui barrait le quatrième côté du Palais-Royal, celui du Théâtre-Français. Ces lieux étaient d'un genre nouveau, alors en vogue, dont l'exemple venait du passage des Panoramas. Une myriade de boutiques bordaient ces ruelles de planches, sous un toit vitré qui évitait aux passants la boue des rues et les injures du ciel.

Là, dans la galerie de Bois, une humanité plumitive heurtait ses rêves et ses intérêts. Chaque boutique ouvrait à l'extérieur sur le jardin par de petites fenêtres grillagées prenant un jour parcimonieux qui éclairait mal les rayons d'ouvrages et les piles de manuscrits remisés dans l'arrière-boutique. À l'intérieur de la galerie, dans la devanture étroite qui donnait sur le couloir central, elle montrait des livres ou des journaux, parfois des chapeaux, des sucreries ou des gravures licencieuses. À la lumière des quinquets, on y vendait des volumes, des talents et des espoirs. La littérature française tout entière se retrouvait dans ses nobles aspirations comme dans ses basses manœuvres. Les puissants du royaume des lettres y consacraient un auteur, tuaient un roman, spéculaient sur un poème comme sur un titre en Bourse.

Donatien y venait aux nouvelles. Chargé de la censure auprès de Fouché, en plus des missions spéciales que lui confiait le ministre de la Police, il cherchait le livre interdit ou celui qu'il faudrait proscrire pour la tranquillité publique et la sûreté du régime. Cette étrange nécessité avait fait de lui un critique, qui lisait les nouveautés et pesait les écrivains. Il surveillait surtout les modes littéraires : elles annonçaient les soubresauts politiques. Pour lui, elles étaient les grenouilles de la météorologie révolutionnaire. Il fallait les écouter pour se prémunir des orages.

On faisait là commerce des idées ; un peu plus loin, on faisait commerce des corps. Au coin du jardin fermé par des grilles de fer forgé, sous l'arcade de pierre courant le long de la rue de Valois, Donatien avait zigzagué parmi les filles qui bravaient le froid pour dévoiler leur peau blanche aux passants. Elles découvraient leur gorge, montraient leurs seins jusqu'aux pointes, relevaient leur robe sur une jambe gainée de soie et lançaient des œillades à un public de gandins, de bourgeois et de militaires. Là se croisaient les passions les plus grandes, celles qu'attisent la luxure, l'argent et le pouvoir. On perdait au jeu ce qu'on gagnait en Bourse, on faisait fortune avec un auteur pour tout distribuer aux courtisanes. On y tramait la disgrâce d'un ministre, la chute d'une pièce ou la déconfiture d'un financier avant d'aller dîner à deux pas chez Véry, au café de Chartres ou au Rocher de Cancale. Les éditeurs côtoyaient les filles qui aguichaient les banquiers sous l'œil du Parisien badaud, espèce libérale qui venait respirer le parfum de la licence et de la spéculation.

La fortune de Perrégaux, d'Ouvrard ou celle de Récamier avait commencé dans ces maisons de banque qui étaient aussi des maisons de jeu, comme avaient fini les espoirs de tant de banquiers ruinés par un revers de Bourse ou l'ambition de dramaturges lessivés par la critique. Donatien avait une raison plus personnelle de hanter ces lieux de plaisir et de pouvoir. Ancien jacobin, ex-idéaliste de la Terreur, il avait dévié sa course : il avait troqué la Révolution pour l'ambition. La police était son tremplin. À vingt ans, il avait voulu changer la France ; à trente ans, il voulait la conquérir. Il avait pris au mot la vraie maxime de 1789 : la libération des talents, l'ouverture des fortunes, la liberté de parvenir. On entrait dans le monde des individus, où il ne suffisait pas de se donner la peine de naître. Il n'y avait plus de privilèges, sinon ceux que l'on se taillait soi-même. Les plus industrieux l'emporteraient ; il en serait. Le Palais-Royal, plus que tout autre lieu, était le jardin des ambitieux.

Plusieurs fois, les émotions populaires étaient nées dans ce quartier général des passions. Montant sur une table du café de Foy, Camille Desmoulins avait ameuté la foule onze ans plus tôt, pour l'exhorter à prendre les armes et la Bastille. Quelques heures plus tard, les manifestants avaient rapporté au Palais-Royal, fichée sur une pique, la tête de De Launay, le gouverneur de la Bastille, comme on rapporte un trophée au camp des vainqueurs. Les historiens démontreraient que le maître des lieux, Philippe d'Orléans, ce Philippe Égalité guillotiné en 1793, et son affidé Choderlos de Laclos, officier et écrivain licencieux, avaient disposé leurs agents dans l'assistance pour aider Desmoulins et déclencher l'émeute. Ambitieux frustrés par les lois de succession royale, les Orléans, deuxième famille du royaume, faisaient de l'argent et de la politique entre ces colonnes et dans l'hôtel attenant où ils habitaient. Le duc Philippe passait ses soirées dans la débauche et ses journées dans les complots, quand cela n'était pas l'inverse. Il avait fini par voter la mort de son cousin Louis XVI à la Convention. Trahison inutile : il tomba peu après, condamné par Robespierre. Il voulait s'asseoir sur le trône de France, il s'allongea sous la guillotine. Ces combinaisons s'étaient nouées ici, au milieu du jeu et de la prostitution, au cœur du Paris corrompu, entre décavés et filles de joie, libertins et flambeurs, agents secrets et émeutiers. Les révolutions sortent des bas-fonds ; l'or et la galanterie sont des ingrédients de la politique. En bon policier, Donatien voyait dans ce jardin un haut lieu de la jungle parisienne qu'il fallait parcourir pour observer les fauves et prévoir leurs attaques.

Les filles en robe de mousseline s'ouvraient comme des fleurs sur son passage. Fort d'épaules, la jambe longue et la taille bien prise, Donatien portait sous son chapeau haut de forme une chevelure blonde qui tombait sur un visage de marquis. Le nez droit, le menton ovale, les yeux bleus surmontés par de fins sourcils lui faisaient une figure angélique qu'une moustache lisse rendait virile. Toutefois les plis sous les paupières, les premières rides amères autour des lèvres et la démarche assurée montraient qu'il avait vécu, avec un regard de mélancolie un peu sinistre où l'on devinait des secrets. « Pour toi, c'est à l'œil ! » avait crié la grosse Manon en déclenchant le rire général. Mais poussant une porte de bois verni à deux battants, Donatien avait déjà quitté l'arcade.

Dans un sombre vestibule, quatre gaillards en costume noir le fixèrent avec méfiance. C'étaient les « bouledogues », qui filtraient les entrées de la maison, l'une des plus prospères du Palais-Royal. « Je viens voir Perrin, il m'attend, je suis M. Donatien », dit-il au plus proche ; ils s'écartèrent pour le laisser passer. Dans la deuxième salle aux murs tendus de velours et éclairée par des lustres, Donatien contourna une grande table sur laquelle les cartes et les pièces glissaient sans bruit devant des joueurs fantomatiques. Laissant à droite les salles licencieuses plongées dans le noir, gardées par des valets, où les corps s'amoncelaient au milieu des soupirs et des caresses, il arriva au bureau de Perrin qui l'attendait sur un canapé de velours. Perrin lisait *Le Moniteur* du jour en picorant dans un plateau de fruits posé devant lui sur une table basse. Locataire d'une rangée de boutiques du Palais-Royal et des étages qui les surmontaient, il avait fondé une cité du jeu et de la prostitution dont le Paris licencieux raffolait. En souverain bourgeois de l'empire du vice, il avait sanglé son embonpoint dans une robe de chambre en soie pourpre qui luisait dans la pénombre. Sur la table, Donatien vit les piles de pièces d'or et d'argent préparées pour lui.

— La paix revient, les affaires sont bonnes, mon gros Perrin !

— Elles ne sont pas si bonnes, mais je me saigne pour le gouvernement, dit le tenancier un peu renfrogné, contraint de supporter sans broncher le ton sarcastique de Donatien. Je suis un citoyen d'élite, tu devrais le dire à Bonaparte.

— Ton établissement est le premier de Paris, c'est le palais de la luxure. Le gouvernement t'a déjà permis d'acquérir un château à Vendôme avec tes économies, citoyen. Tu ne me sembles guère à plaindre...

— Un château ? dit Perrin en levant ses mains devant lui, comme s'il repoussait ce mot compromettant. Non un manoir, un petit manoir.

— Quelles nouvelles de Paris ? dit Donatien.

— Le Premier consul est décidément populaire. Il sait tout, il veut tout, il peut tout : voilà le mot qui court. Marengo nous a sauvés. Les affaires vont, on joue gros jeu et les filles font du chiffre. La république du vice vote Bonaparte : le gouvernement est solide. Mon petit Donatien, ton Perrin sent mieux l'état des affaires que la Bourse. Tu diras à Fouché qu'il a ici son meilleur thermomètre.

— Il le sait. Tu chasses du mauvais côté de la loi mais tu ramènes du bon gibier. Fouché veut une police efficace. Tu l'aides : tu en profites. C'est le jeu. Et ces complots dont on parle ?

— Vous avez neutralisé les exagérés, les idéologues, les septembriseurs, me semble-t-il.

— Cette mauvaise herbe repousse. Ils sont toujours à l'œuvre.

— Il est vrai que tu les connais bien...

— Tout juste, mon gros Perrin. Je m'en méfie en connaissance de cause. Mais on parle aussi de Georges Cadoudal, des Vendéens, des chouans de Paris...

Perrin s'irritait des manières de Donatien. Il ne se voyait plus comme un tenancier de maison, mais comme un commerçant puissant, bientôt respectable. Il eût aimé un peu plus de considération chez ce blanc-bec ironique qui était son correspondant avec la police de Fouché et le taxait sans vergogne, comme il était d'usage avec l'industrie de l'amour vénal, la grande source des finances de la police. Il garda néanmoins son calme, trop dépendant de l'administration pour se montrer susceptible.

— Je vois des aristocrates au jeu et chez les filles. Mais ils se rallient à Bonaparte. C'est votre calcul, il est juste. Le faubourg Saint-Germain entre en république, bientôt la paix sera faite en Vendée. Ton grand homme est miraculeux.

— Pas de conciliabules, de rendez-vous, de chuchotements ?

— Si, peut-être. Un soir de la semaine dernière, deux particuliers ont eu une longue conversation sans prêter attention aux filles. L'un est resté mais l'autre est parti sans jouer et sans monter à l'étage. C'est un indice.

— Qui sont-ils ?

— Des ci-devant, à coup sûr. Mis comme des seigneurs.

— Leur nom ?

— Je ne les connaissais pas. Mais j'ai l'instinct de ces choses. Sybille le sait peut-être...

— Sybille ?

— Oui, ta Sybille. C'est toujours la plus demandée. L'autre est monté avec elle après leurs palabres.

— Ce n'est plus ma Sybille.

— Peu importe. Questionne-la. Elle sait peut-être quelque chose.

— Bonne idée. Peux-tu la faire appeler ?

En attendant, Donatien se pencha et commença à pousser les piles de pièces dans son sac de cuir où elles tombaient en cascade. Soudain il s'arrêta. Il prit une pièce d'argent, s'approcha de la fenêtre, écarta le rideau et l'examina à la lueur du jour qui entrait par la rue de Valois. Perrin l'observait le sourcil froncé. Il revint vers la table, posa la pièce et sortit de sa poche une petite fiole.

— Dis-moi, Perrin, aurais-tu pour projet d'estamper le gouvernement que tu aimes tant ?

— Quoi ? C'est l'argent de la recette. Je prends et je rends, c'est tout.

— Ces pièces de quarante francs sont louches. Nous les suivons à la trace depuis des semaines.

— Ce sont celles des clients !

Donatien brandit la fiole.

— Regarde, Perrin. C'est de l'acide nitrique. Nous allons savoir tout de suite.

Donatien versa une goutte sur la pièce suspecte. La couleur argent fit place à une teinte rougeâtre.

— C'est du cuivre, Perrin. Des francs en toc que tu as essayé de me refiler. Sais-tu que les faux-monnayeurs vont au bagne ?

Perrin s'était levé, éructant.

— Mais je ne le savais pas ! Je les changerai, toutes. Je le jure sur la tête de ma fille. Comment reconnaîtrais-je les fausses des vraies ? Il y a trente sortes de pièces en circulation. Nous nous y perdons. Je ne suis pas commissaire de police, grands dieux. Et j'ai déjà donné des preuves de ma fidélité.

Il disait vrai. La monnaie de l'ancien régime, que les bourgeois avaient cachée pendant la Terreur, se mélangeait maintenant avec les pièces frappées sous la Constituante, la Convention et le Directoire. De 1789 à 1800, la valse des têtes avait entraîné celle des effigies. Les convulsions de la Révolution s'étaient imprimées successivement sur le numéraire, engendrant la confusion des monnaies. Perrin pouvait avoir été abusé lui-même.

— Admettons. Mais d'où viennent ces pièces ? J'en vois d'autres suspectes, dit Donatien qui observait le fond de son sac.

— Comment le saurais-je ? dit Perrin.

— Réfléchis, mon gros Perrin. Tu m'as dit qu'il y avait une nouvelle clientèle. Des aristos.

— C'est possible. Mais je croyais que les ci-devant avaient de la vraie argent. Pourquoi se lanceraient-ils dans la fausse ?

Donatien ne répondit pas. Lui avait une idée, qu'il ne voulait pas partager avec Perrin. Sous la Convention, l'Angleterre avait répandu en France des faux assignats qui avaient accéléré la déroute monétaire. Pourquoi n'aurait-elle pas fabriqué cette fois des fausses pièces en cuivre plaqué argent ? Ainsi elle finançait les chouans à bon compte et minait l'économie de la République. Il avait lu plusieurs rapports sur l'apparition de fausse monnaie dans les départements de l'Ouest et du Sud-Ouest. Tous ceux auxquels l'Angleterre avait accès.

— Perrin, tu auras cette fois le bénéfice du doute. Mais ouvre l'œil. Je veux savoir d'où viennent ces pièces. Maintenant, fais venir la douce Sybille.

Ouvrant la porte du bureau, Perrin appela un croupier qui partit dans les étages. Le messager revint deux minutes plus tard et parla à l'oreille de Perrin.

— Sybille est une fille avisée, dit celui-ci en souriant. Si elle vient ici, les autres sauront qu'elle est une mouche. On te connaît au Palais-Royal, mon petit Donatien.

— Alors ?

— Alors tu dois être un client. Tu montes chez Sybille. Il y a des corvées plus désagréables... On pensera que tu prends quelques avantages en nature en plus de l'argent.

— Mais je ne monte plus ! Sybille, c'est du passé.

— Je ne dirai rien.

— Ce n'est pas la question. Je ne fréquente plus, Perrin. Je suis policier.

— Si tu ne montes pas, tu ne sauras rien.

— Bon. Je monte. Nous parlerons, c'est tout. Motus, Perrin. Et n'oublie pas les pièces de quarante francs !

Perrin plissa les yeux d'un air entendu. Donatien suivit le croupier. Il longea les salles d'ébats d'où sortait un homme mal rajusté au bras d'une adolescente, traversa la salle de jeu puis celle où attendaient les filles à demi nues au visage peint. Ils gravirent un escalier sombre qui menait à un couloir où se succédaient des portes de bois verni aux poignées de cuivre. On entendait des rires étouffés et des gémissements ; une odeur de sueur et de parfum mêlés flottait dans un air tiède et lourd.

Le croupier ouvrit une porte. Donatien entra dans une chambre au décor inouï. Une tente de Bédouin se dressait, retenue au plafond par des cordes dorées et montée sur des tapis où trônaient deux narguilés. Des palmiers en pot flanquaient la tente qui renfermait une commode ouvragée comme un moucharabieh, des coffres de marine et un lit large comme un pont de navire, recouvert de peaux de tigre et de coussins de taffetas. Au milieu du lit, une jeune femme était étendue, les yeux cernés d'un trait noir qui s'allongeait vers les tempes, la chevelure de jais coupée carré et surmontée d'un diadème d'or qui figurait un serpent dardant sa langue fourchue. Une longue tunique dorée et échancrée ne cachait rien de ses appas. Ses jambes nues où se croisaient des lanières de cuir laissaient le regard remonter au plus intime.

— Dis bonjour à ta Cléopâtre, Donatien ! dit-elle d'une voix enjouée.

Donatien se souvint que la maison de Perrin était la plus chère de Paris. Une heure avec Sybille coûtait le salaire d'un ministre. On n'y lésinait pas sur le décor.

— Je vois que Bonaparte est une source d'inspiration dans tous les milieux. Tu emmènes les clients en Égypte ?

— C'est la chambre des Pyramides. Les batailles y sont chaudes. Il y a aussi la chambre de Rivoli et même celle de Brumaire ! Tout pour la gloire de Bonaparte. Nous soutenons le gouvernement. Les maisons sont des foyers de patriotisme. De quoi te plains-tu ?

— Je ferai un rapport favorable au Premier consul. Il verra que sa politique est comprise dans les profondeurs du pays.

— Tu ne viens plus me voir. Tu es fâché ?

— Je ne suis pas fâché, je suis fonctionnaire.

— Et alors ?

— Et alors je dois rester sur la réserve. Voilà tout.

— On peut mélanger plaisir et travail. Tu n'as pas gardé un mauvais souvenir de moi...

Donatien la regarda d'un air adouci. Il se rappelait son étrange liaison avec cette fille pour tous qui n'aimait que lui.

— Je te le dis, je dois observer un certain maintien, répéta-t-il.

Elle fit une moue de dépit et son visage se ferma.

— Alors pourquoi es-tu là ? dit-elle.

— Je travaille.

— Comme moi...

— Perrin me dit que tu as fait monter un aristocrate qui a d'abord comploté longuement en bas.

— Comploté, je ne sais pas. Il parlait politique, ça oui !

— Mais encore.

— C'est un bien bel homme, raffiné, riche, courageux pour sûr. Il avait une large cicatrice à la poitrine, à gauche, récente. Un coup de sabre reçu de face, à mon avis.

— Qu'a-t-il dit ?

— À moi rien. Mais j'ai entendu la fin de leur conversation. Il m'a fait signe, je me suis assise sur ses genoux pendant qu'il prenait congé de l'autre.

— Alors ?

— Alors je ne sais pas si je vais le dire.

Elle décroisa les jambes et les croisa de nouveau, faisant glisser sa tunique, entièrement dévoilée. Puis elle posa sa tête sur sa main en cambrant le dos.

— Arrête, Sybille.

— Viens près de moi.

— Mais non ! Je ne peux pas.

— Mais si. Ensuite, je te dirai tout.

Donatien hésita. Puis il se dit que le sacrifice, somme toute, ne serait pas grand. D'habitude, les mouches lui coûtaient de l'argent. Celle-ci le renseignait pour rien ; la police y gagnait sur tous les plans. Il s'approcha et se glissa sur le lit. Sybille s'enroula autour de lui avec un soupir.

— Non ! On ne bouge pas, on ne fait rien. Qu'a-t-il dit ?

— Il a parlé d'un complot contre Bonaparte. Je ne me souviens plus des mots. Mais il s'agissait de ça.

Donatien frémit.

— Un complot ?

— Oui, j'en suis sûre. J'ai entendu des bribes. Les filles criaient et riaient. Ils parlaient d'amis prêts à tout. J'ai saisi un nom, un drôle de nom, Topino-Lebrun.

— Topino-Lebrun ? Mais c'est un républicain ! Il est en prison. Il est lié à la conspiration des poignards. Ce sont des exagérés que nous avons mis hors d'état de nuire.

— Je ne sais pas. Je te dis tout. J'ai cru comprendre qu'il s'agissait de quelque chose en cours. Il y avait d'autres noms, Chevalier, je crois. Et puis ils ont parlé d'un « coup essentiel ».

— Un coup essentiel ? C'est l'assassinat de Bonaparte, forcément.

Pendant qu'il parlait, la main de Sybille se promenait sur lui.

— Dis donc, s'exclama-t-elle, je vais arrêter de parler, ça te coupe tes effets.

— Non, non. Continue. Ils ont dit autre chose ?
— Non.
— Sûre ?
— Oui. Après, nous sommes montés. Nous avions d'autres sujets à débattre que la politique.

Perplexe, Donatien se parla à lui-même.

— Alors ils parlaient d'un complot républicain... C'est curieux, Perrin les voit comme des ci-devant. Pour ainsi dire des chouans.

— C'était des aristos, j'en suis sûre.

— C'est vrai qu'il y en a de tous les bords. Ils parlaient sans doute du complot que nous avons déjoué. Ils doivent être de la bande. Dis-moi, si ton client revient, garde-le au chaud et fais-moi prévenir par un saute-ruisseau. Je serai au ministère. Nous le suivrons discrètement.

— Mais qu'aurai-je en échange ? murmura-t-elle en se collant contre lui.

— Rien. La considération du gouvernement. Tu ne sais rien d'autre ?

Elle continua de le caresser d'une main insinuante.

— Non, rien. Par contre, je sens la considération du gouvernement s'affermir, dit-elle en riant. Il est temps de s'en montrer digne.

Elle se pressa contre lui, passa sa jambe entre les siennes et commença à défaire sa ceinture.

3

# L'ange du diable

Un peu plus tard, Donatien sortit de chez Perrin, descendit la rue de Valois et prit la rue Saint-Honoré vers le Pont-Neuf. Le froid était toujours plus vif sous un ciel qui s'assombrissait et les passants se hâtaient de retrouver un poêle ou une cheminée bienveillante. Noire de fumée et de crasse, la rue Saint-Honoré serpentait entre les façades qui semblaient se rejoindre au sommet. La température n'empêchait pas les odeurs de Paris d'emplir l'atmosphère. Dans le filet d'eau qui courait au milieu de la chaussée, les particuliers jetaient leurs immondices, répandant ce fumet de chou gâté qui semblait aux étrangers la marque de la capitale. Parfois, c'était les latrines dégageant sur la rue qui empestaient ou encore la senteur d'une boucherie sanguinolente ou d'une écurie jonchée de foin et de crottin. Une boue noire recouvrait la chaussée sans trottoirs ; il fallait se garer pour ne pas en être éclaboussé au passage des fiacres.

Donatien remonta le col de son manteau et acheta des marrons à une petite fille qui se brûlait les doigts en les grillant sur un poêle ambulant. Il pressa le pas vers le Pont-Neuf, tournant dans la rue du Louvre vers la Seine. Sur la berge bordée d'un quai de pierre inégale, une foule s'affairait en contrebas, pataugeant dans la boue pour décharger les coches d'eau et les péniches qui embouteillaient le fleuve. La semaine précédente, l'eau avait gelé et l'approvisionnement s'était arrêté. Certaines boulangeries étaient tombées à court de farine, le pain de quatre livres avait franchi la barre des cinquante sous et le préfet avait craint une émotion populaire. Bonaparte s'en était mêlé, exigeant des livraisons d'urgence par convois de charrettes. Mais la température s'était radoucie, la glace s'était désunie et le ravitaillement par la Seine avait repris. On s'était rassuré. Maintenant on rattrapait le temps perdu dans les arrivages de grain.

Donatien traversa le Pont-Neuf, notant l'heure à l'horloge de la Samaritaine. La pompe qui ravitaillait le Louvre en eau était camouflée par un monument de pierre ouvrant sur le fleuve à l'arrière. Une foule déambulait sur ce pont au parapet coupé de demi-rotondes de pierre, où tout Paris semblait se donner rendez-vous au milieu d'une nuée de colporteurs, de marchands d'huîtres, de porteurs d'eau ou de vendeurs de café au lait. Chacun criait pour attirer le chaland, faisant une cacophonie dominée par le hurlement rythmé des marchandes d'oranges qui occupaient le milieu de la chaussée, vantant la provenance de leur marchandise : « Portugal ! Portugal ! »

Le jour tombait et les réverbères à huile de l'éclairage public tenus aux façades par du fer ouvragé diffusaient une faible lueur sur le pavé. À la moitié du pont qui enjambait les deux bras de la Seine coupée par l'île de la Cité, Donatien laissa sur sa droite le café de Paris, dont la devanture était illuminée et la salle construite au-dessus du fleuve, sur un terre-plein qui portait la statue d'Henri IV. Il s'engagea sur la place de Thionville, ci-devant place Dauphine, une esplanade triangulaire plantée d'arbres qui occupait la pointe de l'île vers l'ouest, entourée d'immeubles Louis XIII de brique et de tuffeau.

Trois vieilles femmes balayaient le sol, poussant devant elles un amas de boue, de papiers et de branches mortes. Les riverains se cotisaient pour faire nettoyer la place que la Ville laissait à l'abandon depuis 1789. Il entra dans un immeuble et monta au dernier étage sous les toits, jusqu'à son appartement qu'Honorine la cuisinière tenait pour lui. Il l'avait acheté grâce à l'argent prélevé sur les jeux avec le consentement du ministre, qui faisait lui aussi fortune sur les fonds secrets de son ministère. Un peintre, Évariste Gamelin, élève de David, l'avait habité sous la Terreur. Donatien avait changé l'atelier en salon et agrandi le logement en acquérant les chambres attenantes, sous le grenier de tuiles disgracieuses rajouté à l'élégante demeure construite sous Henri IV. L'appartement avait l'avantage de donner par une verrière sur la Seine et la rive droite de Paris étalée à perte de vue comme sur un tableau.

Dans l'escalier de bois et de carreaux qui succédait aux marches de pierre des premiers étages, il croisa le porteur d'eau qui le ravitaillait, ses deux seaux vides bringuebalant contre les murs.

— À moi, Auvergne ! jeta-t-il goguenard, dans une rituelle plaisanterie.

Les porteurs d'eau qui ravitaillaient les appartements étaient presque tous auvergnats.

— Je fais de mauvaises affaires avec toi, rétorqua le bougnat, je monte au sixième pour le même prix en me sciant le dos, tout ça pour un bain, citoyen ! dit l'homme qui, manifestement, n'en prenait pas souvent.

La règle voulait que les porteurs d'eau montassent pour un sou jusqu'au troisième étage et pour deux sous plus haut.

— Ton eau est-elle propre, au moins ?

— Je viens de la puiser dans la rivière, au bout d'une jetée, au milieu du courant, dit-il.

— Je vérifierai.

— Elle est trouble mais ta santé n'en sera que meilleure, citoyen ! L'eau de la Seine est renommée dans toute l'Europe. Et plus elle est trouble, meilleure elle est.

Donatien arriva à son appartement mansardé et de guingois. Une odeur de bûches emplissait l'air, qui piquait les yeux. Grâce aux feux allumés par Honorine dans les trois cheminées du logement, la chaleur régnait en dépit des courants d'air qui passaient sous les fenêtres. Il posa le sac sur la table du salon ouvert sur une verrière, en sortit la part qu'il estimait raisonnable de s'approprier, laissant de côté la monnaie suspecte, et rangea les pièces dans un coffre camouflé dans la bibliothèque et dont il avait la clé autour du cou. Puis il se jeta dans son fauteuil, réfléchissant aux propos de Perrin et de Sybille, à la conspiration qu'ils avaient flairée, aux mesures que la police pourrait prendre.

La nuit était tombée, l'heure du dîner approchait. Il recevait deux directeurs du ministère et leurs épouses pour le réveillon. Dîner professionnel. Pendant qu'Honorine préparait un chapon aux marrons et des boudins noirs et blancs dont le parfum venait jusqu'à lui, il s'endormit à la chaleur du feu, comme Bonaparte à la même heure dans sa voiture. Sauf qu'il ne rêvait pas de conquêtes mais de massacres. Souvent, quand le sommeil le prenait, le même cauchemar revenait comme un leitmotiv. Sa carrière le hantait. Son visage innocent cachait une âme coupable. Depuis sept ans, les mêmes visions le poursuivaient, depuis les terribles mois de 93, quand il était un jacobin des comités, inflexible et sanguinaire. Il était un soldat de la République, lancé dans une lutte à mort, quand la Convention avait défié l'Europe. Mais la culpabilité minait sa conscience. Toujours une scène revenait à son esprit, comme un coup de poignard dans sa mémoire.

Ce jour-là, l'aurore se levait sur la Loire couverte de brume tandis que l'eau calme s'écoulait entre deux berges basses plantées d'arbres. Les toits de Nantes encore assoupie reflétaient les premiers rayons du soleil ; on n'entendait au loin que le bruissement d'un vol de palombes qui résonnait à la surface du fleuve. Pendant que Donatien marchait vers les bateaux, suivi d'un détachement de soldats bleus dépenaillés, on aurait dit que toute la sérénité du monde s'était réunie dans ce paysage d'eau lisse et d'horizons pastel. Pourtant, ce matin-là, l'enchantement conduisait à l'horreur.

Donatien était monté sur le pont de la galiote démâtée en franchissant une passerelle fragile tandis que les soldats prenaient place dans les barques alignées le long du quai de pierre. Aussitôt, des bruits de voix étaient montés du fond du navire jusque-là silencieux. Donatien avait fait signe aux sans-culottes de faction. Ils avaient déverrouillé le capot qui enfermait les prisonniers et Donatien avait descendu les échelons de bois qui menaient à la cale. Une puanteur l'avait pris à la gorge. Dans la pénombre, des centaines d'hommes, de femmes et d'enfants étaient enchaînés au sol, couchés dans leurs excréments, à peine vêtus et faméliques. Avec la lumière soudain apparue, certains avaient relevé leur tête aux yeux fous, dans l'espoir d'une indulgence. Mais de l'autre bout du bateau, un prêtre décharné encore vêtu de sa soutane souillée tendit un bras tremblant vers Donatien. Il cria d'une voix désespérée : « C'est lui ! C'est l'exécuteur. C'est l'ange du diable ! Nous sommes perdus ! » Un gémissement parcourut cette chiourme. Les femmes agrippèrent leurs marmots et les vieillards se prirent la tête dans les mains. Tous, les chouans, les girondins, les fédéralistes, les ennemis du gouvernement et même ceux qui ne savaient pas pourquoi on les avait arrêtés, tous connaissaient Donatien, ce colonel jacobin au visage de séraphin, délégué par Carrier aux œuvres les plus abominables. Son apparition était celle d'un ange du Jugement dernier.

Un autre prêtre entonna un cantique d'une voix chevrotante. Un chœur fêlé l'accompagna pendant que les enfants commençaient à pleurer. Donatien se détourna et fit signe aux soldats de descendre. Ils se suivirent avec précaution en grimaçant à cause de l'odeur, une hache à la main droite, la gauche sautant d'échelon en échelon pour garder l'équilibre. Le bateau avait déjà quitté le quai, remorqué par deux barques pleines d'hommes armés. En dix minutes, il fut au milieu du fleuve, bas sur l'eau et dérivant dans un courant paisible. « Citoyens, par ordre de la Convention nationale, nous punissons ces brigands coupables de trahison et de rébellion contre la République. Procédez à l'exécution ! » dit Donatien d'un ton froid, le dos appuyé à l'échelle.

Dans les premiers temps de la Révolution, cette cruauté l'intimidait. Il n'osait pas être implacable. Le meurtre de femmes et d'enfants le révoltait. Mais au fil des événements, il avait changé. Dans les guerres de Vendée, les ennemis de la République n'étaient freinés par aucune limite. Ils tuaient à l'aveugle, achevaient les blessés, torturaient les prisonniers pour avoir des renseignements. Quand il avait fallu fusiller les premiers chouans, capturés à la tête de son régiment, Donatien avait vomi dès l'ordre donné. Il avait dû s'armer de haine, se rappeler les exactions des blancs, les meurtres de soldats, les fourches enfoncées dans les ventres, les caporaux pendus aux arbres, les recrues qu'on avait mutilées.

Il avait cherché des excuses à sa cruauté, des raisons humaines à son inhumanité. Les républicains, se dit-il, se défendaient contre les assauts du passé. Un monde s'ouvrait devant eux, libre, égal, fraternel, qui brillait comme la ville sur la colline, comme le rêve qui mène le voyageur. La France serait une autre France, débarrassée des tyrans, affranchie des nobles, délivrée d'une ancestrale sujétion. Ils contemplaient l'aurore de la nation. Le peuple y vivrait comme il n'avait jamais vécu, debout. Ce but-là valait toutes les tueries.

Il avait même retourné le raisonnement. La victoire était si belle et la défaite si hideuse que toute hésitation devenait un crime, que toute indulgence était suspecte, qu'un compromis devenait trahison. Quand l'Histoire est en jeu, les individus ne comptent plus. La vie des nations n'est-elle pas faite de violence ? Les empires ne sont-ils pas fondés sur la guerre ? La royauté n'est-elle pas prête à tous les excès pour maintenir l'injustice ? L'ennemi n'est-il pas aux portes ? Reculer devant le meurtre, c'est reculer devant son devoir. Il fallait se débarrasser des timidités héritées, des coutumes de modération, des sentiments de la vie courante. Dans une période impitoyable, il fallait être impitoyable. Ainsi Donatien avait adopté ces dehors impassibles qui le faisaient tant haïr. Sûr de son droit, fier de son devoir, il tuait sans sentiment, il condamnait sans passion, il exécutait sans phrases. Au demeurant, c'était surtout le premier mort qui coûtait. Au fil des exécutions, il avait pris une habitude de l'horreur. Il s'était accoutumé aux pleurs, aux supplications, au désespoir des familles, à la peur des enfants. Il était devenu fonctionnaire du crime révolutionnaire. Il faisait un grand mal, se disait-il, pour un bien plus grand.

Six haches s'abattirent. Elles crevèrent les planches qui obstruaient des sabords percés sous la ligne de flottaison. Une eau froide jaillit horizontalement en six endroits de la cale, trempant les prisonniers et inondant les fonds. Les femmes se mirent à hurler en brandissant leurs enfants au-dessus de leur tête, loin de l'eau qui montait vite. Les hommes tirèrent sur leurs chaînes qui ensanglantaient leurs poignets. Les prêtres restaient à genoux, déjà à moitié submergés, récitant des prières en latin. Donatien remonta par l'échelle suivi des soldats. On referma le capot et les bourreaux sautèrent dans la barque qui les attendait au flanc du navire. Les hurlements des prisonniers volaient à la surface du fleuve. Donatien fit signe aux soldats. Un fifre se mit à jouer. Ils reprirent à l'unisson.

— La victoire en chantant nous ouvre la barrière ! La liberté gui-i-de nos pas. Et du nord au mi-di, la trom-pette guerrière.

À la fin du chant, la galiote avait disparu. Elle ne laissait à la surface de la Loire qu'un remous vite dissipé. Donatien fit signe de se taire. Soudain, dans un jaillissement d'écume, trois têtes percèrent l'eau du fleuve devant les barques pleines de soldats. « Ils se sont détachés, cria Donatien. Vite, sur eux ! » Un sergent arriva le premier, debout à la proue du canot. Il donna deux coups de sabre et l'eau se rougit soudain pendant que deux prisonniers échappés par miracle s'enfonçaient de nouveau dans un halo de sang. Il ne restait à la surface qu'un enfant nageant désespérément pour échapper au sergent. Donatien leva le bras. Le sabre resta en l'air. Donatien ne voulait pas que les soldats exécutent eux-mêmes les enfants. Il serra les lèvres, tira son pistolet et visa la tête du petit nageur. Le coup partit. Il se réveilla.

Aussitôt, il réalisa que l'explosion n'était pas un rêve. Les vitres de son logis avaient tremblé et une grande lueur avait illuminé le ciel. Son cauchemar, qui semblait durer de longues minutes, avait été déclenché par ce bruit inopiné. Donatien se leva d'un bond et ouvrit la fenêtre qui dominait Paris. Devant lui s'étendait l'entrelacs des toits surmontés de cheminées empanachées. En contrebas, dans le noir, la Seine brillait sous la lune et les fenêtres du Louvre projetaient une lumière orangée. Il vit de la fumée qui montait rive droite au-dessus des bâtiments du palais.

— C'était devant les Tuileries, dit-il pendant qu'Honorine sortait de la cuisine, étonnée.

Il habitait à deux pas du ministère de la Police où il avait son bureau, sur la rive gauche de la Seine, en face du Louvre qui tenait au palais des Tuileries sur la rive droite.

— C'est peut-être le canon, dit Honorine.
— Non. Le bruit est trop fort. Cela ressemble aux mines que j'ai entendues au siège de Mantoue. Bonaparte allait à l'opéra ce soir. C'était lui la cible. J'en suis sûr. Je dois y aller.

Il prit son chapeau, son manteau, sa canne et se jeta dans l'escalier qui menait à la place de Thionville. Le froid le saisit sur le quai où soufflait une bise glacée. Il pressa le pas à travers une foule qui jetait vers le Louvre des regards inquiets. En marchant, il réfléchissait. Bonaparte tué, tout était remis en cause. La roue de la fortune révolutionnaire tournait d'un cran. La situation de Fouché, et donc la sienne, vacillait de nouveau.

Il franchit le guichet du Louvre en bousculant les badauds. À l'entrée de la rue Saint-Nicaise, qui partait de la place du Carrousel vers le nord et les théâtres, un cordon de gendarmes interdisait la scène de l'attentat. Les canons des fusils brillaient à la lumière des torches, une foule se pressait derrière les uniformes, les ordres se succédaient dans un vacarme de cris et de gémissements. Il sortit son passeport qu'il tendit à un officier. Les gendarmes le considérèrent. Avec sa jeune figure, ses cheveux blonds, son regard candide, il paraissait tout sauf un policier. Ils changèrent d'avis au son de sa voix.

— Je suis Donatien Lachance, du ministère de la Police générale. Qui commande ?

— Le commissaire des Tuileries, Chazot. Le préfet Dubois n'est pas encore là.

Le gendarme désigna un gros homme roux en redingote grise et bottes à revers qui parlait à une fleuriste dont la vitrine avait été soufflée par la bombe. La jeune femme était noire de fumée et des morceaux de verre étaient encore accrochés à ses cheveux. Donatien jeta un coup d'œil alentour. Il n'avait jamais vu un tel ravage. Les deux côtés de la rue avaient été repoussés par l'explosion. Les murs étaient noirs de poudre et les bornes de pierre étaient comme déracinées. Trois maisons s'étaient écroulées, les boutiques étaient éventrées, les portes et les fenêtres démolies, les étals renversés et les enseignes arrachées. Le plafond du café d'Apollon s'était écroulé sur le rez-de-chaussée, ensevelissant les clients. Les vitres des Tuileries avaient volé en éclats. Dans le halo des torches, on voyait que les murs étaient criblés de ferraille et de clous mêlés à des traces de sang. La chaussée était couverte des débris projetés jusqu'à la hauteur des toits et retombés en une pluie macabre. Une roue de charrette, des morceaux de barrique, des viscères rougeâtres, du verre brisé, des lambeaux de vêtements jonchaient le sol creusé par la bombe. Au pas d'une porte, un bras humain gisait dans une flaque brune. Un peu plus loin, une femme qu'on n'avait pas encore emmenée hurlait sur une civière, les deux bras serrés sur sa poitrine qu'un éclat de chaudron avait déchirée, arrachant les deux seins et ouvrant une hémorragie qu'elle essayait de juguler. C'était la patronne du café d'Apollon dont la devanture avait été soufflée par la bombe. La foule contenue par les gendarmes grossissait sans cesse. Des femmes pleuraient, des passants s'indignaient, des blessés gémissaient en tentant de marcher encore pendant que les pompiers s'activaient à fabriquer des civières. Donatien interrogea le commissaire.

— Bonaparte ?
— Il n'a rien. Sa voiture était déjà passée quand la machine a explosé.
— Miracle... Il y a beaucoup de morts ?
— Je ne sais pas. Trois ou quatre je crois, des passants, et beaucoup de blessés. La machine a explosé entre le passage des voitures, devant la boutique du citoyen Beirlé, culottier, qui est mort dans l'explosion. Personne n'a été touché dans le cortège, je crois.
— Où est le Premier consul ?
— À l'opéra. On m'a dit qu'il voulait entendre l'oratorio, comme si de rien n'était.
— Et le préfet Dubois ?
— Il arrive. Il était prié à dîner dans le faubourg Saint-Antoine. C'est Noël.
— Que disent les témoins ?
— La bombe était dans une barrique portée par une petite charrette. La fleuriste a tout vu. Sa boutique est là, proche de celle du culottier.

Elle a été protégée parce qu'elle s'était penchée derrière un plan de travail en pierre juste au moment de l'explosion. Ils étaient trois. La charrette était garée là, sur le côté de la rue, le cheval regardant le mur. Le plus grand est allé du côté de la Seine. Il est revenu avec une petite fille. Il lui a donné les rênes du cheval et une pièce qu'elle a mise dans son gilet. Puis il est retourné vers la place. Les deux autres ont attendu. Quand la voiture est arrivée, l'un a couru, l'autre est passé derrière la charrette, il a soulevé la bâche, il a fourragé un instant puis il s'est enfui, lui aussi en courant. La fleuriste était intriguée. Du coup, elle a laissé tomber ses fleurs. Elle s'est penchée pour les ramasser. Alors la charrette a explosé.

— L'autre a allumé la mèche sous la bâche, dit Donatien. Ils ont sacrifié la fillette, comme de froids coquins. Les indices, les témoins ?

— Tout est pulvérisé, la charrette, le cheval, la barrique, il n'y a rien à en tirer. La fillette n'est plus que lambeaux. Son bras est sur un balcon, là-haut. Ici, il reste la tête, dont la peau a été arrachée. Les assassins étaient en apparence des marchands forains. Ils avaient de grandes blouses bleues. Mais ils étaient sûrement déguisés et grimés. Le seul point remarquable, c'est que l'un est de très petite taille. Je ne crois pas que nous allions très loin. Vos mouchards nous aideront plus !

— Nous verrons. Mais il y a parfois de grandes informations dans les petites choses. Continuez à chercher des indices.

— Tout est en miettes...

— Cherchez, vous dis-je.

Donatien remonta le long de la rue Saint-Nicaise vers la rue de Malte, là où le coupé de Bonaparte avait tourné en trombe. La rue était coudée, ce qui obligeait les voitures à ralentir. Donatien se dit qu'elle avait été choisie à dessein pour accroître les chances d'atteindre le Premier consul. L'énergie du cocher avait déjoué le plan des assassins. En remontant vers la rue de la Loi, il croisa une marquise de l'ancien temps avec une robe à paniers et un seigneur de la cour de Louis XV en perruque poudrée. C'étaient deux comédiens du théâtre du Vaudeville qui avait interrompu la représentation pour observer la catastrophe.

En continuant, sur la gauche de la rue Saint-Nicaise, à la lumière sourde de l'éclairage public, Donatien vit une tête de cheval tombée dans le caniveau. Il appela un policier et lui demanda sa torche. Il se pencha sur le trophée macabre. La peau de l'encolure avait été arrachée, les muscles et les veines pendaient par l'échancrure, le sang s'était écoulé et formait une rigole brune sur le pavé. Mais des oreilles aux naseaux, la tête était intacte, crinière noire, poil marron avec une marque blanche entre les deux yeux. Donatien retourna vers le commissaire.

— En fait tout a été projeté très haut et peut-être très loin. Il doit y en avoir dans tout le quartier. Appelez vos hommes !

L'autre le regarda avec agacement. Décidément, la police générale était un État dans l'État. Impossible de faire son travail dans les règles. Il appela. En maugréant, les policiers qui examinaient les débris et questionnaient les riverains revinrent vers lui. C'était une troupe renfrognée, chapeautée de bicornes, vêtue de sombre et chaussée de bottes crottées. Donatien prit la parole.

— Vous allez effectuer une tâche particulière, dit-il. Nous avons besoin de tous les indices. Vous allez ramasser tout ce qui a été projeté ici, dans les rues autour, dans les cours ou sur les balcons. Tout !

— À quoi bon ? dit un policier. Tout est pulvérisé.

— Ne cherchez pas à comprendre, on gagnera du temps !

— Sur quel ton vous parlez à mes hommes, Lachance !

Dans la lumière d'une torche tenue par un gendarme, Donatien vit le préfet Dubois qui descendait de cheval. C'était un homme nerveux au long visage blanchâtre, à la chevelure rare et filasse, anguleux et sec comme un coup de trique.

— Nous devons réunir tous les indices. C'est une affaire d'État. Rien ne peut être laissé au hasard.

Dubois jeta des regards à droite et à gauche. Il réfléchissait vite. Il comprit tout de suite qu'il ne pouvait pas s'opposer à Lachance, l'homme de Fouché. Le ministre de la Police était puissant. Il fallait le ménager et surtout ne pas donner le sentiment qu'on laissait des pistes de côté. Bonaparte se ferait raconter toute l'enquête, dans les moindres détails. Le zèle ne serait pas de trop.

— Comme vous voulez, dit-il à regret. Mais la bonne police, jeune homme, repose sur des bons mouchards. Tout est là. Sur place vous ne trouvez jamais que des broutilles qui ne mènent à rien.

— Sauf si l'on analyse ces petites choses avec de nouvelles méthodes, dit Donatien mystérieusement.

— Avec de nouvelles méthodes ? Lesquelles, grands dieux... Le coup est signé, mon cher. Ce sont les jacobins, les exagérés, les septembriseurs. Nous venons d'en arrêter une bande, qui avait construit une machine à peu près comme celle-ci.

— Je sais. Nous avions des agents chez eux. Ils ont fait sauter une barrique près du Jardin des Plantes. C'est le même expédient, en effet.

Dubois se fit expliquer le déroulement de l'attentat. Il sifflait entre ses dents au fur et à mesure que l'on détaillait l'opération.

— Cela se confirme, dit-il. Nous savons que les terroristes n'ont pas baissé la tête. Ce sont des fanatiques, des buveurs de sang. Ils s'agitent depuis des mois contre le Premier consul. Ce sont des assassins avec des fumées républicaines dans la tête. D'ailleurs tout le gouvernement pense comme moi.

— Sauf Fouché, dit Donatien.

— Fouché ? Parlons-en ! Il est parti aux Tuileries. Quand Bonaparte sera revenu de son concert, il va passer un mauvais quart d'heure.

— Ce sont peut-être des républicains, mais nous savons aussi que les agents de Cadoudal sont à Paris. Eux aussi peuvent vouloir la mort de Bonaparte. La Vendée est pacifiée, le roi est inconnu en France. L'attentat est leur dernière chance.

— Les monarchistes sont en voie de ralliement, dit Dubois vivement. Ils n'auront pas fomenté un assassinat...

Donatien regarda plus loin, derrière l'épaule de Dubois. Un gendarme soulevait avec précaution la tête arrachée du cheval pour la placer dans une voiture avec les autres débris qu'il avait ramassés.

— Monsieur le préfet, dit-il avec un léger sourire, ne nous querellons pas. Ceci est une affaire de faits et non d'opinions. Laissons les opinions. Cherchons des faits...

# 4

# Fouché

Au palais des Tuileries, une foule attendait Bonaparte sous les lustres de cristal de la galerie de Diane entourée de colonnes solennelles.

Les hommes et les femmes du régime étaient comme ressuscités, parlant avec animation et lançant alentour des regards martiaux. La nouvelle de l'attentat les avait d'abord terrifiés. La mort du sauveur, c'était le vide du pouvoir, la chute des fortunes, la reprise de la guerre civile. Aussitôt on avait supputé, calculé, imaginé. Déjà on pensait à la suite, comme au temps de Marengo six mois plus tôt, quand un premier courrier avait fait craindre une défaite, avant d'être contredit par le message suivant qui annonçait la victoire. Cette fois encore, la survie du Premier consul avait tout détendu. Les craintes s'étaient dissipées. Bonaparte vivait : l'aventure continuait. Il fallait maintenant montrer son zèle ; on parlait de pourchasser les assassins, de les châtier sans faiblesse, de faire un exemple éclatant, d'établir Bonaparte sur les dépouilles de ses ennemis. L'humeur était à la flagornerie et à la vengeance.

Dans le halo des chandelles, au milieu de cette salle du premier étage qu'on n'avait pas chauffée, les uniformes des généraux, les robes du soir en mousseline blanche, les noirs costumes des fonctionnaires ou les manteaux passés à la hâte formaient comme une vaste réunion de famille en hiver, frileuse et soulagée. On apercevait au centre Joséphine et Hortense dans leurs *shalls* de couleur, pâles comme des pierrots, alarmées et attentives, parlant à Talleyrand qui les regardait ironiquement, engoncé dans son col montant et sa cravate de soie, appuyé de guingois sur son pied-bot, le visage lisse, l'œil bleu et la bouche distillant des bons mots.

— Ce qui ne tue pas Bonaparte le renforce, disait-il. Ces républicains veulent occire un consul, ils vont faire un empereur.

Roederer, le conseiller d'État, s'adressa à Joséphine encore soutenue par le bras.

— Madame, tant que vous aurez votre ministre de la Police, il n'y aura de sûreté pour aucun de nous.

— Votre ministre ! dit-elle avec aigreur, je n'ai point de ministre. C'est le ministre du gouvernement.

— Oui, sans doute, madame, en disant votre ministre, je vous confondais avec le Premier consul. Mais, madame, votre ministre ou notre ministre mérite beaucoup de blâme pour cette affaire-ci et s'il reste là, nous aurons tous le cou coupé.

— Mon dieu, dit Joséphine à qui Fouché passait secrètement des subsides en échange de renseignements, il a fait ce qu'il a pu, il avait prévenu Bonaparte.

Roederer se rappela que Joséphine était liée au ministre. Pourtant il s'entêta.

— À Dieu ne plaise, madame, que je ne l'accuse d'avoir trempé dans le complot ! Mais je lui reproche d'avoir enhardi les scélérats, non seulement en ne les punissant pas depuis un an, mais surtout pour s'être montré familier, amical à leur égard.

— Vous êtes bien sévère, reprit Joséphine.

Mais l'opinion générale était faite. La police avait failli parce qu'elle protégeait les républicains, ces exclusifs dont le ministre Fouché était le mentor à peine occulte. L'ancien conventionnel défendait ceux qui avaient voté comme lui la mort de Louis XVI du temps de la Terreur et qu'une tête de roi coupée séparait de l'ancien monde. Il était le syndic des « votants », ceux qu'on craignait encore parce qu'ils étaient des monstres d'énergie et d'audace et qu'ils n'avaient pas hésité à fonder la société nouvelle sur le crime. Fouché était leur parrain : tout l'accusait. Bonaparte, pensait-on, ne se laisserait pas faire. La foudre, à coup sûr, tomberait sur la tête de l'ancien terroriste.

Fouché apparut ; on s'écarta en silence. Une double haie d'étoffes chamarrées et de visages hostiles se fit au milieu de la galerie. Le ministre était un homme maigre et grand, de figure pâle et de joues creuses, avec des cheveux roussâtres qui avançaient en touffes sur son front blanc, surmontant un nez aigu et une bouche sans lèvres, mince et souriant d'un air faux. Son calme était sa force. Il s'avançait serein, soutenant les regards, comme s'il venait au bal. Une bizarrerie de la nature avait rendu ses nerfs insensibles à toute circonstance. Il allait à une exécution comme s'il sortait acheter le pain. Face aux plus grandes surprises, il restait de glace. Il est vrai qu'il en avait connu beaucoup. Son regard, surtout, intimidait : ses yeux avaient autant d'expression qu'une mare d'eau, fixant l'interlocuteur comme un bourreau considère le condamné.

Chez Fouché, l'intelligence avait atrophié le cœur. C'était un calculateur de la plus froide espèce qui avait survécu à tout, girondin avec les girondins, terroriste sous la Terreur, thermidorien en Thermidor. Il avait connu une éclipse avant de revenir au pouvoir sous le Directoire, puis de lâcher le Directoire pour Bonaparte. Il servait et trahissait tout le monde. Avec une constance, toutefois, dans le revirement : quelle que soit la forme du régime, il cherchait à assurer les acquis de la Révolution, dont il était, avec les autres notables terroristes, le grand héritier et le grand profiteur. Tant que Bonaparte menait cette politique, il était bonapartiste.

Fouché avait commencé comme professeur chez les oratoriens, entiché de sciences et d'idées nouvelles, avant de se jeter dans la grande cabriole déclenchée par les états généraux. Notable de Nantes, idéologue du tiers, il était de la municipalité quand il se fit élire à la Convention où il se fondit dans les rangs du Marais. Voyant que cette modération l'exposait à la vindicte des sans-culottes, il vota la mort du roi après avoir clamé qu'il la refuserait. Il avait changé en une nuit, aussi virulent pour condamner Louis que pour le défendre la veille. Il se porta volontaire pour réprimer les fédéralistes insurgés contre la Convention. Il commença à Nantes par des exécutions. À Nevers, il enferma les prêtres, fit défiler les reliques sur des ânes et inscrire à l'entrée des cimetières « La mort est un sommeil éternel ». Il finit à Lyon par d'effrayants massacres perpétrés sur les places de la ville. On l'appelait « le mitrailleur » pour avoir usé du canon contre des foules captives. Montagnard, il survécut à la Montagne : quand Robespierre fit peur à l'Assemblée en annonçant un regain de Terreur, il ourdit sa chute.

Après Thermidor, au terme d'une longue éclipse imposée par son pedigree d'homme de sang, réduit à vivre dans une soupente en s'essayant au commerce des porcs, il reçut de Barras, roi du Directoire, le ministère de la Police dont il fit un instrument docile et redoutable qu'il retourna le jour venu... contre Barras. Il joua Bonaparte au 18 Brumaire et gagna encore. Tant de permanence dans l'opportunisme, tant de fidélité dans la trahison furent récompensées : le Premier consul maintint Fouché à son ministère, l'observant de près. Chacun savait qu'à la première faute de l'autre, il le ferait tomber.

De la rue Saint-Nicaise où il avait inspecté le lieu du crime, le ministre était revenu aux Tuileries par la place du Carrousel et la cour du palais. Maintenant il s'approchait du centre de la pièce où se tenaient les dames, Joséphine, Hortense, Caroline, avec Roederer, Talleyrand, Bessières, Bourrienne.

— Vous sentez-vous coupable ? lui dit effrontément Talleyrand.

— Une machine infernale est une chose fâcheuse, répliqua Fouché sans ciller, mais impossible à prévoir. L'or des Anglais a payé tout cela.

— Mais non, l'Angleterre veut faire la paix ! dit vivement Roederer. Le crime n'est plus dans leur politique. Pourquoi assassineraient-ils leur interlocuteur ?

— Parce que nos troupes sont en Italie, en Espagne, en Suisse et par-dessus tout en Belgique, où Anvers que nous occupons est un pistolet braqué sur Londres ; parce que Bonaparte s'est solidement établi et qu'il n'est d'autre moyen de s'en débarrasser que de l'occire. C'est leur jeu de payer ici des hommes pour tuer le Premier consul. Moi j'en use bien ainsi pour les chefs dangereux de la Vendée. Quand j'y veux faire tuer un homme, je dis à un de mes gens : voilà 300 louis, apporte-moi telle tête. Pourquoi les Anglais ne le feraient-ils pas eux-mêmes ?

La conversation s'arrêta : on entendit le pas pressé de Bonaparte qui résonnait sur le marbre de l'entrée. Les participants se turent. Ils se remirent sur deux rangées pour laisser passer le héros. Il arriva, frémissant, l'œil noir, la lèvre blanche et il alla droit sur Fouché.

— Eh bien, citoyen ministre, quel massacre, quel carnage ! Quels lâches assassins qui ont sacrifié une enfant pour m'atteindre ! Vous étiez censé me garantir contre ces brigands de la Terreur. Direz-vous encore que ce sont les royalistes ?

— Sans doute je le dirai, répondit le ministre immobile, l'œil plus glacial que jamais, et qui plus est, je le prouverai.

L'étonnement se peignit sur les visages. Tout le monde avait en tête les trois complots jacobins, celui de Ceracchi et Aréna, celui de Metge et celui de Chevalier, que la police venait de déjouer avant même qu'ils reçoivent un commencement d'exécution. Un mois plus tôt, les agents de Fouché infiltrés avaient eux-mêmes distribué des poignards aux conjurés républicains dans un théâtre où était Bonaparte, puis procédé à l'arrestation de Ceracchi et Aréna en flagrant délit. La police avait arrêté Metge qui écrivait des libelles où il appelait au meurtre du Premier consul. Elle avait enfin pris Chevalier, l'anarchiste qui avait expérimenté à grand bruit une bombe faite d'une barrique bourrée de poudre, près du Jardin des Plantes.

— Ne me faites pas de tout ceci une carmagnole, s'écria Bonaparte.

Il évoquait les provocations que les jacobins montaient sous la Terreur pour justifier la répression contre les royalistes. Il continua, tremblant de colère.

— Point de ruse comme on en employait sous Robespierre pour accuser les uns à la place des autres. Ce sont vos terroristes qui ont fait le coup ! On ne me fera pas prendre le change, il n'y a ici ni ci-devant noble ni ci-devant prêtre. Je connais les auteurs, je saurai bien les atteindre. Je leur promets un châtiment exemplaire.

Fouché essaya encore de protester mais Bonaparte était lancé.

— Ce sont des jacobins, des terroristes, ce sont les assassins de septembre, les auteurs du 31 mai, les conspirateurs de prairial, ce sont des misérables en révolte permanente, en bataillon carré contre tous les gouvernements ; ce sont des assassins qui n'ont pas craint pour me tuer d'immoler des dizaines de victimes. J'en vais faire une justice éclatante.

Sa voix tonnait. Fouché était de marbre.

— Non, c'est l'œuvre des royalistes, des chouans, dit le ministre, et je ne demande que huit jours pour en avancer la preuve. Je vais de ce pas donner mes ordres. Citoyen consul, je vous demande l'autorisation de me retirer pour travailler.

Il tourna les talons.

— Nous trouverons les coupables après l'enquête et non avant, ajouta-t-il à la cantonade.

Bonaparte répliqua de loin :

— Citoyen ministre, trouvez surtout les bons ! Ce sont des bleus, vous dis-je, pas des blancs !

Fouché salua encore et sa silhouette noire disparut à l'extrémité du salon de Diane. Alors généraux et ministres s'empressèrent autour de Bonaparte encore blême, renchérissant sur ses imprécations.

Impavide, Fouché prit sa canne et son chapeau et descendit l'escalier de Flore. En sortant du palais sur la place du Carrousel, il tomba sur Donatien qui rentrait chez lui après avoir minutieusement inspecté les lieux de l'explosion tout proches.

— Alors qu'avez-vous vu, Donatien ?

— Tout est en morceaux, citoyen ministre. Mais il y a peut-être des indices. C'est affaire de méthode.

— Oui. J'ai visité les lieux. Il faut ramasser tous les débris. Je suis bien aise de vous trouver, vous me ferez rapport. Allons au ministère, nous devons aviser. Bonaparte a la tête montée par les monarchiens. Il ne veut croire qu'à un complot républicain. Il est en bataille contre nous.

— Citoyen ministre, il n'a pas forcément tort. C'est peut-être un complot républicain, dit Donatien.

— Et pourquoi, mon cher ?

— La barrique. C'est le même expédient qu'avait tenté Chevalier.

— Chevalier était un nigaud que nous avons grugé. Nos mouches nous ont prévenus contre les royalistes.

— Oui, mais la technique est la même. Et les mouches peuvent se tromper.

— Nous verrons. Hâtons-nous.

Ils franchirent le Pont-Royal enveloppé de vapeurs glaciales montées de la Seine et marchèrent vers le quai Malaquais où se trouvait le ministère gardé par un gendarme endormi. Sur les berges on voyait quelques braseros autour desquels les portefaix s'agglutinaient pour dormir malgré le froid. D'autres sommeillaient le long du quai, roulés dans des couvertures, transis et épuisés par leur labeur. Une prostituée longeait le fleuve, cherchant un dernier client. L'hôtel de Juigné qui faisait face au Louvre sur la rive gauche était désert. Donatien regarda son ministère plongé dans l'obscurité tandis que Fouché s'en faisait ouvrir les grilles par le factionnaire.

On aurait dit le repaire d'une bête. Pourtant Donatien s'y sentait chez lui. Il avait été soldat ; la police lui convenait mieux. Non qu'il fût couard. Il avait de belles actions à son actif dans les guerres de l'Ouest ou en Italie après son procès de 1795. Mais la routine du métier militaire, même au milieu des plus furieuses opérations, avait lassé sa patience. On faisait marcher les soldats, on choisissait le bivouac, on cherchait vivres et munitions, on maintenait la discipline, on organisait l'instruction, on remplissait des états et on exécutait des ordres venus de loin. Bref, on marchait et on administrait. Une fois par mois, un combat venait rompre la monotonie : on tuait et on se faisait tuer une journée. Puis l'ordinaire des jours et des marches reprenait comme devant.

La police n'était pas héroïque mais elle était romanesque. Il s'agissait de pétrir la pâte humaine, de sonder les cœurs, de surveiller les passions et les vices, de déployer dans la ville les talents du chasseur en forêt, avec l'excitation de la poursuite et l'intelligence du chercheur d'hommes. Appareil malingre hérité des rois, la police avec Fouché avait soudain grandi en habileté et en pouvoir. Une armée de mouchards s'infiltrait dans les rouages de Paris, affluant ensuite par des chemins secrets dans les bureaux du ministre. On voyait tout, on savait tout, on prévoyait tout. On anticipait les convulsions de la guerre civile pour ne pas avoir à les réprimer.

Donatien s'était vite persuadé que le ministre cynique était aussi un sage. Il voulait moins punir que prévenir. Il recevait lui-même les renseignements qu'il consignait dans ses dossiers comme un banquier classe ses effets, rapprochant les intrigues, débusquant les complots, détectant les trames les plus serrées. Plus que venger le crime, il voulait l'empêcher. Plus que terroriser les opposants, ce qu'il avait trop pratiqué, il préférait les duper, les engluer, les circonvenir. Il ne protégeait pas seulement les républicains, il ouvrait grands les coffres de ses services rendus à toutes les factions, ménageant les conventionnels autant que les chouans, caressant les idéologues autant que le faubourg Saint-Germain. Donatien approuvait cette politique qui lui semblait un suprême calcul. Bonaparte l'avait dit : la Révolution est fixée aux principes qui l'ont commencée ; elle est finie. Il fallait apaiser les haines, éteindre les feux, fusionner les deux France. Fouché le fourbe et sa police aux cent yeux étaient les instruments de cette réconciliation.

Aussi bien, Donatien se retrouvait au centre d'une entreprise qui le servait. Homme de Robespierre au plus fort de la guerre civile, il avait failli succomber après Thermidor. Ces soubresauts de carrière – au pinacle un jour, en prison le jour d'après – l'avaient vacciné contre les emportements. Au bout des guerres policières, aussi cruelles fussent-elles, il y avait la paix pour la nation et, pour lui, le pouvoir et la fortune. Idéologue, révolutionnaire, exécuteur impitoyable des décrets républicains, il en avait trop vu et trop fait. Il avait sacrifié aux grands idéaux, et surtout sacrifié les autres. Il aspirait maintenant à des batailles plus personnelles. Il voulait faire sa place dans un monde nouveau, qui ouvrait toutes les carrières et qui était le vrai rêve des hommes de 1789. Sous ses yeux, Bonaparte, un nobliau corse sans nom, sans argent et sans appuis, avait succédé aux rois par la seule force de son génie militaire et de sa vision politique. Les hiérarchies étaient sens dessus dessous. Donatien venait du bas. Il irait en haut. Déjà, sa position était remarquable : second d'un ministre à trente ans, homme de confiance, faiseur en chef, enquêteur d'élite du grand ministère, il était parvenu, lui, le bâtard venu de sa province, le soldat courageux mais sans ancêtres, au cœur des intrigues d'État, parmi les grands orienteurs de la Grande Nation. Ce succès le portait. Il avait pour lui la chance, l'intelligence et la tournure. Rien ne lui résisterait.

Ils prirent un candélabre et suivirent un entrelacs d'escaliers obscurs et de couloirs étroits où dormaient des huissiers. Devant le bureau de Fouché, un fonctionnaire attendait le ministre. Il lui tendit un billet plié en disant « Ordre du Premier consul ». Fouché le lut à la lumière des chandelles et entra dans la pièce froide dont les hautes fenêtres donnaient sur le fleuve. Il posa son candélabre sur la table recouverte de cuir rouge. Elle était vide de papiers, on n'y voyait qu'un encrier, une grande plume d'oie et un buvard. Les deux murs de droite et de gauche étaient occupés jusqu'au plafond de casiers de carton vert à bouton de cuivre, chacun portant trois lettres indiquant un classement alphabétique. Le ministre alla à la cheminée et entreprit de garnir de brindilles et de bûches l'âtre où le feu était mort.

— Quels indices ? dit-il à Donatien.

— Les restes du cheval et de la charrette que je fais réunir dans la cour de la préfecture. Nous les examinerons demain matin avec Dubois, à la lumière du jour.

— Faites convoquer tous les vendeurs de chevaux, ils se rappelleront peut-être un détail.

— Nous avons le signalement d'un exécutant. Plusieurs témoins l'ont vu.

— Quelque chose de remarquable ? demanda le ministre en craquant une allumette.

— Il est de très petite taille. À sa mise, c'était un artisan ou même un paysan.

— Comparez avec le fichier de la Vendée. Ma topographie chouannique est un instrument précieux. Mettez un des inspecteurs de Dubois là-dessus, jour et nuit. Le fichier est complet et précis. Il y a une rubrique qui indique la taille du suspect. C'est un outil affûté.

— J'en ai écrit une grande partie, rappela Donatien.

— C'est vrai. Annoncez aussi demain que nous donnons mille francs pour un bon renseignement. Cela excitera les mouches. Comment ont-ils procédé, à votre avis ?

— Ils ont loué les services d'une fillette pour tenir la bride du cheval. Celui qui lui a donné la pièce s'est retiré à l'approche du cortège. L'autre a mis le feu à la mèche et il a couru se mettre à l'abri.

— Il a agi trop tard, dit le ministre. C'est curieux. Normalement, ils auraient dû placer un guetteur plus bas dans la rue pour prévenir de l'arrivée du cortège.

— Le cortège allait vite, m'a-t-on dit. Et la voiture de Bonaparte était en tête, juste derrière la Garde. Ils ont été surpris.

— Le brigand a couru pour se protéger, continua Fouché. La mèche était donc très courte. Peut-être a-t-il été blessé. L'explosion était épouvantable. Il faut faire visiter les hôpitaux et interroger les médecins.

— Nous le ferons dès demain.

Fouché était penché sur le feu qui commençait à flamber, les mains ouvertes devant lui pour se réchauffer, sa silhouette projetée en ombre longiligne sur le plafond de chêne. Il regardait les flammes pendant que son esprit rassemblait à grande vitesse les éléments de l'enquête à venir. Donatien reconnaissait là le professionnel qui dirigeait son ministère d'un caractère égal avec une farouche énergie. Fouché reprit :

— Nous donnons une récompense, nous disséquons les indices, nous interrogeons les témoins et les médecins, nous rapprochons les témoignages. La préfecture entière est mobilisée. J'envoie immédiatement une note à Dubois. Vous êtes responsable pour le ministère, Dubois coordonne, évidemment, mais vous avez préséance dans cette enquête. Vous me faites un rapport quotidien, je ferai activer mes mouchards par ailleurs. À propos de mouchards, sachez une chose importante, que j'ai apprise par l'un des meilleurs. Je sais grâce à lui que Bonaparte se trompe, que les blancs sont derrière l'affaire. C'est pourquoi je suis si tranquille sur l'orientation des recherches.

— Quel est cet élément qui vous rend si assuré ?

— Cadoudal est à Paris.

— Cadoudal ?

— Oui. Il est arrivé il y a deux mois et agit depuis dans l'ombre.

— Voilà qui ne nous facilite pas la tâche.

— C'est le brigand le plus redoutable de tous. Il a rendu les guerres de Vendée sauvages. Il a déjoué tous les plans pour l'assassiner. Il a refusé toutes les offres de paix du Premier consul.

L'information, dont Donatien ne doutait pas dès lors que Fouché la lui donnait, était décisive. Avec un tel ennemi, la partie serait impitoyable.

Cadoudal, qu'une étrange habitude faisait appeler « Georges », était l'ennemi public du gouvernement, le meilleur agent du roi exilé, l'adversaire le plus barbare et le plus constant que la République ait connu. Tout dans sa course laissait prévoir une lutte à mort. À commencer par sa bonne foi. Cadoudal était fils de laboureur devenu clerc de notaire au fond de son Morbihan. Il avait accueilli avec faveur les idées de 1789. Il souhaitait, comme tant de Français, la réforme du royaume. C'est la mort du roi, suivie de la brutale levée en masse décidée par la Convention aux abois, qui avait rejeté le jeune Breton dans la sédition. Quand les paysans du Morbihan refusèrent de quitter leur terre pour défendre cette République qui avait guillotiné leur roi et proscrit leurs prêtres, Cadoudal se révéla. On pouvait difficilement imaginer plus fier soldat. Trapu, ventru mais fait surtout de muscles et de nerfs, nanti d'un cou de taureau et d'un tempérament de lion, il se distingua aussitôt dans l'armée de Stofflet comme chef de cavalerie puis comme officier d'infanterie. Il fut des premiers succès de la Vendée et de ses premières défaites.

Donatien l'avait vu à Granville pendant le siège, menant l'assaut sans prêter la moindre attention aux balles et aux boulets, hargneux, retors, infatigable, plein de haine et de panache. À Savenay où l'armée catholique et royale fut défaite, il combattit jusqu'au dernier carré, puis réussit à se retirer avec ses hommes en se faisant jour par le fer et le feu. Revenu en Bretagne, il fut pris et enfermé à Brest avec sa famille. Il vit mourir sa mère dans sa cellule puis s'évada. Revenu dans son pays, il organisa aussitôt la chouannerie, cette guerre des civils contre des militaires, cruelle, inhumaine dans ses moyens, redoutable dans ses résultats. Les bandes de Cadoudal, fondues dans la lande ou dans le bocage, invisibles et omniprésentes, disposant d'un réseau de caches enfouies dans la campagne, soutenues, aidées, abritées par tout un peuple catholique et breton, furent comme un poignard enfoncé dans le flanc de la République. Il fallait sans cesse renvoyer en Bretagne des soldats bleus que les assassinats et les tortures changeaient vite à leur tour en tortionnaires et en fusilleurs pour éradiquer par la terreur cette insurrection endémique et sanglante.

Cadoudal participa encore aux combats de la presqu'île de Quiberon, quand Hoche écrasa le petit corps d'armée royaliste débarqué par les Anglais sur la plage de Carnac. Il se battit là encore jusqu'au dernier moment, pestant contre l'incompétence des chefs monarchistes et la mauvaise organisation de l'expédition. Puis il se retira en Morbihan, il fut pris de nouveau, on lui proposa de mettre bas les armes. Il refusa et s'évada encore. Il reprit sa course semée de cadavres, vivant dans les sous-bois, dormant le jour, attaquant la nuit, surgissant là où personne ne l'attendait à la tête de bandes fanatisées pour brûler, tuer et épouvanter. Ce fantôme prit la dimension d'une légende. On disait que Cadoudal exécutait lui-même les traîtres, qu'il torturait les prisonniers et qu'aucune considération d'humanité ne pouvait le fléchir. On ne pouvait le voir ni l'atteindre tant il connaissait chaque arpent de la lande bretonne, tant il prenait de précautions pour se cacher et résister.

Il fomentait une nouvelle guerre civile quand il fut arrêté dans son élan par le 18 Brumaire. Deux mois plus tard, Bonaparte le conviait à Paris pour une entrevue. Cadoudal s'y rendit. Le consul lui proposa un grade de général dans l'armée de la République, une rente, un fief, des honneurs et beaucoup d'argent. Cadoudal refusa tout avec insolence, faisant sortir Bonaparte de ses gonds. Puis il disparut en Angleterre, nommé par Louis XVIII lieutenant-général de l'armée catholique et royale. Là, il s'étourdit de projets de descente et de complots, consumé par la haine envers ce nobliau corse qui prétendait garder le trône pour lui quand il revenait, de toute évidence, à Sa Majesté catholique le roi Louis XVIII. Il était maintenant revenu à Paris, sans pardon et sans regret, prêt à tout pour servir son maître, à commencer par un attentat, le « coup essentiel », qu'il avait sans doute ourdi contre le maître de la France. Décidément la partie serait difficile.

Fouché vit l'ombre qui passait sur le visage de Donatien.

— Nous avons deux ennemis, mon cher. Cadoudal, que vous semblez redouter, mais aussi Bonaparte. Nous devons faire une autre chose, en effet. Prenez une plume.

Donatien s'assit à la table du ministre qui lui montra le billet qu'il venait de recevoir du Premier consul.

— Il faut faire une liste de proscription pour les républicains, continua Fouché. Nous n'avons pas le choix.

— Je croyais que vous défendiez leur innocence.

— J'ai appris, mon cher, à ne pas braver de front les colères de Bonaparte. Il est enferré dans son soupçon. L'ordre est formel. Inutile de le contredire maintenant. Nous serions balayés en deux heures. Il a décidé de frapper à gauche. C'est sa politique. Il déclarera coupable un nouveau-né ou un cul-de-jatte républicain. Le vent souffle en tempête. Il faut faire le gros dos.

— Mais qui mettre sur la liste ? Et faut-il la rendre exécutoire ? Une fois proscrits, ils seront déportés dans la Guyane ou aux Seychelles. Ils y mourront, c'est la guillotine sèche. Est-ce la politique de justice du Premier consul ?

— C'est sa politique d'équilibre. Il a refusé de restaurer les Bourbons ; il doit montrer qu'il ne dépend pas des exclusifs.

— Au prix de meurtres légaux, comme sous la Terreur ?

Fouché fit un geste d'impatience.

— Écrivons la liste. Il la réclame. Nous ferons ensuite traîner les choses. Il y faudra une loi. Le Corps législatif est farci de nos amis. Il freinera. Entre-temps nous pourrons arrêter les vrais coupables. Nos républicains seront épargnés.

— C'est une course à la mort.

— Oui. C'est une course entre la politique et la justice. La justice a trois longueurs de retard... Comme toujours.

Fouché ouvrit un dossier sorti d'un casier étiqueté « REP », pour républicains. Il commença à feuilleter les fiches en se rapprochant du feu.

— Écrivez. Allons ! Baudray, rue de Marivaux. Bescher, rue de la Pépinière. Brochet, rue du Vieux-Colombier...

Il récitait les noms.

— Qu'ont-ils fait ?

— Cette fois-ci rien, évidemment. Mais avant... Baudray a assassiné plusieurs Suisses le 10 août, Bescher était bourreau à la prison des Carmes pendant les massacres de septembre, Brochet était du Tribunal révolutionnaire. Tous ceux-là ont beaucoup tué pendant la Révolution. Aucun innocent chez ces gens-là.

— Nous aussi, nous avons tué...

Fouché lui jeta un regard glacial.

— Oui, mais nous sommes au pouvoir, mon cher. Eux, non.

Fouché continua à égrener les noms qu'il lisait sur ses fiches. Tous étaient des républicains que souvent Donatien connaissait. C'étaient les survivants du robespierrisme, les agents des représentants en mission, les aides du Tribunal révolutionnaire, les militants de la Commune. Ils avaient emprisonné, assassiné, condamné, exécuté, certes. Mais, pour Donatien, ils avaient aussi renversé le roi, établi la République, sauvé le pays de l'invasion. Bonaparte, après tout, était l'un d'eux. Après la prise de Toulon, quand le jeune Corse était capitaine, ses soldats avaient versé des flots de sang dans les rues de la ville pour punir l'insurrection royaliste. Maintenant il obligeait Fouché à réprimer des crimes qu'il avait lui aussi couverts. Sinistre revirement de la politique. Soudain Donatien sursauta. Fouché venait de lâcher un nouveau nom.

— Hyacinthe de Saint-Aubin.

— Je le connais ! cria-t-il.

— Moi aussi, dit Fouché. C'est un idéologue.

— Mais non, c'est un militaire !

— L'un n'empêche pas l'autre.

Donatien avait pris un ton pathétique.

— Citoyen ministre, il a eu un comportement héroïque au siège de Granville et en Vendée. Il était à l'armée de Hoche. Il a ensuite été à Toulon avec Bonaparte, puis encore de l'armée d'Italie. Il a sauvé le Directoire avec Augereau en fructidor. Il est maintenant en Allemagne. Comment aurait-il pu comploter ?

Un passé qu'il avait cru apaisé, estompé, évanoui, remontait brutalement à la conscience de Donatien. Le nom de Hyacinthe jailli de cette liste avait rouvert la blessure. Car Hyacinthe était toujours avec Olympe. L'époque de l'amitié et de la passion – l'époque d'Olympe – revenait soudain à son esprit, d'autant plus âpre, d'autant plus douloureuse, qu'il l'avait crue reléguée dans les régions les plus lointaines de sa mémoire. Le rappel des illusions radieuses ravivait sa culpabilité. Le souvenir d'Olympe s'empara de lui. Au cœur de la bataille, il avait connu le plus intense attachement ; au plus fort de la tourmente, sa plus belle histoire d'amour. Un frisson le parcourut, la sueur perla sur son front. Ainsi, par le caprice de la raison d'État, il lui faudrait de nouveau affronter ces fantômes. Il reprit :

— Saint-Aubin est un soldat brave et fidèle.

— Nous avons tous nos états de service, rétorqua Fouché.

Ceux de Fouché avaient surtout consisté à assassiner des malheureux emprisonnés. Donatien poursuivit, de plus en plus animé.

— Citoyen ministre, Saint-Aubin est un ami. Il est encore militaire. Il se bat sous les ordres de Moreau. Cette armée vient de sauver la patrie.

71

Il en est un des officiers les plus brillants. Je réponds de lui.

— Ma fiche dit aussi qu'il complote avec les exagérés, qu'il est lié à Aréna et à Topino-Lebrun, qu'il tient des propos séditieux.

— C'est un spartiate, il croit à une république vertueuse. Mais il est inoffensif pour le Premier consul. Je le sais. Encore une fois, j'en réponds.

Fouché le regarda longuement de ses yeux morts. Il était ébranlé par l'émotion de Donatien.

— Si c'est un ami, c'est différent. Mais il est dans un mauvais cas. Je dois faire cette liste, de toute manière, mon sort en dépend et donc le vôtre. Je veux bien suspendre le cas de ce Saint-Aubin

Il posa la fiche sur son bureau.

— Merci, citoyen ministre. Votre confiance ne sera pas déçue.

— Vous n'en savez rien. Ne me remerciez pas. La fiche est provisoirement écartée. Mais je serai sans doute obligé de le remettre sur la liste. Les affidés de Bonaparte, Réal, Bourrienne, ont aussi leurs fichiers. Ils ont chacun une petite police à eux, que Bonaparte encourage pour m'affaiblir. Eux aussi connaissent les républicains. Si votre ami a vraiment fait ce qu'il est dit sur ma fiche, ils le savent et s'en serviront.

— M'autorisez-vous à prévenir Saint-Aubin ?

— Faites-le. Mais tout va aller très vite. Bonaparte veut frapper tout de suite. Il ne s'embarrassera pas de scrupules. Demain, les premières arrestations auront lieu. Si votre ami est à l'armée, les communications officielles iront plus vite que les vôtres.

— Alors, que faire ?

Fouché réfléchit.

— Il n'y a qu'une solution : trouver les vrais coupables. Alors, nous pourrons détourner le glaive. Vous êtes chargé de l'enquête, Donatien. Commencez dès demain matin. Examinez les restes du cheval et de la charrette. Vous trouverez peut-être une piste. Mon sort, le vôtre et celui de votre ami sont entre vos mains. Dans quelques jours, ce Saint-Aubin sera remis sur la liste, que je le veuille ou non. Ainsi, vous aurez le souci de réussir. Vous avez un intérêt personnel à l'affaire, vous serez plus zélé... Bon. Continuons. Bonaparte voudra son plan de proscription demain. Écrivez. David, marchand de vins, rue Saint-André-des-Arts...

— Saint-Aubin est un pur, dit Donatien.

Fouché n'eut qu'un mot :

— Cela aggrave son cas.

# 5

# Une leçon de police

La cour de pierre laissait voir vers le haut un morceau de ciel d'où tombait un vent glacial. Elle était entourée de bâtiments disparates – une tour de grosses pierres inégales, un immeuble mal crépi, un logis au toit de tuiles rouges. Étrangement, ces constructions sans ordre formaient le quartier général de l'ordre à Paris : la préfecture de police.

Donatien fut accueilli par un Dubois goguenard qui s'était emmitouflé dans une houppelande passée sur son uniforme de préfet. Il avait noué sous son bicorne une grosse écharpe qui lui enveloppait la tête, ce qui lui donnait l'allure d'un pauvre hère ayant détroussé un soldat. Un jeune inspecteur maigre, aux cheveux noirs et à l'air insolent, se tenait un pas en arrière et observait Donatien.

— Votre exposition de débris, mon cher Lachance. J'espère que vous serez content. L'inspecteur Duperron que voici nous assistera.

Les policiers avaient disposé sur des tréteaux tout ce qu'ils avaient pu ramasser dans un rayon de cent toises autour de l'explosion, morceaux de bois, roues, harnais, membres arrachés, vêtements brûlés, ferraille ou essieu tordu. La cour de la préfecture était encombrée de sept tables de planches où on avait étalé la macabre récolte. Chacune réunissait les débris se rapportant au même objet : le tonneau de poudre qui constituait la machine infernale, la charrette pulvérisée par l'explosion, les vêtements arrachés aux morts et aux blessés par le souffle de la bombe, les lambeaux de cuir du harnachement, les restes sanglants du cheval...

— Citoyen préfet, vos hommes ont promptement travaillé.

— Pour pas grand-chose, à mon humble avis. J'ai considéré tout cela : il n'y a rien à en tirer. La seule chose à faire, c'est de convoquer les marchands de chevaux et de leur faire examiner les restes de la jument – ah oui, c'est une jument, nous avons retrouvé ce qui le prouve.

Donatien fit une grimace qui indiquait en même temps son dégoût et l'irritation que lui causait la moquerie à peine déguisée du préfet. Il devait travailler au milieu du scepticisme des services réguliers, qui n'avaient pas aimé recevoir des ordres d'un novice. Comment désarmer cette hostilité ? Il n'eut pas le temps d'y penser, Dubois reprit :

— Je vous le répète, mon cher, la bonne police ne se fait pas avec les choses mais avec les hommes. Notre seule chance, c'est d'avoir un renseignement.

— Nous en aurons, citoyen préfet. Nous en aurons. Mais nous devrions essayer une nouvelle conception, j'en suis persuadé. Les objets aussi ont leur langage. C'est un fait que la police traditionnelle tend à ignorer. Pourtant nous sommes au siècle de l'expérimentation, de la raison en actes. Les expériences que font les esprits scientifiques dans leur cabinet, nous devons les faire dans la police. Si l'on peut reconstituer un animal avec trois os, nous pouvons reconstituer un crime avec trois indices. En tout cas, c'est ma théorie. Nous avons négligé trop longtemps les choses au profit des renseignements, qui sont par nature incertains et douteux. Je suis sûr qu'il y a une science de la police, comme il y a une science de la nature. Mais ce sont là digressions savantes...

— Citoyen, vous êtes donc un philosophe de la police. Je tâcherai de m'en souvenir.

— Citoyen préfet, ne vous moquez pas. Procédons.

Après une courte nuit, Donatien était venu en deux minutes à la préfecture située au bout de la place de Thionville, enveloppé dans un gros manteau de laine, coiffé de son bicorne noir de commissaire. C'était le matin de Noël et un Paris vide de passants s'éveillait dans la lenteur d'un lendemain de réveillon. Donatien avait craint que la neige ou la pluie ne gênent l'examen des indices. Il était rassuré, un temps sec faisait briller la Seine et les toits, donnant à toute chose un éclat net, façades, rues, quais, enseignes ou réverbères.

Sur la première table, on ne voyait que des moignons de bois, des clous déformés et les fragments des bandes de métal qui avaient servi à cercler le tonneau.

— Ce sont les débris de la machine, dit Dubois. Ils sont en miettes et carbonisés. Le baril de poudre était bourré de pierres, de clous et de ferraille pour que l'effet soit plus meurtrier. Vous voyez, tout est détruit, autant essayer de lire dans le marc de café.

Donatien considéra la table, décidé à affronter Dubois dont le ton lui déplaisait. Un début d'idée lui vint. Il prit les rubans de fer qui avaient entouré le tonneau, les examina puis les rassembla devant lui. Il les mit bout à bout, essayant de reconstituer les deux cercles de métal qui tenaient les planches.

— C'était un gros tonneau ? dit-il à Dubois.

— Oui. Les témoins disent que la charrette était lourdement chargée.

— Alors il manque une partie des cercles. Est-on sûr d'avoir tout ramassé ?

Dubois hésita.

— Heu... Oui. C'étaient mes instructions, en tout cas.

— Peut-être n'a-t-on pas tout trouvé...

— Heu.. Je ne sais pas. En principe si. Mais quelle importance, après tout ? Ce sont des morceaux de métal tordu.

— Il peut y avoir un poinçon sur l'un des cercles. Certains tonneliers signent discrètement leur travail, comme beaucoup d'artisans.

Dubois accusa le coup.

— C'est juste, dit-il.

— Tout a volé très loin, poursuivit Donatien. Il est possible que quelques maisons n'aient pas été visitées. Il doit y avoir des débris dans les cours, dans les gouttières, sur les balcons.

— Je vais donner l'ordre qu'on aille chez tout le monde, si on ne l'a fait.

— Je sais que l'explosion a eu lieu juste derrière la maison du consul Lebrun, qui habite en face du Louvre. Son arrière-cour donne sur la rue

Saint-Nicaise. Peut-être n'a-t-on pas osé sonner chez lui si tard...

Dubois se renfrogna encore. Il n'avait pas pensé à cette possibilité.

— Je... Je ferai vérifier.

Le jeune policier intervint avec un air doucereux.

— Il n'y a pas de poinçon, citoyen préfet.

— Ah ? Et comment le savez-vous ? répondit Dubois, avec de la surprise dans la voix, mêlée à l'espoir de se tirer d'embarras.

— Les autres bandes de métal sont là, sur l'autre table. Elles sont mélangées avec d'autres restes de la barrique et de la charrette. Nous avons vérifié ce matin. Il n'y a pas de poinçon.

— Ah, ah ! Vous avez donc vérifié, s'exclama Dubois. C'est très bien, Duperron. Mais allez tout de même chez Lebrun, on ne sait jamais.

— Un inspecteur est parti, citoyen préfet, répondit Duperron en glissant un regard en coin à Donatien.

— Fort bien, dit Dubois qui plastronnait. Mon cher Lachance, vos désirs sont devancés.

Donatien était vexé. L'autre l'avait laissé s'enferrer avant de lui porter l'estocade. Il ravala sa colère et passa à la table suivante où se trouvaient les débris de la charrette, également noircis et concassés. Seules les deux roues étaient entières, quoique brûlées elles aussi par la poudre. Donatien les souleva, à la recherche d'un signe qui aurait été gravé dans un moyeu ou sur l'extrémité de l'essieu.

— Il n'y a rien, dit Duperron, nous avons regardé.

Donatien lui jeta un regard noir et poursuivit son examen. Il remarqua un des brancards, brisé net en son milieu et sali par la fumée. Le saisissant, il le leva dans la lumière. Vers l'extrémité de la tige de bois, le brancard avait été scié et les deux tronçons réunis par des chevilles de fer.

— Il a été raccourci, dit Donatien, la réparation est récente. C'est sans doute pour adapter la charrette à un nouveau cheval. La réparation a dû être commandée par les assassins. Il faut interroger les carrossiers de Paris. Peut-être l'un d'entre eux se souviendra-t-il de la charrette ou du cheval.

— Nous avions remarqué cela, dit Duperron, sur un ton de plus en plus impertinent. Les recherches sont lancées.

Donatien fut exaspéré. Ce jeune policier semblait avoir réponse à tout, dans le simple but de l'humilier devant le préfet, lequel observait la scène avec une joie de plus en plus visible.

Les tables suivantes portaient les vêtements des victimes, du moins ce qu'on en avait retrouvé. Sauf à supposer qu'un des assassins figurait parmi les morts, il n'y avait pas grand-chose à en apprendre. Donatien s'en empara pour les examiner à hauteur de regard. Il n'en tira rien. Mais en reposant un lambeau de veste en laine, il entendit un coup sec sur le bois de la table. Il y avait une poche et dans cette poche il trouva une pièce de monnaie.

— C'est un bout de la veste de la fillette, dit Duperron.

— C'est donc la pièce que les bandits lui ont donnée, répondit Donatien.

Il la considéra un instant puis ne sut qu'en faire. Il la mit dans la poche de son pantalon et passa à la table suivante.

Ils arrivèrent devant les restes de la jument arrangés comme sur l'étal d'un boucher. Donatien revit la tête qu'il avait contemplée la veille sur la chaussée de la rue Saint-Nicaise, à la lueur d'une torche. La tache blanche au milieu du front pouvait faire reconnaître la jument. Il le dit à Dubois. Encore une fois, Duperron avait une réponse :

— Le signalement de la tête a été rédigé, il part cet après-midi dans tous les commissariats pour être affiché.

Donatien porta son attaque.

— Vous avez fait vous-même le signalement ?

— Oui, citoyen commissaire.

— C'est insuffisant, dit Donatien d'un ton sec. Il faut faire examiner cela par un homme de l'art. Il relèvera des détails que nous ne voyons pas. Citoyen préfet, soyez assez aimable pour faire mander le vétérinaire Huzard. Il occupe une chaire à l'Institut, c'est l'un des meilleurs de France. Il fera lui-même la description de la jument, en pied, avec sa taille, sa robe et tous les signes distinctifs, ce qui parlera mieux aux marchands de chevaux, aux cochers et aux palefreniers.

— Heu... Bien, dit Duperron qui était resté court pendant que Dubois se renfrognait de nouveau.

Donatien avait pris un avantage, il décida de le conserver. Il avait remarqué du coin de l'œil un sabot arraché dont le fer brillait dans le soleil. Il le prit sans souci du sang qui collait à sa main et le montra à Dubois.

— Regardez, citoyen préfet, le fer est à peine usé. Ses arêtes sont vives et sa couleur est encore argentée. Il vient d'être changé. Il faut convoquer tous les maréchaux-ferrants et leur faire examiner le fer. Comme il est récent, cela peut raviver un souvenir. Je suppose que vous l'avez fait, Duperron ?

— Heu... Non. Mais nous allons ajouter les maréchaux-ferrants à la liste des marchands de chevaux et des cochers.

— Et les palefreniers ?

— Et les palefreniers.

Dubois serrait les lèvres pendant que Duperron commençait à regarder Donatien sous un nouveau jour. Le novice en remettait au professionnel. Duperron le fixa d'un œil intéressé. Donatien poussa son avantage.

— Une chose me tracasse, citoyen préfet. Sommes-nous sûrs d'avoir le signalement complet des deux brigands ?

— Oui. La fleuriste les a vus. Elle a tout dit à Chazot, le commissaire du quartier du Louvre qui était sur place le premier.

— Je crois me souvenir que l'un des deux était petit.

— Oui, très petit.

— Très petit ? Mais comment peut-elle être sûre ? Elle l'a à peine aperçu quelques secondes.

— Je ne sais pas. Elle a dit très petit.

— C'est curieux. Elle n'a pas pu se rappeler ses vêtements mais elle est formelle sur la taille.

— Cela arrive...

— Citoyen préfet, verriez-vous un inconvénient à ce que je la questionne ?

— Mais... non. Non. Pas du tout.

— Où est-elle ?

— Nous avons relogé les habitants dont les maisons ont été détruites à l'auberge de Notre-

Dame, devant le Palais de Justice. Comme ça nous les avons sous la main pour tout complément d'enquête.

— Judicieux. Allons-y.

Ils sortirent de la cour, prirent la rue de Jérusalem, longèrent le quai du Palais de Justice et traversèrent la rue en évitant une patache lancée au galop. Ils marchèrent jusqu'à une auberge triste qui donnait sur le parvis de Notre-Dame. Le vent fit frissonner Donatien. Il entra et vint se chauffer près du feu qui flambait dans une petite salle à manger au plancher de guingois et aux poutres basses. On alla chercher la fleuriste. C'était une jeune femme grassouillette dont la taille était serrée dans une robe blanche à plis et la chevelure noire couverte d'un fichu noué derrière le cou. Elle s'assit dans un fauteuil près du feu et attendit les questions en souriant.

— Madame Troisier, dit Donatien, vous vous souvenez de l'homme qui conduisait la charrette. Comment était-il ?

— J'ai à peine vu son visage. Il marchait tête baissée et portait un grand chapeau noir qui lui tombait sur le front. Il regardait en coin et derrière lui, sans cesse. Puis il a attendu, et la petite fille est venue, conduite par l'autre homme.

— Il la connaissait ?

— Je ne crois pas.

— Nous avons le témoignage de la mère de la fillette, dit Dubois. C'est une marchande couturière qui est établie rue des Saint-Pères. Ses filles vendent des petits pains aux passants. Marianne lui a dit qu'elle allait surveiller une charrette contre un pourboire. Elle n'est pas revenue. La mère a identifié un lambeau de la robe. Nous avons refusé de lui montrer le corps, du moins ce qu'il en restait, c'est-à-dire les pieds et les bras et un morceau du torse.

— Oui. Je comprends, dit Donatien. Le premier brigand a dû embaucher la petite fille en venant. Il fallait quelqu'un pour tenir la bride. Quel froid coquin ! Mais, madame Troisier, vous avez dit que l'autre homme était petit.

— Pour sûr que je l'ai dit. Il était minuscule.

— Comment cela ?

— Dame, c'est tout simple : il n'était pas plus grand que la petite fille.

— Ah ? De la même taille ? Vous êtes sûre ? demanda vivement Donatien.

— Mais oui ! Je m'en suis fait la réflexion en les voyant tous les trois. Le petit homme et la fille se parlaient d'égal à égal, j'en suis sûre.

— Mais quel âge avait la fille ?

— Treize ans, dit Dubois.

— C'est capital : il suffit de connaître la taille de la fillette et nous aurons la taille de l'assassin. La mère peut nous aider. Les hommes si petits sont rares, c'est un bon renseignement. Duperron, je vous suggère une mission, si le préfet est d'accord.

— Je vous en prie, dit Dubois sèchement.

— Vous compulserez le fichier de la Vendée au ministère, celui que Fouché appelle sa topographie chouannique. Il est précis. C'est moi qui en ai établi la nomenclature. Vous mettrez à part toutes les fiches décrivant un homme très petit. Prenez comme référence un pouce de plus que la petite fille, pour nous ménager une marge. Nous aurons une liste de suspects valables.

— Si ce sont des monarchistes, dit Duperron.

— Certes. Sinon vous aurez travaillé pour rien. C'est le sort des policiers zélés... Madame Troisier, une autre chose m'est venue. Une fois qu'ils ont donné la pièce, ils sont restés à proximité pour attendre.

— Oui.

— À l'approche du cortège, le premier est parti, le petit homme est passé sous la bâche – pour allumer la mèche selon nous – puis il s'est enfui en courant.

— C'est cela, citoyen. Cela m'a surprise de le voir courir, j'ai laissé tomber mes fleurs. C'est ce qui m'a sauvée. Je me suis penchée et j'étais derrière le plan de travail quand la machine a sauté.

— Oui. Fort heureusement. On m'a dit cela. Mais à votre avis, comment l'homme a-t-il su que le cortège arrivait ?

— Euh... Dame, je ne sais pas ! Il l'a vu, tout bonnement.

— Peut-être. Vous a-t-il semblé aux aguets ? Regardait-il d'un côté ou de l'autre ?

— Il a regardé sur sa gauche, ça je le sais.

— Comment le savez-vous ?

— Parce que j'ai l'image en tête. Il parlait à la petite fille. Plusieurs fois, il a regardé vers sa gauche, vers le bout de la rue.

— Il attendait le cortège, dit Dubois.

— Ou bien il attendait le signe d'un guetteur. J'ai vérifié. De là où il était, il ne pouvait pas voir la grille du palais. Seulement l'entrée de la rue. Pour prévoir l'arrivée du cortège, et surtout pour savoir si Bonaparte était dans la première voiture ou la suivante, il fallait avoir un guetteur qui puisse prévenir par un signe quelconque. Sinon le laps de temps était trop court.

— C'est pourtant ce qui s'est passé. L'assassin a été pris de vitesse. Il n'a pas eu le temps de faire exploser la machine sur le passage de la première voiture. C'est comme cela qu'ils ont manqué leur affaire.

— Oui, c'est vrai. Mais c'est curieux qu'il n'y ait point eu de guetteur. Un tel coup se monte à plusieurs.

— Aucun témoin n'a vu quelqu'un d'autre, dit Duperron.

— Si j'avais eu à exécuter l'attentat, dit Donatien, j'aurais posté un complice devant la sortie du palais, qui m'aurait fait signe en voyant le cortège pour que j'aie le temps d'allumer la mèche et de me protéger. Nous devrions suivre cette piste. Il devait y avoir un troisième homme. Autrement, l'attentat était trop risqué. Il fallait être sûr de faire sauter la machine quand Bonaparte passait.

— Mais justement, dit Dubois, ils ont manqué leur coup.

— À quelques secondes. Probablement parce que le cocher allait très vite. C'est dans les interrogatoires. Cela ouvre d'ailleurs une autre piste : peut-être le brigand n'a-t-il pas eu le temps de tourner le coin de la rue pour se mettre à l'abri. Il est parti en courant : c'est qu'il avait peur. La mèche était très courte. L'explosion a été formidable. Du coup, il a peut-être été blessé. Et s'il a été blessé, il s'est peut-être fait soigner. Nous devrions questionner les hôpitaux et les médecins.

Duperron regardait Donatien avec intensité. En quelques observations, l'homme de Fouché avait ouvert deux pistes que les policiers n'avaient pas vues.

— Tout cela est bien raisonné, dit Dubois. Nous allons faire interroger les gardes qui étaient devant le palais. S'il y avait un guetteur, ils l'ont peut-être vu.

— Nous en avons fini avec Mme Troisier. Merci, madame, votre témoignage est précieux.

Ils repartirent vers la préfecture. Comme ils marchaient dans le soleil de midi, longeant la Seine, Donatien exposa sa théorie.

— Pour moi, il devait y avoir un guetteur. Je n'imagine pas un homme seul chargé de guetter et d'allumer la mèche avec une machine d'une telle puissance et un plan si précis à tenir. Nous avons donc deux suspects au moins, sans doute trois, dont l'un est de très petite taille. Le fichier de la Vendée nous donnera peut-être des noms.

— Si ce sont des royalistes, dit Dubois.

— Si ce sont des royalistes...

— Nous devrions avoir un fichier des jacobins.

— Ils sont tous dans la police ! dit Donatien en riant. Vous-même, citoyen préfet, n'étiez-vous pas magistrat sous la Terreur ? Vous aussi, vous avez fait marcher la guillotine.

Dubois lui jeta un regard furibond sans répondre. Duperron sourit. Donatien poursuivit son exposé.

— Le cortège allait plus vite que prévu ou bien le guetteur a prévenu l'autre trop tard. Il était peut-être masqué par un passant ou quelque chose de ce genre. En tout cas, l'artificier a mis le feu à la mèche seulement quand il a vu le cortège tourner dans la rue Saint-Nicaise. Il a couru. Bonaparte est passé en trombe pendant que la mèche brûlait et la machine a sauté entre deux voitures. L'artificier a peut-être été blessé.

Dans ce cas, il s'est peut-être fait soigner quelque part. Nous avons donc cinq pistes : le guetteur dont il faut trouver le signalement ; l'homme minuscule dont nous aurons la taille exacte et qui est peut-être blessé ; le cheval et la charrette, si quelqu'un les reconnaît à partir des débris ; le brancard raccourci dont un carrossier pourrait se souvenir ; le fer à cheval neuf, qu'un maréchal-ferrant a forcément cloué sur le sabot du cheval.

Ils arrivaient à la préfecture. Devant la porte, un groupe était réuni d'où venaient des éclats de voix. Plusieurs factionnaires entouraient une femme blonde qui parlait avec animation. Donatien leur jeta un regard machinal. Il fut pris de saisissement. À vingt pas, sans même voir son visage, il l'avait reconnue. La même chevelure répandue sur les épaules, la même silhouette découplée, la même posture énergique, les mêmes gestes d'une grâce impérieuse. Olympe ! Olympe dont l'image avait hanté ses nuits et ses jours pendant plus de deux ans, jusqu'à ce qu'une aventure italienne efface enfin son souvenir, le plus doux et le plus cruel de sa courte vie. Toute cette histoire lui revint en mémoire comme une vague. Mais il n'eut pas le temps d'y songer. Elle l'avait vu. Elle tournait vers lui son beau visage inquiet.

— Donatien ! Ils me disaient que tu n'étais pas là. Je suis allée au ministère ; ils m'ont dit d'aller à la préfecture.

Il la regardait sans réagir. Puis il reprit ses esprits.

— Olympe ! Tu es à Paris ? Je croyais que tu étais à l'armée du Rhin avec Hyacinthe.

— J'y étais mais je suis revenue après Hohenlinden. Je suis dans une auberge avant de partir pour Granville.

Après tout ce temps, Donatien était bouleversé. La blessure de son âme s'était soudain rouverte.

— Je suis venue pour une raison d'extrême importance. Puis-je te voir ?

— Mais... mais oui, bien sûr.

Il se tourna vers Dubois devant lequel les sentinelles s'étaient mises au garde-à-vous.

— Citoyen préfet, je crois que nous en avons fini pour aujourd'hui. Je dois rentrer au ministère pour faire une revue des informateurs que nous pouvons utiliser. Peut-être pouvons-nous conférer demain matin ?

— Bien entendu, citoyen commissaire. Je vous ferai tenir notre rapport pour le ministre ce soir à six heures, puisque vous faites la liaison avec lui. Il verra que nous faisons diligence. Grâce à vous, d'ailleurs.

La remarque était élégante de la part de Dubois, qui reconnaissait sans ambages la contribution de celui qu'il avait pris pour un blanc-bec arrogant. Une idée lui venant, Donatien prit le préfet de police par le bras et l'emmena un peu plus loin.

— Citoyen préfet, je ne crois pas qu'il faille faire apparaître mon nom dans ce rapport. Signez-le seul. Vos services en ont la responsabilité, les choses seront plus claires ainsi.

Ainsi le préfet aurait seul le bénéfice du travail de déduction que Donatien venait de conduire. Rassuré dans ses compétences, il n'en travaillerait que mieux, sans jalousie de service à service. Dubois le regarda avec reconnaissance.

— Vous n'avez pas seulement de l'esprit, mon cher Lachance, vous avez un sens politique. C'est un geste dont je me souviendrai.

— Oubliez-le, citoyen préfet, et travaillons sans arrière-pensée.

Donatien tourna les talons et entraîna Olympe avec lui. Ils marchèrent vers le ministère, le long de la Seine où les premiers bateaux de la journée apparaissaient pendant que les portefaix et les prostituées reprenaient leurs tours sur les berges boueuses.

— Je devine ce qui t'amène. La police est venue chez toi ?

— Oui, ce matin, à l'auberge. Ils ont demandé après Hussenot, Marlier et surtout après Hyacinthe. Ils voulaient savoir s'il était encore à l'armée du Rhin.

— Qu'as-tu dit ?

— Qu'il y était. Qu'aurais-je dit d'autre ?

— Ils ont des listes de jacobins. Bonaparte a désigné les républicains comme coupables de l'attentat d'hier soir. Toutes les polices, celle de Fouché, celle de Dubois, celle de Bourrienne et celle de Lucien, toutes cherchent les anciens robespierristes, les hébertistes, les babouvistes, bref, les républicains. Ils vont en arrêter un certain nombre. Mais je pensais avoir écarté la menace pour Hyacinthe.

— Ils ne m'ont rien dit, ils n'ont pas parlé d'arrestation. Mais enfin ils étaient très insistants.

— As-tu un moyen de prévenir Hyacinthe ? Fouché l'a ôté de la liste des suspects sur mes instances. Mais quelqu'un d'autre le forcera à l'y remettre, c'est sûr.

— J'ai deux ou trois amis qui peuvent se relayer à cheval jusqu'à Strasbourg.

— Fais-les partir. Qu'ils disent à Hyacinthe de se cacher. Le gouvernement dispose du télégraphe de Chappe pour envoyer des ordres à Strasbourg. Ils peuvent aller très vite.

— C'est si grave ?

— Oui. Bonaparte a failli trépasser. Il s'en est fallu de quatre secondes. Sa vengeance sera terrible. Et surtout, il veut en faire un levier politique. Il veut éliminer l'opposition des idéologues et des exagérés. Il va frapper fort. L'occasion est trop belle.

— Ce sont les nôtres qui ont manigancé cela ?

— Ne dis plus les nôtres. Ce temps-là est passé.

— Pourquoi me renierais-je ?

Donatien la regarda. Son visage un peu allongé, son nez droit, son menton volontaire, son regard clair comme une lame, tout en elle respirait la noblesse. Pourtant elle était roturière, fille de pêcheurs, liseuse de livres et farouche vestale des idées nouvelles. Elle avait adhéré au Club des jacobins, embrassé la cause de la République et combattu les Vendéens qu'elle appelait des brigands.

— La Révolution est finie, Olympe. Il faut ramener la concorde. Seul Bonaparte peut y parvenir.

— Nous n'avons pas mené tous ces combats pour faire un roi en uniforme. Ton Bonaparte est un nouveau César.

— Ne dis pas cela, tu serais suspecte toi aussi. Et si Hyacinthe est du complot, je ne pourrai pas faire grand-chose pour lui.

— Mais il n'a rien fait ! Il se bat dans l'armée de Moreau contre les Autrichiens. Il n'a pas le temps d'intriguer.

— Je m'en doute. Mais l'armée du Rhin est farcie de jacobins. Bonaparte le sait, il voudra se débarrasser d'eux.

— Tu ne peux pas laisser faire ça !

— Je ne laisse pas faire, Olympe. Le meilleur moyen de sauver Hyacinthe, c'est de trouver les vrais coupables. Je les cherche.

— S'ils arrêtent Hyacinthe, que se passera-t-il ?

— Il sera déporté. Aux îles Seychelles probablement.

— Mais c'est la mort certaine !

— Je sais.

— Donatien, au nom de tout ce que nous avons vécu, tu dois empêcher cela. Nous devons empêcher cela.

— Je sais, Olympe, nous l'empêcherons. Je t'entretiendrai de l'enquête au fur et à mesure. Où es-tu logée ?

— Rue Cujas, dans une auberge pouilleuse.

— Alors viens chez moi, j'ai deux chambres. Je pourrai te rendre compte tous les jours.

Elle s'était arrêtée pour le regarder dans les yeux.

— Je veux bien. Ma chambre est si misérable. Je serai au fait des choses. Je pourrai mieux aider Hyacinthe.

Il hocha la tête mais déjà son esprit était ailleurs. En la voyant ainsi, plus belle que jamais, intrépide et d'une pièce, le passé lui revint d'un coup. Il entoura ses épaules. Elle se laissa faire et ils avancèrent du même pas le long du fleuve. Sa proposition était généreuse mais il avait une arrière-pensée. Il retrouvait l'émoi du temps passé. Il était content d'avoir Olympe près de lui plusieurs jours. Sait-on jamais ?

Bientôt une réflexion plus noire l'assaillit. Olympe demandait son secours : il le lui apporterait. Mais il sentait aussi que ce passé le menaçait. Pour sauver Hyacinthe, il faudrait peut-être aller contre Fouché, contre Bonaparte. La condamnation prématurée des républicains était à la fois une injustice et une nécessité politique. En luttant pour la justice, on se mettrait en travers de la politique. Il faudrait peut-être contrecarrer le Premier consul. C'est-à-dire celui auquel il devait tout. Donatien pourrait-il compromettre ses efforts, son ascension, son rétablissement dans la société après avoir failli en être éliminé, et tout cela pour un cas individuel, pour un ancien ami imprudent ? Ce cas était douloureux. Il risquait de ruiner la vie qu'il avait construite, le destin qu'il avait conçu. Il repensa à cette emprise des temps révolus. Amère ironie. Son héroïsme de naguère minait ses intérêts présents. La Révolution avait favorisé son ambition. Voilà qu'elle la menaçait de nouveau. Le passé commanderait-il toujours le présent ? Il affluait soudain dans sa conscience, refoulé par l'amère ironie de Thermidor, qui avait diabolisé le temps de Robespierre. Mais ce temps était celui de la jeunesse, celui de la foi et de la folie. Marchant sans rien dire avec Olympe, il se sentit soudain transporté sept ans en arrière, au paroxysme des guerres de l'Ouest, quand la République était sur le point de succomber, quand l'illusion menait le monde, quand Olympe était apparue. Il était rejeté vers son propre passé, qui était celui de la Révolution, dans un petit port de la Manche nommé Granville.

# 6

# Granville-la-Victoire

Transie, farouche, lamentable, la Vendée marchait vers son destin.

En haillons ou en redingote, suivant ses prêtres et ses généraux, les mains crispées sur leur fusil ou sur les hampes de leurs oriflammes à fleur de lys, les soldats de l'armée catholique et royale s'avançaient vers le nord, sûrs de leur foi, de leur roi et de leur dieu.

Emmenés par La Rochejaquelein, général de vingt ans, par l'abbé Bernier, par Stofflet et Cadoudal, les roturiers royalistes, quelque trente mille combattants progressaient difficilement sur les chemins boueux de Normandie, nourris de pain noir et de bouillon clair, suivis par autant de femmes, d'enfants et de vieillards, éperdus et faméliques. Contre les bleus, cette armée avait gagné les batailles de l'été et perdu celles de l'automne. L'hiver 93 arrivait. Il lui fallait prendre une décision avant le mauvais temps qui arrêterait les combats et, surtout, avant le redressement de la République, qu'on sentait poindre derrière les sauvages résolutions de la Convention.

Alors, quittant ses bases de la Bretagne et de la Vendée, cette horde de gueux conduits par des seigneurs avait passé la Loire à Saint-Florent pour courir vers un projet fou. À Paris, l'assemblée terrible qui agissait comme un seul homme, tel un tyran de la liberté, capable des mesures les plus extrêmes, avait endigué à force d'énergie brutale l'insurrection des départements de l'Ouest. Isolés, affamés, les Vendéens et les chouans ne pouvaient plus se soutenir, réduits à une guérilla paysanne isolée, sans fin et sans espoir. Le message d'un ministre anglais et l'encouragement du comte d'Artois, frère du nouveau roi Louis XVIII, avaient décidé les chefs vendéens : on irait sur les bords de la Manche prendre d'assaut une ville portuaire et donner la main aux Anglais dont la flotte croisait au large. Alors l'armée blanche serait équipée, sa cavalerie harnachée et son artillerie approvisionnée. La République envahie aux frontières de l'Est le serait aussi par l'ouest et la mer. Elle succomberait à ce coup de revers.

Ils avaient étudié les cartes, lu les rapports d'espions, scruté les dépêches anglaises : Saint-Malo et Cherbourg trop bien défendues avaient été écartées. Au contraire, mal protégée par des murs bas et une faible garnison, la petite cité de Granville serait la proie des chouans, le chaînon qui relierait les royalistes à leur roi, les insurgés à leurs alliés, le peuple paysan à l'Angleterre maritime.

C'était un port du Cotentin découvert deux fois chaque jour par la marée et dont les maisons de granit gris étaient serrées sur l'arête d'un cap couronné d'une longue muraille. Cette pointe qu'on appelait le Roc s'avançait comme un crochet dans la Manche, en face de Jersey et Guernesey où la Royal Navy avait ses bases les plus avancées contre la France. Soudain cette ville de quelques milliers d'habitants, délaissée par l'Histoire, petite patrie de pêcheurs et de corsaires, devenait un des enjeux de la guerre qui embrasait l'Europe. Si elle tombait, la République poignardée dans le dos tombait avec elle. Si elle résistait, la Convention, quoique en butte à une formidable coalition, pouvait encore l'emporter. De ce côté aussi, la patrie était en danger et ce danger portait un nom : Granville.

Les Vendéens marchaient donc vers la côte, leurs grands chapeaux rabattus par la pluie, fatigués, affamés, désorientés en pays inconnu, avançant contre la galerne glaciale, le vent de nord-ouest qui donnerait son nom à cette virée du désespoir. Ils gardaient leur ration de poudre sèche à même leur poitrine, cachée sous le petit carré de tissu qu'ils avaient cousu sur leur chemise et où l'on voyait un cœur rouge surmonté d'une croix.

Pendant ce temps, le Comité de salut public de Carnot et Robespierre agissait. Il avait dépêché sur place Lecarpentier, élu de la Manche à la Convention, représentant en mission, chargé de galvaniser les énergies. Il avait nommé au commandement de la place le général Régnier, militaire de carrière, capable d'organiser la défense. Il avait dirigé sur Granville deux bataillons parisiens, formés de volontaires des clubs. Il avait détaché de l'armée des mayençais de Kléber deux autres unités de soldats aguerris qui vinrent renforcer la garnison. Dans tout l'Ouest, il avait rameuté les troupes éparses, recruté les officiers, ramené les canons des places-fortes, fait fabriquer la poudre, fondre les boulets, distribuer les fusils.

À Nantes, Donatien, républicain éprouvé dans la répression des Vendéens, second de l'impitoyable Carrier après avoir été celui de Fouché, avait été désigné pour joindre les Granvillais. À la tête de cinq cents marins prélevés sur la flotte enfermée dans l'estuaire de la Loire par la croisière anglaise, il avait gagné Saint-Malo en coupant à pied la Bretagne et embarqué sur deux frégates ancrées devant l'anse de Solidor. Naviguant de nuit, rasant les récifs de la passe de la Bigne et de la pointe du Herpin, les deux navires avaient mis à terre ce renfort le 7 novembre, au moment où les Vendéens atteignaient la côte à la hauteur du Mont-Saint-Michel.

Ce que vit Donatien à Granville le rassura. Dans cette lutte mortelle, les bleus avaient un atout : cette ville inconnue mais fière avait choisi la République. Sur la pointe du Roc battue par l'écume, un petit peuple vivait depuis toujours à part du royaume, attaché à ses franchises, distinct des campagnes dominées par le curé et le seigneur, fidèle au roi pour autant que celui-ci respectait les droits de ses lointains sujets. Depuis la guerre de Cent Ans, Granville ne connaissait comme ennemi que l'Anglais, celui que chassaient ses corsaires, celui que redoutaient ses pêcheurs, celui que craignaient ses bourgeois toujours menacés par une descente de la Royal Navy mouillée à vingt milles de là dans les îles Anglo-Normandes. Dans le port fermé par une écluse, trois cotres étaient amarrés, armés de douze canons, gréés de hautes voiles qui en faisaient des navires rapides et redoutables. Montés sur ces bateaux corsaires, les Granvillais attaquaient régulièrement les navires marchands de l'Angleterre beaucoup plus puissants qu'eux, comptant sur leur sens marin et leur audace pour vaincre, à l'exemple du Malouin Surcouf dont les exploits étaient déjà célèbres dans tout le pays.

Ainsi, placés par le hasard de la guerre entre la marine britannique et l'armée royaliste, peu soucieux de voir leur ville servir de tête de pont à une invasion de l'ennemi ancestral, convaincus d'égalité et rétifs aux évêques, les Granvillais avaient jeté toutes leurs énergies en faveur de la République. Lecarpentier avait quelque peu forcé cette adhésion. Dès son arrivée, il avait dressé une liste de suspects, mis en prison une poignée de ci-devant, lancé force proclamations sonores, planté un arbre de la liberté et même mis à l'amende, pour « rire incivique », un groupe de jeunes filles qui s'étaient moquées des volontaires mal vêtus. Il n'avait guère poussé plus loin. Nul besoin de guillotine sur la place principale : la ville était patriote et s'armait avec ferveur en vue de la bataille.

Sautant sur la longue jetée de pierre grise qui fermait à la houle un havre naturel, Donatien, qui avait déjà combattu au siège de Saumur et à celui de Nantes, examina la forteresse perchée sur le Roc et renfermant la haute ville. Elle commandait deux grandes baies bordées de sable clair vers la Hague au nord et le Mont-Saint-Michel au sud. Sa muraille était inégale, haute parfois, basse ailleurs, dénuée de meurtrières ou de créneaux derrière lesquels on aurait pu poster des canons. L'artillerie, pourtant, était forte, on en voyait les bouches noires à intervalles serrés au-dessus des parapets, reflétant sur leur culasse les rayons du soleil. La ville s'étendait sur l'échine du cap, d'est en ouest, faite de maisons hautes et étroites qui se découpaient sur un ciel violet dans le soleil couchant. Vers le large, des falaises verticales sur lesquelles les vagues se brisaient garantissaient contre les assauts ennemis. Mais vers l'intérieur, d'où viendraient les Vendéens, le terrain montait en pente douce jusqu'aux murs, qui n'avaient à certains endroits pas plus de trente pieds de hauteur. Dix mètres dans le futur système métrique.

Donatien fit débarquer sa troupe de marins habiles aux canons, armés de piques et de coutelas, noueux et tannés, aguerris par les combats des derniers mois. Par ordres brefs, il les conduisit vers la haute ville par la berge sablonneuse puis par une rue droite et montante qu'on appelait la rue des Juifs. Cette rue de petites boutiques partait d'un ponton jeté sur une rivière qui traversait la basse ville et conduisait à l'entrée de la forteresse, protégée par un modeste pont-levis et une douve peu profonde. Donatien nota avec inquiétude que les dernières maisons de la rue des Juifs, de deux ou trois étages, égalaient en hauteur les murs de défense. Si ces maisons étaient prises, les Vendéens tiendraient les assiégés sous leur feu.

Les habitants étaient aux fenêtres et observaient les marins en veste de laine et pantalon de toile écrue, un bonnet rouge sur la tête, qui marchaient par deux la pique à l'épaule. On criait des encouragements et des mots de bienvenue, on sortait pour offrir du vin ou des jambons, on brandissait des cocardes, on envoyait des baisers à la volée et on lançait des fleurs. En haut de la rue, fouetté par le vent d'ouest, Donatien vit sous lui l'arrondi du port, l'eau verte de la Manche et la ligne de fuite de la côte sud qui se perdait dans la brume vers le Mont-Saint-Michel. Les trois cotres étaient embossés à l'intérieur de la jetée. Ils pourraient canonner dans le dos les royalistes qui recevraient de face les boulets de la forteresse.

Devant le pont-levis, un personnage à écharpe tricolore et chapeau à plumes s'avança vers Donatien, les bras écartés.

— Citoyen Lachance, sois le bienvenu au nom de la République. Ton nom me plaît. Tes braves marins ne seront pas de trop. Ils savent servir le canon et nous manquons d'artilleurs. Entrez, installez-vous, les officiers ont un billet de logement, la troupe sera sous les toiles tendues derrières les murs, chacun à son poste.

C'était Lecarpentier, avantageux dans son uniforme de représentant en mission, chaleureux et péremptoire, un visage long et un nez recourbé qui pointait au milieu de joues rougies par le vent.

— Combien serons-nous ? demanda Donatien.

— Près de cinq mille en comptant les habitants, qui combattront. Il y a de tout, la valeur est inégale mais l'esprit est bon. Ils sont prêts à se faire tuer pour la liberté !

— Fort bien. J'ai su par des gens de Saint-Malo que les brigands sont trente mille. On les a vus passer sur la route de Dol et d'Avranches. Mais la moitié n'ont pas de fusil et personne n'a pu déceler de matériel de siège. Une dizaine de canons et les caissons afférents tout au plus.

— Ils ne s'attendent pas à nous trouver si prévenus et si nombreux. Ils sont ivres de superstition et pour cela dangereux. Mais ils se découragent vite et se débandent facilement quand ils ont affaire à forte partie. L'affaire sera rude mais elle est jouable.

Le chef de la défense pouvait difficilement dire autre chose, sauf à être accusé de défaitisme. Donatien se dit que trente mille combattants faisaient tout de même une belle troupe contre cinq mille, d'autant que les Vendéens étaient impétueux, habitués à charger en masse quel que soit le danger, compensant par l'élan leur pauvre armement.

— Allons à la maison commune, citoyen Lachance. Nous attendions ton arrivée pour tenir conseil. Le général Régnier est là-bas avec la municipalité. Nous avons affecté tes marins à la muraille sud, au-dessus du port. C'est là que l'affaire sera la plus chaude. Ils nous seront précieux pour protéger la batterie du Cavalier, qui prend la rue des Juifs en enfilade.

Donatien fit répartir ses hommes le long des murailles faisant face à la rue des Juifs, sous des auvents de toile qu'on avait disposés vers l'intérieur de l'enceinte, en contrebas du chemin de ronde. Un feu brûlait déjà devant chacun d'eux et des femmes affairées en longue jupe de toile et bonnet blanc préparaient le repas du soir, fait d'andouille, de mouton de la baie et de galettes de froment. Les échanges furent sommaires, les unes parlant normand les autres surtout breton, mais les gestes et les mimiques suppléèrent la parole, installant une ambiance bon enfant coupée de rires et de plaisanteries. Tout autour de la ville fortifiée, les mêmes scènes se reproduisaient, les soldats fraternisant sans mal avec une population amie et accueillante, qui les logeait et les nourrissait.

Donatien suivit le représentant en mission jusqu'à une petite place enserrée de façades austères entre lesquelles on apercevait une mer moutonnante et verte, au milieu de cette ville-forteresse allongée de la côte vers la mer, avançant vers l'ouest comme un sabre. Un arbre se dressait en son centre sortant d'un monticule de terre fraîche, un bonnet phrygien accroché dans sa plus haute branche. C'était l'arbre de la liberté planté par les patriotes de Granville sur la suggestion de Lecarpentier. De part et d'autre, quatre rues étroites partaient, deux vers l'est et deux vers l'ouest, bordées de maisons élégantes et de petits hôtels aux grilles de fer forgé. Au sud de la place, deux canons étaient pointés sur la poterne qui cachait la machine du pont-levis. De toute évidence, Régnier n'avait pas entièrement confiance dans ses fortifications, puisqu'il avait déjà prévu de mitrailler à bout portant les assaillants qui franchiraient l'enceinte.

Sur la place, au mur de la plus grosse maison, un drapeau tricolore flottait dans la brise au-dessus d'une porte de chêne massif à double battant. Les deux hommes la franchirent et montèrent à l'étage pour entrer dans une salle basse éclairée par des fenêtres à petits carreaux, meublée d'une longue table vernie et d'une dizaine de fauteuils rustiques. Là était réuni le conseil municipal, avec les officiers chargés de la défense, qui entouraient un général à cheveux plats et peau bistrée, son sabre posé devant lui dans son fourreau et son uniforme bleu rehaussé de parements dorés et d'épaulettes scintillantes.

— Citoyen Lachance, nous sommes heureux de te voir, dit le général d'un ton solennel. Tes marins nous seront précieux. Ils savent pointer et tirer au canon. Assieds-toi, nous allions délibérer. Procédons.

— À tes ordres, citoyen général, dit sobrement Donatien.

Mais, déjà, il n'écoutait plus le général Régnier. À la gauche de l'officier, une jeune fille blonde et altière le regardait intensément, posant sur lui des yeux d'un bleu transparent. Il était habitué à l'intérêt que lui portaient les femmes mais cette fois il fut surpris par tant de tranquille audace. Il dut faire effort pour venir à l'objet de la discussion, sans toutefois quitter du regard la jeune fille dont il ne s'expliquait pas la présence à un conseil de guerre. Régnier était lancé. Donatien s'arracha à son début de contemplation.

— La défense de Granville, expliqua Régnier, repose sur ses canons. Nous avons trente pièces de 32 et des munitions en abondance. Les vivres sont amassés, il y a plusieurs puits dans la haute ville et les cotres embossés dans le port nous permettent de croiser les feux. Nous pouvons tenir des semaines. Le seul point de faiblesse, que vous connaissez tous, c'est la rue des Juifs où les maisons touchent à la muraille et fournissent des postes de tir aux brigands. Il faut donc les empêcher d'y arriver.

Manifestement, cette discussion en répétait d'autres : la plupart des assistants regardaient Régnier d'un air distrait, comme des spectateurs qui connaissent déjà la pièce. Le général continua sa démonstration dans une atmosphère de scepticisme. Finalement, un des édiles, les cheveux blonds en bataille, le teint coloré fréquent dans cette région de vent froid et d'alcool fort, le coupa vivement.

— Tu reprends ton idée, citoyen général. Tu veux faire une sortie et combattre les brigands en rase campagne. C'est une folie ! Nous sommes protégés par ces murs. Pourquoi les quitter ?

— Citoyen Desmaisons, parce que ces murs seront franchis sans coup férir si les brigands parviennent en haut de la rue des Juifs ! rétorqua Régnier. À cet endroit, le rempart n'est pas haut. Ils peuvent l'emporter d'asssaut, même si cela leur coûte cher.

— Mais s'ils sont trente mille comme on nous le dit, ils nous vaincront à coup sûr dans une bataille rangée à l'extérieur. Attendons-les là où nous sommes plus forts.

La surprise de Donatien augmenta d'un coup. La réponse avait été prononcée d'une voix claire et forte par la jeune fille blonde, dont l'assurance contrastait avec son apparence juvénile.

— Citoyenne Le Hérel, jeta Régnier, depuis quand les femmes s'y entendent-elles en tactique de siège ?

— Je suis la présidente du Club des jacobins. Je suis mandatée par le peuple. J'ai assez montré mon patriotisme ces derniers mois pour avoir le droit de donner mon avis !

Donatien la fixa éberlué. Régnier grommela une phrase incompréhensible puis il déploya devant lui une carte du Cotentin. Il pointa le doigt sur la baie du Mont-Saint-Michel.

— Les brigands ont passé Avranches, ils marchent vers nous le long de la côte. Ils sont étirés sur plus d'une lieue, comme toute armée qui se déplace et qui doit se ranger sur une seule colonne pour suivre la route. Si nous les attaquons au sud de Granville, nous pouvons les battre en détail avant qu'ils ne se regroupent.

— C'est une folie, je le répète, s'écria Desmaisons de plus en plus rouge à mesure qu'il parlait. Nous sommes à l'abri, pourquoi nous risquer à découvert ?

La discussion se poursuivit encore une heure, chacun détaillant ses arguments, sans qu'on prenne un parti quelconque. Finalement ce fut Lecarpentier, en qualité de député représentant la Convention, qui trancha.

— J'ai écouté les uns et les autres, dit-il d'un ton martial. La République veut de l'audace. Nous tenterons une sortie.

Donatien regarda la jeune fille qui le regardait. En signe de connivence, il lui sourit puis écarta les bras pour exprimer son fatalisme. Elle lui rendit son sourire.

Comme le conseil s'achevait, Donatien prit Lecarpentier à part et lui demanda :

— Mais qui est cette jeune femme qui a parlé avec tant d'aplomb ?

— Vous ne la connaissez pas ? Mais c'est la déesse de la Liberté !

— Pardon, citoyen ?

— La déesse de la Liberté. C'est elle qui a tenu le rôle de la déesse quand nous avons planté l'arbre de la liberté, il y a une semaine. Une bien belle cérémonie propre à exciter les ardeurs patriotiques. Je devine que cette jeune femme a aussi excité d'autres ardeurs. Je ne sais si elle incarne bien la Liberté mais elle a à coup sûr un corps de déesse !

Lecarpentier partit d'un gros rire et emmena Donatien dîner.

Le lendemain, deux mille républicains marchèrent hors de Granville en cinq groupes à la rencontre de l'ennemi qu'ils croyaient dispersé le long de la route d'Avranches. Mais les généraux vendéens avaient prévu l'attaque. Ils avaient déjà réuni leur avant-garde et mis leurs canons en batterie au carrefour du Calvaire et sur la Roche-Gautier, la falaise qui faisait face au port à l'autre extrémité de la baie. Les bleus furent vivement repoussés à peine sortis de la ville et canonnés de deux côtés. Leurs officiers virent que l'armée royale s'infiltrait derrière eux le long de la plage vers le port et le bout de la pointe du Roc. Encore quelques minutes et ils seraient coupés de la forteresse. Il ne leur restait qu'à courir se mettre à l'abri. Ainsi le siège de Granville commença-t-il par une retraite, les blancs talonnant les bleus qui remontèrent la rue des Juifs en mauvais arroi, tirant leurs chevaux, les derniers rangs faisant le coup de feu pour ralentir la poursuite. Heureusement Régnier avait été plus sagace dans ses dispositions de défense que dans son mouvement offensif. Il avait fait installer devant le pont-levis, à l'extérieur de la forteresse, une batterie « à barbette » disposée sur un terre-plein sans parapet, dont les six canons prenaient dans l'enfilade la rue des Juifs sur toute sa longueur. Une fois le gros des bataillons républicains rentrés dans les murs, il fit relever le pont-levis et mitrailler ceux qui montaient vers la place-forte, bleus et blancs confondus. Cette canonnade indistincte, si elle était cruelle, eut le mérite de casser l'assaut improvisé des Vendéens. On se mit en masse aux parapets pour fusiller les assaillants. Décimés, les premiers rangs royalistes se désunirent et reculèrent en laissant une dizaine de morts au pied de la muraille.

Sur le rempart, au-dessus du pont-levis, Donatien commandait à ses marins serrés le long du parapet, le fusil en joue. Calmes et méthodiques, ils maniaient la baguette, déchiraient leurs cartouches et rechargeaient sans heurts après chaque coup, obéissant au sabre que Donatien levait et abaissait pour commander le tir. Leur feu était nourri, régulier, maintenant les Vendéens à l'écart de la muraille. Au pied de la forteresse, les canons de la batterie tiraient eux aussi sans discontinuer, obligeant les assaillants de la rue des Juifs à se coucher sur le sol. Soudain Desmaisons et la jeune fille blonde apparurent aux côtés de Donatien, suivis d'une cohorte d'habitants de Granville.

— Que pouvons-nous faire ? dit-elle.

— Rien pour l'instant. Nous les tenons à distance. Baissez-vous, ils nous canonnent du Calvaire et de la falaise.

Un boulet rebondit sur la pierre un peu au-dessous d'eux, projetant des éclats. Un autre siffla dans l'air et s'encastra dans une façade.

— Ce n'est pas grave, dit la jeune fille, les murs ont six pieds d'épaisseur. Ils peuvent tirer tout leur soûl.

— Baissez-vous tout de même.

Elle resta debout.

— Mais qui êtes-vous, mademoiselle, pour parler si haut et obéir si peu aux ordres ?

— Olympe Le Hérel, citoyenne granvillaise, pour vous servir, citoyen.

Elle avait dit cela d'un ton de défi amusé, pendant que le vent faisait onduler sa chevelure. Donatien l'observa, admirant son profil, déconcerté par son assurance. Elle se tourna et lui lança un regard profond. Il ne sut que dire et se tourna de nouveau vers la basse ville, cherchant à voir ce que faisaient les Vendéens. Il avait les deux mains appuyées à plat sur le parapet. Elle se rapprocha ; ils se frôlèrent. Ils restèrent quelques minutes à contempler le combat qui arrivait à un point d'accalmie, en se lançant des coups d'œil complices. Puis Desmaisons, qui était penché sur le rempart à quelques pas, marcha soudain vers eux.

— Regardez, citoyen Lachance, il se passe quelque chose ! cria-t-il.

Dans la rue des Juifs, un jeune homme trapu s'était dressé et avait crié des ordres. Vingt autres se levèrent pour courir en zigzaguant. Une salve partit des remparts, trois assaillants tombèrent, un autre se retourna en panique pour se mettre à l'abri. Le voyant reculer, le râblé le menaça de son pistolet. L'autre continua. Alors l'homme lui tira à bout portant dans la tête et le regarda tomber lentement, un jet de sang jaillissant de sa tempe. Puis il se tourna vers ses soldats interdits. Donatien l'entendit crier, couvrant le bruit de la bataille :

— Voilà pour les lâches ! En avant, vous autres ! Au nom du roi !

Ils reprirent leur progression malgré les coups de mousquet qui crépitaient. Mais, au lieu de s'avancer vers la batterie, ils se dispersèrent et disparurent l'un après l'autre dans les maisons du haut de la rue des Juifs, les plus proches de la muraille.

— C'est Cadoudal, dit Donatien, le plus dangereux brigand de toute la bande. Voyons ce qu'il trame.

Ils ne furent pas longs à comprendre. Au dernier étage des maisons, les fenêtres s'ouvrirent et de longs fusils en sortirent. L'instant d'après, deux servants de la batterie à barbette tombaient foudroyés.

— Il a placé ses meilleurs tireurs aux fenêtres, cria Donatien. Ce sont des chasseurs qui tuent leur sanglier à cent pas sans férir. Voilà qui est grave. Protégez-vous, ils peuvent aussi nous atteindre.

Mais les tireurs d'élite concentraient leur feu sur la batterie en contrebas. Trois autres servants furent abattus dans la minute. Les autres se recroquevillèrent derrière leur canon, tentant d'éviter la ligne de mire. En vain : deux autres s'effondrèrent. Encore dix minutes et la batterie se retrouverait sans servants, comme une proie offerte aux assaillants pour l'instant intimidés par les canons.

— S'ils prennent la batterie, ils vont retourner les canons contre la porte et l'enfoncer. Il faut faire quelque chose.

— Descendons à la batterie pour remplacer les servants, dit Olympe.

— Certes, mais c'est la mort assurée.

Desmaisons s'avança avec un air exalté.

— Les vrais républicains ne craignent pas la mort. J'irai !

— Attendez. Descendons en groupe, par plusieurs échelles, cela divisera le feu.

À cet instant, en contrebas, un servant cria et tomba. Une dizaine de corps jonchaient le sol de la batterie. Les autres soldats réussissaient à se dissimuler derrière les affûts mais ils ne pouvaient plus servir les canons, qui restaient muets.

— Ils vont tous les tuer, s'écria Desmaisons. Il faut soutenir ces braves. Placez la première échelle, je descends !

— Non ! Enlevez au moins votre écharpe, vous êtes une cible trop visible, dit Donatien.

— Un représentant du peuple ne dissimule pas son état !

Trois Granvillais firent passer une échelle par-dessus le parapet et la disposèrent contre la muraille. Desmaisons descendit tranquillement. Il avait à peine fait un pas vers la batterie qu'une balle en pleine tête le coucha par terre.

— Quel héros ! dit Olympe.

— Quel idiot ! dit Donatien.

— Et que proposes-tu, citoyen Lachance ? jeta-t-elle.

— Il faut d'abord se masser au-dessus de la rue des Juifs et tirer tous ensemble s'ils chargent vers la batterie.

Aussitôt Olympe se retourna et donna les ordres aux Granvillais groupés dans les rues perpendiculaires au chemin de ronde. Ils se placèrent au coude à coude avec les marins le long du parapet, fusils braqués sur l'ouvert de la rue.

— Il faut arracher les volets des maisons, s'en servir comme boucliers et descendre sur plusieurs échelles. Puis incendier ces maisons.

Ils commencèrent à s'affairer pour exécuter l'ordre, plaçant les échelles et arrachant les volets de bois, quand un jeune homme un peu replet se détacha du groupe et s'approcha de Donatien, accompagné d'un autre, plus petit, le nez pointu et l'air espiègle.

— J'ai une meilleure idée, dit-il. Ces tireurs vont nous abattre comme des lapins. Il faut s'en débarrasser.

— En effet, l'idée est meilleure. Et comment ferez-vous, jeune homme ? railla Donatien.

— Si je trouve deux grands chapeaux noirs et deux chemises de paysan, je m'en charge.

Donatien le regarda stupéfait. L'autre lui lançait un regard goguenard. C'était un très jeune homme rondouillard et agile, le regard plein de chaleur et les yeux rieurs, habillé en jeune bourgeois, redingote bien coupée et bottes à revers, qui parlait tranquillement pendant que les boulets et les balles sifflaient au-dessus de lui. Soudain un boulet tomba devant eux et s'encastra dans le revers du parapet, de l'autre côté de la fortification, après les avoir éclaboussés de terre molle.

— Fort bien, dit-il en essuyant une motte qui s'était écrasée sur sa joue, mon déguisement sera plus véridique.

Il prit en riant Donatien par le bras et lui exposa son plan. Donatien hésita quelques secondes puis se dit qu'ils n'avaient rien à perdre.

— Allez-y, citoyen. Dès que vous êtes en poste, pointez les fusils vers le ciel. Nous saurons ce qu'il en est.

Le jeune homme disparut. Quelques minutes plus tard, Donatien aux aguets vit passer sur le port, le long du quai, deux silhouettes coiffées chacune d'un grand chapeau noir, pareil à ceux que portaient les Vendéens. Puis il fut distrait par la bataille. Les chouans de la rue des Juifs chargeaient en masse, emmenés par Cadoudal qui hurlait et se démenait comme un diable. Une salve massive tirée des remparts fit un massacre et les canons que les servants avaient rejoints ouvrirent des sillons sanglants dans la troupe des assaillants. Malgré les cris de Cadoudal, les survivants se retirèrent en désordre pour s'abriter plus bas dans la rue. Le tir des chasseurs embusqués reprit alors, toujours aussi meurtrier. On avait placé cinq échelles sur la muraille. Olympe était descendue dans la batterie, un pistolet dans chaque main, et attendait, accroupie derrière un affût. Son dos cambré et ses cheveux répandus sur ses épaules attiraient le regard de Donatien. Il s'en détacha : derrière les deux dernières maisons de la rue des Juifs, il avait cru voir des ombres passer. Il écarquilla les yeux, en vain. Puis au milieu des cris et des explosions, il entendit des coups de feu au dernier étage. Les longs fusils avaient disparu. Ils reparurent soudain et furent braqués vers le ciel. Donatien se tourna vers les marins :

— Ça y est, les tireurs ont été neutralisés. Descendez !

Une cinquantaine de marins passèrent les parapets par cinq échelles et vinrent renforcer la batterie. Les uns tenaient d'une main un volet arraché dont ils se faisaient un bouclier. D'autres portaient sous le bras des torches enduites de suif. Arrivés en bas, ceux-ci coururent vers le pied des maisons. Couverts par le feu venu des remparts, ils allumèrent les torches et les jetèrent à l'intérieur. En quelques minutes, les deux maisons brûlaient, enveloppées par les flammes et la fumée. Donatien vit encore deux silhouettes qui s'échappaient par l'arrière. Cette fois la batterie était sauvée : il n'y avait plus de postes avancés pour les tireurs de Cadoudal.

Le sauvetage de la batterie à barbette avait tout redressé. Les Vendéens ne purent s'établir au pied des remparts pour tenter de les entamer. Toujours la fusillade venue des murs les tenait à distance, toujours les trente canons ouvraient dans leurs rangs des brèches sanglantes. Le soir le combat cessa. Il reprit le lendemain matin mais les mêmes obstacles s'opposèrent à l'impétuosité des royalistes. Vers midi, on entendit dans les rangs des assiégeants toujours canonnés et fusillés des cris de « Nous sommes trahis ! », « Trahison ! ».

— Ils lâchent pied, dit Donatien. C'est toujours la même chanson. Les brigands n'ont pas de constance. Ils vont partir.

Et de fait, petit à petit, les assaillants se retirèrent au milieu des flammes de la rue des Juifs, criant qu'ils étaient trompés, tournant brusquement le dos à la forteresse invaincue.

Une heure plus tard, Lecarpentier et Régnier, suivis par une troupe joyeuse, sortirent par le pont-levis et s'avancèrent sur le remblai qui dominait le port pour observer la retraite de leurs ennemis. On en voyait la longue file cheminer le long du rivage et sur la route d'Avranches pendant qu'un soleil éclatant faisait scintiller la mer devenue bleue. Lecarpentier les regarda pendant de longues minutes, puis il se tourna vers la foule qui s'amassait derrière lui. Il avait préparé une courte et forte péroraison.

— Citoyens, vous êtes les Romains de la Normandie ! Vous avez été dignes de Horace et de Mucius Scaevola ! Les brigands contre vous n'ont rien pu faire. Eussent-ils été cent mille qu'ils auraient pareillement échoué. Les légions républicaines sont invincibles. La ville de Granville a bien mérité de la patrie. J'en ferai rapport à la Convention et vous aurez droit aux compliments de la République. D'ores et déjà, je propose que votre ville s'appelle désormais Granville-la-Victoire. Nous rendrons aussi les hommages qui lui sont dus au citoyen Clément Desmaisons, élu du peuple, qui est tombé au champ d'honneur. Une mention particulière sera réservée au citoyen Donatien Lachance, qui a magnifiquement défendu la batterie du Cavalier avec ses marins et les citoyens de Granville. Honneur et Patrie ! Avec des légions pareilles, les hordes qui nous menacent reculeront, épouvantées. Le courage des citoyens que guide la liberté est irrésistible. Vive la République !

Donatien voulut l'interrompre pour rendre son mérite au jeune homme qui avait fait taire les tireurs de Cadoudal et rétabli une situation compromise. Il le vit souriant dans l'assistance. Il s'avança vers lui pour le faire sortir de la foule. Mais l'autre secoua la tête et mit son index devant sa bouche pour lui intimer le silence. Donatien hésita, lui fit signe, mais déjà Lecarpentier avait tourné les talons pour vaquer à son commandement. Il était trop tard. Le vrai héros du siège de Granville resterait inconnu.

Chacun se remit à ses tâches, les uns pour secourir les blessés, les autres pour éteindre l'incendie qui ravageait la rue des Juifs. Donatien alla féliciter ses marins, dont trois avaient été tués en servant la batterie et plusieurs autres blessés sur les remparts. Il était penché sur l'un d'eux, atteint à la tempe et entouré d'un bandage taché d'un sang écarlate, quand il sentit une présence. Il se retourna. Olympe était derrière lui, avec à ses côtés le jeune homme aux yeux rieurs qu'il avait voulu distinguer en public. Donatien les regarda tous deux, l'un après l'autre, puis demanda au jeune homme :

— Citoyen, je voulais qu'on sache ce que vous avez fait. C'est la moindre justice.

Ce fut Olympe qui répondit.

— Non, citoyen, le peuple ne peut pas avoir dix héros. Mon ami préfère rester dans l'ombre. Il aura d'autres occasions de s'illustrer.

Donatien se demanda pourquoi elle parlait à sa place.

— C'était un simple coup de main, ajouta le jeune homme. Nous avons monté un escalier et tiré deux coups de pistolet. Vous avez commandé toute la manœuvre et de fort galante manière. Honneur vous est dû.

— Mais au moins, citoyen, puis-je savoir votre nom ? Je vous recommanderai.

Olympe répondit de nouveau.

— Il s'appelle Hyacinthe. C'est mon fiancé.

# 7

# Le bâtard de Chaumont

Ils étaient trois enfants de la Révolution, liés au plus serré par ces événements. Suivant des chemins différents, Donatien, Olympe et Hyacinthe partageaient les mêmes idées. À vingt ans, ils écrivaient l'Histoire. La Révolution serait leur jeunesse, leur école, leur patrie et aussi leur ennemie, elle qui dévorait ses propres enfants. Qu'importent le sang et la fureur, ils assistaient à un lever de soleil.

Leur amitié naquit à l'auberge des Huguenans, dans une rue de la haute ville, le soir de la bataille, alors qu'ils fêtaient la victoire autour des pichets de cidre, des rires et des homards. Hyacinthe reprit le récit de son exploit qu'il émaillait de plaisanteries, sa course le long des quais, son entrée par l'arrière de la haute maison de la rue des Juifs, les deux coups de pistolet qui abattirent les tireurs d'élite de la Vendée et le signal donné aux assiégés. Donatien admirait son audace, et encore plus l'humilité de celui qui avait refusé d'être reconnu.

— J'étais un fantassin, dit Hyacinthe, tu étais l'officier. Il ne peut pas y avoir plusieurs héros aux yeux du peuple. Il en sera davantage édifié.

— C'est nécessaire, disait Olympe.

— J'aurai d'autres occasions de m'illustrer, continuait Hyacinthe. Nous sommes au milieu de la guerre. Il y aura d'autres batailles.

— Il n'empêche, c'est injuste, ajoutait Donatien. J'étais derrière les remparts et toi devant...

La salle était basse et chaude, la flambée éclairait les visages d'une lumière dansante et le fumet des gigots qui tournaient sur la broche aiguisait les appétits décuplés par la victoire. Les récits des hauts faits terminés, les plaisanteries et les tranches d'agneau épuisées, le cidre aidant, le trio qui ne voulait pas que la nuit s'arrête plongea dans le murmure des confidences. Chacun déroulait sa courte vie devant les autres, attentifs et amicaux. Donatien était le plus expérimenté, le plus calculateur, le plus politique. Venant de Nantes, mêlé aux guerres de la Vendée, il en imposait par son expérience. Son enfance l'avait préparé à ce rôle compliqué.

Il était né d'une fermière de Touraine, Marie Geneviève Raimbaud, dont le mari, enrôlé dans l'armée de Montcalm, était mort prématurément au siège de Québec. La jeune veuve sans enfant était pleine d'allant et de courage. Le deuil surmonté, elle s'était mise au service du comte de Chaumont, bel homme poudré qui aimait la chasse, les vieux philosophes et les jeunes paysannes. Très vite le comte avait remarqué Marie Geneviève, la jolie veuve. Il lui avait confié son pavillon de chasse, sur l'ouest du domaine, au cœur de la forêt qui recouvrait les terres de Chaumont et à l'opposé du petit château dont le parc ouvrait à l'est sur la route de Bourgueil.

Marie tenait cette maison avec finesse. La chère était bonne, le gibier abondant et les tablées joyeuses. Le soir de ses chasses, le comte prit l'habitude de coucher au pavillon, fatigué, disait-il, de devoir traverser à nouveau la forêt. Et comme il chassait beaucoup, ces séjours au fond des bois faisaient jaser le château et lever le sourcil à la comtesse, femme rêche que le comte avait épousée pour agrandir les terres de la famille. Le comte fit taire les commérages en mariant la jeune veuve à un métayer de son service, Lachance, brave homme dont le nom lui plaisait. Complaisant et avisé, le métayer eut le bon goût de passer le plus clair de son temps dans sa métairie, voyant Marie Geneviève seulement le dimanche, pour la messe qu'on célébrait avec la suite du comte, dans la chapelle de Chaumont.

Lachance fut père : il en fut surpris, lui qui n'avait jamais touché sa femme. Fort content de sa discrétion, le comte lui octroya sa métairie en pleine propriété ; Lachance remercia le ciel pour cette paternité qui lui avait coûté si peu d'efforts et procuré tant d'avantages. Donatien fut élevé dans le pavillon de chasse de Chaumont, une jolie maison à tour crénelée qui dominait la forêt à perte de vue. Il grandit là, avec une mère aimante et pleine de vie, une suite de domestiques et une famille de fermiers heureux de leur sort, formant une aimable société dans ce petit royaume champêtre, où l'on voyait la ferme à main gauche, une grange emplie de lourds barils de cidre à main droite, un verger à l'arrière, des chiens, des chats et une basse-cour de faisans qu'on élevait pour les chasses. Donatien était un enfant des bois et de la terre qui chassait ou pêchait tout le jour.

Il montait avec les deux fils de la ferme de grandes expéditions vers les confins de Chaumont, revenant à la brune crotté et ravi, en frémissant à chaque bruit de la forêt.

Souvent le comte était là, comme un hôte familier, disert et facile. Il impressionnait l'enfant par son équipage et ses grandes bottes de chasse. Il le faisait rire aussi, car il avait une perruque trop petite qui trônait sur son crâne comme une calotte instable, menaçant de tomber à chaque instant et qu'il rajustait sans cesse. Ils dînaient à la chandelle dans la grande salle du pavillon, de soupes et de gibier, comme une petite famille officieuse. Le comte donnait des nouvelles de Versailles où il avait ses correspondants ou bien dissertait sur la littérature, la science ou la philosophie. Marie Geneviève, qui lisait Jean-Jacques, lui donnait la réplique avec du bon sens et une culture acquise au contact de son maître. Parfois ils faisaient la lecture d'une comédie en mettant le ton et Donatien se retrouvait dans un petit théâtre privé, enchanté de ces artifices qui le plongeaient dans un monde de jolies phrases et de sentiments délicats.

Le comte possédait une réserve d'histoires de chasse que Donatien finissait par connaître par cœur, battant des mains pour se faire répéter l'anecdote du lapin habile qui se cachait derrière le chasseur ou celle du sanglier écumant qui avait dispersé la meute en chargeant droit devant lui dans l'allée des noisetiers. Dans la grange, le comte avait aménagé une grande pièce mystérieuse où il faisait ses expériences, initiant Donatien aux lois de la chimie. L'enfant apprenait vite et le comte était charmé de trouver un public aussi acquis pour dérouler le fil de ses découvertes.

Donatien ne se posait aucune question sur sa mère et le comte, qui dormait souvent dans la grande chambre du deuxième étage. Il entendait parfois craquer l'escalier au cœur de la nuit et grincer la porte maternelle mais ces allées et venues lui paraissaient naturelles, tant les enfants prennent comme elles viennent les situations les plus originales. Le comte demanda à l'abbé Chardon, vicaire de Gizeux, qu'il savait instruit, de prendre en charge l'éducation de Donatien. De ce jour, tous les matins, le prêtre, trop heureux de se faire un revenu, débouchait sur son âne dans l'allée qui conduisait au pavillon, pendant que Donatien préparait à la hâte sa plume, son encrier et ses cahiers, dans la grande salle changée en école pour un élève.

L'abbé Chardon avait vite compris la situation dont il serait pendant des années le témoin quotidien. Mais il gardait sur cet état de choses la discrétion d'un confesseur. Il aimait le comte, même s'il réprouvait parfois ses réflexions dangereusement athées sur la marche de l'univers ou sur l'enchaînement logique des causes et des effets. Le comte respectait la religion mais lui déniait le droit de dire le vrai sur la nature. Cette sulfureuse posture plongeait l'abbé dans des abîmes de perplexité. Mais enfin, si le maître lui-même doutait de la tradition, un petit prêtre de pauvre origine n'y pouvait pas grand-chose. Le comte allait à l'office du dimanche. Les formes étaient sauves.

L'abbé Chardon savait sa situation dans l'Église écrite à l'avance, confiné par définition dans les charges secondaires, alors qu'il possédait plus de culture que son curé et même que son évêque, le fils cadet du marquis de Bourgueuil, jeune viveur coiffé d'une mitre qu'aucun mérite ne justifiait. Sa foi se mêlait d'un ressentiment contre ceux qu'il appelait les pharisiens. Il disait à Donatien que Jésus était fils de charpentier et que les pêcheurs, les paysans ou Marie-Madeleine, la femme de mauvaise vie, avaient entendu le message de Dieu bien avant les importants de Palestine.

Le comte s'ennuyait au château, enferré dans son mariage de convenance, affligé de trois enfants assez sots et rivés aux privilèges de leur condition, dont il comparait sans mot dire l'esprit étroit avec la tête déjà bien faite et bien pleine de Donatien. Il chassait donc, et passait de plus en plus de temps dans cette deuxième famille où il dérogeait avec un plaisir à la fois dissident et domestique. Il rêvait de réforme du royaume, fréquentait la société des Lettres de Saumur et écrivait des petits libelles fort bien tournés sur les affaires publiques, qu'il imprimait à ses frais et envoyait à ses correspondants de Versailles.

La comtesse avait deviné son infortune mais n'en laissait rien paraître. De petite noblesse, elle avait rattaché son modeste domaine aux terres de son mari, dont le revenu lui assurait une vie d'aisance et de considération. Pour se consoler, elle gérait en maniaque ses propriétés, refaisant elle-même les comptes de ses métayers, contrôlant les dépenses de ses domestiques, organisant les coupes de bois, fixant le calendrier des jachères, vérifiant le paiement des droits seigneuriaux dont elle avait retrouvé dans un vieux coffre l'ancienne nomenclature et qu'elle avait remis à l'honneur au grand dam de ses obligés.

Tout occupé de ses faisans et de ses chevreuils, de ses cornues et de ses alambics, comblé d'un bonheur tranquille auprès d'une femme jeune et pleine d'esprit, le comte suivait de loin l'administration de son domaine, préférant observer avec tendresse les progrès de Donatien, qui savait déjà le latin et l'histoire à quinze ans, maîtrisait le calcul et lisait à son tour avec avidité Jean-Jacques, Diderot, les pièces de Pierre Corneille et les articles de l'*Encyclopédie* que le comte avait commandée et disposée dans la grande salle du pavillon.

Au milieu de ce bonheur compliqué mais tranquille, la foudre tomba un jour d'automne 1786. Le comte avait forcé un chevreuil et le suivait dans le sous-bois, penché sur l'encolure de son cheval, poussant ses chiens en émoi, suivi de ses gens excités par la poursuite. Soudain un lièvre caché dans un buisson partit comme une flèche devant lui. Le cheval fit un écart. Le cavalier vida les étriers. Sa tête tomba contre un tronc. On le ramena inanimé au château, un filet de sang coulant sous sa perruque rajustée. Le médecin prescrivit une saignée et des bouillons clairs. Le comte reprit connaissance mais une fièvre mauvaise commença. Il resta trois jours entre vie et trépas, appelant à son chevet l'abbé Chardon pour l'entretenir à voix basse. Et le soir du quatrième jour, alors que la maisonnée le veillait en chuchotant, il mourut aussi tranquillement qu'il avait vécu, sa conscience en paix et ses affaires en ordre.

Le lendemain, l'abbé Chardon se présenta au château. La famille assemblée écoutait le notaire expliquer les modalités d'héritage. On voulut faire attendre l'abbé mais celui-ci dit gravement qu'il avait précisément un document se rapportant à la succession. On l'introduisit. Doucement mais fermement, l'abbé tendit au notaire une feuille pliée en quatre en expliquant qu'elle portait l'écriture du comte et exprimait sa volonté. L'officier royal lut alors le document à haute voix. Quand il eut fini, la comtesse était pâle comme la mort et ses enfants rouges comme le satin des fauteuils où ils étaient assis.

Sur son lit de mort, avec l'abbé Chardon comme témoin, le comte avait décidé que le pavillon de chasse et les champs alentour seraient légués à Marie Geneviève Raimbaud, qui recevrait de surcroît une rente de cent livres par an destinée à assurer l'éducation de Donatien. La dotation était mineure ; les terres du comte étaient à peine amputées. Mais la lecture à haute voix de ce codicille officialisait l'adultère et donnait à Donatien une reconnaissance publique. Le spectre du déshonneur se dressait soudain dans la grande salle du château.

La comtesse était une forte femme. Elle se leva sans un mot, s'empara de la lettre et la jeta dans le feu, devant la famille médusée. L'œil terrible, elle s'adressa au notaire et à l'abbé Chardon. « Un mot de ceci et vous serez à jamais nos ennemis ! » Les trois enfants s'étaient levés et l'aîné avait même porté d'un geste emphatique la main à son épée. Le notaire avança un « Mais, madame la comtesse... », puis plongea le nez dans ses papiers. L'abbé interdit ne sut que faire. Il se retira, honteux et troublé.

Le lendemain, Guimier le garde-chasse vint à cheval au pavillon, un fusil dans sa selle. C'était un homme brutal dévoué à sa maîtresse. Il ordonna à Marie Geneviève et à Donatien de déguerpir dans la journée avec leurs affaires. Lui et sa famille s'installeraient le soir même à leur place. Atterrée, elle demanda une explication. « Le bâtard ne peut rester sur les terres de Chaumont », répondit-il. Ainsi, à seize ans, Donatien apprit par la même phrase qu'il avait un père, que ce père était mort et qu'il perdait tout ce qui avait fait son bonheur. Ils partirent dans la colère et l'humiliation, se promettant de revenir, forts de leur bon droit. Ils demandèrent conseil à l'abbé Chardon puis à des avocats. On leur expliqua que le déni était patent mais que la justice du Roy ne leur donnerait jamais raison, faute d'un document écrit et surtout parce qu'on ne désavouerait pas d'un coup, pour eux, la noblesse, la propriété et la famille.

Désespérée, aimant le comte et encore plus son fils, Marie Geneviève pleura sans fin et dépérit. Elle se plaça comme servante à Gizeux, gros village éloigné de deux lieues. Elle travailla beaucoup et gagna peu, entourée de la condescendance goguenarde des villageois, contents de la chute de celle qui avait voulu trop s'élever. Son maigre revenu allait à un collège des oratoriens à Nantes où elle avait mis Donatien sur les conseils de Chardon. Seule désormais, minée par le chagrin, les privations et l'humiliation, elle perdit la santé. À dix-huit ans, Donatien, accompagné de son ami l'abbé Chardon, enterra la dépouille de sa mère.

Depuis le départ de Chaumont, son caractère enjoué l'avait abandonné. Il était fermé, sombre et soucieux. Il lisait avec fureur une littérature de plus en plus séditieuse, désormais libre penseur comme son père, féru de principes, de raison et d'athéisme. Seul l'abbé Chardon pouvait encore endiguer sa passion philosophique. Il jeta vite l'éponge. Le monde des idées consolait Donatien de ses vicissitudes. Quand il revenait de Nantes à Gizeux, auprès de l'abbé, il partait souvent pour de longues marches dans la campagne et finissait toujours, quelque chemin qu'il suivît, par se retrouver, pensif et amer, à l'orée du sous-bois, au pied de la colline où se dressait le pavillon de chasse.

Les principes nouveaux rencontraient si bien sa situation qu'il en devint enragé. Aux oratoriens, il s'était lié avec son professeur de mathématiques, un homme maigre et disgracieux qui possédait l'esprit le plus clair du monde et une connaissance redoutable des principes des philosophes. Il en apprit le calcul intégral, les équations du second degré et les principes de l'Égalité. Le soir dans la salle d'étude sombre, à la lumière d'une petite chandelle, le maître et l'élève conversaient devant une tisane sur l'avenir du royaume, les secrets de la nature ou le rôle des religions. Le professeur prit Donatien en amitié et lui dévoila ses idées audacieuses et ses ambitions frustrées. Comme prêtre il s'éloignait de la foi et concevait des projets plus terrestres de carrière publique, que Donatien comprenait et partageait. Ensemble ils étudiaient la constitution que Rousseau avait donnée à la Corse, dont ils voyaient le modèle de l'organisation future du royaume. Ce professeur de mathématiques en rupture de ban s'appelait Joseph Fouché.

Donatien s'inscrivit aussi à une société d'écrivains, composant le soir à la chandelle des poèmes sensibles sur la nature et des traités assommants sur l'égalité. Sortant du collège, il lui fallait un état. Instruit, raisonneur, bon juriste à son âge, il devint clerc de notaire à Nantes et maîtrisa en quelques mois les arcanes du droit des successions. Dans un cabinet de lecture de la ville, il lisait solitaire les journaux de Paris. Quand furent convoqués les états généraux, il se présenta à la municipalité pour écrire les cahiers de doléances du tiers. On le connaissait comme un jeune homme capable et savant. Il rédigea ainsi les plaintes des paysans des paroisses environnantes, épousant leurs récriminations contre l'impôt inégal, les fluctuations erratiques du marché du grain ou encore le rétablissement des anciens droits féodaux. En dépit de son maintien taciturne, il plaisait aux dames de toutes conditions et put vite détendre son caractère au contact de quelques jolies compagnes attirées par ce visage de chérubin cachant un esprit de logicien.

Un jour, revenant de Nantes à Gizeux pour voir l'abbé, il trouva toute la région en émoi. Nous étions au mois d'août 1789 et le 14 juillet avait déjoué à Paris les combinaisons de la Cour contre l'Assemblée nationale qui s'était proclamée souveraine. Le bruit d'une réaction nobiliaire s'était répandu dans les campagnes. On craignait les bandes de pillards stipendiés par les aristocrates pour semer la terreur dans le peuple. Ces menaces étaient imaginaires. Les nobles se terraient dans leur château, démoralisés par la pusillanimité du roi et l'émigration des grands du royaume, dont le comte d'Artois, frère de Louis XVI, avait donné le signal dès le lendemain de la prise de la Bastille. Pourtant les esprits s'échauffaient. Ils soutenaient la cause des Droits de l'Homme et approuvaient l'Assemblée qui en débattait pendant ce mois d'août qui avait déjà vu l'abolition des privilèges. La Cour était vitupérée, les nobles qui conspiraient dans leur château dénoncés. On s'armait de faux et de haches de bûcheron, on soupçonnait les complots, on s'effrayait de l'arrivée des brigands, qu'on tenait pour certaine.

Les paysans de Gizeux s'étaient assemblés dans une étable à la sortie du village. Anxieux et excités par le vin de Loire, ils s'avisèrent soudain que le jeune homme qui les écoutait en silence connaissait la terre de Chaumont et son château. Les voyant si décidés et si agités, comprenant que son ancienne vindicte trouvait, par le hasard des événements, un instrument d'exécution, Donatien conçut en une minute un plan implacable. Il se leva et tint à l'assemblée villageoise un discours heurté et outré, farci de ses idées philosophiques longuement remâchées, que les paysans ne comprirent pas mais qu'ils approuvèrent.

Ils connaissaient bien l'histoire du bâtard de Chaumont et savaient qu'il était par nature de leur côté. Et quand Donatien leur apprit que les droits seigneuriaux dont ils avaient souffert l'application pointilleuse étaient consignés sur un grimoire dans un coffre du château, ils partirent sur-le-champ à la lumière des torches, marchant sur la route de Bourgueil en une troupe éméchée, hérissée de fourches et de grandes faux recourbées. À Chaumont, Donatien se tint en arrière. Les meneurs vinrent à la grille du château réclamer le grimoire au nom de l'Assemblée de Paris et des principes nouveaux. Guimier le garde-chasse les rembarra. Les paysans lui enfoncèrent une fourche dans la poitrine et ouvrirent les grilles du parc. Alertés par les cris, les fils de la comtesse vinrent au-devant des intrus. Ils furent assommés en une minute et des valets les tirèrent en arrière. La foule envahit le château. Donatien entendit des cris de femmes, des coups donnés dans des portes, des jurons et des imprécations. Au bout d'un quart d'heure, pendant que les domestiques s'enfuyaient par les portes-fenêtres, un feu apparut dans la grande salle qui eut vite fait d'embraser les rideaux, les lambris et les escaliers de bois. Adossé à un arbre du parc, Donatien contemplait le spectacle, raide et silencieux, son visage fermé éclairé par le rougeoiement du feu. Quand les paysans eurent quitté les lieux et le feu brûlé ce qu'il pouvait brûler, il entra prudemment. Tout était noirci et ravagé. Dans la grande salle, il trouva plusieurs cadavres calcinés. Dans la chambre, il découvrit le corps de la comtesse inanimé, sa robe relevée sur ses cuisses. Les trois fils avaient pu s'enfuir. Mais dans la pièce suivante, Donatien s'arrêta net. Puis il tomba à genoux et se mit à sangloter. Sur un lit gisait, mort, son ami et précepteur l'abbé Chardon.

Donatien pleura longtemps. Il fit le lendemain ouvrir l'église pour une messe. Il enterra lui-même Chardon, dans le silence du village à la fois hostile et effrayé par le meurtre. Mais, peu à peu, Donatien se dit que Chardon son ami avait choisi la mauvaise cause. Il s'était interposé ; il avait provoqué la colère du peuple souverain. Il était aveuglé par la superstition : il était tombé du côté de la noblesse, elle qui le méprisait tant.

Le lendemain, dégrisé de sa vengeance mais armé de sa logique, il décida que les temps à venir seraient terribles.

# 8

# La déesse de la Liberté

Après avoir raconté sa vie, soutenu par les verres d'alcool de pomme, Donatien se sentit soulagé. Bizarrement, il était plutôt fier de cette histoire sombre. Retiré en lui-même après le drame, à seize ans à peine, il avait senti que ses malheurs en faisaient un homme à part, dont le sort échappait aux routines. Avec ses condisciples, avec ses maîtres des oratoriens, avec les jeunes femmes qui commençaient à s'intéresser lui, il sentait que sa vie douloureuse le distinguait, qu'elle attirait les autres et le plaçait au-dessus d'eux. Il avait pris plaisir à revenir sur ces épreuves, à détailler sa souffrance. Les meurtres, les massacres qui avaient jalonné sa carrière, même s'ils hantaient ses cauchemars, s'en trouvaient expliqués, justifiés, purifiés. À Nantes avec Fouché puis avec Carrier, il avait fait le mal pour combattre un autre mal. Il avait tué pour le bien. L'écœurement qui le saisissait souvent après les missions qu'exigeait de lui la Révolution était effacé par cette genèse. Il sentait qu'Olympe et Hyacinthe comprenaient ses choix parce qu'ils avaient fait les mêmes. Ce temps était implacable. Il fallait l'être aussi. Les faibles ne comptaient pas. On se battait pour eux mais sans eux. La force gouvernait tout. Le passé était maudit. L'avenir commandait.

Ils étaient attablés au fond de l'auberge des Huguenans, pendant que le vent sifflait entre les murs de granit, à peine couvert par les ronflements de l'aubergiste assoupi. Olympe regardait Donatien avec une intensité inépuisable. Elle était effrayée et transportée par l'âpreté de son récit. Elle aussi avait épousé les temps nouveaux. Elle aussi pensait que le char de la Révolution ne pouvait pas s'arrêter, que la tyrannie menaçait partout, que la pitié était dangereuse.

Elle était fille de pêcheur dans une ville de corsaires debout face au large. Son enfance, c'était la mer. Son père partait sur le petit cotre qu'il avait acheté à force d'économies avec six marins à la peau salée pour des longues journées dans les récifs des Minquiers ou des Écrehou, ces archipels sauvages de la Manche regorgeant de soles, de maquereaux et de dangers. Olympe les accompagnait parfois, endurant le mal de mer, mangeant la viande séchée et les biscuits rassis, vidant les poissons avec les autres et contemplant le soir les lumières rouges du couchant qui se mêlaient à la brume du printemps.

La pêche était dure mais rapportait. La famille avait son bateau et bientôt sa maison dans une rue de la haute ville battue par les vents. Le père d'Olympe croyait à l'instruction. Il était son patron et pensait qu'on pouvait diriger sa vie à force de travail. Il était sorti du lot des marins parce qu'il était avisé. Il avait un peu de bien et voulait que sa famille s'élève. Il mit Olympe chez les pères à Avranches, malgré les pleurs de la fillette que la séparation effrayait. Elle se consola vite. Chez ces prêtres plutôt débonnaires, elle reçut l'éducation d'un garçon et bien vite se mêla à eux, dans la cour commune des deux écoles, dont les hauts murs moussus n'arrêtaient pas le vent de la Manche qui portait avec lui des idées de liberté. À douze ans, l'amour se déclara. Un jeune garçon fut bientôt fasciné par ses cheveux blonds, son cou droit, sa volonté et la facilité avec laquelle elle prenait le dessus dans les jeux les plus intrépides, seule fille à surmonter la timidité de son sexe.

Hyacinthe était le fils du marquis de Saint-Aubin, qui vivait sur son domaine de collines dominant la baie du Mont-Saint-Michel. Le marquis était de l'ancien temps, pieux, austère et lointain, avec une ombre de femme. Il élevait ses trois fils dans la religion et le respect des aînés, dans la conscience de leur supériorité et la fidélité à leurs devoirs. Hyacinthe était rebelle. Il répondait aux précepteurs, il se moquait des maîtres de musique, il échappait à sa gouvernante et partait pour des expéditions au bord des falaises, sur les plages aux rouleaux dangereux, au fond des bois où il relevait les pièges, dans la baie aux sables mouvants où il prenait des crabes à la main ou des bouquets au fond de son haveneau. Il allait en mer par tous les temps, sur le canot d'un pêcheur ami. On l'avait retrouvé un soir de décembre à Cancale, emporté de l'autre côté de la baie par un vent d'est imprévu, bleu de froid, hagard et ravi.

Dans la bibliothèque il lisait des livres interdits, à l'église il versait de l'encre dans les bénitiers, il posait des chardons sur les prie-Dieu, il jetait du poivre sur les hosties. Excédé, son père l'avait placé chez les maristes, où il continuait sa guérilla solitaire, mû par un instinct sauvage et un humour ravageur. Il était le chef des garnements, inépuisable et drôle, qui faisait oublier son corps déjà rond par un esprit destructeur. Hyacinthe faisait rire par instinct, par plaisir et par révolte. Il pouvait contrefaire les professeurs, pasticher les classiques latins, inventer de nouvelles tirades de Corneille, licencieuses et comiques. Il imitait les sermons du dimanche en les tournant en apologie du péché, il changeait le règlement du collège en précis de débauche et l'affichait sur les murs, il rendait Virgile absurde et Cicéron grotesque. Sa verve était tournée contre l'autorité. Avec les autres élèves, il était d'une sollicitude sans faille. Il prenait pour lui toutes les punitions, même celles qu'il ne méritait pas, s'occupait des pensionnaires tristes et défendait les timides ou les solitaires. Si un élève s'avisait d'être injuste ou cruel, il le crucifiait d'un mot d'esprit, prêt à se battre si d'aventure l'autre s'en offusquait. Une réflexion sur son embonpoint valait un coup de poing qui abattait son homme. Mais aussitôt il se précipitait pour soigner le blessé, plein d'inquiétude et de compassion. Depuis son entrée au collège, il était chaque année l'idole de sa classe et le cauchemar de ses maîtres, chaque année plus ingénieux dans l'indiscipline, plus drôle dans la farce, plus audacieux dans le canular. Il posait des seaux d'eau en équilibre sur les portes entrouvertes, il plaçait des gravures libertines dans le missel de la mère supérieure qu'il attachait à un fil mince pour le tirer pendant les vêpres et faire tomber l'image aux pieds des religieuses, soudain persuadées que leur directrice de conscience avait succombé au démon. Il avait déclenché une panique nocturne en envahissant le dortoir des nonnes déguisé en Lucifer. Il élevait une grenouille dans le ciboire du tabernacle de la chapelle jusqu'au jour où l'animal s'était mis à coasser pendant la messe : les vicaires n'avaient pu résister à un fou rire général. Il était néanmoins bon élève et usait de ses lectures pour se jouer des examens. Il professait que la discipline était une invention inutile, que seule l'intelligence comptait, qu'il importait peu que les classes soient sages si elles s'élevaient en esprit. Voltaire était son idole. Il en remontrait sans cesse à ses maîtres, qui se partageaient entre les tenants de l'ordre et les apôtres du savoir, les uns vouant Hyacinthe aux gémonies, les autres le portant aux nues.

Hyacinthe était le diablotin du collège. Olympe était l'amazone de l'école des filles. Ils se reconnurent et se parlèrent. Hyacinthe n'était guère un Apollon. Mais il avait le don de la bonne humeur. Avec lui Olympe riait sans cesse aux éclats, écoutait ses histoires, lisait ses livres, riait de ses innombrables cibles et se faisait la complice de ses farces. Elle confessait ses peines et soignait ses blessures de jeune fille pauvre. Elle échangeait avec lui mille confidences, mille impressions, mille réflexions sur l'avenir mystérieux qui s'ouvre aux enfants sensibles. Solitaire, réservée, elle était fascinée par cette faconde, libérée par cet esprit de satire et de dérision. Lui pansait auprès d'elle les plaies secrètes qu'il cachait derrière son masque de comédie, nées de la froideur de son père et l'insignifiance de sa mère. Il pastichait Ronsard pour déclarer sa flamme, elle répondait en vers de mirliton. Ils se prenaient la main pendant les récréations, se cachaient derrière la chapelle pour s'embrasser, se retrouvaient le dimanche sur une grève ou au fond d'une vallée pour des randonnées aventureuses. À quinze ans, ils quittaient leur dortoir pour se retrouver dans la remise du jardinier ou dans le confessionnal, pour des caresses et des serments. Ce bonheur d'enfants vite grandis aurait pu durer jusqu'à la fin des études. Mais une nuit, ils furent pincés dans la chapelle par le père supérieur averti du manège. Le renvoi fut immédiat.

Le scandale fut mince dans la haute ville, terrible au château. Le père d'Olympe réprouvait mais, dans le peuple, les écarts du cœur étaient tolérés et le pêcheur adorait sa fille. Il était secrètement flatté que le scandale mît aux prises Olympe et le rejeton d'un marquis. L'aventure convenait à ses penchants égalitaires. Le marquis, lui, voyait l'opprobre fondre sur sa maison. Il cloîtra son fils en haut de la vieille tour dans une chambre venteuse, avec un coffre, une bassine, un lit de paille et un bougeoir. Il lui fournit un précepteur qui fermait trois portes à clé chaque soir en partant, laissant Hyacinthe seul dans sa cellule avec son repas et ses devoirs à faire pour le lendemain. Une nuit, Hyacinthe enjamba sa fenêtre, s'accrocha au lierre qui courait sur la muraille et descendit la tour en plaçant ses pieds dans les interstices des pierres de granit.

Le lendemain, pâle et poussiéreux, ayant marché toute la nuit, il attendait Olympe devant sa maison. Ce fut une effusion de passion et d'angoisse. Il était libre, jamais il ne retournerait au château. Elle eut peur du marquis, de la maréchaussée, de son père, de leur réputation. Elle le cacha dans un grenier de la rue des Juifs au-dessus de la boutique d'une vieille tante. On le chercha dans Avranches et dans Granville, en vain. La nuit, elle le retrouvait dans son antre, le dimanche elle l'emmenait sur le canot de son père dans les roches de Chausey chercher des homards.

Il fallait au fugitif un état et un foyer. Après avoir hésité, Olympe l'amena un soir dans le salon de l'étroite maison. La scène fut longue et pathétique. Mais à une heure du matin, le pêcheur accepta d'embaucher Hyacinthe. Le proscrit eut sa paie, sa place à la table familiale et même son éducation, que lui dispensait le soir Olympe revenue de son collège. Au coin du feu, c'étaient de longues leçons coupées de discussions fiévreuses sur la religion, la royauté, Jean-Jacques ou Salluste. Son esprit avait repris le dessus. Il devint le fou du foyer, le bateleur des soirées venteuses, le centre de la famille. Olympe riait toujours la première, subjuguée par le talent de drôlerie qui égayait ses journées et détendait son maintien toujours impérieux. En mer, Hyacinthe ne comptait pas sa peine et semblait infatigable. Il instaurait surtout, à bord de n'importe quel cotre, un climat de joie et de communion qui le faisait rechercher par tous les patrons de la pêche. Le père d'Olympe le pressait de s'établir, disposé à lui prêter de quoi lancer son affaire, à le conduire dans les bons territoires de pêche, à l'initier aux secrets de la navigation, à lui enseigner les enchères du port quand il fallait écouler au meilleur prix le poisson si durement amassé dans les cales.

À dix-huit ans, Hyacinthe avait fait son choix. Il ne serait pas pêcheur, métier qu'il respectait, qu'il avait appris mais qui n'étancherait pas sa soif de gloire et d'honneurs. Renié par sa famille, fiancé sans le sou, cadet de grande famille déchu de son héritage, il serait soldat du roi. Il en avait la valeur et l'ambition. L'artillerie serait son arme. Il était suffisamment vif d'esprit pour égaler les cadets des écoles militaires, assez courageux pour impressionner ses supérieurs. Au milieu des pleurs, il partit pour Caen s'engager. Il était normand : on l'envoya dans les Alpes. Un engagement de trois ans lui donnerait une position. Olympe l'attendrait.

Mais à l'automne 1788, ces plans furent bouleversés. Dans sa caserne de Grenoble, le régiment de Hyacinthe fut l'un des premiers de France à se révolter contre ses officiers à particule. On envoya un autre régiment le réprimer. Il se débanda à son tour. Aristocrate déchu, lecteur des philosophes, prêcheur de réformes, Hyacinthe était un meneur ; il fut élu lieutenant. À Vizille, à quelques lieues de Grenoble, il commanda les soldats chargés de protéger la première assemblée révolutionnaire du royaume. Découragée par l'annonce des états généraux et les atermoiements de la Cour, la hiérarchie militaire entérina l'élection. À l'été, Hyacinthe revint à Granville avec ses épaulettes et son brevet.

La ville était en émoi. Fière sur son roc, pieuse mais indépendante, aimant le roi mais détestant les nobles, Granville soutenait de toute son âme l'Assemblée en butte à la résistance de la Cour. On se réunissait, on discourait, on votait des adresses et des doléances, on exigeait des réformes, on craignait la crise des grains et la réaction aristocratique. Fouettés par le vent d'ouest, séparés de la campagne résignée, le regard tourné vers l'horizon, les Granvillais voulaient des principes nouveaux. Et surtout, ils ne voulaient plus des nobles. Lisant fébrilement les lettres de Hyacinthe, elle aussi élevée dans le culte de Jean-Jacques et de Voltaire, préférant le large à la côte, toujours prête à sortir du port, Olympe s'était jetée aussitôt dans la mêlée. Elle adhéra au club des amis de la Constitution, où elle trouva des notaires, des armateurs, des paysans enrichis, des poètes ratés, des avocats sans cause et des comédiens sans troupe. Tous lisaient avidement les journaux de Paris, correspondaient avec les clubs de Coutances, d'Avranches et de Caen, suivant au jour le jour les péripéties de la lutte entre la Cour et l'Assemblée, entre la noblesse outragée et le peuple de Paris enfiévré.

Au sein du club qui s'assemblait dans un hôtel de la haute ville, Olympe découvrit qu'elle savait parler, qu'elle pouvait sortir du rôle dévolu aux femmes, qu'elle en savait autant que tous ces hommes. Les temps nouveaux lui donnaient un nouvel emploi. Sa posture d'enfance, celle de garçon manqué, devenait une distinction et un atout. Raisonneuse, causeuse, embrouilleuse, elle en imposait par le feu de ses discours, la dureté de sa logique, l'abondance de ses anathèmes. Elle était décidément bas-bleu, citant à tout propos les philosophes, les brochures de Paris, les maximes romaines. Son verbe était farci de sentiments sublimes et de prédictions sinistres. La Patrie, la République, le Peuple, la Nation, la Convention étaient ses divinités, Monsieur Veto, l'Autrichienne, Pitt, Cobourg étaient ses diables. Le grandiose et l'héroïque tissaient ses discours. Elle prenait toujours le parti extrême, approuvant l'émeute qui avait ramené le roi de Versailles à Paris, défendant les lois nouvelles, dénonçant les manœuvres de la Cour, demandant qu'on applique sans faiblesse la constitution civile du clergé, fustigeant les aristos, les brigands et les tièdes, applaudissant au 10 août et à la chute de la monarchie. Le club se scinda en 1791. Olympe suivit les plus exaltés qui s'affilièrent aux jacobins.

Hyacinthe revenu des armées la retrouva et devint officier dans la Garde nationale du département de la Manche, cadet de sang bleu qui commandait maintenant la troupe chargée de protéger la Révolution. Leur passion s'épanouit en même temps que le changement politique. Ils prirent un logis au pied des remparts, menant une vie aussi intense la nuit que le jour, couple révolutionnaire que tout Granville apprit à admirer, à respecter ou à haïr. Quand il manquait des marins, tous deux embarquaient parfois sur les bateaux corsaires que Granville armait contre les Anglais. Marins d'élite longuement aguerris par la pêche, ils complétaient les équipages fatigués par des opérations trop longues. Ainsi ils arraisonnaient les petites unités de commerce ou de pêche qui avaient le malheur de croiser leur route au nord de Chausey ou au large de Guernesey.

Deux fois, payant d'audace, Hyacinthe et Olympe furent de ces équipages qui prirent à l'abordage de gros navires de commerce, au milieu de la Manche. Ils manœuvraient vite sur ces cotres surtoilés, fonçaient sur leur proie par l'arrière, viraient sous la poupe et canonnaient par roulement le vaisseau pris en défaut. Puis ils jetaient les grappins et escaladaient la haute coque mal défendue, un sabre à la main, suivis par l'équipage qui hurlait, obtenant les deux fois la reddition des Anglais après un corps à corps. Ainsi leur action révolutionnaire se doublait d'exploits maritimes : ils n'en étaient que plus respectés des Granvillais.

Hyacinthe exaltait les idées nouvelles en se méfiant des foules et des excès, préférant toujours aux menaces un bon mot qui apaisait les esprits échauffés. Il voulait un royaume réformé mais tenait les exagérés en suspicion. Il avait trop d'humour pour adhérer entièrement à la rhétorique haineuse et venteuse des jacobins. L'accord des classes sociales lui semblait nécessaire et non la victoire de l'une sur les autres, qu'on paierait de trop de sang et de haine. Il se battait pour la Loi mais voulait qu'on la respecte, il déplorait les assassinats qui souillaient leur idéal. Il ne craignait pas la guerre mais la réprouvait, il voulait punir les ennemis de la Révolution mais il n'aimait pas la guillotine.

Olympe lui reprochait sa tiédeur. Elle le trouvait trop méfiant devant les envolées lyriques et les cris de haine contre les ci-devant. Elle décora de ses cheveux blonds et de sa silhouette les cérémonies révolutionnaires. Elle fut rédactrice des adresses envoyées à Paris, que Hyacinthe corrigeait en pestant contre la solennité empesée du style révolutionnaire et quand la Montagne instaura une sorte de religion séculière pour remplacer celle du pape, elle fut la déesse de la Liberté, altière et dévêtue, qu'on admirait pas seulement par ferveur politique mais à qui on n'aurait pas dit un mot de travers. Voilà pourquoi, quand Lecarpentier vint à Granville dépeindre la menace que faisait peser sur la ville et sur la Révolution l'avancée vendéenne, Donatien avait trouvé Olympe et Hyacinthe au premier rang des défenseurs.

Il était plus de cinq heures, l'auberge dormait, le vent s'était calmé, la ville était silencieuse. Ils rentrèrent par la ci-devant porte du Roi, désormais porte de la République, descendant la rue des Juifs où flottait encore l'odeur de l'incendie, pleins d'une joie tranquille. Olympe avait pris le bras des deux hommes et marchait au milieu d'eux, s'appuyant plus sur celui de Donatien. Quand ils se quittèrent, elle l'embrassa sur la joue en se serrant contre lui dans l'obscurité. Hyacinthe ne vit rien, tout heureux de leur nouvel ami, de la victoire et du bonheur d'Olympe.

Les jours qui suivirent furent ceux d'une passion trouble et rentrée. Donatien aimait Hyacinthe qui le faisait rire et lui semblait ce que la Révolution avait produit de plus noble et de plus respectable. Mais il aimait aussi, il le savait maintenant, la déesse de la Liberté. Amour impossible et brûlant, si proche et si lointain. Olympe, qui ménageait Hyacinthe mais ne savait comment dompter son sentiment nouveau, ne cessait de prodiguer à Donatien les marques discrètes de son attirance. Ils aidaient à soigner les blessés, à réparer les maisons, à organiser le ravitaillement. Le soir, ils se retrouvaient à l'auberge des Huguenans pour commenter les nouvelles de la guerre et les événements de Paris. La Vendée battue se reformait plus au sud. On avait lancé contre elle Turreau et Kléber. La lutte continuait, de plus en plus sanglante et cruelle.

Ils vivaient, néanmoins, jouissant de cette trêve inattendue née de la fuite des Vendéens. Olympe emmenait ses deux amis chevaucher sur les plages du Nord, dans les havres que la mer envahissait ou dans les dunes qui bordaient la côte comme un désert de sable. Ils poussèrent un jour jusqu'à la Hague, petit royaume de falaises, de collines vertes et de jardins au nord du Cotentin.

Cet enchantement prit fin le 21 novembre, un autre le remplaça. Hyacinthe reçut ce jour-là un ordre de mission. Il devait rejoindre son ancien régiment, que les nécessités de la guerre civile avaient dirigé vers Toulon révoltée contre la Convention et passée aux Anglais. Le brave général Dugommier conduisait le siège. L'armée républicaine avait subi des pertes. Il fallait des renforts pour exécuter le plan que Dugommier tenait d'un jeune capitaine d'artillerie à l'activité extraordinaire que la dépêche louangeuse désignait sous le nom de Buonaparte. On avait besoin d'officiers compétents et Hyacinthe devait partir sur l'heure pour rejoindre dans une semaine ce siège qu'un dernier assaut devait victorieusement achever. Deux heures plus tard, il avait bouclé son paquetage et scellé son cheval. Donatien et Olympe l'accompagnèrent à la porte de la haute ville. Après maintes embrassades baignées de larmes, ils le virent pousser sa monture dans la rue des Juifs et sa silhouette s'amenuisa dans le crépuscule, comme il prenait la route d'Avranches vers le sud.

Olympe et Donatien n'osèrent parler ni se regarder. Ils restaient immobiles devant un paysage brouillé que la nuit recouvrait lentement. Le départ de Hyacinthe les mortifiait et les libérait. Le silence se prolongea tandis que l'ombre s'étendait à leurs pieds. Olympe prit Donatien par le bras et lui dit : « Allons dîner. » À l'auberge des Huguenans, ils commandèrent une soupe aux choux, une épaule d'agneau et du vin d'Anjou. Ils parlèrent d'abord de Hyacinthe, puis du siège de Granville, puis d'eux-mêmes. Le vin aidant, la conversation prit un tour de complicité. Ils riaient et échangeaient des confidences. Les cheveux d'Olympe lançaient des éclats dorés dans la pénombre comme elle renversait la tête en riant. Une douce ivresse rosissait ses joues et mettait du vague dans ses yeux bleus. Donatien lui trouvait une beauté rare quoique brusque et presque dure. Son corps mince et vif tranchait sur les canons du temps, qui voulaient de la chair et des courbes. Son visage un peu osseux était loin d'être conforme à son idéal, régulier mais taillé trop droit, avec ce nez long et ses yeux qui tombaient sur le côté. Mais leur couleur bleue se réchauffait soudain quand elle riait, ce qu'elle faisait facilement, toujours gaie, volontaire, allante. Ses longs cheveux qui virevoltaient répandaient une grâce de ramure, sa voix claire disait sa volonté et sa passion. Sa peau hâlée couvrait des muscles saillants comme ceux d'une danseuse ; son cou gracile, ses épaules fermes, ses mains sans cesse en mouvement en faisaient une amazone raisonneuse, tendre et intraitable. Ce mélange de douceur et d'action attirait Donatien. Les femmes qu'il avait connues, toutes jolies, n'avaient rien de ce feu ni de cette liberté. Elles étaient d'emblée soumises, coquettes et dévouées. Olympe dominait. Elle entraînait, elle décidait, elle agissait. Donatien la sentait son égale, il était avec elle de plain-pied, il la devinait comme lui habituée aux âpretés de la lutte, aux angoisses du courage. Cette femme aussi forte que lui, peut-être plus, l'intéressait, quand les autres se plaçaient sur un piédestal de vertu pour en sauter dès la place rendue et s'enfermer dans leur rôle d'amante asservie. D'Aphrodite, il passait à Athéna. Il admirait. Pour cela, il aimait.

Olympe découvrait un royaume inconnu. Hyacinthe était rassurant, reposant, apaisant. Il élevait autour d'elle un rempart de prévenance et de drôlerie qui calmait ses peurs. Il lui permettait l'abandon, le repos après le combat, il détendait ce ressort toujours tendu vers le Graal de la Révolution. Olympe luttait au-dehors et s'alanguissait au-dedans, rentrant dans son cocon amoureux, tranquille et doux. Donatien avait brisé cette commode dualité. Dans l'intimité, il mettait soudain de l'aventure. Il avait du mystère, de l'amertume, une rage maîtrisée, une beauté cruelle, qui en faisait un amour dangereux, une passion sombre qui donnait le vertige. Dès la première seconde, elle avait aimé ce regard mélancolique et dur, cette assurance triste, ces gestes économes et coupants. Elle sentait, derrière le silex du regard et les traits purs, une fragilité murée, un cœur enfermé. Elle voulait le dépouiller de son armure. Cet acier bleu et blond cachait des blessures, ce cynisme une souffrance. Aussi bien sa qualité d'officier de la République, adoubé par la Convention, lui donnait le prestige qu'elle attendait. Elle aussi admirait. Elle était attirée par cette énigme comme par le vide. Dans la passion de Donatien, il y avait un monde inconnu qui l'aimantait.

La conversation se ralentit. Olympe s'interrompit puis elle regarda Donatien longuement, sans parler, le menton dans la main, l'œil aigu et le sourire figé. Il ne savait que faire, cherchant un nouveau sujet puis la contemplant à son tour, dans un croisement de regards de plus en plus intense. Ils ne voyaient plus rien d'autre, immobiles et interdits pendant que le crépitement des flammes s'espaçait dans la cheminée. L'aubergiste commença à remuer des meubles et à ranger des nappes pour signifier qu'il allait fermer. En vain. Olympe se décida. Elle allongea lentement le bras et lui prit la main, qu'elle serra fort. Il la regarda encore d'un œil plein d'interrogation. Alors elle baissa le regard en élargissant son sourire, dans une acceptation voluptueuse. Il se pencha au-dessus de la table et entoura ses épaules. Elle s'abandonna, la table vacilla et les assiettes tombèrent à terre dans un fracas incongru. Ils éclatèrent de rire, se levèrent, payèrent et sortirent enlacés dans le froid sous l'œil courroucé de l'aubergiste. La nuit fut un long bonheur de cris et de soupirs, dans un lit humide bientôt réchauffé par un incessant mouvement.

Le lendemain à midi, Donatien fut réveillé par un puissant parfum de café. Seulement vêtue d'une courte chemise blanche échancrée sur sa poitrine, ses longues jambes repliées sous elle, Olympe le regardait en mordant dans une grande tartine de beurre blanc. Donatien se leva doucement, se plongea le visage dans la bassine d'étain posée sur la commode puis s'approcha d'elle en souriant. Il la prit dans ses bras. Elle le repoussa en riant.

— Non ! Laisse-moi boire mon café.

Il s'assit devant elle et remplit son bol. Soudain sérieux, il la regarda :

— Et Hyacinthe ?

Elle avait préparé sa réponse.

— Je l'aime toujours. Mais je n'ai qu'une vie et je te veux aussi. Nous pouvons être tués demain. Je ne veux pas passer à côté de toi.

— Mais que ferons-nous quand il reviendra ?

— Je ne l'abandonnerai pas. Mais vivons, nous verrons...

Il resta muet. Ils n'en parlèrent plus.

Ce fut un séjour au paradis. La ville retrouvait ses esprits après le siège. Les travaux reprenaient, les pêcheurs repartaient en mer, les artisans étaient revenus à leur échoppe. Olympe et Donatien se retrouvaient pour des nuits sans sommeil et sortaient séparément vers midi, pour vaquer à leurs tâches, Donatien avec son escouade de marins, Olympe auprès de la municipalité. Ou ils partaient à cheval chacun par une porte de la ville pour se rejoindre au bord de l'eau. Alors, serrés l'un contre l'autre, les cheveux flottant au vent, ils laissaient des larmes couler sur leurs joues, qui n'étaient pas toujours dues au froid. Au fond de lui-même, Donatien se disait qu'Hyacinthe l'avait précédé dans ces lieux. Mais Olympe avait l'air si heureuse, si sereine, qu'il voulut savourer cette trêve de bonheur qui pouvait s'arrêter le lendemain, brisée par la guerre dont les échos chaque jour parvenaient à Granville, assourdis mais obsédants.

Un dimanche matin de pleine mer et de grand soleil, Olympe conduisit Donatien au bout de la longue jetée du large qui fermait le port à la houle. Elle y avait amarré le canot de son père. Ils sautèrent à bord, chacun portant un panier de victuailles et une bouteille de cidre. Elle hissa la voile aurique face au vent d'ouest et défit l'amarre passée en double sur le gros anneau de la jetée. Elle mit la barre dessous, le petit canot s'élança bravement à la rencontre des vagues, virant pour doubler la pointe du Roc et diriger son étrave bondissante sur les petites îles bleutées qu'on voyait à l'horizon.

Ils croisèrent une dizaine de cotres qui faisaient route vers Cancale, grands oiseaux aux ailes de toile déployées, qui semblaient voler sur l'eau. Ils observèrent les plongeons en piqué des cormorans qui disparaissaient sous l'eau de longues minutes pour reparaître le cou gonflé par le poisson qu'ils avaient avalé dans leur raid sous-marin. Au fond de sa baie, vers le sud, le Mont-Saint-Michel, comme ils gagnaient vers l'ouest, sortait de sa cachette derrière la pointe de Caroles, comme une sentinelle familière prend son tour de garde. Au bout de deux heures de vent et de soleil, ils pénétrèrent dans un entrelacs d'îles et de récifs, manœuvrant pour éviter les hauts fonds recouverts d'algues qui ondoyaient avec le ressac, louvoyant entre les pics de roche qui pointaient dans une eau cristalline et turquoise miroitant sur un fond de sable blanc. Olympe échoua le bateau sur une plage qui entourait une colline herbue. Ils allèrent s'asseoir près du sommet sur un rocher plat pour regarder la mer découvrir en se retirant un immense paysage de pierre et d'eau, vaste désert mouvant de lagons bleus, de grèves dorées et de cailloux noirs. Ils parlaient peu, intimidés par l'étrange splendeur de l'archipel où la marée révélait soudain le fond de la mer partout ailleurs caché aux hommes.

Le repas fini, Olympe entraîna Donatien dans les trous d'eau verte d'où elle sortit en une heure deux gros crabes et un homard qu'elle jeta au fond de son panier, euphorique et moqueuse envers le horsain maladroit qui n'avait pas même entrevu une crevette. Comme le flot revenait, ils rembarquèrent dans le canot et firent voile jusqu'au *sound* de Chausey, petit bras de mer protégé du vent d'ouest par les hauteurs de la grande île qui se découpait sombre et mystérieuse sur le ciel rouge du couchant. Voyant la mer monter, Olympe porta l'amarre haut sur la cale de pierre noire et luisante et ils marchèrent parmi les ajoncs pour rejoindre le hameau des Blainvillais où les pêcheurs de Chausey avaient formé une petite communauté austère et laborieuse. Olympe salua les amis de son père qui fumaient sur le pas de leur porte en attendant le dîner. Dans une maison de granit basse dont l'occupant était en mer, ils firent un grand feu dans la cheminée grise où ils pendirent une marmite de fonte. Les crabes et le homard furent jetés dans l'eau bouillante et, pendant qu'ils cuisaient, Olympe sortit d'un buffet de chêne une bouteille de vin. Ce fut un dîner de rires et de confessions, coupé de leçons bruyantes de découpage de crustacés et de longs baisers fébriles. Vers onze heures, comme un vent sifflant se levait avec la marée haute, Olympe prit Donatien par la main et le conduisit dans une chambre minuscule décorée de boiseries cirées et de rideaux à carreaux rouges et blancs. Elle posa la chandelle sur une table bancale. Dans la lumière douce qui vacillait, elle lui ôta un à un ses vêtements, caressant longuement chaque partie de peau dénudée, jusqu'au plus intime. Il résista de longues minutes, les yeux fermés. Puis, n'y tenant plus, il la renversa sans ménagements sur le lit blanc. Et toute la nuit, les pêcheurs voisins entendirent se mêler aux gémissements du vent des soupirs plus terrestres qui semblaient ne jamais devoir finir. Le lendemain, dans le canot qui les ramenait à Granville sous un ciel plombé, Donatien se dit qu'il venait sans doute de vivre la plus belle journée de sa jeune existence.

Tout bonheur est éphémère : une lettre attendait Olympe à Granville. Elle la lut et s'effondra sur son lit. Puis elle courut en larmes la montrer à Donatien. La lettre était de Hyacinthe ; elle portait la foudre.

« Mes amis », commençait-il.

« Je me résous à vous écrire à tous deux après une douloureuse méditation. Mon cœur saigne mais j'en suis venu à cette conclusion : je n'ai pas le droit de vous empêcher d'être heureux. Demain ce petit capitaine Buonaparte qui sera un grand soldat a commandé l'assaut. Mon régiment a pris la relève, il sera en première ligne. Je serai peut-être tué. Je vous dois la vérité. J'ai deviné votre inclination. Je l'ai comprise au premier jour. J'ai cru devenir fou, j'ai pensé tout dénoncer, j'ai pensé m'enfuir, j'ai même pensé au meurtre. Mais je n'ai rien dit et vous n'avez sans doute rien vu. C'est moi qui ai demandé à être rappelé sous les armes.

Mon bonheur passe après celui d'Olympe, que j'aime et que j'aimerai toujours de toute mon âme. Quant à toi, Donatien, je t'ai observé. Tu n'as rien fait, je dis bien rien, qui soit contraire à l'honneur ou à l'amitié. Aujourd'hui c'est sans doute différent. Mais le malheur qui me frappe est né d'un mouvement du cœur, d'un de ces revirements de sentiment qui nous échappent et nous dominent.

Olympe, je te pardonne, même si ton amour a été pour moi une raison de vivre, peut-être la seule. Sans le savoir, tu avais fait ton choix. L'amour ne peut pas vivre caché. Tu l'ignorais mais j'ai senti que tu m'avais déjà écarté. Je me retire sans bruit. Cette décision est la plus cruelle de ma vie. Mais elle est conforme à l'honneur et à l'amitié. Elle est nécessaire. Je me consolerai sur des chemins nouveaux.

Mais je dois briser là : nous attaquons à six heures. Buonaparte a demandé l'extinction des feux, je dois éteindre ma chandelle. Adieu donc.

Gardez le souvenir d'un ami qui ne sera peut-être plus là demain soir mais qui toujours pensera à vous, ici-bas ou dans le ciel des prêtres ; gardez le souvenir de votre

Hyacinthe de Saint-Aubin »

Ils restèrent enlacés sans parler. Le corps d'Olympe était secoué de sanglots. Donatien la caressait doucement en tentant de l'apaiser. « C'est la lettre la plus noble que j'aie jamais lue », dit-il. Il sentait qu'il ne pouvait en dire plus. Son premier mouvement était de tout arrêter, d'écrire dans l'instant à Hyacinthe qu'il lui restituait son bonheur. Mais il avait encore en lui le souvenir de ces jours, les plus beaux et les plus doux qu'il ait jamais vécus. Il n'osait choisir l'amitié, il n'osait choisir son amour. Olympe devait décider.

Peut-être parce qu'elle avait suivi le même cheminement, elle se détacha de lui, prit son châle et sa clé et disparut sans un mot. Il la suivit du regard, penché à la fenêtre de sa chambre. Elle marcha vers les remparts qu'elle longea en regardant la mer. Puis elle disparut dans l'obscurité. Donatien l'attendit toute la nuit. Au matin, il alla chez elle. Il monta les quelques marches de granit qu'il connaissait bien. Sur le pas de sa porte, une lettre était posée, menaçante. Il l'ouvrit en tremblant. Il la lut et la jeta à terre.

Olympe était partie. Elle avait sellé son cheval à l'aube et pris le chemin d'Avranches, pour voyager vers le sud. Anéantie par la lettre de Hyacinthe, elle voulait tout effacer et tout recommencer. Les jours passés avec Donatien seraient un souvenir intact et beau, une parenthèse de pure passion, une « terra incognita » magnifique et secrète, une zone blanche sur la carte de la mémoire. Sa vie était avec Hyacinthe. Abattu et défait, Donatien alla marcher sur la longue jetée face au large, d'où l'on voyait les taches bleues de l'archipel à l'horizon. Il avait compris qu'il ne la reverrait pas. Il fallait maintenant vivre avec cette blessure qui ne se refermerait pas.

Jusqu'à ce jour de nivôse 1800 où elle était revenue, éperdue et belle comme au premier jour, lui demander de sauver son rival.

# 9

# Mme Récamier

Juliette prit Donatien par le bras et lui sourit d'un air mutin. « Voulez-vous que je vous montre ma chambre ? » Interloqué, le jeune homme hésita puis répondit avec un peu de gêne. « Si vous m'en priez, madame... » Il était habitué à susciter l'intérêt des jeunes femmes. Mais si vite... Elle l'entraîna à l'intérieur.

Il revint aussitôt de sa méprise. Il y avait foule à l'entrée de la chambre de Mme Récamier. C'était une mode nouvelle chez les dames du Consulat : comme les rois à Versailles, elles ouvraient leurs appartements à tous, chambre et salle de bains comprises. Juliette avait lancé cette habitude ; elle-même resterait célèbre pour conduire la conversation allongée sur un sofa.

Il la considéra de biais. Méritait-elle ce titre de plus jolie femme de Paris, qu'elle avait ravi à son amie Thérésa Cabarrus, l'égérie du Directoire, celle qu'on avait appelée Notre-Dame de Thermidor ? Sa bouche était petite et son menton un peu rond. Mais son nez droit, son demi-sourire, ses grands yeux noirs, sa peau transparente sous laquelle on voyait circuler le sang lui donnaient cet air de nostalgie langoureuse qui promettait les grandes passions. Ses boucles brunes étaient retenues par un bandeau de velours noir qui tombait d'un côté jusqu'à son sourcil. Une robe blanche décolletée découvrait sa gorge et laissait voir ses fines épaules. Cette robe de mousseline serrée haut sur la poitrine glissait en plis réguliers jusqu'à ses pieds nus chaussés de sandales à l'antique. Légère et transparente, elle révélait une silhouette de nymphe dans le contre-jour des lampes, avec une gracieuse impudeur qui la nimbait d'un nuage de séduction.

Les légendes couraient sur Juliette. On disait que son mari, de deux fois son âge, le banquier Récamier, était en fait l'amant de sa mère et son père naturel. On ajoutait qu'il avait contracté un faux mariage pour lui donner un état. Vivant avec lui, elle rayonnait au milieu d'une constellation de soupirants où l'on trouvait des ministres, des écrivains, des généraux et des financiers.

On prêtait à Juliette une foule d'autres amants chamarrés, et même des maîtresses, dont la plus citée était Germaine de Staël, reine exubérante des libéraux qui, pourtant, n'aimait que son cérébral Benjamin Constant, ce romantique timide, théoricien politique le plus brillant de sa génération. Juliette était au centre des rumeurs. Les uns suggéraient une sensualité sans frein cachée sous les atours de la modestie et de l'élégance, les autres la disaient frigide, jouant cruellement des sentiments brûlants qu'elle ne pouvait éprouver. D'autres encore affirmaient plus crûment qu'elle était affectée d'une malformation intime qui lui interdisait le commerce permis aux autres femmes. Alanguie et d'abord facile, quoique sévère d'opinions et plutôt monarchiste, elle faisait en tout cas les modes et les carrières en recevant tout ce qui comptait à Paris, sans distinction de naissance ou d'idée, mêlant les deux mondes de la Révolution et de l'Ancien Régime dans les plaisirs de la conversation, les concerts improvisés et les impromptus littéraires.

Mais ce n'était pas l'invitation de Mme Récamier qui avait conduit Donatien dans le petit palais raffiné de la rue du Mont-Blanc construit par Necker au fond d'une cour plantée d'arbustes rares. C'était l'ordre de Bonaparte. À six heures du soir, un chasseur en uniforme s'était présenté au ministère pour lui remettre un pli. « Citoyen Lachance, veuillez venir ce soir à onze heures chez Mme Récamier. Nous verrons ensemble un informateur qui en sait sur l'attentat. Signé : Bonaparte. »

Le Premier consul n'était pas encore apparu et Juliette faisait à ses hôtes les honneurs de sa demeure, promenant les nouveaux arrivants de pièce en pièce avec une gracieuse nonchalance. Sa chambre était une haute salle entourée de glaces avec deux portes de marqueterie ornées de bronze et de grandes fenêtres donnant sur la cour. Face aux fenêtres, le lit de style antique, voilé par des rideaux de fine mousseline et posé sur un gradin à deux marches, était comme un nuage de brume flottant au milieu de la pièce. Il était flanqué de vases de porphyre et de candélabres à bougies de huit branches. Sous les rideaux se montrait une tenture en damas de soie violet relevée à droite et à gauche pendant le jour et qu'on relâchait la nuit pour dormir. Une large bande de satin vieil or couronnait le haut de la tenture autour du ciel de lit. La chambre était chauffée par une majestueuse cheminée de marbre surmontée de tableaux et de bronzes. La salle de bains, à peine moins grande que la chambre, était décorée de glaces et d'une tenture de gros de Tours vert tombant en petits plis. Elle contenait une baignoire encastrée dans une niche de glace et dissimulée sous un velours rouge.

On passait ensuite dans le boudoir éclairé de ces lampes d'Argand qui brûlaient du pétrole, occupé par le grand sofa où Juliette avait l'habitude de s'étendre pour recevoir l'après-midi. Puis on redescendait dans le grand salon du rez-de-chaussée déjà trop petit pour contenir les invités. Les dames étaient assises sur des fauteuils disposés en cercle et les hommes circulaient parmi elles pour leur faire la conversation. Un autre salon était consacré aux jeux de cartes et de roulette. On s'y retirait aussi pour causer : dans le grand salon, l'orchestre jouait déjà et des invités s'étaient mis à danser. Partout des fleurs et des plantes exotiques exhalaient des parfums mélangés tandis qu'une nuée de valets entretenait le feu des cheminées et présentait sur des plateaux des coupes de champagne, des verres de bordeaux et des orangeades frappées. Donatien joua des coudes pour observer les danseurs. L'orchestre était dirigé par un chef mulâtre plein de passion qui annonçait les danses d'une voix forte avant d'entamer ses morceaux. Les dames faisaient des arabesques en cadence, formant un tourbillon de mousseline et de rubans. Les hommes suivaient avec retenue, à l'exception d'un vieil aristocrate à la perruque énorme et frisée qui composait des figures compliquées sans avoir l'air de remarquer qu'il était en public, sous le regard amusé des élégants.

Soudain la forte voix d'un chambellan couvrit la musique : « Le Premier consul ! » L'orchestre s'arrêta, chacun s'immobilisa. D'un pas pressé, Bonaparte fit son entrée dans un soudain silence, vêtu de la redingote d'apparat rouge et or des consuls, ses gants jaunes à la main et son épée sertie de diamants au côté, Joséphine à son bras. Il alla droit sur Juliette, la gratifia d'un baisemain rapide et lui dit d'un ton militaire :

— Je suis bien aise de vous voir, madame, on m'a tant parlé de votre beauté. Je vois qu'on ne m'a pas trompé !

Juliette plissa ses yeux d'écureuil et répondit d'un sourire enjôleur :

— Je suis bien aise de vous voir aussi, général, on m'a tant parlé de vos promptes offensives. Je vois qu'on ne m'a pas trompée.

Bonaparte resta court et prit un air niais. Joséphine, qui souriait sans ouvrir la bouche à cause de ses dents noires, embrassa Juliette et gratifia l'assistance d'un gracieux mouvement de menton.

— Venez, général, je vais vous présenter mes invités. Ils ne sont pas tous des fervents soutiens du gouvernement, mais ils sont tous heureux que vous ayez échappé à cet horrible attentat.

— Madame, s'ils sont vos amis, c'est qu'ils sont de confiance. Je ne demande pas qu'on m'aime mais qu'on aime la France. Quant à l'atroce attentat, j'en ferai une justice éclatante, soyez-en sûre.

— Chacun ici vous appouvera, général ! Il faut terminer ces violences. Toute la France y aspire !

Sur un signe de Juliette, l'orchestre s'était remis à jouer en sourdine. Bonaparte commença à passer de groupe en groupe, aimable et brusque à la fois. Il n'était guère mondain, ne savait trop comment entamer une conversation. Le monde ne l'intimidait pas mais il n'était pas rompu aux mœurs des salons. Il n'avait de conversation que pratique, historique ou politique, ignorant ces petites choses de la vie courante qui font la trame de la plupart des propos qu'on échange sur terre et dans lesquels on peut mettre de l'esprit et du pittoresque. Aussi il se contentait le plus souvent de quérir le nom de son interlocuteur avant de passer au suivant. Il tournait ainsi autour de la salle illuminée, répétant à chaque fois la même question, quand il tomba sur un courtisan de l'ancienne Cour, plein d'esprit et de courtoisie moqueuse, qu'il avait déjà rencontré trois fois dans d'autres soirées mais dont il ne se souvenait plus.

— Je suis heureux de vous voir, monsieur. Comment vous appelez-vous ?

— Toujours Gardeil, citoyen consul.

On éclata de rire autour. Bonaparte lui lança un regard noir et passa au suivant.

En dépit de sa raideur, il impressionnait. Ses yeux gris plongeaient à chaque fois dans le regard de son interlocuteur comme pour le transpercer. Il salua Chateaubriand que Juliette lui présenta, content de trouver enfin quelqu'un qu'il connaissait :

— Alors, monsieur le vicomte, vous n'êtes plus David Lassagne, vous avez repris votre nom de baptême ! J'en suis fort aise.

— Je l'ai appris hier, je vous en rends grâce, citoyen consul, dit l'écrivain en s'inclinant. La machine infernale n'a pas pris votre vie, vous m'avez rendu la mienne. Cela m'est une double félicité.

— Avec un aussi grand talent, vous ne pouviez pas vivre en proscrit dans votre pays. Où en êtes-vous du « Génie du catholicisme » dont m'a entretenu Fontanes ?

— Le « Génie du Chistianisme », citoyen Consul.

— Ah ! En France, c'est la même chose ! Alors, avancez-vous ?

— Oui, citoyen consul. Mais c'est un sujet profond.

— Ne vous y enlisez pas, monsieur le vicomte, marchez hardiment ! Nous avons besoin d'ouvrages comme le vôtre. La concorde nationale est à ce prix.

Puis il vit Talleyrand qui l'observait de son œil bleu, appuyé contre la cheminée. Il alla sur lui et l'interpella d'un ton goguenard.

— Monsieur le ministre des Relations extérieures, l'Europe est en révolution et vous n'êtes pas à votre ministère !

— Général, d'autres ministres sont à leur bureau et vous sont moins utiles. Pour travailler bien, il faut travailler vite.

— Voilà une bonne maxime, Talleyrand (il disait « Taille-ran » ce qui exaspérait l'héritier des Talleyrand-Périgord). On peut aussi travailler beaucoup. C'est ma méthode. Elle n'a pas nui à ma carrière.

— Ma carrière et la vôtre ne sauraient se comparer, dit le ministre d'un air aimable.

— C'est vrai. La mienne est droite et la vôtre tordue.

— Général ! Je suis maintenant à votre service. Ce chemin tortueux menait vers vous...

Bonaparte lui prit le bras d'un geste familier. Pour un peu, il aurait tiré l'oreille de l'ancien évêque.

— N'en prenez pas ombrage, Taille-ran. Comme vous êtes, vous êtes utile à la France. Et ce soir, de plus, ce n'est pas moi qui gouverne, c'est Mme Récamier.

Juliette allait l'entraîner plus loin quand une sorte d'ouragan mondain s'abattit sur eux. Une femme à la gorge généreuse, fébrile et tout sourire, s'interposa en parlant fort. Elle avait de beaux yeux noirs, un large front, une taille ronde et une passion dans le ton qui forçait l'attention. C'était Germaine de Staël, la fille de Necker, grande dame du Directoire qu'une coterie libérale avait désignée comme son égérie et qui avait déjà écrit un ouvrage politique de haute portée et de rigoureuse analyse. Bonaparte eut un léger mouvement de recul. Elle s'inclina et lui lança, avec du feu dans le regard :

— Général, quelle est pour vous la femme la plus importante de la nation ?

— Celle qui fait le plus d'enfants, madame, répondit froidement Bonaparte.

Il était prévenu contre Germaine dont les vues libérales contredisaient ses projets de dictature éclairée et qui, de surcroît, postillonnait en abondance.

— Les femmes jouent un autre rôle depuis la Révolution, dit-elle d'un ton réprobateur.

— Je ne suis pas sûr que ce soit le meilleur de ses acquis, madame, rétorqua Bonaparte, courtois et impatienté.

— C'en est un, pardonnez-moi, et votre politique, si j'ai bien lu *Le Moniteur*, consiste à conserver ces acquis tout en ramenant la paix.

— Je vous vois bonne interprète de ma politique, madame, j'en suis content. Pour les modalités, laissez-moi faire...

Il s'inclina et continua ses salutations, tour à tour aimable ou moqueur selon les convives. Arrivé au fond du salon, il avisa Donatien qui attendait discrètement son tour, un verre de champagne à la main. Cette attente ne lui était pas désagréable. De temps en temps, Donatien l'avait vite remarqué, Juliette se détournait et lançait un regard furtif sur ce jeune homme qu'elle ne connaissait pas mais qu'un envoyé du gouvernement lui avait demandé de recevoir. Elle lui trouvait de la classe et du mystère. Elle le laissait paraître. Quand le Premier consul prit l'invité-surprise par le bras pour l'entraîner plus loin, son intérêt redoubla. Bonaparte avant d'entrer dans l'autre pièce se tourna vers elle.

— Madame, souffrez que nous passions dans la salle de jeu, les intérêts de l'État nous y appellent.

— Faites, général, vous pourrez vous délasser de la stratégie en jouant au trictrac.

— Je préfère les échecs, madame.

— Qu'à cela ne tienne ! Faites une partie.

— Nous allons ennuyer vos hôtes, madame, dit aimablement Bonaparte.

— Si vous vous divertissez, ils seront heureux...

— Alors, jouons une partie. Nous irons vite.

— Comme vous allez toujours, dit Juliette en riant.

Bientôt on disposait devant Donatien et le consul un échiquier de bois verni, sur une table recouverte de feutre vert.

Autour d'eux, les conversations avaient repris, les danseurs avaient recommencé leurs tours et on ne semblait pas leur prêter plus d'attention qu'à tout autre convive, comme le voulait le tact de cette société raffinée.

— Jouons, Lachance, dit Bonaparte plus bas. Notre conversation sera plus naturelle. Vous savez les échecs ?

— Un peu, général.

— Lachance, je suis content que vous soyez là. D'abord, j'aime votre nom, vous le savez. Ensuite, vous êtes un bon serviteur de l'État. Je vois avec plaisir que vous avez encore gagné de la prestance depuis l'Italie. Les dames doivent en être comblées. Dans ce domaine vos conquêtes sont plus nombreuses que les miennes. Je gagne les batailles et vous les cœurs.

— J'ai aussi eu l'honneur de gagner des batailles sous votre commandement, citoyen consul. Et je suis à votre service ici comme sur le pont de Lodi.

— Ce fut une belle affaire, en effet. Je dois dire que vous êtes aussi à l'aise sous la mitraille que dans un salon. Et je m'y connais un peu. Fouché m'a conté votre histoire, mon cher. Elle est belle et grave. Voyez comment sont les choses. Vous êtes un Lachance et vos mérites sont reconnus. Vous seriez un ci-devant Chaumont qu'on les attribuerait à votre naissance. C'est la République qui vous a fait et non votre nom. Toute ma politique est là. Je veux réunir les talents d'où qu'ils viennent, qu'ils aient talon rouge ou bonnet rouge.

— Je le sais, citoyen consul. Au fond, avec tout mon respect, nous sommes tous deux enfants de la République.

Bonaparte le considéra, se demandant s'il y avait dans cette remarque une incidence politique. Il n'aimait guère qu'on lui rappelle ses devoirs républicains. Il reprit brusquement :

— Mais jouons. Cela me délassera et nous parlerons en poussant le bois.

Il avança le pion du roi d'un geste sec, auquel Donatien répondit par le mouvement du même pion noir. Ils jouèrent une dizaine de coups en silence. Donatien constata vite que Bonaparte savait mouvoir les pièces mais qu'il sacrifiait à l'offensive la solidité de son système. Pour contenir l'attaque du consul, il plaça ses pions noirs dans une chaîne cohérente où ils se soutenaient l'un l'autre. Il sortit ensuite ses chevaux et ses fous, plaçant le roi blanc sous la menace d'un feu croisé. Bonaparte semblait ne s'apercevoir de rien et continuait son avance sans tenir compte des menaces qui pesaient sur lui. Ayant placé sa dame à proximité de la ligne adverse, il releva la tête.

— Lachance, vous allez ce soir rencontrer Bourmont. C'est un Vendéen de la plus mauvaise engeance. Mais enfin, il a prononcé son ralliement et nous sert de liaison avec Georges, d'Elbée et quelques chouans du même tonneau pour terminer cette guerre imbécile.

— Je le connais. Je l'ai trouvé en face de nous à Saumur et dans les bocages. J'ai rédigé sa fiche pour Fouché dans le répertoire de la Vendée. C'est un rusé brigand. Les chouans eux-mêmes l'appellent Renardin. Mon conseil est de s'en méfier, citoyen consul.

— Certes. Mais on fait la paix avec ses ennemis et non avec ses amis. Il existe un parti chez les brigands qui veut arrêter de se battre en vain et rejoindre la Nation. Je l'encourage. C'est ma politique. Ce Bourmont a des renseignements sur l'attentat. Il veut nous les transmettre en gage de sa bonne foi. D'après ce qu'il écrit, ces renseignements incriminent une bande de septembriseurs, de républicains exclusifs qui veulent ma perte. Vous mesurez l'importance de cette affaire pour moi et pour la tranquillité de la Nation. Bourmont m'a fait tenir son intention par un agent qu'il connaît. Je lui ai fait mander de venir ce soir. Mais je ne suis pas dans le détail du dossier alors que vous l'êtes. Vous l'écouterez. Il va nous expliquer comment il est au fait du complot. Je ne suis pas naïf. Il y a peut-être un piège là-dessous. Vous êtes chargé de l'enquête. Vous m'aiderez à débrouiller l'affaire.

En parlant, Bonaparte continuait à jouer. Sûr de sa position, Donatien regardait son adversaire s'enfoncer sans prudence dans ses défenses, alors que l'étau se resserrait autour du roi blanc. Soudain Bonaparte se tut et mit la main dans son gilet, fronçant les sourcils et posant sur l'échiquier son œil aigu.

— Tiens, dit-il en jetant le regard derrière Donatien, Juliette semble vous demander.

Donatien se retourna mais l'hôtesse était seulement passée dans la salle pour s'assurer que tout allait bien. Quand il revint au jeu, Bonaparte avait avancé sa dame.

— Échec au roi ! dit-il d'un ton triomphant.

Donatien regarda l'échiquier, désarçonné. Il trouvait son roi découvert alors qu'il avait pris soin de le protéger derrière un pion lui-même soutenu par un fou et un cheval. Ce pion avait disparu. Comment avait-il pu être aussi distrait ? Comment avait-il pu commettre cette faute d'attention digne du pire débutant ? Bonaparte le regardait d'un air moqueur, ses deux mains croisées dans le dos, dans son attitude familière.

— Alors, vous êtes en mauvaise posture, monsieur le stratège. Vous êtes mat au prochain coup !

Déconfit, Donatien refit mentalement les mouvements qui l'avaient conduit dans ce traquenard. Décidément il n'arrivait pas à comprendre comment ce pion à la position si importante avait pu échapper à son attention. Que diable en avait-il fait ? Puis une idée jaillit dans son esprit. Il se redressa et porta un œil inquisiteur sur son adversaire. Celui-ci avait suivi ses mimiques. Il prit un air innocent puis éclata de rire, faisant se retourner les autres joueurs occupés à ranger leurs cartes. Il sortit sa main de derrière son dos et l'ouvrit. Le pion noir s'y trouvait. Bonaparte rit encore plus fort, très content de son tour.

— Vous avez gagné, Lachance. Ne faites pas cette figure ! Vous jouez mieux que moi. Mais ce sera une leçon pour vous. Avec cette méthode, j'ai gagné plusieurs batailles. À la guerre, sachez-le, il n'y a pas de règle. Le tricheur est absous s'il est vainqueur.

Il s'approcha en gaieté et lui tira l'oreille.

— Bourmont ne saurait tarder maintenant. Je l'ai mandé à minuit. J'aurais pu le voir aux Tuileries mais je ne veux pas y faire venir des ennemis de la République. Ici, il y a du monde, chacun se mélange, tout est naturel. Écoutez bien ce qu'il dit, tâchez de pénétrer sa position. Et surtout, dès qu'il a donné un nom, une adresse, agissez dans l'instant. Cette affaire ne souffre pas de délai. Activité, activité, vitesse !

Bonaparte rejoignit Joséphine et se mêla aux invités, faisant des amabilités, écoutant sérieusement les requêtes qu'on lui présentait et semant ses aphorismes toujours profonds dans leur simplicité sur la politique et la guerre. Donatien le perdit de vue mais ne lâcha pas Juliette du regard. De temps en temps, elle lui souriait furtivement. À minuit dix, un valet vint vers lui.

— On vous attend à l'étage dans le petit salon vert.

Le valet montra du regard un escalier qui prenait directement dans la salle de jeu. Donatien monta les marches, suivit un couloir tendu de tapisseries et trouva une porte ouverte. Au milieu d'un petit salon tendu de velours vert, un jeune homme attendait, vêtu d'une redingote bleu roi, d'une culotte blanche, et de jolis bas de soie. Sa cravate blanche montait sur son cou et son gilet brodé sentait le dernier cri. Il avait une agréable figure au nez droit et aux grands yeux bleus, surmontée d'une chevelure blonde abondante et longue qui le faisait ressembler à un guerrier gaulois, avec un léger sourire d'amusement qui le rendait d'emblée aimable. Il bougeait avec retenue mais on sentait à son premier geste qu'il était rompu aux exercices physiques, montrant des épaules larges, une jambe vigoureuse et un pied sûr. Seul son regard gênait. Il avait quelque chose de double, comme si une arrière-pensée permanente se trouvait derrière une attitude simple et ouverte. Donatien le salua avec cérémonie et distance, doublement prévenu par ce qu'il savait et par ce qu'il voyait. L'autre lui rendit son salut, étonné de le trouver là.

La porte s'ouvrit. Juliette introduisit Bonaparte.

— Asseyez-vous, messieurs, et causons. Bourmont, voici Donatien Lachance qui travaille pour le gouvernement. Il m'aide dans cette affaire.

Il fit une pause et darda son regard gris dans les yeux de Bourmont.

— Monsieur de Bourmont, je n'ai aucun motif de vous aimer. Vous et les vôtres m'avez combattu en usant de violences insensées. Vous avez de la valeur mais vous l'avez dépensée pour une funeste cause. Vos chasseurs chouans ont causé beaucoup de tort à de braves soldats républicains. Il est vrai que le gouvernement ne vous a pas ménagés non plus. Je comprends d'ailleurs vos fidélités et je respecte les œuvres d'un soldat. Aujourd'hui, ces temps ont changé. Je veux réunir la Nation qui a trop souffert de la discorde. Je veux la paix en Vendée et en Bretagne. J'ai vu Georges, qui ne l'a pas accepté et qui continue follement ses exactions et ses complots. On me dit que vous n'êtes pas forcément de la même opinion. Nous avons ensemble de grandes choses à faire pour la Nation. À la fin, pouvons-nous nous accorder, dans l'honneur et pour l'intérêt de la patrie ?

— Je... heu... Je ne serais pas ici, général, s'il en était autrement. Nous... La Vendée fut glorieuse. Elle est dans une impasse. La légitimité est fanée. Votre génie la fait sécher sur pied. Je suis ici pour assurer... pour donner la preuve de notre bonne foi. Nous sommes prêts à déposer les armes si les conditions sont honorables.

— Elles le seront, Bourmont. Mais encore ?

Bourmont avait un débit hésitant, cherchant ses phrases, reprenant ses tournures. Au début, Donatien mit cette incertitude sur le compte d'une étrange timidité. Puis il comprit que Bourmont-Renardin se méfiait des mots. Toujours il cherchait le plus juste pour ne pas se compromettre, pour ne pas livrer sa pensée.

— Nous avons... heu... J'ai pour vous d'utiles renseignements qui montreront notre volonté d'accord. Vous savez, général, que nous entretenons à Paris une police du roi, discrète et ramifiée.

— Je le sais. Fouché m'en a fait la description. Hyde de Neuville la dirige et elle sévit dans tous les milieux. C'est une atteinte honteuse à l'unité de l'État. Alors ?

— Hyde partage mon sentiment. Il est prêt à l'accommodement.

— Nous verrons. Continuez.

Un signal s'alluma dans l'esprit de Donatien. Hyde de Neuville était un royaliste de fer et le correspondant de Cadoudal. Son ralliement était invraisemblable. Bourmont reprit.

— Heu... Cette police, donc, suit de près les complots qui se trament contre le gouvernement. Je suis franc : ce n'est pas pour les déjouer, c'est pour en tirer parti. S'ils réussissent ou s'ils échouent, le sort de la légitimité change. Au fait des intrigues, nous pouvons abattre nos atouts plus vite. Tel est notre jeu. Ainsi nous suivions de près les manœuvres d'Aréna, de Topino-Lebrun, de Chevalier.

— Ah, au fait ! dit Bonaparte, qui s'assit au bord de son fauteuil.

— Vous avez remarqué comme nous que le moyen d'exécution de la rue Saint-Nicaise qui a failli vous emporter était le même que celui de ce Chevalier qui est aujourd'hui en prison. Votre police l'a saisi après un essai maladroit près du Jardin des Plantes. Ce Chevalier est resté l'une des âmes du complot. De sa cellule, il dirige un réseau redoutable. Il est de mèche avec Topino-Lebrun, avec Aréna, que vous avez aussi arrêtés et avec tous les exclusifs qui infectent l'administration et l'armée. Ce sont des républicains enragés.

— Nous savons tout cela, dit Bonaparte. Mais comment trouver les brigands de nivôse ? Où est la preuve ?

— Heu... Eh bien... La voici. Nous ignorons le nom des coupables. Mais un de nos hommes a surpris des conversations. Je ne vous dirai pas où ni comment, sa sécurité serait compromise. Il connaît les détails de l'opération. Voilà le fait. Le cheval a été acheté à Paris par trois hommes. L'un d'eux est de très petite taille. Notre homme l'a vu de loin. Ils se sont ensuite procuré la charrette dont ils ont raccourci les brancards. Ils ont fait venir la barrique de poudre en franchissant secrètement le mur des fermiers généraux. Ils l'ont bourrée de clous et de pierraille. Ils ont rassemblé tout cela dans une remise une semaine avant le coup. Puis ils ont acheminé la charrette avec sa machine jusqu'à la rue Saint-Nicaise. Il y avait une mèche courte. Ils devaient soudoyer un gamin pour tenir le cheval pendant qu'ils mettaient le feu à votre approche. Je ne sais s'ils l'ont fait ainsi. Mais tel était le plan.

— Ils ont soudoyé une fillette, dit Donatien. Elle a sauté avec la machine.

— Ah, dit Bourmont. Quels épouvantables coquins !

Donatien était impressionné par la précision de Bourmont. Personne dans le public ne connaissait ces détails. Seule la police en avait deviné une partie. Bourmont savait de quoi il parlait, en tout cas. Un doute le saisit : s'il en sait tant, c'est peut-être qu'il est du complot. Puis il se dit : viendrait-il alors se livrer à merci ? Ce serait une ruse bien impudente. Bonaparte reprit la parole :

— Votre science est grande, monsieur. Seule la police sait tout cela. Cette preuve est convaincante. Mais dites-moi, cela pourrait aussi prouver votre implication. Vous semblez en savoir autant que les auteurs du complot. Je pourrais en déduire que vous en êtes !

Donatien jeta un œil à Bonaparte. Dans les affaires policières aussi, son esprit allait vite.

— Viendrais-je me jeter dans la gueule du lion, citoyen consul ?

— On a vu des manœuvres aussi hardies...

— Celle-ci serait hors de tout sens commun. Je me désignerais à votre police alors que je veux rentrer dans la société. Et pourquoi vous faciliterais-je la tâche en disant la vérité ? Mais je n'ai pas fini. Nous avons appris tout cela indirectement. J'ignore qui sont ces hommes mais je sais où ils étaient...

— Où ? firent ensemble Bonaparte et Donatien.

— La remise se situe au 23, rue de Paradis, au fond d'une cour à droite. Si vous y allez, vous pourrez trouver d'autres indices, interroger les voisins. Je suppose que les assassins n'y sont pas retournés et j'ignore où ils peuvent être. Mais enfin, c'est ce que nous avons de mieux. N'est-ce pas utile ?

— Peut-être, dit Donatien. Mais ils ont dû tout nettoyer après leur passage.

— Bourmont, dit Bonaparte, est-ce tout ce que vous savez ?

— Oui, général. Tout, sur ma conscience.

— C'est quelque chose. Mais nous restons en suspens.

Il se tourna vers Donatien.

— Vous irez demain matin rue de Paradis et vous me rendrez compte. Bourmont, brisons là, je dois rentrer aux Tuileries. J'ai encore des lettres à dicter. Votre geste est utile au gouvernement. J'en tirerai la conséquence le moment venu. Nous irons vers la concorde, quoi qu'il arrive, de gré ou de force. Dites-le à vos amis. Restez à la disposition de la police. Nous aurons besoin de vous.

Il se leva brusquement, imité par Bourmont. Les deux hommes se saluèrent. Bonaparte entraîna Donatien dans l'escalier. Arrivés dans la salle de jeu, il lui dit doucement :

— Allez-y maintenant, n'attendez pas. J'ai parlé de demain matin pour l'endormir. Si c'est un piège, il aura peut-être laissé quelque indice qui le percera à jour. Si c'est la vérité, nous saurons plus vite. Marchez !

Puis il retrouva Joséphine, salua Juliette, traversa l'entrée illuminée, monta dans un petit carrosse noir suivi par quatre grenadiers à cheval et disparut. Donatien prit son chapeau et sa canne, se disant que Bonaparte aurait fait un bon commissaire. Il est vrai qu'il était connu pour son goût de l'espionnage, auquel il devait plusieurs victoires. Il marcha vers la porte.

— Vous nous quittez aussi ? lui lança Juliette avec un ton de dépit.

— Service du Premier consul ! dit-il avec un ton de regret.

— Vous devez être bien précieux pour qu'il vous voie chez moi et vous emploie la nuit ! Nous avons à peine eu le temps de nous parler.

— Madame, je ne sais si ma conversation vous enchanterait. Je suis policier et tenu au secret.

— Policier ? Avec ce méchant Fouché ?

— Avec le ministre de la Police, madame.

— Hum ! Qu'à cela ne tienne. Vous me semblez pressé, je ne saurais vous retenir. Mais venez un après-midi chez moi. Nous causerons. J'ai du chocolat et du thé de Chine. Vous me direz du mal de Fouché. Ce sera très excitant !

— Madame, je crains de vous décevoir. Mais je ne saurais me dérober à une aussi charmante invitation. Je cours à mes devoirs, mes pensées seront pour vous.

Elle sourit du même air mutin qui l'avait accueilli et fit une révérence. Donatien partit à pied, l'esprit agité et le cœur troublé. Il se dirigea par la rue de Provence vers la rue de Paradis.

# 10

# Une bonne citoyenne

Après la chaleur de l'hôtel Récamier, la bise coupait les vêtements de Donatien. Il frissonna. La rue de Paradis était à quelques minutes de celle du Mont-Blanc, par la rue de Provence, mais il fallait s'avancer avec précaution : l'eau avait gelé sur la chaussée et la nuit recelait des pièges là où la glace avait pris. Les plaques luisantes pouvaient le faire tomber, d'autres pouvaient se détacher des toits et l'assommer dans leur chute. Il marchait au milieu de la chaussée, sans cesse aux aguets, près du caniveau malodorant qui partageait encore la plupart des rues. Malgré l'éclairage public, les détrousseurs infestaient toujours la nuit parisienne. Dans le centre, les porte-falots qui proposaient aux passants leurs services pour les éclairer jusque chez eux dissuadaient les attaques. Corporation solidaire et astucieuse, ces loueurs de lumières qui marchaient dans les rues avec de longues perches portant une lanterne étaient des auxiliaires de fait de la police et concouraient à la sécurité. Mais dès qu'on arrivait près des faubourgs, les rues devenaient désertes. Donatien avait sa lourde canne pour se défendre, dont il usait avec vigueur selon les règles qu'il avait apprises pendant les guerres de Vendée auprès des paysans. Mais si les malandrins apparaissaient en bande, il n'aurait d'autre ressource que de prendre ses jambes à son cou. Il s'arrêtait à chaque carrefour, tentant de détecter une présence dans l'ombre des façades. Plusieurs fois il évita une rue où l'éclairage faisait défaut. Les voleurs cassaient à coups de pierre les lanternes suspendues pour accomplir leurs forfaits à la faveur de l'obscurité. Mieux valait rester dans la lumière.

En même temps, il réfléchissait sans relâche.

Il aurait dû exulter devant ses propres succès : la confiance renouvelée de Bonaparte, qui n'avait pas oublié les services rendus en Italie et gardait un œil indulgent sur lui ; les indices fournis par Bourmont, qui pouvaient lui permettre de résoudre l'énigme de la rue Saint-Nicaise en quelques jours ; la tendre attention de Juliette Récamier, aussi surprenante que flatteuse. Mais tout cela, aussi bien, conduisait au gouffre. Que l'enquête s'orientât dans ce sens et le sort de Hyacinthe serait scellé, le chagrin d'Olympe prononcé. Il espérait les sauver en confondant les monarchistes. La culpabilité des républicains le transformerait en exécuteur. À moins de compromettre sa position, il devrait laisser Hyacinthe se faire emmener au bout du monde, où il ne survivrait pas. Il serait le bourreau de ses amis. Il pensa à la drôlerie de Hyacinthe, à son humanité. Il vit le visage d'Olympe, tendre et altier.

Pourtant ces sentiments le conduisaient au danger. Sa ligne était fixe. Il avait choisi Fouché et Bonaparte. À son poste il ne pouvait leur manquer, sauf à rompre tout lien, à passer chez leurs ennemis, solution qu'il ne pouvait pas plus envisager. Son attachement à ses amis était intact ; mais sa carrière cette fois bien lancée passait avant tout. Quelle guigne ! se disait-il. Il avait fallu que la répression décidée par Bonaparte tombât justement sur un ami. Il y avait là une coïncidence injuste, une invraisemblable malchance. Le sort se riait de lui et le prenait comme un jouet dérisoire. Eh bien non ! Il n'avait pas bâti aussi patiemment son destin pour le voir s'évanouir par l'effet d'un simple coup malheureux. Sa vie, après tout, était en jeu ; aussi bien, il s'agissait de l'intérêt de l'État et de la cohérence de toute une politique de réconciliation. Il ferait son devoir d'État, donc, la mort dans l'âme mais sans ciller. Il avait pris son parti : c'était une affaire politique, qui l'emportait sur les attachements et les affections. Rien de personnel. Un raisonnement froid comme une lame. Il devait s'adapter aux événements s'il ne pouvait les conduire. Telle était la loi de la survie en ces temps de fer et de feu.

Il arriva dans la rue de Paradis noyée d'ombre, à peine signalée par les rares lanternes qui pendaient aux façades. Il eut du mal à distinguer le numéro qu'il cherchait : souvent les maisons n'en portaient pas. Une odeur fétide montait du caniveau central et les immeubles aveugles se dressaient menaçants au-dessus de lui, cachant le ciel nocturne. Il sortit son briquet et lut « 15 ». La maison suivante ne portait aucun numéro, ni celle d'après, comme souvent à Paris où les numéros n'avaient pas été réglementés. Alors il compta les portes et trouva enfin le 23 après avoir éclairé plusieurs entrées. Celle-là était close. La police ne dérange jamais personne, se dit-il : il souleva le marteau de fer fixé dans le bois épais et le laissa retomber lourdement, faisant résonner dans la rue un bruit caverneux. Pendant plusieurs minutes rien ne bougea. Puis, à force de coups, une lueur apparut au rez-de-chaussée. L'instant d'après, un concierge en robe de chambre et bonnet de laine entrouvrit la porte, serrant une écharpe autour de son cou maigre.

— Quel est ce vacarme ? dit-il. Quelle mouche vous pique, citoyen ? Les honnêtes gens dorment !

— Police consulaire, dit Donatien en lui tendant son passeport.

L'autre considéra le papier à la lumière de sa lanterne, grogna puis recula pour manœuvrer la poignée de fer qui fermait la porte. Donatien entra.

— Que voulez-vous ? dit le cerbère. Tout est calme ici.

— Peut-être, dit Donatien, mais tout est suspect. Ces derniers jours, trois individus ont remisé dans cette cour une charrette et un tonneau, avec un cheval noir dont la tête présentait une tache blanche verticale. Nous les recherchons.

— Ils ne sont plus là. Ils sont partis il y a deux jours en province. Ce sont des marchands forains, à ce qu'il paraît. Ils ont trouvé des marchés où travailler dans le Loiret, ils ont emmené leur charrette et leur cheval. On ne les a pas revus.

— Ils avaient loué dans la cour, donc ?

— Oui, il y a quinze jours.

— Vous les avez vus. Vous pourriez les reconnaître ?

— Dame, oui ! Ils venaient tous les jours...

— Je voudrais voir leur remise. Trouvez-moi une autre lampe et conduisez-moi.

Le concierge rentra chez lui en bougonnant puis ressortit avec une lampe qu'il alluma à la lumière de la première et tendit à Donatien. Ils marchèrent dans la cour où leurs lanternes faisaient apparaître des pavés irréguliers coupés de gel et de touffes d'herbe roussâtres. Au fond à droite, le concierge ouvrit avec son trousseau une double porte de bois qui donnait sur une grande pièce vide dont le sol de terre battue était jonché de paille. La salle sentait le crottin et l'urine de cheval, une lampe pendait d'une poutre qui tenait le toit, une table tachée de vin et quatre chaises étaient serrées dans le coin gauche. Donatien alluma la lampe puis se mit à fureter autour de la remise. Il examina minutieusement la table et le tiroir qu'elle renfermait, les longes encore accrochées à leur clou, une petite armoire murale qui contenait des clous et un marteau, un almanach fripé qu'il trouva sur une des chaises. À chaque fois, il approchait sa lanterne et considérait longuement l'objet choisi. Le concierge s'impatienta :

— Examinez tout cela à votre aise, dit-il, je vais me coucher.

— Non, restez, dit Donatien d'un ton sans réplique.

L'autre bougonna mais s'assit sur une des chaises en grelottant. Donatien se mit en devoir de remuer la paille avec son pied d'un bout à l'autre de la remise, promenant à chaque fois sa lanterne sur la portion de sol découverte. Il trouva un chiffon sale, du crottin, un papier déchiré où l'on avait sans doute écrit mais où ne restait que la partie vierge, une pièce de monnaie qu'il empocha machinalement, une épingle de cravate bon marché, encore des clous et une vieille lanière de cuir râpé.

— Cette remise est souvent louée ? demanda-t-il au concierge qui s'assoupissait.

— Euh... Non, pas récemment. Cet été, oui, plusieurs fois. Et avant, aussi.

Ainsi les objets pouvaient être des indices laissés par les trois hommes ou des broutilles oubliées par d'autres. Donatien réfléchit de nouveau. Les informations de Bourmont étaient justes mais rien de net ne sortait de sa recherche. Il faudrait interroger les habitants de la cour, ce qu'il ferait avec une équipe d'inspecteurs dès le petit matin. Il aurait un signalement complet des trois hommes. Il pourrait le confronter aux témoignages de la rue Saint-Nicaise et à ses fiches. Mais d'où venaient-ils ? Quel était leur nom ? Il doutait que les habitants de la rue de Paradis lui apprennent grand-chose. Les assassins sont avares de confidences.

Par acquit de conscience, il reprit son examen, en s'approchant cette fois des murs, qu'il palpa consciencieusement. L'un était fait de pierres dures et rugueuses, les autres étaient en plâtre tenu par des poutres croisées. Le concierge leva les yeux au ciel et se rencogna dans sa chaise. Vingt minutes plus tard, Donatien allait achever son tour des murs quand il s'arrêta. Devant lui, à mi-hauteur, dans la lumière de la lanterne, il venait de découvrir un trou rond d'un pouce environ de large. Il était obstrué par du chiffon. Il fallait se pencher pour le découvrir dans la paroi irrégulière et sale. Mais quand Donatien tira sur le chiffon, le tissu se déroula et dégagea l'orifice. C'était un petit tunnel percé dans le plâtre. Donatien plaça sa lanterne devant l'ouverture. Mais il ne vit au bout qu'un cercle noir, comme si le conduit donnait sur le vide. Des débris de plâtre formaient un petit tas sur le sol, à la verticale du trou. Donatien comprit que le conduit avait été percé récemment, par quelqu'un se tenant de l'autre côté du mur. Il appela le concierge.

— Vous connaissiez cela ?
— Non. C'est un trou.
— Certes. Qu'y a-t-il de l'autre côté du mur ?

Le concierge tourna la tête de droite et de gauche, comme pour se repérer, puis lâcha :

— C'est le logis de la mère Thomas. Une vieille chouette qui vit seule. Elle reste à la fenêtre toute la journée et invective ceux qui passent.
— Elle reste à sa fenêtre ? Elle voit donc tout.
— Ah ! Pour sûr, c'est une espionne ! Elle garde la cour mieux que moi. Pour un peu, il faudrait que je lui donne une partie de mes gages. Sous Robespierre, elle a fait beaucoup de mal. Elle voyait des aristos partout. Elle est suspicieuse et méchante. Elle a fait arrêter plusieurs voisins. L'un d'eux a failli y passer. Elle écrivait tous les jours à la section pour dénoncer les mauvais patriotes. Une punaise.
— Ou une bonne citoyenne. Réveillez-la, voulez-vous ?
— À cette heure ?
— Il n'y a pas d'heure pour les témoins utiles au gouvernement.
— Alors...

Le concierge ressortit avec Donatien à sa suite et tambourina sur un volet qui jouxtait la remise. Au bout d'un moment, le volet s'ouvrit. Une vieille figure au nez crochu apparut à la fenêtre, fripée et décoiffée.

— Ce monsieur est de la police. Il veut te parler, mère Thomas.

— Ah ! dit-elle, il était temps. J'aurais fini par aller moi-même au poste !

Donatien étonné regarda le concierge qui écarta les bras en signe d'ignorance. Ils furent tous deux introduits dans une pièce sombre qui sentait la sueur et le vieux drap. La mère Thomas leur montra deux chaises de paille et s'assit sur le lit défait en soulevant de la poussière, sa lanterne près d'elle.

— Je suis Donatien Lachance, du ministère de la Police. Pourquoi dis-tu qu'il était temps, citoyenne ?

— Eh bien, pardi. Parce qu'un complot s'est tramé ici !

— Un complot ?

— Mais oui, les trois marchands forains. Ce n'étaient pas des marchands forains, dame ! J'en suis sûre. Ils ont préparé un mauvais coup !

— Mais comment le sais-tu ?

— C'est rapport aux deux barriques. Ils ont monté la première sans mal sur la charrette. Mais la deuxième était trop lourde. Ils ont fini par faire un treuil, avec des sangles, qu'ils ont accroché sur la grosse poutre, dans la remise. Ils disaient que c'était de l'huile. Mais c'était beaucoup plus lourd. Au début, j'ai pensé que c'était une rapine, une contrebande, qu'il y avait des objets volés ou des armes dans le tonneau. Puis il y a eu l'attentat. Alors j'ai compris.

— Et tu n'es pas allée à la police ?

— J'allais le faire. Je voulais voir si vous étiez assez malins pour me trouver.

— Quand ont-ils commencé ?

— Attends, citoyen !

Elle se leva, fourragea dans un coffre et en sortit un carnet.

— Voilà, j'ai tout noté ! Toutes leurs allées et venues.

— Tu es une femme précieuse, citoyenne, dit Donatien qui empocha le carnet en souriant. Tu auras une récompense. Et le trou dans le mur, c'est toi ?

— Le trou ?

Elle lui jeta un regard inquisiteur. Elle reprit :

— Le trou ? Tu es moins empoté que tu en as l'air, citoyen. Tu as trouvé le trou. Un bon point pour la rousse.

— Alors tu as écouté ce qu'ils disaient ?

— Eh oui, pardi. Mais je n'ai pas grand-chose. Ils parlaient tout bas. On ne pouvait pas entendre. Et puis il fallait faire attention. Le dernier jour, j'avais enlevé le chiffon, j'ai regardé. La remise était dans le noir. J'ai cru qu'ils étaient partis. Mais non. Ils ont allumé une lanterne tout d'un coup. J'ai eu peur qu'ils aient vu le trou. J'ai remis le chiffon et je me suis couchée. Ils sont venus me voir le lendemain matin. Ils m'ont posé des questions. Mais ils ne m'ont pas parlé du trou. Ils ne l'ont pas vu. J'avais eu chaud.

— Alors tu n'as rien entendu...

— Si ! Le dernier jour, justement. Ils partaient, ils ont parlé un peu plus fort. J'ai saisi des mots.

— Ah ! Lesquels ?
— Des choses sans suite.
— Mais lesquelles ?
— Ils ont parlé d'attaquer une prison. Ils ont parlé d'un chevalier à qui ils devaient rendre compte. Ils ont parlé de hachis, aussi, et du pinot. Et du consul Lebrun.
— Du pinot ?
— Oui, du vin, je suppose. Je ne sais pas pourquoi.

Donatien la regardait sans comprendre. Soudain l'explication lui vint.

— Mais non ! Ils ont parlé de Chevalier et de Topino-Lebrun.
— Je ne sais pas. Qui sont ces gens ?
— Des républicains terroristes qui sont en prison.
— Ils ont parlé d'attaquer une prison.
— Mais oui, c'est très clair ! Ils sont de mèche avec Chevalier et Topino-Lebrun. Ils auraient attaqué la prison pour les faire sortir s'ils avaient réussi leur coup. Et le hachis, c'est Ceracchi. Encore un terroriste. Ils ont dit autre chose ?
— Ils ont parlé d'aller dans un café, après l'affaire.
— Un café ? Quel café ?
— Le café Dessart, quelque chose comme ça.
— Dessart ? Non, le café des Arts. Place Saint-André-des-Arts.
— Peut-être.
— Citoyenne, tu es une mine pour la police. Je t'envoie demain un inspecteur. Tu feras une déposition en bonne et due forme. Tu as bien mérité de la patrie. Si tous les citoyens étaient aussi vigilants que toi, il n'y aurait plus de crime !

La vieille femme esquissa un sourire édenté et dit seulement :
— Et la récompense... Combien ?

Donatien repartit dans la nuit de Paris. Il irait au café des Arts dès l'ouverture. Il enverrait aussi les inspecteurs de Dubois rue de Paradis. Il y avait beaucoup à glaner dans cette cour. Mais il en savait déjà assez pour ce qu'il voulait faire. Il avait pris sa résolution avant même d'arriver rue de Paradis. Il marcha longtemps en zigzaguant entre les plaques de glace, croisant un ivrogne qui tentait de suivre son chemin et deux filles de joie recroquevillées sous un réverbère. Arrivé chez lui, il entra à pas de loup pour ne pas réveiller Olympe qui dormait dans la chambre d'amis. En vain : il avait à peine franchi le vestibule qu'Olympe ouvrait la porte de la chambre, une chandelle à la main.

— Tu as de mauvaises nouvelles, dit-elle.
— Oui. Nous avons eu des informations cette nuit. Les assassins paraissent liés aux républicains.

Elle posa la chandelle sur une table puis s'assit dans le fauteuil. Même dans le désordre d'un réveil soudain, elle lui parut délicieuse.

— Mais je croyais que vous soupçonniez les chouans...
— Oui. Mais les éléments que nous avons trouvés vont dévier l'enquête.
— Quels éléments ?
— Une vieille qui a entendu les conspirateurs à travers un mur. Ils parlaient de rendre compte à Chevalier, de faire sortir les républicains de

prison, elle a cité Ceracchi, Topino-Lebrun, etc. C'est un témoignage essentiel.

— Tu y crois ?

— J'ai encore un doute. Cela me paraît trop rapide. Nous n'avons même pas fini les premiers interrogatoires et la solution nous tombe toute rôtie. Mais la vieille ne peut pas être dans un complot royaliste. C'est une délatrice de la Terreur, de celles que nous avons beaucoup employées. Elle dit la vérité, c'est sûr.

— Alors ?

— Alors Hyacinthe est en grave danger, cette fois. Je vais rendre compte ce matin à Fouché et à Bonaparte. Fouché pourra peut-être gagner un peu de temps. Mais avec ces éléments-là, rien n'arrêtera Bonaparte. Il voudra faire des exemples éclatants, y compris à l'armée. L'occasion est trop belle. Sa liste va s'allonger. Ils seront tous déportés, peut-être pire. Et on ne pourra pas empêcher que Hyacinthe y soit.

— Mais alors que faire ?

— Tes amis sont partis le prévenir, à l'armée de Moreau ?

— Oui. Ils en ont pour trois jours.

— Il faut qu'il s'échappe.

— Il ne voudra pas : pour lui, ce serait admettre sa culpabilité. Il se battra, il ne s'enfuira pas.

— La gendarmerie va l'arrêter, c'est sûr. Dans deux jours ou dans une semaine. Mais ils vont l'arrêter.

— Il avisera. Peut-être Moreau le protégera-t-il...

— Moreau est suspect lui-même. Bonaparte s'en méfie.

— Mais il le couvre d'honneurs...

— Justement. C'est pour l'endormir. Bonaparte aime les victoires quand ce sont les siennes. Il a donné l'armée d'Autriche à Moreau parce qu'il ne pouvait pas faire autrement. Mais l'autre a trop bien réussi. Hohenlinden est un triomphe. Bonaparte pense qu'il a désormais un rival.

— Ton Bonaparte est décidément un fripon.
— Non, c'est un homme d'État.
— Si Hyacinthe est arrêté, je le ferai évader. Voilà tout.
— Olympe !
— Et pourquoi pas ?
— Ce serait une folie. Tu ne peux pas faire cela !
— Si tu ne veux pas, fais-moi arrêter !
— Olympe, allons !
— Alors, trouve un moyen de sauver Hyacinthe.

Soudain, sans vergogne, elle se jeta à ses pieds, à genoux devant lui, implorante.

— Donatien, trouve un moyen. Je t'en conjure !

Il restait muet. Il lui passa doucement la main dans les cheveux, comme pour la consoler. Elle se redressa et mit sa tête sur sa poitrine, l'enserrant de ses bras comme le ferait un enfant qui a peur. Il resta muet de longues minutes, paralysé et palpitant.

— Je t'aime toujours, dit-elle soudain. J'aime Hyacinthe, bien sûr, mais autrement. Je ne t'ai jamais oublié. Pas un jour ne s'est passé sans que je pense à toi.

Il fut bouleversé. Il la releva et ils tombèrent tous deux sur le lit, enlacés et frémissants. Ils restèrent ainsi, sans bouger, unis par une attirance violente, paralysés par l'ombre de Hyacinthe.

— Jure-moi que tu feras ce qu'il faut faire. Au nom de notre amour. Il faut d'abord sauver Hyacinthe. Après, nous verrons.

Ces derniers mots lui ouvrirent un horizon. Elle l'aimait toujours et cet amour n'était pas celui qu'elle éprouvait pour Hyacinthe. Elle disait « nous verrons ». Un monde basculait. Lui qui avait vécu d'aventure en aventure, lui que la politique avait rendu impitoyable, tremblait comme un enfant. Il voulut l'embrasser mais elle se dégagea doucement.

— Non, pas maintenant. Nous avons une tâche à accomplir.

À la fin de la nuit, leur plan était arrêté. Il était sept heures, une lumière sourde apparaissait à l'est de Paris. Il sortit, franchit le Pont-Neuf, longea la rive gauche et se retrouva place Saint-André-des-Arts. Le café ouvrait à peine, les lampes d'Argand venaient d'être allumées, une jeune femme aux traits tirés balayait la salle pendant qu'un couple en tablier blanc buvait du lait chaud devant le comptoir recouvert de cuivre. Donatien frappa au carreau, montra ses papiers et fut introduit dans la salle qui sentait le savon et le pain grillé. Il s'assit devant le couple de propriétaires, demanda du café et des tartines et se mit en devoir de les interroger. Ils n'avaient aucun souvenir des trois hommes dont parlait Donatien. Ils recevaient chaque jour trois cents clients, disait la grosse femme en coiffe à dentelle, c'était un café très passant, au bord de la Seine, à l'entrée d'un quartier commerçant.

— Comment voulez-vous que nous puissions nous rappeler trois clients ?

Donatien parla d'un homme très petit, expliqua que ces trois-là devaient se retrouver dans le café après l'attentat.

— Quand, après ? dit le cafetier. Le soir même ou le lendemain ?

— Je ne sais pas. Vous ne vous souvenez de rien de particulier le soir de l'attentat ?

— Non, rien. Nous avons entendu un bruit d'enfer, nous avons vu passer la maréchaussée, les clients étaient tout retournés. Mais trois hommes suspects, non...

— Et le lendemain ?

— C'était le jour de Noël. Nous étions fermés.

— C'est vrai, dit piteusement Donatien.

Résigné, il termina son café et ses tartines, paya et partit. Mais sur la place où l'aube pointait doucement, il eut une idée. Il revint à tout hasard dans le café.

— Dites-moi, personne ne vous a laissé un pli, ces jours derniers ?

— Un pli ? Si, justement, dit la grosse femme. C'est cela que vous cherchiez ? Il fallait le dire. Un homme grand en chapeau noir est venu prendre un vin chaud. Il m'a demandé de garder un pli qu'on viendrait me réclamer. Rien à voir avec les trois hommes dont vous parliez. Cela vous intéresse ?

— Oui, la mère, cela intéresse la police.

— Eh bien, voilà !

Elle se pencha derrière le comptoir, près de la caisse, et en sortit une enveloppe sur laquelle on lisait « Monsieur de Montreuil ». Elle était cachetée à la cire. Donatien demanda un couteau bien aiguisé. Il le chauffa à la lampe puis le passa doucement sous le cachet qu'il décolla sans le briser.

Il sortit doucement la lettre, posa précautionneusement l'enveloppe sur la table et commença à lire. C'était un court message.

« Le coup est manqué. Il y en aura d'autres. Nous passons les barrières cette nuit par l'itinéraire habituel. Nous serons demain en Sologne et après-demain au loin. Dites à tous de garder espoir. Brutus reviendra. Nous allons à pied par des chemins séparés. Faites prévenir par la poste le capitaine de notre arrivée.
Salut et fraternité. »

Donatien jura. Ainsi les meurtriers étaient-ils déjà loin, en route pour quelque port où ils s'embarqueraient. Il prit un papier et une plume sous l'œil intéressé des cafetiers et recopia la missive. Puis il replaça la lettre dans l'enveloppe et approcha le cachet de la flamme de la lampe. La cire se ramollit. Il cacheta aussitôt la lettre, attendit que la cire refroidisse puis tendit l'enveloppe à la grosse femme.

— Remettez-la où elle était. À quelle heure ouvrez-vous ?
— À sept heures.
— Dès ce matin, je ferai surveiller votre café. Vous remettrez la lettre à celui qui la demandera sans rien dire. C'est tout. Nous le suivrons sans l'arrêter : nous devons savoir où il va, qui il rencontre. Vous n'avez rien à craindre. Compris ?

Ils hochèrent la tête, méfiants mais obéissants.

# 11

# Une colère
# du Premier consul

Ils étaient trois dans l'antichambre de Bonaparte. Donatien commençait à sentir les picotements du manque de sommeil. Fouché tenait son portefeuille de ministre sous le bras, assis droit sur le canapé recouvert de toile de Jouy, impassible et silencieux. À côté de lui se tenait un personnage en perruque, poudré et parfumé, de longue figure au long nez et au long menton, solennel et jaunâtre, vêtu de soie et de velours, aux gestes lents et au maintien précieux. C'était Cambacérès, le deuxième consul, également ministre de la Justice, que Bonaparte avait pris en estime, quoique agacé par son mode de vie de satrape et ses penchants prononcés pour la gent masculine. Cambacérès recevait comme Lucullus au cours de banquets interminables où officiaient les meilleurs cuisiniers de Paris. Il ennuyait son monde par sa conversation morne et la manie qu'il avait de s'étendre sur ses petits ennuis de santé. Mais il entretenait un écheveau de relations politiques utiles au Premier consul, lui-même peu versé dans les affaires parlementaires et ignorant le personnel des assemblées révolutionnaires. Ces dîners aux multiples plats et aux innombrables vins, qu'ornaient une escouade de mignons en rubans et en dentelles, se terminaient parfois en débauche. Cambacérès était néanmoins exact à son ministère le lendemain, l'esprit clair et la mémoire précise. Il avait présidé sous le Directoire le comité de législation et avait à ce titre codifié l'ensemble des lois votées depuis 1789. Il éclairait Bonaparte de sa science juridique et de sa sagesse politique, partageant avec le Premier consul un bon sens qui le rendait supérieur à tant de figures de la Révolution.

La porte de bois doré s'ouvrit, un valet pria les trois hommes de le suivre. Ils traversèrent le salon de service, le salon d'apparat, le cabinet du Premier consul, le cabinet topographique, sa chambre dont les fenêtres étaient grandes ouvertes et pénétrèrent dans la salle de bains emplie d'une épaisse vapeur. Bonaparte était debout, un serviette nouée autour de la taille. Une gêne s'installa à cause de la nudité du Premier consul, qui n'y prêta aucune attention. Il transposait au gouvernement les usages d'une armée en campagne, où l'on faisait par nécessité ses ablutions en public. Il se frottait les dents avec de la réglisse devant le miroir que lui tendait un valet de chambre.

— Entrez, messieurs, j'ai fini, nous pouvons causer. Comment va votre enquête ? Les renseignements de Bourmont étaient-ils fiables ?

— Ils l'étaient, citoyen consul.

Fouché résuma les découvertes de Donatien.

— Ah ! Fouché. Vous êtes donc pris en défaut. Ce sont les septembriseurs. Je vous l'avais dit.

— Cela me paraît trop beau, citoyen consul. Je demande encore quelques jours pour que nous soyons fixés. Nous n'avons pour l'instant pris personne.

— Lachance, dit Bonaparte, vos preuves sont là ! Pourquoi tergiverser ?

— Il nous faut encore faire des vérifications, citoyen consul.

— Je n'attendrai pas. Cette affaire exige une prompte justice. Examinons votre liste, Fouché, et agissons.

Il n'y avait rien à répliquer. Bonaparte posa la réglisse dans son nécessaire à toilette, un coffre de bois précieux où chaque accessoire, peigne, brosses, savon ou blaireau, trouvait sa place dans un compartiment creusé à sa forme, le tout en argent, en or et en ivoire. Sa serviette tomba, il apparut totalement nu, montrant une peau blanche et délicate. Il enfila un long caleçon, passa une chemise de soie puis se couvrit prestement de l'habit rouge et de la culotte blanche des consuls. Ils traversèrent à sa suite la chambre glacée par l'air du dehors où le lit à baldaquin était ouvert, traversèrent encore le cabinet topographique où les cartes étaient suspendues par dizaines dans des compartiments verticaux. Ils s'installèrent dans son bureau chauffé par un feu, devant la table en forme de violon. Fouché et Cambacérès étaient d'un côté, Bonaparte de l'autre, tournant le dos à la cheminée de marbre. Simple commissaire, Donatien attendait debout, trois pas en arrière. Bonaparte nouait sa cravate blanche avant de boutonner son gilet.

— Comment s'oriente l'enquête, désormais ?

— Nous faisons examiner les restes de la jument et de la charrette par tous les témoins potentiels, dit Donatien, nous interrogeons les habitants de la rue de Paradis et tous ceux qui étaient rue Saint-Nicaise. Nous aurons un signalement complet et nous le confronterons avec nos fichiers.

— Mais ils sont déjà loin ! À quoi sert de les chercher à Paris quand ils sont sans doute sur les chemins, en route vers un port ?

— Il y a forcément des complices à Paris. La lettre le prouve : elle est adressée à quelqu'un de la bande qui n'est pas parti avec eux.

— Bien. Poursuivez, donc. La liste ?

Fouché sortit une liasse de feuillets de son portefeuille et la tendit à Bonaparte qui se mit à la lire en silence. Donatien savait que Hyacinthe n'y figurait pas. Fouché avait suivi ses objurgations et maintenu le jeune officier hors des soupçons. Au bout de longues minutes, Bonaparte reposa les feuillets.

— Bien. Je la fais tenir à Bourrienne et à Réal, qui ont leurs propres renseignements. Ils compléteront. Cambacérès, il nous faut une loi d'urgence pour autoriser les proscriptions. Quand pouvons-nous la faire voter ?

— Il serait plus sage d'adjoindre un article à la loi en discussion sur les tribunaux spéciaux, dit Cambacérès. Nous créerons un tribunal militaire qui jugera les crimes contre les membres du gouvernement. Ce tribunal pourra prononcer les proscriptions légalement. Cette solution seule agréera aux parlementaires et aux juristes.

— Non, dit Bonaparte, l'action d'un tribunal spécial sera lente et n'atteindra pas les vrais coupables. Il ne s'agit pas ici de faire de la métaphysique judiciaire. Les esprits métaphysiques ont tout perdu en France depuis dix ans. Il faut juger la situation en hommes d'État. Quel est le mal qui nous tourmente ? Il y a en France dix mille scélérats, répandus sur le sol entier, qui ont persécuté tous les honnêtes gens et qui se sont souillés de sang. Beaucoup sont susceptibles de repentir mais tant qu'ils voient le quartier général établi à Paris et les chefs formant impunément des complots, ils conservent l'espérance, ils se tiennent en haleine. Frappez hardiment les chefs, les soldats se disperseront. Les honnêtes gens, qui tremblent sans cesse, se rassureront et se rattacheront à un gouvernement qui les aura protégés.

— Ils le feront d'autant plus que ce gouvernement aura respecté les formes, répliqua Cambacérès qui savait interrompre le maître sans le brusquer, ils le feront d'autant plus que ce gouvernement aura puni en rétablissant le règne de la loi et non celui de la revanche politique, dont nous souffrons tant depuis tant d'années.

— Fi des formes, fi des précautions, Cambacérès ! Il n'y a pas de milieu ici. Ou bien il faut tout pardonner, comme Auguste, ou bien il faut une vengeance rapide, proportionnée au crime. Il faut frapper autant de coupables qu'il y a eu de victimes. Il faut fusiller quinze ou vingt de ces scélérats et en déporter deux cents. Par ce moyen, on purgera la République d'une lie sanglante.

— Notre gouvernement doit ramener la concorde, répondit Cambacérès. C'est impossible sans que les lois soient son bouclier.

Bonaparte se leva soudain, comme piqué par un serpent.

— Mais ces lois, je les ai rétablies ! J'ai ramené la nation à des procédures civilisées, qui peut le nier ? Nous sommes ici dans un cas d'exception. Des brigands se sont mis eux-mêmes en dehors des lois. Comment en auraient-ils la protection ?

— C'est le droit des pires criminels que d'être condamnés en vertu des lois, dit froidement Cambacérès, que Donatien commençait à admirer pour son courage moral.

Bonaparte marcha sur la cheminée, prit un vase et le projeta sur le sol, où il éclata en mille morceaux. La stupeur se fit dans le cabinet.

— Fichtre, délivrez-moi des avocats et des sophistes ! Ils perdent tout à coups de raisonnements ! hurla-t-il. Ces assassins doivent payer, ils paieront ! Je suis si convaincu de la justice d'une grande mesure pour purger la France et la rassurer que je suis prêt à me constituer moi seul en tribunal, à y faire comparaître les coupables, à les interroger, à les juger et à faire exécuter moi-même leur condamnation.

— Ce ne serait pas un progrès constitutionnel, dit Fouché d'une voix sépulcrale.

— Fouché ! cria Bonaparte, qui marcha vers le bureau en pointant un index menaçant sur le ministre de la Police.

Puis il se reprit. Au lieu d'agonir Fouché, il plaça sur le bureau ses deux mains et serra les poings jusqu'à ce que ses phalanges blanchissent. Puis il fit grincer ses dents, secoua son épaule comme si sa redingote était mal ajustée et mit brusquement sa main dans son gilet. Cambacérès en profita pour reprendre la parole.

— Citoyen consul, nous sommes tous dans ce bureau convaincus de la nécessité d'un châtiment rapide et exemplaire. Vous voulez une proscription, nous la ferons. Il faut seulement la faire accepter par l'opinion. Les délégations se succèdent aux Tuileries pour vous présenter leurs vœux de longue vie. Ces braves gens sont mus par l'admiration qu'ils vous portent mais aussi par leur aspiration à un pouvoir sage et régulier.

— Fort bien, Cambacérès, dit Bonaparte, glacial, que proposez-vous ?

— Faisons un acte souverain du gouvernement qui déportera ceux qui sont sur la liste. Point de loi d'exception qui obligerait les assemblées à s'opposer. Réunissons le Conseil d'État, puis le Sénat, et consultons-les sur la constitutionnalité de tout le processus. Je réponds de leur attitude. S'ils ne sont pas appelés à se prononcer positivement sur les déportations, ils ne diront mot. Ils sont prêts à jouer les Ponce Pilate. Ainsi la mesure sera-t-elle régulière et l'on aura évité un débat difficile, comme celui que nous venons d'avoir.

Bonaparte s'était calmé aussi vite qu'il avait laissé éclater sa colère.

— Vous êtes de bon conseil, Cambacérès. Fouché, qu'en pensez-vous. Cela est-il juste ?

— Citoyen consul, nous allons déporter des hommes qui n'ont rien fait, pour leur simple qualité ou pour leur passé. C'est la manière dont on usait sous la Terreur contre les blancs et dont la France ne veut plus. Ce n'est pas juste. Mais c'est utile en la circonstance. C'est donc ce qui convient.

— Citoyen ministre, je reconnais une nouvelle fois votre sens moral. Faites arrêter cette théorie de brigands et qu'ils partent au plus vite pour les Seychelles. La France entière vous en saura gré.

# 12

# La nuit d'Olympe

Ils observaient la marmite qui cuisait à feu doux sur le fourneau de fonte. Honorine était partie. Sur la table, elle avait laissé la viande de bœuf ruisselante, coupée en tranches inégales, avec l'os à moelle brillant de graisse, les pommes de terre bosselées, les carottes barbues, les poireaux en gerbe, les navets mystérieux dans leur carapace molle. Autour étaient disposés les pots de moutarde à grains marrons, les petits oignons au vinaigre, les cornichons en bocal et le gros sel dans un pot de terre cuite. Maintenant la viande et les légumes frémissaient dans l'eau bouillante, tandis qu'un fumet carné emplissait la pièce et se mêlait au parfum des bouquets d'herbe.

À l'origine, Honorine devait s'occuper de tout mais Olympe avait pris le pouvoir. Le pot-au-feu, proclama-t-elle, demande une attention spéciale et une théorie vérifiée. Il fallait juger de la quantité d'eau, du sel que l'on jetait préalablement, de la force du feu, de la cuisson antérieure des légumes, de la minute où l'on ébouillantait la viande, de la seconde où l'on immergeait les herbes. Honorine, disait Olympe, n'y aurait appliqué qu'un fruste savoir-faire : l'opération était de raison, de logique, pour ainsi dire scientifique. C'était une expérience de physique, une épreuve d'encyclopédiste.

— La marmite s'échauffe lentement, disait-elle, la chaleur de l'eau s'élève graduellement, elle dilate les fibres musculaires du bœuf, en dissolvant la matière gélatineuse qui y est interposée. Vois-tu ? Dans cette chaleur tempérée, le pot-au-feu s'écume doucement, l'osmazone se dissout peu à peu et donne de l'onction au bouillon et l'albumine, qui est la partie des muscles qui produit l'écume, se dilate aisément et monte à la surface.

— Qu'est-ce que l'osmazone ?

— C'est la partie la plus savoureuse de la viande. C'est elle qui donne son goût à l'ensemble, même à l'eau qui est le plus plat des ingrédients.

— C'est un mot de science et non de cuisine.

— La cuisine est une science. Voilà toute l'affaire.

Concentrée, l'œil brillant, les joues rouges de la vapeur du pot-au-feu, Olympe surveillait sa cuisson en remuant une cuillère de bois autour de la viande qui brunissait. Donatien se dit qu'elle était décidément insupportable et irrésistible. Elle avait réussi à transformer la cuisine, cet antique tour de main du peuple, façonné par plus de mille ans d'expérience quotidienne, en savoir complexe et guindé, en argutie de savant rigide, en exercice de philosophe. Pour un peu, elle en aurait fait un sujet de dispute à l'Académie, un art parmi d'autres, à l'égal de la peinture ou de la sculpture, ou encore une discipline du savoir, proche de la chimie ou de la pharmacie.

— Mais où as-tu puisé cette science ? demanda-t-il.

— J'ai suivi Hyacinthe aux armées, en Italie et en Autriche. L'emploi des femmes n'est pas en première ligne. Je me suis retrouvée à l'intendance, avec les cantinières et les fournisseurs. Il a bien fallu jouer le rôle. J'ai aidé les armées de la République à survivre en cuisinant pour elles. Ce n'était pas rien. L'arrivée régulière des vivres et des munitions compte autant pour une armée que le génie du général en chef. C'est là que j'ai fait mon devoir pour la Nation.

Elle parlait de ce ton solennel qu'il lui connaissait bien. Il voulut briser cette enveloppe de sérieux.

— Mais enfin, les armées ne demandent pas l'art de Lucullus.

— Non, mais j'ai fréquenté un chef d'approvisionnement qui avait servi comme cuisinier chez le duc de Lauzun avant 1789. J'ai appris à son contact. Ces hommes sont des artistes et des savants. Ils détiennent un savoir qui enchante la vie. Un pot-au-feu selon le vulgaire et selon eux sont deux choses essentiellement étrangères. Tu verras.

Il la laissa devant son fourneau et passa dans le salon ouvrir les bouteilles. Il avait choisi deux crus des Côtes-du-Rhône qu'il connaissait par Fouché, un côte-rôtie et un condrieu, repérés par le « mitrailleur » lors de son séjour à Lyon. Les révolutionnaires arrivés au sommet de la société n'en avaient pas aboli tous les privilèges. Donatien avait appris, sous le Directoire, quand il commençait sa carrière de policier politique, les usages de la bonne société, ce mélange de grâce aristocratique et de jouissance bourgeoise. Fouché l'avait initié aux bons vins ; il en était devenu, par ses escapades au Palais-Royal, chez Chevet ou bien au Rocher de Cancale, un bon connaisseur. Au fond, comme il progressait vers le haut, il se disait que la France qu'ils avaient voulu abattre avait du bon. L'égale pauvreté n'était pas son but. Ce qu'il voulait, c'était l'accès égal aux places, ce qui était tout différent. Reposé sur sa théorie commode, il pouvait déployer son ambition, même en ces temps de morale rigide. Et goûter le bon vin.

Il ouvrit une bouteille et revint dans la cuisine. Olympe avait terminé. Elle défit son tablier, découvrant sa robe, serrée sur les hanches, évasée jusqu'aux pieds en plis ronds, coupée vers le haut et laissant voir ses épaules dorées, son cou fragile et sa poitrine presque maigre.

— Allons-nous dîner ou bien attendons-nous le décret de la science ?

— On moque la cuisinière mais on goûtera sa cuisine, répliqua-t-elle.

Il la regarda, inattendue dans son rôle de maîtresse de maison savante, de bas-bleu culinaire, vive et svelte, si désirable. Soudain attiré, il s'approcha d'elle qui lui tournait le dos, l'entoura de ses bras et plongea son visage dans sa chevelure.

— Olympe, murmura-t-il, je t'aime encore.

Elle se dégagea d'un geste brusque, presque violent.

— Non, s'écria-t-elle, nous sommes ici pour Hyacinthe. Pas pour réveiller les passions impossibles.

— Mais tu m'as dit que tu m'aimais encore...

— Peut-être, mais Hyacinthe est en danger. Je ne serai pas déloyale.

— Hyacinthe n'est pas arrêté. Son nom n'est pas sur la liste que Bonaparte a reçue de Fouché. J'y ai veillé.

— Oui, mais les hommes de Bonaparte le suspectent néanmoins. Sinon pourquoi auraient-ils demandé après lui ?

— Certes. L'enquête le mettra hors de cause. Voilà notre espoir.

Le nom de Hyacinthe refroidit ses ardeurs. Depuis qu'il avait revu Olympe, il rêvait confusément d'une passion immédiate et éphémère, d'une liaison ignorée, comme un intermède de leur vie, comme une éclaircie, qu'ils auraient pour eux seuls, inconnue de tous. La mention de Hyacinthe le ramenait à son devoir. Il s'agissait de sauver son ami, non de lui voler sa femme. La réaction d'Olympe le ramenait à sa duplicité. Et pourtant, même en s'en défendant, elle en était complice. Après tout, n'avait-elle pas réveillé l'espoir ? Ressuscité d'abord le sentiment qu'elle refusait ensuite ?

Ils vinrent s'asseoir à la table dressée de couverts d'argent sur une nappe blanche. Deux bougeoirs dispensaient une lumière orangée ; dans le halo des flammes, son visage prenait la douceur qu'il avait vue aux tableaux des églises en Italie. Il la contempla sans rien dire. Elle rougit de cette insistance.

Honorine avait fait monter des huîtres étalées en trois douzaines sur un lit d'algues et de glace.

— Elles viennent de Saint-Vast-la-Hougue et non de Granville, dit Donatien.

— Je m'en contenterai, dit-elle en détachant l'huître de sa coquille avec un coup sec de son couteau.

Donatien rappelait à dessein Granville dans la conversation, le lieu de leur amour.

— Es-tu retournée là-bas ?

— De temps à autre, quand Hyacinthe était en congé de l'armée. Et toi ? Tu es entré tout de suite dans la police ?

— Non, j'ai d'abord eu mon procès, après Thermidor. J'étais l'homme de Carrier. Ils voulaient ma tête. Ils ne l'ont pas eue.

— C'était le procès des patriotes, dit-elle d'un ton définitif. Une injustice menée par les traîtres.

Donatien savait que l'affaire était plus embrouillée. Ce qu'ils avaient fait avec Carrier – des massacres sans fin ni raison – méritait au moins jugement. Carrier était tombé, les autres non. Le destin...

— Nous avons beaucoup tué, reprit-il, les victimes nous poursuivent. Nous avons laissé une trace de sang.

— La République était à ce prix.

Elle finissait ses huîtres. Il servit encore du vin, qu'elle buvait avec un plaisir ostensible. Ses joues rosissaient, son regard devenait plus vif, son maintien plus alangui. La politique refroidissait la conversation : il revint à plus d'intimité.

— Olympe, es-tu contente de ta vie ? Tu suis les armées, tu es une épouse de guerre, tu organises l'intendance. Mais tu pouvais faire mieux.

— Mon bonheur est second. Nous faisons la guerre à l'Europe des tyrans. Cela suppose quelques sacrifices. Beaucoup meurent. Je suis vivante.

— Si la paix revient, que feras-tu ?

— Je suis femme d'officier. J'aurai une vie de garnison.

Il sentit une faille. La déesse de la Liberté, l'héroïne du siège de Granville, pouvait-elle s'effacer dans une existence médiocre, abdiquer de ses hautes espérances, se retirer dans la grisaille militaire ? Cette femme n'était pas de son temps. Elle annonçait l'avenir, un avenir où les femmes seraient fortes.

— Tu as fait le choix de l'amour, de la fidélité. Tu t'es sacrifiée.

— Sacrifiée ? Non ! Vois-tu, il y a parfois des choses plus grandes que soi, qui valent qu'on s'y consacre, et qu'on est heureux de servir. Le bonheur n'est pas forcément égoïste. Je suis heureuse de nos combats heureux. Je suis heureuse de voir Hyacinthe mener son régiment, manœuvrer habilement et battre l'ennemi...

— Tu vis par les autres. Tu trahis tes rêves.

— Je rêve d'une autre France, elle arrive.

— Je parle de tes rêves à toi. Je te connais un peu, sais-tu ?

— Tu me connais trop, tu cherches à me rendre coupable. Coupable d'être loyale.

Elle avait raison. Il plaidait sa cause.

— Ce que nous avons vécu est unique. Jamais dans notre vie nous ne retrouverons cela. C'est un éclat de paradis volé à la vie, qui est une marâtre. Tu ne l'oublieras jamais ; moi non plus. La vraie fidélité, ce serait de le reconnaître.

Elle accusa le coup, resta muette, jetant sur lui un regard ébranlé et furieux. Puis elle se leva en secouant sa longue chevelure, gracieuse dans les gestes les plus simples.

— Je sens que mon plat est prêt. Tes sophismes nous font oublier l'essentiel.

Elle donnait le change. Il décida de pousser son avantage.

— Olympe, l'épreuve la plus dure n'a pas été le procès et encore moins la guerre. Ce fut ton départ.

Elle se retourna et le fixa, la mine sérieuse et effrayée.

— Tais-toi, tu es un être dangereux.

Elle disparut dans la cuisine et revint avec sa création. Il dut le concéder : sa science était arrogante mais sûre. Il n'avait jamais mangé un pot-au-feu de cette qualité. La viande était douce et riche, les légumes infusés par le suc du bœuf et des herbes, le bouillon parfumé et clair, les pommes de terre fondantes comme un gâteau, les navets ennoblis, les carottes souples et aristocratiques. Même le poireau, qu'il n'aimait guère, avait pris le goût onctueux qui unifiait l'ensemble. Avec les deux moutardes, les oignons, les cornichons et le poivre, on atteignait au sommet mystérieux de la perfection culinaire. Le silence se fit, on n'entendit que le cliquetis des couverts, le glissement de la viande coupée, le tintement des verres vidés aussitôt qu'emplis.

La fatigue et le repas aidant, Donatien se sentait d'humeur offensive.

— J'aime Hyacinthe, dit-il, mais je t'aime aussi. Nous ne pouvons pas en rester là. Ce que nous ressentons se ressent une fois dans une vie. Si nous manquons cette passion, elle s'enfuira pour toujours. Nous le regretterons tous les deux, jusqu'à notre mort. Il va falloir que tu choisisses.

Prise au dépourvu, elle eut encore son expression de frayeur, comme si Donatien la mettait devant une réalité implacable.

— Mon choix est fait. Il faut sauver Hyacinthe. C'est tout.

— Bien sûr. Je ferai tout ce qui est humainement possible. Mais ensuite je t'aimerai encore. Et toi aussi tu m'aimeras.

— Arrête !

— Je me souviens mot à mot de ce que tu m'as dit le premier matin.

— Et qu'ai-je dit ?

Il récita.

— « Je n'ai qu'une vie et je te veux aussi. Nous pouvons être tués demain. Je ne veux pas passer à côté de toi. »

Elle le regardait avec de l'angoisse dans les yeux, immobile, stupéfiée. Elle se défendit mollement.

— C'était il y a sept ans...

— Ni toi ni moi n'avons changé d'avis. De cela je suis sûr.

Elle semblait en perdition. Elle lâcha seulement :

— Arrête !

Le silence se fit. Il se demanda s'il n'avait pas été trop loin, s'il n'avait pas ruiné sa cause par une gauche insistance. Mais elle fit une chose qu'il n'aurait jamais imaginée. Elle mit son visage dans ses mains et fondit en larmes. Elle était courbée sur la table, ses cheveux éparpillés sur la nappe, son corps sursautait à chaque sanglot, au milieu d'un long gémissement. Il resta interdit, se maudissant de sa dureté. Mais aussi plein d'un bonheur soudain. Il avait vu juste. Ce qu'il ressentait pour elle, elle le ressentait pour lui. Ses pleurs étaient le plus flatteur des aveux. Il se leva, fit le tour de la table, s'agenouilla et passa son bras autour de ses épaules.

— Mon amour, je me hais de te faire pleurer. Pardonne-moi.

Pour toute réponse, elle s'abandonna contre lui, tout en sanglotant de plus belle. Elle se mit à parler, ou plutôt à crier, d'une voix déchirée par cette passion si longtemps contenue et qui se débondait d'un coup.

— J'ai pensé à toi sans cesse ! Il n'y eut pas un jour sans que ton image me revienne. Pas un jour ! Tout ce temps, j'ai menti, j'ai joué la comédie, j'ai caché mon amour. J'ai trompé Hyacinthe en lui étant fidèle. Je n'ai qu'une vie. Je ne veux pas passer à côté de toi.

Elle tombait presque. Il la prit sous le bras et la releva, droit devant lui. Ils s'enlacèrent avec brutalité.

— Non, non, disait-elle, non. Mon amour, mon amour, il ne faut pas...

Pourtant tout son corps disait le contraire. Elle se pressait sur sa poitrine, écrasait son visage sur son épaule, le serrait de toutes ses forces et passait même une jambe entre les siennes. Il était comme fou, la caressait frénétiquement, l'embrassait de baisers furieux. Le cœur en chamade, pris d'une fièvre, il la souleva en passant son bras sous ses jambes et la porta dans la chambre, tandis qu'elle continuait de plaquer ses lèvres contre son cou.

Ils se jetèrent sur le lit, aussitôt mis en bataille. Pour de longues heures, ce fut un concert de cris, de caresses et de gémissements.

Loin avant dans la nuit, sur un dernier serment, ils s'endormirent serrés l'un contre l'autre.

Au matin, Honorine trouva la table encore dressée et les reliefs du repas. Elle portait une lettre que lui avait remise un jeune homme sur la place de Thionville. Elle la posa sur un guéridon du salon et se mit en devoir de ranger l'appartement. À dix heures, Donatien apparut en robe de chambre, ébouriffé et ravi. Il vit la lettre, l'ouvrit, la lut et courut à la chambre.

— Mon amour, dit-il d'une voix blanche, Hyacinthe a été arrêté.

Elle poussa un cri, se leva nue et commença à s'habiller.

— Voilà la punition, dit-elle. Maintenant nous revenons à la réalité. Il faut agir.

# 13

# Dans le palais des anciens rois

Le télégraphe de M. Chappe était une belle invention de ce XVIIIe siècle conquérant. L'ingénieuse machine – deux bras articulés commandés par des cordes – avait été dupliquée de colline en colline sur le toit de petites maisons rondes qui faisaient comme une longue chaîne de sémaphores terrestres. Selon un code choisi d'avance, les positions de l'appareil exprimaient un message qui se répétait de loin en loin et filait plus vite que le plus rapide des coursiers. Les bras du premier poste se mettaient en position avec leurs drôles de mouvements saccadés. Aux aguets sur la crête opposée, qui barrait l'horizon, l'opérateur du poste suivant reproduisait le message qu'il lisait au loin. Aussitôt le poste d'après l'imitait, à son tour imité par le poste quatrième. Seul le brouillard interrompait la communication. Par temps clair, le message courait de hauteur en hauteur : ainsi pouvait-on sur-le-champ répercuter aux extrémités de la République les instructions émises en son centre.

L'invention de M. Chappe avait fait une victime en Alsace. Quelques heures après le conciliabule des Tuileries, munis de l'ordre de Bonaparte reçu par télégraphe, douze gendarmes se présentèrent à la caserne Turenne à Strasbourg et se saisirent de Hyacinthe qui commandait un régiment de l'armée de Moreau désormais au repos. L'arrestation fut difficile. Hyacinthe était populaire dans l'armée du Rhin. Son humour, son courage au feu, sa sollicitude pour la troupe en faisaient l'un des colonels les plus en vue. Le général de la place exigea des explications, que les gendarmes étaient en peine de donner. Il fallut parlementer longtemps. Hyacinthe goguenard tournait en ridicule l'ordre du Premier consul.

— C'est à cause de la machine infernale, disait-il, je l'ai actionnée des forêts d'Autriche. Nous intriguions avec Moreau pendant Hohenlinden. Nous nous ennuyons dans cette campagne, où l'on gagne trop de batailles. Il nous faut des complots pour nous distraire. Bonaparte veut tout. Il se prend pour le roi. Du haut des Tuileries, quarante ans d'arbitraire à venir nous contemplent.

Sur un signe, la troupe aurait mis les gendarmes aux arrêts et porté le suspect en triomphe. Mais Hyacinthe ne voulut ni rébellion ni désordre. La colère passée, il accepta l'arrestation. Au nom du Premier consul, les gendarmes le conduisirent en diligence jusqu'à Paris, les mains liées derrière le dos et la rage au cœur. Depuis trois jours, il fulminait, enfermé dans une cellule de la Conciergerie avec d'autres suspects républicains, déprimés et fatalistes.

— Tout cela est heureux, je vivais dans la crainte d'être tué, dit-il au concierge en arrivant. Je vivrai dans l'espoir d'être libéré.

Le bonhomme le regarda sans comprendre. Cette ironie le dépassait. Hyacinthe poursuivit :

— Faites-moi servir à onze heures, je dîne tard.

Dès qu'elle avait appris la nouvelle, Olympe avait convaincu Donatien, que sa fonction condamnait pourtant à la réserve, d'aller voir leur ami embastillé. C'est ainsi qu'ils marchaient tous deux le long de la Seine, vers la bâtisse de pierre blanche aux tours chapeautées d'ardoise qui dominait le fleuve. Encore rêveur de la nuit qu'ils venaient de passer, Donatien admira le profil frémissant de son amour et son courage dans l'adversité. Olympe marchait au secours de son mari comme un lieutenant marche à l'ennemi.

Construit sur la largeur de l'île de la Cité, le palais des premiers rois de France recelait en ses sous-sols une merveille architecturale et une horreur judiciaire. On y voyait des cellules sinistres et des ogives sublimes. C'était une des prisons les plus terribles de l'Histoire, celle où les victimes de la Terreur avaient été enfermées après un jugement expéditif. La reine Marie-Antoinette, les députés girondins, Charlotte Corday, Camille Desmoulins ou Georges Danton avaient tous dormi sur des paillasses infectes, dans ces cachots qui étaient les antichambres de la guillotine.

Deux gendarmes au bicorne noir introduisirent Olympe et Donatien dans un guichet bardé de fer. Malgré les papiers indiquant que Donatien était policier, ils inspectèrent Olympe de la tête aux pieds avec une impudique insistance. Les deux jeunes gens descendirent un escalier de pierre inégal pour se retrouver dans une immense salle aux voûtes froides. La grande salle de la Conciergerie était la seule construction civile de l'ancien royaume qui ressemblât à une cathédrale. Dans sa hâte répressive, le Comité de sûreté générale y avait fait construire deux rangées de cellules en bois qui rompaient la perspective mais permettaient d'entasser quelque huit cents ennemis du peuple. Au plus fort de la Terreur, ces masses de prisonniers attendaient leur sort dans ces cages, renouvelés par fournées de vingt ou trente, selon le rythme frénétique qu'avait adopté le Tribunal révolutionnaire pour juger les prévenus. Les verdicts avaient le mérite de la simplicité : l'acquittement ou la mort. Les rares acquittés étaient élargis aussitôt, incrédules et joyeux. Les condamnés innombrables passaient une dernière soirée en prières ou en ripailles plus ou moins grasses selon leur fortune, puis montaient au matin dans une charrette qui les conduisait place de la Révolution, ci-devant place Louis-XV, ou, plus tard, à la « barrière du Trône renversé », bientôt place de la Nation, pour mourir sur l'échafaud qui surplombait une foule avide de sang. Ainsi un dîner célèbre avait réuni les girondins de la Conciergerie promis au sacrifice, cherchant dans une dernière soirée d'amitié et de ferveur le courage d'affronter la mort au matin.

Le Consulat débutant avait l'humeur moins féroce. La guillotine servait rarement et les opposants ne peuplaient plus les prisons. Bonaparte voulait la concorde. Il économisait sa sévérité : les cellules de bois de la Conciergerie étaient vides pour la plupart. Le nouveau maître, tout militaire, avait appris dans ses campagnes à procéder par exemples terribles, qui intimidaient les opposants et lui épargnaient les efforts d'une répression de masse. Ainsi la Conciergerie avait repris son rythme lent d'avant la Terreur, comme une machine qu'on ménage en la faisant tourner au ralenti.

Olympe et Donatien suivirent un cerbère maigre à cheveux raides qui tenait en laisse deux molosses poussant de brefs aboiements. Ils marchèrent dans un couloir central entre les chambres de fortune désertées puis montèrent quelques marches jusqu'à la galerie supérieure où s'alignaient d'autres cellules, occupées, celles-là, par un mélange de détenus politiques et de droit commun. C'était un large couloir éclairé par de petites fenêtres et barré de lourdes grilles de fer. Comme ils y pénétraient, Donatien remarqua les regards furtifs d'Olympe. Passant devant la loge du concierge, qui se leva à leur arrivée, elle considéra, à la dérobée, la petite pièce sombre fermée par une grille de fer. Elle passa en revue les deux mousquets placés dans un râtelier, les trousseaux de clés accrochés au mur, la petite table portant le registre d'écrou et la chaise qui tournait le dos à l'enfilade des cellules. Donatien continua à la suite du gardien. Elle resta un peu en arrière avant de le suivre dans le couloir où flottait une odeur pestilentielle.

Le concierge qui se nommait Richard était une sorte de célébrité. Sous la Terreur il avait été à son tour jeté en prison avant d'être libéré en thermidor. Les révolutionnaires lui reprochaient l'humanité qu'il avait montrée envers Marie-Antoinette, dont la cellule individuelle se situait à l'autre bout du couloir et que Richard, ému par le sort de la jeune reine, avait entourée de soins particuliers. Le concierge avait ensuite récupéré sa charge et officiait avec la même modération sous tous les régimes, regardant avec fatalisme les juges devenir prisonniers et les prisonniers se changer en ministres, tout comme lui avait été successivement geôlier et captif avant de devenir concierge en chef.

Les cellules étaient plutôt des encoignures de la muraille closes chacune par une croisée de fer, où les prisonniers gisaient par trois sur un parterre de paille brunie par l'humidité. Une cruche et un seau d'aisance fournissaient le seul ameublement. De toute évidence les seaux n'étaient pas vidés souvent, tant la puanteur était forte. Quand il vit Hyacinthe replié sur son matelas de paille moisie, Donatien interpella Richard.

— Pourquoi est-il chez les pailleux ?

Les pailleux étaient les prisonniers que leur dénuement obligeait aux pires conditions, contraints de dormir par terre dans la paille et de supporter la promiscuité d'autres détenus, qu'ils ne pouvaient éviter de toucher ou de bousculer à chaque fois qu'ils changeaient de position. Pour obtenir une cellule individuelle avec un bat-flanc et une table, il fallait verser un franc par jour.

— Il a refusé de payer, répondit le cerbère. Il veut partager le sort des autres.

— Vous le changerez de cellule ce soir. Ordre du ministère de la Police. En attendant, ouvrez, nous allons l'interroger dans la cour.

Richard ouvrit la grille et fit sortir Hyacinthe, qui cligna des yeux quand il entra dans le jour projeté par la petite fenêtre du couloir. Il était pâle, fébrile, son uniforme était fripé et des fétus se mélangeaient à sa chevelure noire. Ils marchèrent vers le fond du couloir. Un petit escalier obscur descendait jusqu'à une porte de bois qui donnait dans une petite cour en quinconce cernée de murs. Là encore, Donatien vit Olympe qui scrutait chaque recoin, évaluait du regard les distances et cherchait manifestement à fixer dans son esprit la disposition des lieux. Ils marchèrent jusqu'au fond de la cour pendant que Richard s'asseyait sur l'escalier.

Le visage franc de Hyacinthe rayonnait de bienveillance, son sourire signifiait qu'il appréciait à sa juste mesure de voir son ami, mais aussi son rival malheureux, venir le secourir.

— Tu n'as pas changé. Toujours fringant, toujours l'ami des dames, dit Hyacinthe d'un ton léger qui cachait son angoisse. Je ne sais pas si Olympe a eu raison de me choisir. Après tout, tu es beaucoup plus beau.

Donatien se contenta de sourire, admirant l'humour crâne de son ami. Hyacinthe raconta son histoire, de l'arrestation de Strasbourg à son enfermement dans cette prison. Il en savait déjà beaucoup, même s'il ignorait les charges qui pesaient contre lui. La rationalité administrative l'avait placé dans la même prison que les comploteurs républicains dont Bonaparte se plaignait si fort. Chevalier et Topino-Lebrun étaient passés en jugement avec leurs complices, Ceracchi, Demerville et Aréna. Bien avant l'attentat de nivôse, les deux républicains s'étaient empêtrés dans des complots mal conduits, le premier dans cette conspiration des poignards où les agents provocateurs de Fouché avaient joué le rôle principal, le second en expérimentant près du Jardin des Plantes une barrique de poudre à mèche rapide. L'opération était trop bruyante pour ne pas attirer l'attention de la police consulaire. Tous avaient été pris et enfermés à la Conciergerie en attendant leur procès.

Le calendrier leur fut fatal. Entre-temps, à la veille de Noël, la machine infernale avait sauté rue Saint-Nicaise. L'anathème aussitôt jeté par Bonaparte sur les républicains et l'émotion née de l'attentat avaient rendu le jury populaire impitoyable. Dans la grande salle du Palais de Justice, le tribunal les avait condamnés à mort en quelques heures. Chevalier avait effectivement comploté et essayé sa machine ; Demerville et Ceracchi étaient fort compromis. Mais Aréna avait surtout contre lui d'être le frère d'un membre du Conseil des Cinq Cents qui avait dénoncé Bonaparte à Saint-Cloud le 19 brumaire, quand l'Assemblée s'était rebellée contre le coup d'État avant d'être dispersée par les grenadiers de Murat. Il payait pour cette heure où Bonaparte avait cru tout perdre.

Quant à Topino-Lebrun, son cas démontrait la vanité des destins dans ces temps tourmentés. Peintre de talent, élève de David, le jeune homme s'était exalté pour la République. Jacobin, robespierriste, partisan de la Terreur, il avait siégé au Tribunal révolutionnaire, dirigé par Fouquier-Tinville le terrible, le grand pourvoyeur de la guillotine. Ironie cruelle : Topino-Lebrun se retrouvait sept ans plus tard au même endroit, à la Conciergerie, où le Tribunal révolutionnaire dont il était membre tenait ses séances, prisonnier là où il avait naguère été juge. Pourtant le jeune homme n'était pas sanguinaire. Au contraire, il s'était fait remarquer des prévenus par son sens de la justice et par une humanité bienveillante qui tranchait avec la manière cruelle de Fouquier-Tinville. L'avocat Chauveau-Lagarde, défenseur courageux des monarchistes, lui avait même rendu hommage.

Après Thermidor, on avait dissous le tribunal et transféré les procès dans leurs locaux réguliers, au sein du Palais de Justice qui se dressait à quelques pas, entre la Conciergerie et la Sainte-Chapelle. En changeant de salle, le tribunal n'avait pas changé de méthode. Quand on reprocha à Topino-Lebrun son comportement sous la Terreur, il appela Chauveau-Lagarde à la rescousse. L'avocat vint témoigner pour son ancien adversaire, démentant les dires du procureur qui dépeignait l'accusé sous les traits d'un buveur de sang et d'un fanatique. Chauveau-Lagarde expliqua avec bon sens que Topino-Lebrun avait été pris, comme tant d'autres, dans un tourbillon qui l'avait dépassé. Acharné de la République, il avait néanmoins fait preuve de modération à chaque fois qu'il avait pu. Après tout, s'écria l'avocat, l'idée d'une République indulgente était celle-là même que promettait le Premier consul. Rien n'y fit. Robespierriste ou bonapartiste, l'arbitraire se riait des plaidoiries. Topino-Lebrun fut condamné à la suite des autres.

Le lendemain, Hyacinthe avait vu les cinq hommes emmenés les mains entravées, les cheveux raccourcis haut sur la nuque et le col de leur chemise découpé au ciseau. Bonaparte ne voulait pas ces exécutions publiques qui rappelaient trop les temps de Robespierre. La guillotine avait donc migré pour l'occasion de l'ancienne « place du Trône renversé » à la Conciergerie. De son soupirail qui donnait sur la cour, Hyacinthe avait observé l'exécution et son lugubre rituel. Chaque homme attendait son tour en frissonnant dans le froid, la chemise ouverte et les mains liées. Puis un gendarme le poussait en avant vers l'étroite machine posée sur l'échafaud qui dominait victimes et bourreaux. On accolait le condamné à la planche articulée qui attendait en position verticale puis on le faisait basculer d'un seul coup à l'horizontale. On ajustait sa tête sous la lame, on plaçait autour de son cou dénudé les deux demi-lunettes de bois qui servaient à le maintenir. Le bourreau libérait une corde. La lame en biseau s'abattait avec un bruit de herse. La tête tombait dans un panier d'osier où elle vivait encore une ou deux minutes pendant qu'un flot de sang ruisselait sur le pavé en contrebas. Le corps inerte était enfin poussé dans le tombereau peint en rouge qui stationnait au pied de l'échafaud.

Les cinq républicains étaient morts bravement. Deux d'entre eux sans un mot. Les deux autres en criant : « À bas le tyran ! » et « Vive la République ! ». Bonaparte voulait une vengeance éclatante. La justice lui avait fourni ses premières victimes expiatoires, immolées sans délai parce que d'autres avaient monté un attentat plus dangereux que le leur.

— Quand ils sont entrés dans la cour, ajouta Hyacinthe, j'ai tout de suite remarqué les pansements qu'ils avaient aux mains.

— Pourquoi des pansements ? demanda Olympe

— Ils me l'ont raconté à la promenade. La police de Dubois les a accusés d'avoir monté l'attentat de nivôse en tramant un complot du fond de leur cellule. Les policiers disaient qu'ils avaient eu une information sûre par une mouche, qui avait formellement accusé Ceracchi et Topino-Lebrun. Comme ils niaient, les commissaires ont voulu leur extorquer des aveux. Ils ont une méthode à eux : ils serrent les doigts des prisonniers dans les chiens de leur pistolet. Pas besoin d'instruments de torture, la chose est commode et atrocement douloureuse. Ils avaient les doigts déformés et en sang. D'où les pansements.

— Ils ont parlé ? dit Olympe.

— Non. C'étaient des hommes courageux. Pourtant ils ont souffert...

— Quelle infamie ! laissa tomber Olympe.

Donatien se taisait. Il fuyait le regard de ses deux amis en fixant le sol. Dans son bureau de l'hôtel de Juigné, il avait vu passer l'ordre de Bonaparte intimant à Fouché de faire interroger les suspects avec la dernière rigueur. « Serrez-leur les doigts, avait écrit le Premier consul qui semblait bien connaître cette technique, c'est un expédient utile. Nous sommes dans une affaire d'État. Un peu de barbarie nous délivrera d'une barbarie bien plus grande. » Donatien avait passé l'ordre à Dubois en l'approuvant. Dans sa lutte contre les Vendéens, il avait souvent usé de ce moyen brutal pour démanteler telle ou telle bande. Cette fois, la cruauté avait échoué. Les deux accusés avaient nié jusqu'au bout. Ce qui ne prouvait rien. Donatien savait que les cinq républicains avaient reçu des visites pendant leur détention. C'étaient des membres de leurs familles, mais aussi des amis partageant leurs idées. Les prisonniers avaient aussi bien pu comploter et résister à la torture pour protéger leurs complices.

Hyacinthe vint au fait.

— Dans ta position, peux-tu me faire sortir ?

— Non. Je n'ai pas ce pouvoir. Je suis chargé de l'enquête sur l'attentat. Je dois veiller sur les suspects.

— Mais en quoi suis-je suspect ? Tu sais bien que je n'ai pas comploté.

— Je le sais. Mais Bonaparte a demandé une liste de républicains exagérés, comme il dit, pour les déporter.

— Ainsi je suis un exagéré. Encore heureux qu'il n'ait pas ordonné notre exécution immédiate ! dit Hyacinthe. Ton Bonaparte est trop bon.

— La déportation, c'est aussi la mort, dit Olympe d'un ton sinistre. Ceux qui partent aux Seychelles ou en Guyane n'en reviennent pas.

— Ce n'est pas moi qui ai dressé les listes, c'est Fouché, reprit Donatien. J'avais obtenu que tu en sois exclu. Fouché avait rayé ton nom. Mais Bonaparte écoute aussi Réal et Bourrienne, qui ont chacun leur police. L'un des deux a remis ton nom.

— Mais enfin, que me reproche-t-on ?

— Tu es républicain, tu es à l'armée de Moreau, tu t'es distingué sous Robespierre, puis encore en fructidor pour éliminer les monarchistes. Tu as dû parler trop haut, critiquer Bonaparte ou quelque chose de ce genre.

— Bonaparte se comporte comme un César. Je l'ai dit. Voilà tout.

— C'est beaucoup quand des complots visent César.

— Je n'ai jamais conspiré. Je me bats à l'armée de la République. Nous avons vaincu les Autrichiens. Que faut-il de plus ?

— Les victoires de Moreau ne plaident pas en sa faveur aux yeux de Bonaparte.

— Ton Bonaparte est décidément un ambitieux et un méchant !

— Moins fort ! Il ne s'agit pas d'avoir raison. Il s'agit de te sortir de là.

— Mon innocence éclatera au premier jour du procès !

— Il n'y aura pas de procès.

— Pas de procès ? Où sont les lois, où est la République ?

— Bonaparte a décidé que la déportation serait un acte souverain de gouvernement. La justice n'y aura aucune part.

— Et les chambres ? Et les députés ? Et la Constitution ?

— Bonaparte a obtenu que les chambres se prononcent seulement sur la constitutionnalité de la décision et non sur son contenu. Elles le feront. Elles sont peuplées de brumairiens. Et rien ne résiste au Premier consul.

— C'est une nouvelle tyrannie !

— C'est aussi un pouvoir attaqué qui se défend. Il a l'opinion pour lui.

Pendant qu'ils parlaient, Olympe continuait son manège, se tordant le cou, examinant chaque fenêtre, chaque embrasure, chaque parcelle des murs gris.

— Alors je suis perdu, dit Hyacinthe.

— Non. Je suis chargé de l'enquête. Je démontrerai que tu es étranger à tout ça.

— Mais cela ne servira à rien, reprit Hyacinthe d'un ton résigné. Bonaparte veut son content de têtes républicaines. C'est de la politique, pas de la justice.

— Sauf si je démontre que le complot n'est pas républicain. C'est ce que pense Fouché. Il suspecte les monarchistes.

— Cela ne l'empêche pas d'organiser la déportation ! Pourquoi accepte-t-il ce que demande Bonaparte ?

— Fouché est dans un étau. S'il quitte le ministère, la situation sera bien pire. Il doit louvoyer.

— Où en est l'enquête ?

— Les premiers éléments accusent les républicains.

— Alors, je suis doublement perdu !

— Non. Nous allons approfondir. Les indices n'ont pas encore parlé.

— Et quels sont ces indices qui parlent, comme tu dis ?

— Les débris de l'explosion, les restes du cheval...

— Mon sort tient donc à des morceaux de ferraille et à des paquets de viande !

— Oui. Ce sont les cailloux blancs de la police.

— Combien de temps pour trouver les coupables ?

— Je ne sais pas. Quelques heures, quelques jours, quelques semaines.

— Nous n'attendrons pas, coupa Olympe.

— J'ai vu ton manège, Olympe, dit Donatien, tu ne pourras pas organiser d'évasion. La prison est trop bien gardée. Ce serait une folie. Les royalistes n'ont pas réussi à libérer Marie-Antoinette. Alors...

— J'ai compté six gardiens au plus dans la grande salle et dans le couloir des prisonniers. Il y a des promenades, les détenus sont libres de circuler une grande partie de la journée. Avec des limes, ils peuvent scier les barreaux de leur cellule et ceux des fenêtres qui donnent de la grande salle sur la rue. Ensuite il suffit de sortir la nuit et de s'échapper.

— Et les chiens ? dit Hyacinthe. Ils dorment dans la grande salle.

— J'apporterai ce qu'il faut, dit Olympe. Des limes et des morceaux de viande qui les occuperont.

— Quoi ? s'écria Donatien. Tu es folle ! Et comment entreras-tu ? Il faut montrer patte blanche. Il faut éviter les fouilles.

— Nous avons un complice au ministère, répliqua Olympe. Toi ! Tu feras les sauf-conduits.

— Je suis un homme de Fouché. Je ne peux pas le trahir.

— Mais tu peux trahir ton ami...

Donatien vacilla sous l'attaque. Hyacinthe vint à son secours.

— Ne dis pas cela, Olympe. Je te l'interdis. Donatien est un soldat comme moi. Il doit obéissance. Il a tout fait pour éviter mon arrestation. Il est ici pour m'aider. Il a été loyal. Il y a des choses qu'il ne peut pas faire. Je n'accepterai pas qu'il se sacrifie pour me sauver. Il est avec Bonaparte, c'est son droit.

Olympe se mit à crier.

— Et c'est son droit de t'abandonner ? C'est son droit de piétiner l'amitié ? C'est son droit de se parjurer ?

— Si tu cries encore, nous serons bientôt tous les trois au cachot, dit Hyacinthe.

Richard s'était levé et les observait avec surprise. Il fronçait les sourcils et semblait tendre l'oreille.

— L'évasion est impossible, reprit Donatien. Il faut partir de là.

— Il faut la tenter tout de même, dit Olympe plus doucement mais tout aussi fermement.

— Olympe, essayons d'abord ce qui est raisonnable. Laissons l'enquête continuer.

— Ce qui est raisonnable, c'est de sauver Hyacinthe, répondit la jeune femme, dont le visage était rose, les lèvres tremblantes et les yeux pleins de courroux, plus belle encore en colère qu'au repos.

— Il faut écouter Donatien, dit Hyacinthe. Il connaît mieux que nous ces choses.

— Donatien n'est pas de notre côté, dit Olympe avec une rage froide. Il choisira toujours Bonaparte. Il faut tenter l'évasion.

Il n'y avait pas moyen de la raisonner. Donatien ne savait plus que dire.

— Comment se poursuit l'enquête ? biaisa Hyacinthe.

— Nous allons voir les témoins et analyser les indices. Nous avons le fichier de la Vendée. Nous aurons aussi les rapports des mouches.

— Et si ce sont les républicains ? rétorqua Olympe. Dans ce cas, il n'y aura plus rien à faire !

— Il faut suivre cette piste, reprit Hyacinthe. Pour l'instant, c'est la seule solution.

— Je n'ai pas confiance, répéta Olympe.

Donatien reprit :
— Olympe, dit-il, tu suivras l'enquête en détail. Tu pourras vérifier que nous travaillons loyalement. Et tu ne passeras pas ton temps à te morfondre ou à imaginer des combinaisons fantastiques.

Olympe le regarda en silence. Il soutint son regard. L'affrontement dura de longues secondes. Puis elle se décida.

— Je te surveillerai. Voilà une idée. Mais si les choses traînent, je reviens à ma solution !

# 14

# La barrière Saint-Denis

Concentrés et déférents, assis droit dans leur fauteuil d'acajou, ils faisaient cercle autour du ministre. Un feu qui craquait réchauffait difficilement la pièce haute dont les fenêtres tremblaient dans le vent d'hiver. Donatien était à la droite de Fouché, Dubois le préfet de police et Duperron son adjoint, face à lui. Le ministre de la Police avait posé les mains à plat sur son bureau vide et fixait Dubois de son regard vitreux.

— Citoyen préfet, résumez ce que nous savons et nous verrons ce qu'il y a lieu de diligenter.

Il y avait dans cette scène un curieux effet de miroir. Donatien réalisa que Dubois et Fouché étaient presque identiques : maigres, pâles, cheveux roussâtres, bouche mince et nez aigu, même regard vide, même contenance impassible, même lenteur inquiétante, chacun dans leur uniforme aux broderies dorées, d'un rouge ministériel pour l'un et d'un bleu préfectoral pour l'autre. Les affaires policières attiraient-elles ces physiques anguleux et lymphatiques, signe d'une âme glacée qui accueillait sans ciller la noirceur humaine ? D'une voix égale, Dubois résuma les recherches de la préfecture.

— Citoyen ministre, nos services ont été zélés, les conseils du commissaire Lachance judicieux et ses renseignements utiles. Nous n'avons pas les noms des assassins mais nous avons leur itinéraire et leur signalement complet.

— Alors ?

— La description du cheval et les restes exposés dans la cour de la préfecture ont été des indices précieux. Le grainetier Lambel s'est présenté hier. Il était en province mais il a lu une affiche qui décrivait le cheval selon les indications du vétérinaire Huzard. Il a reconnu la bête sur place grâce à la tache blanche qu'elle portait au front. Il l'avait achetée l'année dernière et revendue il y a deux semaines à des marchands forains. Ils ont topé et ils sont allés conclure dans un cabaret de la barrière Saint-Denis en buvant une bouteille de vin de Beaujolais.

— D'autres témoins ?

— Oui. Un charretier a identifié le brancard réparé et un fripier a déclaré avoir vendu des blouses bleues de forain à trois hommes. Ils ont donné le même signalement que Lambel.

— Comment sont-ils ?

— Le plus remarquable est le plus petit. Sa description correspond à celle donnée par les témoins de la rue Saint-Nicaise. Un homme brun avec une cicatrice sous l'œil et d'une taille très petite, avec des manières communes et parlant peu. Le grainetier nous a appris qu'ils étaient trois. Deux autres faux marchands accompagnaient le premier quand ils ont conclu l'achat du cheval. Ils sont de taille inégale, un blond assez petit et un brun très grand. La vieille femme de la rue de Paradis avait donné les mêmes détails. Le renseignement du commissaire Lachance était excellent.

Donatien restait impassible : son succès le désolait. Les informations transmises par Bourmont étaient impitoyablement fiables. Rien ne clochait dans sa version. Décidément, les républicains semblaient les coupables.

— Comment ont-ils opéré ? reprit Fouché.

— Ils sont arrivés à Paris il y a deux semaines. Nous ne savons pas où ils logeaient. Ils ont acheté le cheval et la charrette. Ils ont remisé l'attelage dans la grange de la rue de Paradis qu'ils avaient louée pour un mois. Le 3 nivôse dans l'après-midi, ils y sont venus tous les trois. Ils ont placé la barrique sur la charrette puis ils sont partis en tirant le cheval par sa bride. Ils ont marché jusqu'à la rue Saint-Nicaise, ils ont placé la charrette à l'endroit prévu puis l'un d'entre eux est allé chercher quelqu'un pour tenir la bride. Il a trouvé la petite fille qui vendait des gâteaux sur le quai. Un autre est allé faire le guet devant la grille des Tuileries : les soldats en faction se souviennent d'un homme qui est resté là un bon moment. Ils l'avaient déjà vu la veille et l'avant-veille ; sans doute était-il venu repérer les lieux. Étrangement, alors qu'ils avaient un guetteur, les brigands ont été surpris par l'arrivée du cortège. Soit que le guetteur a négligé de prévenir, ce qui est bizarre, soit qu'il ait été masqué à ce moment-là, peut-être par un passant ou par un fiacre, on ne sait. Toujours est-il qu'ils ont mis le feu à la mèche trop tard. La machine a sauté juste après le passage de la première voiture où était Bonaparte.

— On suppose que l'un d'entre eux a été blessé, dit Fouché. Rien dans les hôpitaux ? Auprès des médecins ?

— Non, rien, dit Duperron. Mais il suffit qu'ils aient un médecin parmi leurs complices pour échapper aux recherches.

— Nous avons des signalements précis, continua Fouché. Nous devrions les retrouver dans nos fichiers. Ce sont des brigands connus. C'est un crime politique, commis par des hommes de la politique. Blancs ou bleus, ils ont déjà fait parler d'eux.

— Pas trace de ces trois bougres dans les fichiers, dit Duperron. Aucun signalement ne correspond.

— C'est étrange, rétorqua Fouché, nos fichiers sont complets. Ils auraient eu recours à des novices ?

— C'est possible, dit Dubois. Par précaution.

— Pourtant ce genre d'opération exige des agents d'expérience... Et l'origine du coup ? Qu'en pensez-vous, Dubois ?

— Je m'en tiens à nos renseignements. Bourmont nous a donné des indications justes. Tout ce qu'il a dit s'est vérifié. C'est un informateur fiable. Il désigne les républicains, les exagérés. Or les noms qu'a entendus la femme Thomas de la rue de Paradis, celle que Lachance a trouvée, Topino-Lebrun, Ceracchi, Chevalier, sont les noms de républicains reconnus et extrêmes. Cela fait deux indices convergents. La vieille ne peut être de mèche avec Bourmont : c'est une délatrice de la Terreur, lui est un Vendéen enragé.

— Ceracchi, Topino-Lebrun et Chevalier n'ont pas parlé, dit Donatien, alors qu'ils savaient qu'ils allaient mourir.

— Cela ne prouve rien, répondit le préfet de police. Ils ont résisté aux interrogatoires, voilà tout. Cela arrive. Ils ont couvert leurs complices. Pour moi, c'est une affaire de terroristes, de septembriseurs. Je suis de l'avis du Premier consul.

— Croyez-vous qu'ils aient pu monter un tel complot de leur cellule ? dit Donatien.

— Ils recevaient des visites. La mort de Bonaparte était aussi un moyen de sauver leur tête. Ils avaient tous les mobiles du monde pour agir ou pour inspirer ceux qui agissaient.

Fouché écoutait d'un air glacial. Deux sources indépendantes l'une de l'autre désignaient les républicains, la police elle-même y croyait. La thèse qu'il avait crânement défendue devant Bonaparte était ébranlée.

Le ministre se leva et contourna le bureau pour aller à la cheminée. Il prit un tison et se mit en devoir de ranimer le feu qui mourait dans l'âtre. Apparemment absorbé par sa tâche, il reprit doucement :

— Pourtant les agents monarchistes que nous surveillions ont tous disparu depuis le 3 nivôse. C'est la preuve qu'ils craignent la police.

— Ils peuvent la craindre sans être coupables, répondit Dubois en se retournant vers le ministre. Ils savaient que nous nous lancerions après tous ceux qui veulent la disparition du Premier consul, blancs ou bleus.

Donatien sentit que la position de Fouché était affaiblie. Le ministre tisonnait de plus belle, sans doute pour se donner une contenance. De bonne foi, Dubois et Duperron confirmaient la théorie des ennemis du ministre, qui était celle de Bonaparte. S'il était prouvé que les républicains étaient coupables, la situation même de Fouché était menacée. Bonaparte, qui se méfiait de lui et poursuivait les républicains de sa vindicte, écouterait plus volontiers les monarchiens qui lui conseillaient de se débarrasser de ce jacobin décidément suspect. La machine infernale avait manqué Bonaparte : elle ne raterait pas Fouché.

Pourtant tout n'était pas dit. Malgré les preuves qu'il avait lui-même trouvées, Donatien s'interrogeait. Tout cela allait bien vite, tout cela était décidément trop facile. Et sans les noms de coupables, point de certitude. Il fallait aller au fond des choses, reprendre tous les détails, tous les fils de l'enquête. Il en avait usé ainsi avec les débris de l'attentat et il avait eu raison. Il fallait poursuivre dans cette méthode minutieuse. Il savait qu'en matière policière les grandes vérités sortent des petits détails. Il se lança.

— En fait, poursuivit Donatien, nous n'avons pas de preuve décisive. Seulement deux dénonciations. L'une émane d'un ennemi du gouvernement qui peut trouver avantage à nous tromper. L'autre d'une vieille femme qui croit avoir entendu des noms mais qui les a écorchés en ma présence. C'est moi qui les lui ai soufflés à cause de la ressemblance des sons. J'ai pu me tromper. Il faut poursuivre l'enquête.

Fouché comprit que Donatien lui avait rouvert une porte. Il remua encore deux bûches et se tourna vers Dubois.

— Citoyen préfet, il nous faut les noms des coupables. Nous sommes à mi-chemin. Sans ces noms, sans les personnes qui les portent, nous n'avons rien.

Raide dans son fauteuil, Duperron contre-attaqua.

— La lettre que le commissaire Lachance a copiée dans cette taverne du quartier Saint-André-des-Arts montre qu'ils sont déjà partis loin. Nous avons au moins la preuve que la prompte réponse du Premier consul est bien orientée. Les arrestations décidées étaient justes.

— Elles sont arbitraires, dit vivement Donatien. Nous frappons des gens que nous savons innocents ! Si finalement il apparaît que le complot vient des blancs, le gouvernement sera discrédité.

— Ceux qui répandent des idées robespierristes et babouvistes arment le bras des assassins, dit Dubois. Nous devons nous en défaire. Nous frappons les ennemis de l'État. C'est l'intérêt même de la concorde à laquelle nous aspirons tous.

— Nous ne sommes pas ici pour disputer de philosophie politique, coupa Fouché. Comment poursuivre l'enquête ?

— Il me semble, dit Donatien, qu'on peut élargir le cercle des témoignages. Il semble que ces brigands n'ont pas été très prudents. On les suit à la trace dans Paris. Quelques détails ont pu échapper aux inspecteurs.

— Nous avons interrogé tout le monde, trancha Dubois pendant que Duperron prenait une mine à la fois surprise et indignée.

— Voudriez-vous refaire l'enquête après nous ? lâcha-t-il en direction de Donatien.

— La compléter, dit Donatien. Un point me trouble. Quand ce Lambel leur a vendu le cheval, ils sont allés conclure dans un cabaret, n'est-ce pas ?

— Oui, près de la barrière Saint-Denis, dit Duperron. C'est la coutume que de saluer une transaction d'un coup de rouge.

— Pourquoi dans ce cabaret ? Est-ce près du domicile de Lambel ?

— Non, il habite quai de la Mégisserie, parmi les marchands de graines et d'oiseaux. C'est lui qui s'est déplacé. Quand il a su que l'on voulait son cheval et sa charrette, il est allé rue de Paradis pour voir les acheteurs.

— Ils ont acheté le cheval, la charrette et ils sont ensuite allés au cabaret ? Est-ce cela ?

— Oui.

— Mais ce cabaret n'est pas tout près.

— Il est à vingt minutes, en haut de la rue du Faubourg-Saint-Denis, qui est au bout de la rue de Paradis. Ce n'est pas loin.

— Mais il y a d'autres cabarets sur ce chemin...

Duperron s'interrompit, cherchant dans sa mémoire.

— Oui, il y en a au moins un, au coin de la rue de Paradis et de la rue du Faubourg Saint-Denis.

— Alors le cabaret de la barrière a été choisi à dessein.

— Peut-être, effectivement, concéda Duperron.

— Ils sont allés là-bas en charrette ?

— Eh oui ! Ils venaient d'acheter un moyen de transport. Ils s'en sont servis.

— Lambel a bu avec eux, puis il est reparti de son côté et eux du leur avec la charrette ?

— Oui, bien sûr. Ils sont repartis séparément. C'est logique.

— Oui. Qui est le cabaretier ? Qu'a-t-il dit aux policiers ?

— C'est le citoyen Traminard. Il avait une taverne à Rouen. Il s'est établi à Paris il y a trois ans en achetant ce cabaret à un couple qui se retirait à la campagne. Inconnu des services de police. Il n'a rien dit aux inspecteurs : il ne se souvient pas de ces clients. Ce n'est pas surprenant : son cabaret est à deux pas de la barrière où passent des centaines de gens chaque jour. Il a une grosse clientèle de passage. Il ne peut pas se rappeler de tout le monde. Son histoire se tient.

— Sauf si le cabaret a été choisi à dessein. Dans ce cas, il y a un lien entre lui et les assassins. Et dans ce cas, il vous a menti.

Dubois remuait dans son fauteuil en écoutant les déductions de Donatien.

— Mais enfin, ce sont des spéculations gratuites ! Vous-même avez découvert la lettre qui montre qu'ils ont quitté Paris depuis longtemps. Quand bien même nous aurions les noms, nous n'aurions pas les hommes, qui voguent peut-être en ce moment vers l'étranger.

— Assurément. Mais je voudrais retourner sur place, à la barrière Saint-Denis. Nous sommes tous condamnés à suivre des pistes qui ne mènent à rien, par acquit de conscience et pour trouver celles qui conduisent à la vérité. C'est le sort des enquêteurs.

— Nous avons déjà interrogé tout le monde ! dit Duperron. Voilà un acte inamical !

— C'est désavouer la police ! renchérit Dubois.
— J'ai toute confiance dans Lachance, dit froidement Fouché. Laissez-le faire.

Une heure plus tard, Donatien et Olympe étaient assis sur un siège de cuir usé dans le fiacre qui les conduisait vers la rue de Paradis au son des grelots d'un cheval efflanqué. Elle avait attendu dans le bureau de Donatien la fin du conciliabule puis écouté son récit pendant qu'ils descendaient chercher un fiacre sur le Pont-Royal. Ils roulaient maintenant le long du quai du Louvre pour tourner à gauche vers la rue Saint-Denis devant la hideuse forteresse du Châtelet qui abritait la morgue et le commissariat des Halles. Sombre et aveugle, de construction lourde, le Châtelet défigurait comme une verrue le centre de Paris. Sa démolition, Donatien le savait, figurait au premier rang des projets parisiens du régime. Déjà Fouché et Dubois avaient pris leurs dispositions pour transférer la morgue à l'Arsenal et le commissariat dans la rue Saint-Honoré.

— Pourquoi veux-tu retourner dans ce cabaret ? demanda Olympe.
— Parce que les assassins l'ont choisi pour leur transaction. Ce n'est pas forcément par hasard. Leur itinéraire n'est pas logique, sauf s'ils ont un lien avec le propriétaire.
— Quel lien ?
— Je ne sais pas. Mais il ne faut jamais laisser de questions sans réponse. La vérité est dans les détails.

Tournant vers le nord dans la rue Saint-Denis longue et tortueuse, le fiacre fut ralenti par une foule disparate qui marchait dans la boue. Porteurs d'eau, colporteurs, bourgeois pressés, boutiquiers occupés, bouchers tachés de rouge ou marchands de café au lait, tous rentraient les épaules et serraient leur col, marchant seuls sans un regard autour d'eux, évitant d'un saut ou d'un écart les noires fondrières qui s'ouvraient sous leurs pas. Le fiacre avançait prudemment : dans ces quartiers plus misérables, des quidams spécialisés se jetaient volontairement sous les roues des voitures. Ils feignaient alors une blessure et ameutaient des comparses pour exiger un dédommagement. Les cochers connaissaient la manœuvre. En cas de refus, elle menait à une bagarre dangereuse sous l'œil d'une foule prompte à prendre le parti de l'accidenté contre des passagers réputés fortunés. Aussi le cocher aux aguets retenait ses chevaux, prêt à fouetter celui qui tenterait cette embuscade de la misère.

Ils passèrent la porte Saint-Denis et continuèrent vers le faubourg. Les maisons devenaient éparses et des champs roussis par l'hiver alternaient avec les pâtés d'immeubles. On passait de la ville à la campagne avant même les limites de Paris. Ils longèrent le clos Saint-Lazare planté d'arbres alignés en damier autour d'un ancien couvent, pour s'arrêter au bout de la rue devant une grille haute et noire que gardaient deux factionnaires. Une charrette passait la barrière, inspectée par des agents en uniforme bleu nuit. À droite et à gauche, un haut mur courait jusqu'à la barrière suivante séparant Paris de ses abords par une enceinte de plus de neuf pieds. C'était le mur des fermiers généraux construit au début du règne de Louis XVI, une immense barrière qui entourait la ville – le « mur murant Paris » qui rendait « Paris murmurant », selon le mot de l'époque – pour permettre aux agents du fisc de prélever sur tout individu ou marchandise un droit de péage qui irait emplir les caisses de l'État. À la barrière, il fallait s'arrêter et payer l'écot, défini naguère par les fermiers généraux pour le compte du roi, aujourd'hui par l'administration au nom du Premier consul.

La Révolution avait un temps supprimé l'octroi, ce symbole de l'Ancien Régime. Mais elle avait utilisé la muraille pour contrôler ses ennemis. Les fugitifs et les conspirateurs avaient tenté le passage hors les barrières, en sautant le mur ou en creusant sous lui. Un jeu mortel s'était installé entre la police républicaine et ses proies, la première multipliant les rondes, sondant les caves, lâchant des chiens sur le glacis qui s'étendait en avant du mur du côté de la banlieue, les seconds rivalisant d'ingéniosité pour passer l'obstacle par des échelles de corde, par des tunnels de plus en plus profonds, ou bien grâce à des déguisements ou des caches qui trompaient les farouches gardes à bonnets phrygiens placés aux barrières. Sous la Terreur, un agent anglais plein de panache s'était rendu célèbre sous le nom du « Mouron rouge » en organisant d'audacieuses évasions pour le compte des monarchistes. Le retour de l'ordre avait mis fin à cette bataille des limites parisiennes. Mais on avait rétabli l'octroi pour remplir les caisses vidées par la Révolution. Seuls les fraudeurs, désormais, passaient le mur illégalement, risquant gros pour la mince satisfaction d'avoir grugé le fisc.

Donatien fit le tour du fiacre pour aider Olympe à descendre. Il paya le cocher puis entraîna la jeune fille sur la gauche de la grille noire, le long du chemin de ronde qui courait entre le mur et un champ en jachère s'étendant jusqu'au clos Saint-Lazare. En traçant les frontières de la ville, les autorités royales avaient prévu son expansion. L'enceinte englobait à la périphérie de vastes étendues vierges laissées pour le moment à l'agriculture mais que des bâtisseurs pourraient utiliser en cas de besoin. Ainsi, dès qu'on s'éloignait du centre de Paris, au-delà des boulevards, au milieu des vignes, des vaches, des moutons et des cultures maraîchères, la ville semblait bâtie à la campagne.

Ils passèrent devant une rotonde de pierre entourée d'une colonnade à chapiteaux où se tenait le poste de garde. À chaque barrière, l'architecte Nicolas Ledoux avait élevé pour abriter les agents de la ferme un élégant bâtiment aux proportions variées selon l'importance du passage. Une chaîne de rotondes et de pavillons rythmait ainsi la progression du mur autour de Paris. Sur la gauche, à la limite du champ en friche, ils trouvèrent le cabaret dont la devanture à petits carreaux brillait d'une lumière fragile dans la pénombre de la fin du jour. Selon la tactique décidée par Donatien, ils poussèrent la porte comme de simples clients et pénétrèrent dans une salle à l'air vicié par le tabac dont la fumée flottait en épaisses volutes des tables au plafond. Sans un mot, ils s'assirent à une table, seulement soucieux de se réchauffer. Deux salles composaient le cabaret, l'une à la suite de l'autre, séparées par un chambranle de bois sale où pendaient des jambons et des pièces de viande fumée. Les murs passés à la chaux étaient gris de crasse et de suie, un vieux plancher de lattes disjointes portait cinq tables carrées et leurs chaises de paille dans la première pièce. Six autres étaient disposées en longueur dans la deuxième, flanquées de bancs incurvés en leur milieu par le poids des clients. Des lampes à huile étaient accrochées au plafond strié de poutres vermoulues, éclairant une assistance disparate de voyageurs et d'ivrognes, les uns attablés dans la première pièce, parlant fort et levant le coude, les autres affalés sur la table devant des pots d'étain ou couchés sur les bancs en émettant des ronflements.

Le cabaret servait à manger aux voyageurs sur le devant et n'était qu'un assommoir à l'arrière pour les chômeurs et les mendiants du quartier Saint-Lazare qui venaient noyer leurs malheurs dans l'eau-de-vie. Tout à fait au fond, devant un escalier de bois en colimaçon, deux femmes dépoitraillées peintes de blanc et de noir surveillaient l'entrée à l'affût d'un client. Dans la cheminée haute, une marmite chauffait sur le feu, exhalant une odeur de lard et de soupe aux légumes, tandis qu'une jeune fille en robe de serge balayait devant l'âtre, ses cheveux sales collés sur son front pâle. Sorti de derrière son comptoir de bois verni où trônaient les bouteilles de calvados et un tonnelet de vin rouge, un gros homme s'approcha des nouveaux venus.

— Que vous sert-on ? dit-il d'un ton rogue.

— Un vin chaud pour moi et un chocolat pour la dame, dit Donatien.

— Nous n'avons pas de chocolat.

— Cela ne fait rien, apportez-moi du café, dit Olympe.

Traminard le cabaretier se tourna vers la serveuse et lui donna un ordre impatient. C'était un gros aubergiste à la trogne encadrée de favoris surmontée par une couronne de cheveux gris. Curieusement, il était vêtu avec élégance, portant un pantalon bien coupé, bottes à revers de cuir jaune, frac et cravate blanche nouée haut sur le cou. Donatien remarqua qu'une chaîne de montre en or barrait son gilet de bonne étoffe plissée aux boutonnières par sa bedaine. La jeune fille lâcha son balai et disparut derrière une porte à deux battants. Donatien examina les lieux à la dérobée. Il vit avec intérêt que l'escalier en colimaçon se prolongeait en sous-sol, sans doute vers la cave qui s'étendait sous la maison. Deux nouveaux clients entrèrent, traînant derrière eux un air froid dont le souffle dissipa un instant l'odeur de soupe et de sueur qui empestait les deux salles. Ils s'assirent à une table, se tordant le cou pour regarder les deux femmes peintes. Aussitôt celles-ci se levèrent et vinrent s'asseoir à leur table en minaudant. Traminard avait rejoint son comptoir et s'était assis sur un tabouret haut. Au bout d'un instant il cria :

— Lucile, plus vite ! Il y a du monde !

Une voix craintive sortit de derrière la porte à double battant.

— Oui, tout de suite !

La jeune fille réapparut portant un plateau qui tremblait. Elle posa le verre, la tasse, la cafetière et la cruche de vin sur la table puis se pressa vers les clients qui venaient d'entrer. Donatien l'arrêta et lui demanda :

— Y a-t-il un cabinet d'aisance ?

— C'est au fond de la cour, coupa le cabaretier sans les regarder, le nez plongé dans un livre de comptes.

— Par là, dit Lucile en désignant une porte de l'autre côté de la deuxième salle.

Donatien se leva, passa sous les jambons, frôla les ivrognes avachis et trouva la porte qui donnait à l'extérieur, au pied de l'escalier de bois. Arrivé là, il vérifia que personne dans l'autre pièce ne pouvait le voir. Puis il ouvrit et referma la porte en la claquant, sans sortir, et descendit promptement l'escalier à pas de loup. Il resta quelques minutes dans la cave puis remonta prudemment. Après un coup d'œil circulaire comme il émergeait de l'escalier, il revint s'asseoir avec Olympe. Ils burent le café et le vin chaud en silence pendant que les deux clients lutinaient les filles qui riaient bruyamment. Au bout de quelques minutes, Donatien se pencha sur Olympe et lui dit à voix basse :

— J'ai ce qu'il me faut. Allons-y.

Olympe le regarda sans comprendre mais elle se leva derrière lui. Il alla au comptoir pour payer Traminard, scrutant de près sa chemise propre et sa chaîne en or, puis ils sortirent dans la nuit froide.

— Qu'as-tu donc de si précieux ? demanda vivement Olympe comme ils repartaient sur le chemin de ronde vers la barrière Saint-Denis mal éclairée par un seul réverbère.

— Une hypothèse vraisemblable, répondit-il avec un sourire. Tu vas voir.

La prenant par le bras, il la conduisit à l'entrée de la rotonde où un gendarme chapeauté montait la garde, un grand fusil posé sur la crosse à ses pieds, le canon appuyé sur son épaule.

— Citoyen, je suis le commissaire Donatien Lachance, du ministère de la Police, dit-il d'un ton cassant en lui tendant ses papiers. Je veux voir ton chef de poste.

L'autre examina les papiers et le considéra d'un air méfiant. Puis il le fit monter à l'étage où était logée la petite garnison qui comptait trois gendarmes. Donatien se fit reconnaître du chef de poste et expliqua son plan.

Vingt minutes plus tard, les gendarmes entraient le fusil à la main dans le cabaret mis en émoi. Impérieux et brutaux, ils expliquèrent à Traminard que sa serveuse Lucile était accusée de vol par trois témoins indiscutables. Sans attendre sa réponse, ils se saisirent de la jeune fille effrayée et l'emmenèrent en la bousculant, sous les yeux ébahis des consommateurs et de leur hôte, leur intimant l'ordre de rester où ils étaient pour la suite de l'enquête. La poussant devant eux, ils marchèrent le long du chemin de ronde, rentrèrent au poste de garde et remontèrent à l'étage. Donatien s'était assis derrière une table dans le fauteuil de bois du chef de poste, qui se tenait deux pas derrière lui, fusil posé à terre et moustache sévère. Olympe était sur une chaise près de la porte d'entrée et surveillait la scène.

Donatien fit asseoir la maigre serveuse aux cheveux noirs sur une petite chaise devant lui et l'interroga.

— Citoyenne, le cas est grave. Je suis le commissaire Lachance du ministère de la Police. Tu n'es pas accusée de vol mais de contrebande.

Tu es complice de ton patron Traminard, cabaretier de son état mais surtout chef d'un trafic auquel nous allons mettre bon ordre !

— Je ne sais pas de quoi vous parlez, répondit Lucile dont les grands yeux noirs semblaient ceux d'un animal traqué.

— Tu le sais fort bien.

— Non, je le jure !

— Votre cabaret est un repaire de contrebandiers. Vous faites franchir le mur à toutes sortes de criminels !

— Non ! Non ! Je ne sais rien ! cria la jeune fille dont le visage exprimait la terreur.

— Et comment pourrais-tu ignorer qu'un tunnel part de la cave où tu vas tous les jours chercher des bouteilles ?

La jeune fille resta coite, lui jetant un regard désespéré. Elle fixa le sol d'un air buté, tremblant de tous ses membres. Puis elle se décida ;

— C'est lui qui m'a forcée, cria-t-elle. Je ne voulais pas ! Il m'a menacée ! Il a dit qu'il me tuerait. Puis il m'a dit que si je l'aidais j'aurais droit à une pièce d'or.

— Tu l'as eue ?

— Non, pas encore. Mais il me tuera si je parle.

— Non, il ne te tuera pas. Nous allons l'arrêter. Il ira au bagne. Et toi aussi.

— Non, je ne veux pas aller au bagne ! Il m'a forcée ! J'ai eu trop peur, c'est un diable !

Elle pleurait, criait, se tordait les mains et tirait sur ses cheveux sales, égarée par le désespoir. Donatien se leva, prit sa chaise d'une main et fit le tour du bureau. Il s'assit près d'elle en lui passant le bras autour des épaules.

— Écoute-moi. Ton cas est grave mais je peux intervenir auprès du tribunal. Je lui écrirai une lettre pour qu'il soit indulgent. Tu en seras quitte pour un mois de prison ou deux. Tu n'iras pas au bagne. Mais pour cela il faut que tu m'aides.

Le reste fut simple. La fille raconta tout avec un luxe de détails. Traminard avait racheté le cabaret trois ans auparavant, sous le Directoire. Au début, il se contentait d'exercer son métier sans histoires. Mais un soir, en fouillant dans sa cave à la recherche d'une bouteille, il s'aperçut qu'un panneau sonnait creux. Il perça la cloison et découvrit une échelle de bois qui menait à un tunnel creusé trois mètres plus bas. Étayé par des poutres, long de trente toises, le passage donnait au milieu d'un taillis de l'autre côté du mur. C'était un de ces tunnels ouverts par les adversaires de la Convention, qui leur servaient pour entrer et sortir de Paris à l'insu des sans-culottes. Thermidor avait mis fin aux allées et venues clandestines, faute de combattants. Le tunnel avait été occulté et le cabaret avait repris sa fonction d'origine, jusqu'à la découverte de Traminard.

Le nouveau cabaretier était un homme retors. Il se servit d'abord du tunnel pour lui-même, passant ses bouteilles et ses approvisionnements sans payer l'octroi. Puis il trouva des marchands intéressés, de plus en plus nombreux. De proche en proche, on lui présentait des candidats au passage. Il ne posait pas de questions et demandait seulement un droit inférieur à celui de l'octroi. Puis il s'aperçut que d'autres clients souhaitaient franchir le mur sans avertir les autorités : ceux que la police recherchait et qui étaient prêts à payer beaucoup plus cher que les fraudeurs. Il constitua en un an une chaîne de complices qui lui servaient de rabatteurs et fit passer à prix d'or une bonne dizaine d'individus dont le signalement ornait les murs des commissariats. Les ivrognes et la fille étaient ses complices, qui l'aidaient dans ses transports et se taisaient moyennant un peu d'argent.

Ces renseignements dûment notés, Donatien prit la tête du détachement de trois gendarmes qu'il avait réquisitionnés et marcha vers le cabaret. Comme il partait, Olympe lui demanda comment il avait deviné le secret de Traminard.

— Bourmont nous avait dit que la barrique de poudre avait été introduite clandestinement de l'extérieur, en franchissant le mur de l'octroi. Et je trouvais étrange que les brigands soient allés dans ce cabaret alors qu'il était plus simple de rester dans la rue de Paradis. Depuis longtemps nous connaissons ces tunnels creusés sous la Terreur. Nous en découvrons un de temps en temps. Comme le cabaret était près de la barrière, j'ai supposé qu'il communiquait avec l'extérieur, sous le mur, et que c'était là qu'on avait fait venir la poudre. Pour vérifier, je suis descendu à la cave, tout à l'heure. J'ai trouvé un panneau creux. Quant au cabaretier, il avait du linge trop propre et une chaîne de montre trop chère pour sa profession.

— Et tu as trouvé utile de terroriser cette pauvre fille...

— La police doit faire parler les témoins. Sinon elle est impuissante. La fille sera élargie à la première occasion, j'y veillerai.

— Et notre enquête ?

— Nous y venons... Allons d'abord arrêter le suspect.

Donatien revint peu après avec Traminard que deux gendarmes tenaient chacun par un bras. Ils lui jouèrent la même pièce qu'à la fille. Menacé de la ruine et du bagne, le gros homme était à point quand Donatien, jusque-là impitoyable, prit une nouvelle fois sa chaise pour la poser à côté de celle de l'accusé.

— Citoyen Traminard, dit-il, tu risques gros. Tu es complice de fraude et surtout d'évasion. Tu as permis de fuir à des criminels notoires que la société recherchait partout.

— J'ignorais qui ils étaient ! Je suis coupable de fraude et non d'autre chose.

— Mais si, ton crime est égal au leur.

— Mais non ! dit-il en se prenant la tête dans les mains. J'ai seulement voulu survivre. Le cabaret ne paie pas. C'était un expédient.

— Cet expédient vaut la guillotine, citoyen.

— Non ! Pitié ! cria-t-il.

— À moins que tu n'aides le gouvernement...

— Aider le gouvernement ? Comment ? dit le gros homme qui releva la tête, une lueur d'espoir dans le regard.

— À la fin de brumaire, tu as été en contact avec trois hommes, dont l'un est de très petite taille. Ils sont venus avec un quatrième, dans une charrette qu'ils avaient achetée. Ils ont bu du vin de Beaujolais. Tu étais en cheville avec eux. Tu les a aidés pour franchir le mur. Ils ont transporté une barrique, probablement ce jour-là.

Le cabaretier le regarda d'un air effrayé.

— Non, jeta-t-il d'un ton plaintif, je ne me souviens pas.

— Mais si. C'était une bonne affaire. Ils payaient bien. Tu t'en souviens très bien. L'un d'eux était de toute petite taille, avec une cicatrice sous l'œil droit.

— Non ! Non ! C'est trop dangereux !

— Pourquoi ? Ils t'ont menacé ?

Traminard sembla s'effondrer sur lui-même.

— Oui ! Ils avaient des armes. J'ai tout de suite vu que c'étaient des clients sérieux. Si je parle, ils me tuent.

— Mais non ! Nous sommes à leurs trousses. Ils se terrent.

— Ils sont terribles. Ça, j'en suis sûr.

— Ils sont repartis par le tunnel ? S'ils l'ont fait, ce devait être le 3 ou le 4 nivôse...

— Non. Je ne les ai jamais revus.

Puis il réagit soudain. Il reprit d'un ton terrorisé :

— Le 3 ou le 4 nivôse, dis-tu ? Ils sont liés à l'attentat ? Ce sont les hommes de la machine ?

— Tu as fini par comprendre...

— Mais alors...

— Alors la barrique contenait de la poudre. Tu es complice d'un attentat contre le Premier consul. C'est la guillotine assurée. À moins que tu ne répondes à mes questions.

Traminard était éperdu.

— Que voulez-vous savoir de plus ? Je vous ai tout dit.

— Le nom des hommes, par exemple.

— Le petit s'appelait Marie-Jean Chemin. Mais c'était un faux nom.

— Comment le sais-tu ?
— Parce que ses complices l'ont appelé par un autre nom, sans savoir que je les entendais.
— Quel nom ?
— Petit-François.
— Petit-François ? C'est tout ?
— Oui. Je ne sais pas pour les autres. Ils ne se sont pas présentés. Dans mon rôle on ne pose pas de questions. Petit-François, c'est sûrement un surnom, à cause de sa taille. Mais cela peut vous aider.

Une heure plus tard, Donatien était revenu au ministère. Il fit aussitôt appeler Duperron, qui accourut de la préfecture.
— J'ai un nom pour le conjuré de petite taille : Petit-François. C'est un surnom, en fait, qui me rappelle quelque chose. Je suis pratiquement sûr de l'avoir vu dans le fichier de la Vendée. Pouvez-vous vérifier, puisque vous venez de le passer au peigne fin.
— Cela ne me dit rien, dit Duperron qui l'avait écouté intensément. Mais je vais voir.
Il revint deux heures plus tard, l'air dépité.
— Je n'ai rien trouvé. Aucun Petit-François, ni aucun François qui corresponde au signalement. Les François sont de taille normale ou grande. Les petits ne s'appellent pas François.
Donatien était abattu. Tout cela pour rien. Il avait le nom d'un des assassins et il ne pouvait rien en faire. Pourtant il se rappelait ce sobriquet qu'il avait rencontré en recopiant le fichier de la Vendée un an plus tôt. Mais peut-être confondait-il avec une autre enquête, ou bien avec ses anciens combats en Vendée.

Il remercia Duperron et sortit. Il rentra chez lui. Quand Olympe apprit qu'il avait fait chou blanc en dépit de leur équipée sur la barrière Saint-Denis, elle serra les dents et laissa tomber :
— Je sais ce qui me reste à faire.

# 15

# Le secret de Juliette

Le lendemain à quatre heures, Donatien marchait hardiment entre les deux haies d'arbustes qui menaient à l'hôtel de Juliette Récamier. Il tira la corde dorée qui pendait sur la gauche de la porte. Un valet placide le laissa seul dans le salon du rez-de-chaussée pour l'annoncer puis revint pour le conduire à l'étage. Donatien traversa la chambre de Juliette où le lit à baldaquin voilé de tissu vaporeux semblait cacher un mystère sensuel.

Juliette l'attendait debout dans son boudoir, un châle sur ses épaules, ses cheveux châtains tenus en un chignon d'où tombaient des boucles délicates. Elle lui tendit sa petite main puis revint s'allonger sur son sofa en lui faisant signe de s'asseoir pendant qu'elle jetait son châle sur sa coiffeuse et découvrait ainsi sa gorge satinée et douillette. Sur son corps étendu, la robe de mousseline révélait des ondulations qui lui tiraient l'œil. Il s'assit dans le fauteuil aux bras d'acajou et se fixa sur son visage de vestale.

— Monsieur Lachance, je suis fort aise de vous voir. C'est très aimable de venir me faire une visite au milieu d'occupations si décisives...

— Madame, votre compagnie est un si grand privilège qu'aucune tâche ne saurait m'en détourner.

— Ah ! Ainsi la police sait aussi être galante.

— Elle se met à votre diapason.

Elle rit de bon cœur. L'appréhension de Donatien se relâcha, lui qui craignait de faire mauvaise figure auprès d'une aussi glorieuse égérie.

— Voulez-vous du chocolat ?

— Avec plaisir, madame, si je puis vous accompagner.

— J'en suis friande. Ce fut une de mes grandes souffrances aux temps de cet affreux Robespierre : point de chocolat. Point d'huile, point de cidre ou de vin non plus, d'ailleurs. Et beaucoup trop de sang.

— Pardonnez-moi, madame, je fus un agent de l'affreux Robespierre dont vous parlez. Sans doute devriez-vous me haïr.

— Je m'en doutais, monsieur, puisque vous œuvrez auprès de M. Fouché. Mais enfin, ces temps sont révolus. La France entière était prise de folie, nous l'étions tous. Aujourd'hui, la Révolution est finie, n'est-ce pas, puisque Bonaparte le veut et que la nation le suit... À travers Fouché, vous travaillez pour le Premier consul. Tous ceux qui participent à la concorde sont absous.

— Madame, je vous savais au fait des événements. Je ne suis pas déçu.

— Pour survivre en ce temps-là, il fallait avoir la tête politique. Sinon l'on s'exposait à la perdre.

— C'eût été dommage à double titre. Pour vous d'abord mais aussi pour les autres, privés d'un aussi joli spectacle.

Elle rit encore et le regarda fixement.

— Vous êtes décidément aimable, monsieur. En usez-vous ainsi avec vos suspects ?

— Ils ne succombent qu'à des arguments plus vigoureux, malheureusement.

— Sauf quand ce sont des femmes...

Elle avait dit cela d'un ton égal et léger, comme une de ces répliques mondaines qu'on prononce sans y toucher. Mais Donatien sentit un frisson le parcourir. Le valet entra portant deux tasses et un pot de porcelaine sur un plateau d'argent. Il servit et s'éclipsa en silence. Juliette tendit sa tasse à Donatien, prit la sienne et replia les jambes sous elle, laissant voir deux pieds menus chaussés de sandales de cuir à la romaine dont les fines lanières montaient sous le genou soudain découvert. Donatien détourna le regard d'un air embarrassé. Juliette s'en aperçut et rit encore. Elle posa une main sur l'espace qu'elle venait de libérer sur le sofa en se repliant et le tapota de sa paume.

— Venez donc boire votre chocolat près de moi. Vous pourrez regarder par la fenêtre...

— Vous avez raison, madame, je serai moins troublé.

— Et moi un peu plus...

La conversation continua ainsi pour une bonne heure, amicale et ambiguë, pleine d'aimable curiosité et de sous-entendus sensuels. Donatien détailla son rôle auprès de Fouché, la position de la police, ses missions délicates, toutes informations que Mme Récamier paraissait écouter avec une enfantine admiration. Juliette était chaleureuse et drôle, elle l'interrompait souvent de piques ironiques, excitant sa verve et flattant son talent de conteur. Une atmosphère de complicité amusée s'établissait entre eux tandis que le jour d'hiver s'assombrissait à travers les hautes fenêtres. Dans la pénombre, les yeux de Juliette brillaient plus fort et sa silhouette s'estompait comme un songe libertin. Contraint et désorienté, Donatien n'osait quitter le coin du sofa pour se rapprocher, craignant de rompre le charme.

Elle se leva soudain pour allumer une lampe d'Argand accrochée sur le mur opposé, laissant les autres éteintes, diffusant dans le boudoir une lumière vacillante et fauve qui la rendait encore plus belle. Il était plus de cinq heures à la pendule mais elle ne semblait pas voir le temps passer. Elle se rassit, plus près de lui, et reprit la conversation.

— Mon cher Donatien – vous me permettez de vous nommer ainsi, n'est-ce pas ?

— Je vous suis soumis, madame.

— Nous verrons, murmura-t-elle, nous verrons. Mon cher Donatien, votre métier de policier me fascine...

— Serait-ce la raison de cette invitation ? répondit-il avec un peu d'humeur. Ma fonction et non ma personne ?

— Les deux, mon ami, rassurez-vous, les deux. Mais enfin cette occupation a tout pour intriguer, surtout quand celui qui l'exerce a tout pour séduire.

— C'est un métier nécessaire, madame, qui a ses vertus même s'il recouvre le vice.

— Justement, c'est cela qui me fascine ! Le vice. C'est l'ingrédient réel de la littérature, nous le savons tous.

L'âme des criminels est un enfer tortueux et plein d'horribles surprises, en effet, croyait

Juliette intéressée par les assassinats, comme ces gens avides de scènes horrifiques qui le questionnaient dès qu'il révélait sa profession.

— Je ne parle pas des criminels, ils m'effraient, dit vivement Juliette, qui reprit son ton de confidence, avec une voix soudain grave et hésitante. Mais comme policier, vous pénétrez aussi les mœurs... les errements du cœur, les écarts du corps...

— C'est la partie la plus étrange de ma profession.

— Voilà qui est réellement romanesque. Mais racontez-moi. Quelle est l'activité secrète la plus répandue ?

— Celle des filles, madame. Elle est inépuisable.

— Je m'en doute. Mais y a-t-il tant de maisons ? Vous devez les connaître, j'imagine.

La fausse candeur de Juliette troublait de plus en plus Donatien, qui la regardait d'un œil changé, sans pouvoir encore décider s'il y avait dans ces questions une simple curiosité de grande dame délurée ou bien quelque chose de plus vénéneux.

— Je les connais, madame, mon rôle est de les surveiller, ainsi que les maisons de jeu.

— Mais combien y en a-t-il ?

— Des centaines à Paris. Plus d'un millier dans l'Île-de-France. C'est la première ressource en période d'abondance comme de disette. Au plus fort de la Terreur, ces maisons marchaient toujours à plein. Leur rythme était plus soutenu que celui de la guillotine.

— Nous devions vivre plus intensément, dit sourdement Juliette, parce que nous pensions vivre moins longtemps.

Elle s'avisa soudain que le « nous » qu'elle venait d'employer révélait trop d'elle-même. Elle lança un regard de remords à Donatien, qui resta impassible par peur de l'inquiéter.

— Je suis bien imprudente dans ces aveux, reprit-elle d'un ton fautif.

— Mais non, madame, les policiers sont aussi des confesseurs. Ils sont tenus au secret.

— Alors nous partagerons ces secrets, dit-elle en lui prenant la main.

Libéré, il se pencha vers elle, passa son bras sous son épaule et approcha sa bouche de la sienne. Elle sourit, leva la main et mit son index sur ses lèvres.

— Nous parlons, monsieur, nous n'agissons pas. Souvenez-vous que nous sommes dans l'hôtel de mon mari.

Ce rappel refroidit Donatien qui regagna sa chaste position au fond du sofa. Juliette parla plus bas, d'une voix soudain voilée, presque rauque.

— Soyez sage et reprenez votre récit. Toutes les femmes ont leurs attirances secrètes. Les miennes sont libertines. C'est ainsi. Vous n'êtes pas heurté ? Un policier d'aussi jolie figure doit déjà connaître l'âme du sexe...

— Quelle qu'elle soit, votre préférence est charmante, madame. Votre beauté ennoblit tout.

— N'en faites pas trop. Vous êtes peut-être choqué mais cela m'indiffère. Je sens que je puis vous parler sans détour, comme à un ami. Vous êtes un homme d'expérience et de confiance. Cela m'est précieux. Allez-vous dans ces maisons ?

— Cela m'arrive, madame.

— Pour surveiller ou pour consommer ?

— Heu... Les deux, madame, selon les circonstances.

— Ah ! Voilà une parole honnête. Y fait-on autant de choses qu'on l'imagine ?

— Bien plus encore. Les espèces du vice d'amour sont infinies.

— Mais y a-t-il de la violence ou de la souillure ? Elles me dégoûtent.

— Il y en a. Mais nous fermons les maisons qui passent les limites.

— Vous faites donc la police des sens ?

— Il le faut. L'âme humaine est sans fond. Il faut l'empêcher de descendre trop bas.

— Vous êtes un sage, décidément. Et s'agit-il de rencontres à deux ? Ou bien pratique-t-on parfois, comment dire... en société ?

— Tous les arrangements se produisent.

— Bien sûr, c'est logique. Il y en a pour tous les goûts. Est-ce toujours vénal ?

— Presque. Il existe aussi des maisons où viennent les honnêtes femmes, pour se mélanger. Ces maisons sont rares et deux fois plus secrètes. Il y en a une au Palais-Royal où vous pourriez voir une partie des dames les plus lancées dans le monde, si elles n'étaient masquées et si les salles d'ébats n'étaient plongées dans une obscurité profonde.

— Voilà une chose que mes amies m'ont cachée. À moins qu'elles en ignorent l'existence. Mais cela me paraît douteux.

— La police le sait, de toute manière. Mais je ne saurais vous renseigner. Si je le faisais, vous douteriez à votre tour de ma discrétion.

— C'est fort juste. Votre philosophie est décidément solide. Ces maisons marchent tous les soirs ?

— Tous les soirs et toute la journée.

— Ah bon, dit-elle d'un ton rêveur, toute la journée ? J'ai vu de ces mélanges au début du Directoire, avec mes amies Thérésa et Joséphine, au Luxembourg, justement, ou bien chez Tallien et chez Talleyrand. Barras était souvent l'organisateur. C'était un fripon et un débauché, fort aimable au demeurant. Il terminait ses soirées en orgies qui réunissaient tous les sexes et tous les goûts. La pauvre Thérésa en était la prêtresse. Elle semblait y trouver son content. Barras et ses amis l'avaient surnommée « propriété du gouvernement » tant elle fréquentait de ministres. J'étais bien jeune à cette époque et le brave Récamier plus vigilant. Cela m'effrayait. Mais cela m'intéressait, aussi. C'était un spectacle capiteux. Ces groupes-là nous distrayaient de ceux que l'on voyait sur les charrettes du Tribunal révolutionnaire.

— Nous savons cela. La haute police suppose des ramifications étendues. Et une grande indulgence pour les étrangetés de la vie, surtout quand la mort était partout. Mme Tallien et Mme Bonaparte se sont rangées depuis...

— Oui. Enfin presque. Mais j'en dis trop !

Elle éclata de rire et se leva prestement.

— Monsieur, je vois qu'il est bientôt six heures. J'ai des amis à dîner. Je dois me préparer. M'en voulez-vous beaucoup ? Je vous ai ennuyé avec mes confidences de femme rêveuse et mes questions immorales.

— Madame, votre franchise redouble votre séduction.

Ils étaient tous deux au milieu du boudoir à peine éclairé par la flamme fragile de la lampe.

Il la prit par la taille. Elle le repoussa doucement.

— Soyez magnanime, monsieur. Je vous apprécie mais je ne saurais aller plus loin. M. Récamier va paraître d'un instant à l'autre.

— Mais pourrai-je vous revoir ? Cette conversation n'était pas finie...

— Écrivez-moi. Je vous répondrai.

Elle le poussa vers la porte de la chambre. Il s'effaça puis marcha en silence derrière elle. Soudain, elle se ravisa.

— Mais j'y pense. Devons-nous nous séparer tout de suite ? Vous êtes un homme que l'on gagne à connaître. Votre expérience est originale et votre figure plaît aux femmes. Restez donc pour dîner. Vous parlerez avec mes amis que vous avez déjà vus ici, Germaine de Staël, son Benjamin, M. de Chateaubriand qui débute si bien dans le monde, Mathieu de Montmorency, qui est plongé dans la religion. Vous pourrez échanger avec lui, sur Dieu ou sur les maisons... Ce sera drôle. Êtes-vous libre ? Cela vous sied-il ?

— Madame, je suis libre mais je ne saurais déparer votre société. Un policier à table ne flatte guère la compagnie.

— Mais si ! Je ne suis guère républicaine, je l'avoue, mais nous sommes au temps de l'égalité. On rencontre de tout dans les salons de nos jours, des lavandières promues comtesses, des généraux brasseurs ou clercs de notaire, des prêtres changés en ministres, des ministres sortant de prison, des usuriers millionnaires, des marquis jacobins. Alors un policier aussi bien placé que vous auprès de M. Fouché, aussi vif d'esprit et charmant d'allure... Mon salon est couru parce qu'il est divers. Restez donc, cela me plaît.

— Alors... Je l'ai dit, je vous suis soumis en tout.

— Nous verrons, disais-je, nous verrons. Mais c'est un bon début. À tout à l'heure.

Elle disparut gracieusement en lui coulant un tendre regard par-dessus son épaule. Fort content de lui, Donatien descendit au salon où le valet à longue figure lui apporta un verre de punch tandis qu'il se chauffait les mains au feu qui flambait dans la cheminée de marbre. Il était délicieusement flatté par l'intérêt que lui témoignait Juliette, elle qui avait Paris à ses pieds et faisait souffrir les plus grands noms. Il se dit, libérant une fatuité qui ne lui était pas naturelle, qu'il était décidément séduisant, que son mérite était grand, que cette époque cruelle était somme toute bien faite en laissant un bâtard comme lui, sans nom ni fortune, parvenir au sommet de la société, faire jeu égal avec les millionnaires et les héritiers et concevoir, sans s'illusionner, les plus grandes espérances au sein de ce régime naissant. Gonflé de confiance, il resta un moment à lire *Le Moniteur* dans l'hôtel silencieux, sirotant son punch, seulement troublé par un bruit d'eau à l'étage. Écoutant les bruits légers d'ablution, il imagina Juliette nue dans sa baignoire. Les images sensuelles se succédèrent dans son esprit alangui.

Une étrange apparition le tira de sa rêverie. Conduits par le valet morose, deux colosses au torse nu, seulement couverts d'un gilet brodé d'argent, traversèrent le salon d'un air farouche, coiffés d'un turban et vêtus d'une culotte bouffante de soie rouge rentrée dans des bottes de cuir mou au bout recourbé. Ils s'éclipsèrent par une porte à double battant. Donatien n'eut pas le temps de réagir à ce tableau exotique : Juliette apparut de nouveau, épanouie et rieuse, un bandeau noir sur le front, moulée dans une robe de soie couleur d'argent, serrée très au-dessus de la taille sous les petits seins qui pointaient à travers l'étoffe fragile. Ses sandales étaient remplacées par de fins souliers à talons hauts qui affinaient encore sa silhouette. Elle faisait virevolter avec elle une écharpe de velours rouge qui couvrait mal ses épaules.

— Vous êtes sublime, madame, dit Donatien.

— Taisez-vous, j'entends mon mari qui rentre en voiture.

Le valet se précipita dans l'entrée un chandelier à la main. Un gros homme grisonnant et rubicond fit son entrée dans le salon. Juliette se jeta à son cou. Il la baisa sur le front.

— Comment allez-vous, mon enfant ?

— Fort bien, mon ami. Je vous présente Donatien Lachance, qui est le second de M. Fouché.

Récamier le considéra de la tête aux pieds, comme on examine un cheval.

— Oui, je vois.

Donatien se demanda ce qu'il voyait. Puis il se dit que le bonhomme, quoique impertinent, était plus fin que son apparence. Un silence froid s'installa, rompu par Juliette.

— Mon ami, monsieur Lachance sait tout des secrets du gouvernement. Vous devriez lui parler. Cela pourrait servir à vos affaires.

— Monsieur parle avec vous, c'est déjà suffisant. De toute manière, j'ai vu le Premier consul avant-hier. Monsieur en sait beaucoup, sans doute, mais j'ai les renseignements dont j'ai besoin.

— Dînez-vous avec nous ?

— Non. J'ai ma partie de cartes, vous le savez bien ma chère, comme tous les mardis. Monsieur vous tiendra compagnie. Il a tous les attributs de la fonction.

Donatien commençait à trouver le ton de Récamier insinuant et désagréable. Il allait s'échauffer mais Juliette lui jeta un clin d'œil pendant que le vieux banquier donnait son manteau et son chapeau.

— Je monte à l'étage, ma chère, quelques lettres à écrire. Vous recevez, n'est-ce pas ? Vous n'avez pas besoin de moi.

— J'ai toujours besoin de vous, mon ami, mais puisque vous êtes occupé...

— Qui vient ? Toujours les mêmes ? Cette bavarde de Germaine, son amant lugubre et Montmorency qui a vu Jésus-Christ ?

— François René, aussi...

— Ah ! Au moins n'est-il pas fat. Orgueilleux tout au plus. C'est un bon garçon. Je vous laisse. Dînez bien !

Récamier disparut, laissant Juliette désemparée. Donatien lui prit le bras et la conduisit vers le fauteuil près du feu.

— Les maris sont ainsi, dit-il, ils vous aiment mais savent le cacher.

— Récamier m'inquiète. Il est souvent acerbe et ses affaires le minent.

Un bruit de calèche résonna dans l'allée des arbustes. Juliette s'approcha d'un rideau.

— C'est Germaine, dit-elle, garez-vous de la tempête.

Mme de Staël entra dans le salon, rougeaude et rayonnante, sa chevelure brune en bataille, sa grosse poitrine mal contenue dans une robe blanche serrée très au-dessus de la taille par une ceinture de soie dorée. La fille de Necker était sur le devant de la scène littéraire et mondaine. Épanouie, colérique, d'une vaste culture et d'un esprit virevoltant, elle animait un des premiers salons de Paris. Elle formait avec Juliette, qu'elle avait introduite dans le monde, un couple déjà légendaire, l'intelligence d'un côté, la beauté de l'autre.

— Ma chère, je suis contente de te voir, l'air d'hiver te donne de belles couleurs. C'est le contraire de Benjamin qui s'étiole dès que l'automne paraît. C'est une fleur d'été, tu es un perce-neige !

Un grand jeune homme maussade entra à sa suite. Ses cheveux bruns tombaient sur ses tempes en désordre, son regard gris sentait le chien battu et son visage maigre avait quelque chose de déplaisant. Il était étroit d'épaules et rond de ventre, promenant un corps disgracieux avec précaution, timide dans son maintien et gauche dans ses mouvements. Venu de Suisse, rejeton d'une famille de diplomates, Constant écrivait lui aussi. Ses vues constitutionnelles l'avaient intronisé grand faiseur de systèmes, à l'égal de Siéyès ou de Condorcet. Voulant se concilier cette intelligence, Bonaparte l'avait nommé au Tribunat. Constant dirigeait une opposition courtoise mais ferme qui dénonçait les penchants autoritaires du nouveau gouvernement. Il voulait comme Germaine une république libérale qu'il promouvait par la plume en lui donnant ses assises philosophiques. Il salua Juliette avec familiarité, la gratifiant comme Récamier d'un baiser sur le front.

— Ma petite Juliette, le temps est à l'orage. Germaine m'a encore pris en grippe et se répand en plaintes à mon endroit. Mais enfin, je tâcherai de faire bonne figure.

— J'ai fort motif à me plaindre, dit Germaine avec humeur. Je vous en épargnerai ce soir les détails mais ils sont affligeants !

— Minette, dit Constant, je crois que vous allez importuner nos hôtes.

— Mes amis, coupa Juliette qui craignait pour son dîner en voyant ses amis en discorde publique, voici Donatien Lachance, que j'ai connu l'autre soir ici par Bonaparte. Donatien est un homme remarquable qui fait un métier follement amusant : il est policier, il travaille auprès de M. Fouché.

— Ainsi vous emprisonnez qui bon vous semble, dit Constant d'un ton grincheux pendant que Germaine considérait le nouvel ami de Juliette d'un œil admiratif.

— Ne le croyez pas, monsieur, si la police pouvait emprisonner qui bon lui semble, les prisons n'y suffiraient pas. Nous sommes bornés par les lois, fort heureusement.

— Ah, dit Constant, les policiers connaissent les principes constitutionnels, j'avais médit.

— Ce sont des barrières nécessaires, sinon la police serait le pouvoir même, au lieu d'en être l'instrument.

— Fort juste, monsieur, dit Constant, vous raisonnez en politique avisé.

— Monsieur, ajouta Germaine, a-t-on souvent dans la police d'aussi jolies figures ?

— C'est pour cacher notre âme qui est toute noire, dit Donatien.

— On y a donc dans la police de l'esprit autant que de l'apparence. C'est une administration méconnue, répondit Germaine en souriant.

Le badinage fut interrompu par l'arrivée de Mathieu de Montmorency, un soupirant de Juliette aussi célèbre que malheureux. C'était un homme mince et bien fait, blond au visage doux et aux manières d'évêque, que chacun s'accordait à trouver délicieux, sauf Juliette qui le faisait souffrir comme un damné en dépit des lettres farcies de beau style que l'héritier lui écrivait pour ainsi dire toutes les heures. Les convives burent du punch et du sirop d'orgeat en parlant de tout et de rien, de la pièce de Mlle Georges qu'on donnait au Théâtre-Français, de *La Création* de Haydn qu'on avait jouée sans interruption depuis le soir de l'attentat, comme pour prolonger le miracle de la « machine infernale », selon le mot en vogue, qui avait épargné Bonaparte.

François René de Chateaubriand les rejoignit un peu plus tard, petit homme frisé et fier, à la figure délicate et au regard mélancolique, saluant chacun avec un air de modestie orgueilleuse et s'excusant de son retard avec grâce. Le succès de son *Atala* en avait fait l'homme du moment. Jusque-là confiné dans un entresol où il polissait dans le froid de longues phrases étincelantes, il avait été lancé en deux semaines dans la haute société, invité dans les meilleurs salons et loué dans les feuilles littéraires les plus sévères. Il supportait son sort avec une lassitude un peu affectée, tout occupé qu'il était par son grand œuvre sur la religion. Au signal de Juliette, l'assemblée se leva pour passer à table.

Donatien comprit alors le sens de la procession qu'il avait vue passer pendant qu'il lisait *Le Moniteur*. La salle à manger était meublée dans ce style « retour d'Égypte » pour lequel la bonne société s'était prise de passion depuis que Bonaparte avait ramené de son expédition les trophées énigmatiques raflés sur les bords du Nil et les dessins de ses savants qui témoignaient de la richesse profuse de la civilisation des pharaons. Tout dans cette salle était furieusement égyptien. Au fond de la pièce aux murs tendus de satin vert pâle, un grand buffet d'acajou recouvert de marbre noir était soutenu par des pieds griffus qui remontaient le long du meuble jusqu'à des têtes de reines égyptiennes qui en formaient les quatre coins. Il portait une pendule à colonnes d'or, couronnée d'un buste de sphinx en bronze et flanquée de deux amphores. De chaque côté, un guéridon à plateau de marbre blanc et trois pieds sinueux commencés en haut par des têtes de gazelle cornue et terminés en sabot sur le sol présentait les bouteilles de bordeaux ou de bourgogne bouchées et les carafes où l'on voyait le mélange rose du vin et de l'eau qui était la boisson courante à Paris.

Le décor parut somptueux à Donatien qui refréna tout de même un sourire en considérant les deux hercules à la peau brune postés chacun d'un côté de la table, personnages théâtraux dignes de la cour de Cléopâtre, prêts à tendre aux dames leurs fauteuils d'acajou aux pieds également griffus. Donatien craignit un instant que la nudité des deux cerbères en turban ne s'accompagnât de ce fumet corporel qu'il avait si souvent humé dans les camps militaires. Il n'en était rien et, de toute manière, des bâtons d'encens brûlaient dans des coupelles soutenues par des statuettes de scribes égyptiens tondus et en jupe plissée. Les cerbères, au demeurant, étaient pleins d'un empressement bonhomme et d'une élégance virile qui finissait par habituer la compagnie à leur spectaculaire présence. Cette manie d'exotisme s'étendait encore aux couverts, faits de vermeil orné de hiéroglyphes dorés sur fond bleu nuit et de scènes de la vie égyptienne dessinées en gris sur blanc et au grand tableau accroché au-dessus du buffet, qui représentait en couleurs vives l'arrivée de l'armée française au pied des Pyramides, emmenée par Bonaparte coiffé de plumes tricolores et monté sur un chameau.

Donatien pensa à son incursion chez Perrin au Palais-Royal, dans le sulfureux repaire de Sybille, lui aussi meublé en « retour d'Égypte ». Les modes se répandaient à la même vitesse en haut et en bas de la société, dans les cercles les plus élégants comme dans les plus corrompus. Il est vrai que ces deux mondes se touchaient par certains côtés, s'il en jugeait par les confidences libertines de Juliette, qui serait sans doute fascinée de rendre visite à l'établissement de Perrin si cette excursion n'était pas trop compromettante. Donatien aperçut au loin, dans son imagination, les plaisirs d'une telle initiation. Son entrevue intime et frustrante avec Juliette avait laissé ses nerfs à vif et toutes sortes de pensées licencieuses affluaient à son esprit. Il préféra se concentrer sur la chère.

Sur la table étaient déjà disposés les mets du premier service, selon la règle dite « à la française », en vigueur dans les grandes maisons et que Donatien n'avait observée qu'une fois ou deux quand il avait été convié chez Fouché ou chez Lucien Bonaparte. C'était un assemblage de plats chauds et froids arrangés dans une figure symétrique, autour d'un pot à oille d'argent ouvragé qui contenait la soupe principale, fumante et parfumée. De chaque côté, comme les navires d'escorte autour du vaisseau amiral, les relevés naviguaient de conserve, une omelette au thon et des mauviettes en croustade d'un côté, la flottille des pâtés, des terrines, des radis et des aubergines de l'autre. Et, à chaque extrémité de la table pour que tous les convives puissent les atteindre sans déclencher un embarrassant va-et-vient d'assiettes, deux énormes plats d'huîtres étaient comme les serre-files de cette escadre de hors-d'œuvre. Juliette avait mis Germaine en face d'elle, Constant à sa gauche et Donatien à sa droite. Chateaubriand et Montmorency encadraient la plantureuse égérie des libéraux.

— Je vois que tu as encore dévalisé Chevet, dit Germaine en désignant les victuailles étalées devant eux.

— Carême préside à nos approvisionnements, dit Juliette. C'est un jeune homme qui s'y entend. Je l'ai trouvé chez Beauvilliers, il fait des extras auprès des particuliers. Il ira loin.

Donatien était souvent passé devant chez Beauvilliers, l'un des premiers restaurants de Paris, dans le Palais-Royal. Il attendit un peu et observa les invités pour s'assurer qu'il était séant de se servir dans les plats qui étaient devant soi et, le cas échéant, de demander discrètement à son voisin une portion d'un mets plus éloigné. Un des deux mameluks s'était penché vers lui : il avait eu un instant d'hésitation, le géant brun avait attendu en silence. Mais comme son jumeau enturbanné faisait de même en face de lui et que Montmorency désignait une bouteille de bordeaux perchée sur l'un des deux guéridons, Donatien comprit qu'on lui demandait quel vin il voulait boire. Il désigna la même bouteille que Montmorency et se tourna pour prêter attention à la conversation. Il restait muet, intimidé par la qualité des convives. Il avait vu de près nombre de gens, des ministres, des représentants en mission, des généraux brutaux et des évêques onctueux, des tueurs et des marquises, des rhéteurs et des bretteurs, mais la compagnie des écrivains lui était inconnue. Il craignait une bévue d'inculture ou une réflexion triviale qui dénoncerait un homme de bivouacs ou de commissariats. En même temps, il savait que son métier de policier de haut vol fascinait, que son apparence plaisait aux dames et que sa vie tumultueuse l'avait dégrossi en politique plus vite que bien des excellences parisiennes.

Germaine – Minette pour les intimes, donc – s'était reprise après son accès de courroux contre son Benjamin. Les démêlés théâtraux du couple faisaient les gorges chaudes de la société parisienne. Ces deux-là s'aimaient et ne se supportaient pas, entretenant ainsi une passion tumultueuse et éprouvante, pour eux comme pour leur entourage. Mais Germaine était mondaine. Elle s'avisa, en convive délicate, de mettre en valeur le nouveau venu dans leur petit groupe, pour le détendre et pour flatter Juliette.

— Monsieur Lachance, êtes-vous au fait des investigations sur cet affreux attentat de nivôse ? demanda-t-elle, ne croyant pas si bien dire.

— Je le suis, madame, mais je ne saurais guère vous éclairer, la police elle-même est encore dans la nuit. Mais nous avançons.

— Sont-ce les républicains, comme le dit Bonaparte ? questionna Constant.

— Peut-être. Pour être franc, la police n'en est pas sûre. Les indices que nous avons sont encore ambigus.

— Pourtant, dit Constant, le Premier consul veut déporter plus de cent personnes, contre toutes les lois...

— Fouché ne le souhaite pas, dit Donatien, la mesure est en effet d'exception. Elle rappelle trop des temps que nous voulons effacer. Nous souhaitons attendre la fin de l'enquête pour sévir à bon escient. Mais Bonaparte veut un exemple.

— Ce régime, décidément, s'éloigne chaque jour des principes de liberté, reprit Constant.

— Benjamin, dit Germaine, vous avez cent fois raison, mais abstenez-vous de trop clamer vos opinions, surtout devant un membre de la police qui a pour devoir de réprimer les opposants. La dernière fois que vous vous êtes prononcé publiquement, votre position a failli être compromise et nos amis se sont détournés de nous. Ce fut une chose horrible, mon salon s'est vidé pour ainsi dire du jour au lendemain !

Constant s'était opposé au régime dans une retentissante adresse prononcée le printemps précédent au Tribunat, réclamant un gouvernement protecteur des lois et des libertés.

— C'était pourtant un beau discours, dit Chateaubriand qui partageait les vues libérales de Constant, quoique légitimiste par fidélité au monde de son enfance, passée à Saint-Malo dans une noblesse bretonne, orgueilleuse et pauvre.

— Un beau discours en effet, dit Donatien, mais qui a déplu au Premier consul.

— Ah ! Vous voyez ! dit Germaine, monsieur est assez bon pour nous mettre en garde. Écoutez-le !

— Oh, madame, je ne suis pas ici en tant que policier mais comme un modeste invité de Mme Récamier. Ce qui se dit autour de cette table ne regarde pas la police.

— Vous êtes fort aimable, monsieur, reprit Constant. Mais vous disiez que ce discours vous avait plu. L'avez-vous lu ?

— Bien sûr, monsieur Constant, ainsi que vos écrits, qui ont l'éclat d'une rare intelligence.

— Ah ça ! lâcha Montmorency, nous avons donc une police intellectuelle !

— La raison en est limpide, monsieur, je suis le second de Fouché et donc chargé aussi de veiller à la censure. Ma charge m'impose de tout lire, du moins tout ce qui a une importance politique.

— Monsieur Lachance, dit Juliette en riant, vos ressources sont décidément insoupçonnées !

Elle se servit avec grâce dans le plat aux pâtés avec deux couverts d'argent qu'elle maniait délicatement d'une seule main. Ce fut le signal du repas. Chacun prit un peu du mets qui lui faisait face, en offrant une portion à son voisin et passant ensuite le plat au reste de la table. Donatien prit lui aussi un pâté puis se laissa servir par Juliette qui lui tendait de l'omelette et des mauviettes en croustade.

— Vous êtes sans doute meilleur critique que nous, dit Chateaubriand en souriant courtoisement, puisque vous lisez aussi bien les livres interdits. Nous ne voyons que ceux qui ont cours légal. Sans doute les moins intéressants.

— Monsieur, votre *Atala* a été autorisée. Son succès montre que la littérature légale vaut bien l'autre.

— Le succès de cette jeune Atala nous rend tous jaloux, dit Germaine avec une pointe d'envie dans la voix, qu'elle déguisait sous le ton de la plaisanterie. J'ai vu hier dans une boutique du Palais-Royal une Atala en cire qu'on vendait aux chalands. Et avant-hier, chez le duc de Mortemart qui rentre d'Angleterre, un jeune homme s'est mis en tête de prendre une jeune marquise sur ses genoux comme l'Indien Chactas le fait avec Atala. Il est tombé par terre, ce qui montre bien la fausseté de toute littérature, mon cher François René.

— J'ai un savoir-faire d'écrivain et non d'acrobate, dit Chateaubriand en riant. Puis se tournant vers Donatien, il dit, faussement modeste : Vous avez donc lu *Atala*, monsieur ?

— Bien sûr. Bonaparte aussi, qui en a dit du bien. Il juge le livre inoffensif en politique. C'est un compliment chez lui. Pour moi, j'y ai trouvé quelque chose de Jean-Jacques, avec un luxe de détails étonnants sur les Amériques. J'y ai vu surtout beaucoup d'émotion, de larmes et de générosité, d'amour des bêtes et des plantes. Je crois que c'est la sensibilité future. De nos jours, la littérature ne peut pas être aussi héroïque que la politique, qui produit de meilleurs romans que toutes les intrigues qu'on invente. L'humeur littéraire est aux épanchements du cœur, que nous avons tant comprimés pour nous battre les uns contre les autres. L'inspiration héroïque a été tarie par la Révolution. Il lui faut d'autres objets : nous sommes à un tournant des lettres.

Les autres convives se jetèrent des regards furtifs accompagnés de ces petits hochements qu'on échange pour exprimer son admiration sans mettre à mal la modestie de l'orateur. On passa aux huîtres que chacun prenait délicatement entre deux doigts dans les deux plats d'argent placés en bout de table, pendant que les deux colosses servaient le champagne qu'on buvait toujours en accompagnement de ces coquillages.

— Mais, monsieur, dit Constant, vous qui prisez si fort les lettres et qui en parlez ma foi avec justesse, n'avez-vous point de scrupules à exercer la censure ?

— C'est une obligation de notre métier que d'interdire un peu. Nous avons vu trop de libelles mettre le feu à la France. Les idées mènent le monde quand elles rencontrent une classe qui les fait siennes. Toute la Révolution est dans ce mélange. Nous devons veiller à séparer la mèche et la poudre.

— Voilà qui est fort bien dit, monsieur, reprit Constant. Mais pour moi, quand elle reste dans le cadre légal, la liberté se borne d'elle-même. La discussion publique améliore le gouvernement. Il n'est pas bon de comprimer la pensée. Laissez-la aller d'elle-même, elle trouvera son équilibre en avançant.

— Nous craignons beaucoup dans ce salon, dit Germaine de Staël, les humeurs d'autorité dont fait preuve votre Premier consul, qui nous a ramené la paix mais qui penche vers la tyrannie.

— Cette tyrannie est encore nécessaire, madame, et vos craintes, sur ce point, sont justifiées. Bonaparte ne sera pas un roi soliveau, à coup sûr. La France n'a pas encore trouvé son point d'équilibre. Le gouvernement, malheureusement, doit encore forcer la balance pour l'équilibrer. Sinon nous retomberons dans les errements et les crimes. Le Premier consul impose sa direction parce que les Français ne trouvent pas d'eux-mêmes la leur.

— Pourtant chacun veut la concorde, dit Germaine, chacun veut un peu des acquis de la Révolution et un peu du calme de l'ancien temps. La liberté réglée par les lois serait une bonne fourrière de l'avenir.

— Pas pour les extrêmes, qui restent puissants, bleus ou blancs, dit Donatien. Mais pour le reste, vous avez raison. La politique de Bonaparte, qui est celle de Fouché, consiste à trouver par l'autorité le point central qui recueillera le consentement général. Au fond, il s'agit d'imposer au peuple français le gouvernement qu'il souhaite.

— Tout repose donc sur un homme, dit Constant, à qui tout réussit, mais qui en tirera nécessairement un vertige d'ambition qui nous fera retomber dans les folies.

— Nous verrons, mon cher, coupa Juliette, pour l'instant Bonaparte fait une politique qui nous agrée. Attendons avant d'entrer dans l'opposition. Mais vous êtes bien solennels ce soir. Quittons ce sérieux. D'autres plaisirs arrivent.

Elle fit signe au mameluk qui se tenait en sentinelle près de la porte d'entrée à double battant. Il sortit et revint avec trois servantes qui enlevèrent de la table le premier service, pour le remplacer par la sainte trinité des viandes, mouton, bœuf et volaille, chacune dans son plat posé sur une plaque chaude et couvert d'une coupole argentée qu'elles retirèrent ensemble. Au centre, une poularde aux truffes tenait la vedette, encadrée par des côtelettes alignées comme un régiment, et, un peu plus loin, un grand fait-tout d'argent contenait un poulet en morceaux, cuit à l'huile d'olive avec ses tomates d'un rouge un peu noirci, ses oignons brunis et ses champignons émiettés, baignant dans une sauce dorée relevée d'herbes et de poivre dont on voyait les petits grains noirs.

— Ton bonapartisme va jusqu'au moindre détail, s'exclama Germaine, le poulet Marengo est venu directement par les Alpes du champ de bataille, sans doute par le col du Grand-Saint-Bernard, comme le Premier consul dans l'autre sens.

— C'est Carême, dit Juliette en riant. Il est toujours pour le gouvernement en place.

Les hommes se levèrent pour découper les rôts, comme il était de coutume, pendant que Juliette et Germaine faisaient rouler la conversation sur la mode des robes à la grecque, qui devenaient l'uniforme de la bonne société.

Avec vanité, Donatien sentait qu'il était le point de mire de la soirée. Il se dit que la police était bien la meilleure école de la politique. Après tout, il en savait autant sur l'état de la France et la marche du gouvernement que tous ces beaux esprits réunis, qui finissaient par l'interroger comme un oracle. Il craignit soudain de se montrer vaniteux ou de laisser voir une faiblesse que ces littérateurs remarqueraient et qui le ferait tomber dans leur estime. Il résolut de renvoyer la balle.

— Monsieur de Chateaubriand, dit-il, où en est votre ouvrage, « Le Génie du catholicisme », qui fera à coup sûr grand bruit ? Nous en parlons jusqu'au ministère.

— « Le Génie du christianisme », corrigea Chateaubriand, néanmoins flatté d'une telle attention. L'ouvrage avance. Mais il est d'une étendue redoutable. Je crois toutefois qu'il sera utile.

— Ce sera un grand livre, dit Mathieu de Montmorency qui était entré, en même temps que sa passion pour Juliette, dans une humeur dévote qu'il promenait partout avec sa mine onctueuse. Il est temps de relever les autels, leur chute a fait trop de mal.

— Ne les relevons pas trop haut, dit Constant, le bon gouvernement ne saurait être religieux. Il doit s'appuyer sur la raison, non sur la superstition.

— Le Premier consul nous promet une réconciliation avec l'Église, dit Juliette. Le bon Récamier et bien d'autres me disent que c'est de bonne politique.

— C'est la seule possible, renchérit Montmorency. Il n'est pas de peuple sage sans religion.

— Voilà encore une excuse à la tyrannie, rétorqua Constant. Les principes veulent une liberté de religion mais non une obligation du culte. Laissez les esprits libres, ils s'ébattront pacifiquement.

— D'autant plus que la police veille, dit Donatien, déclenchant un rire général.

Les rôtis une fois coupés, Donatien en reçut son comptant de Juliette, pendant que l'échanson silencieux remplissait encore son verre, cette fois d'un vin de Bourgogne qu'il jugea sublime. Une délicieuse torpeur s'emparait de tout son être, il se renferma discrètement en lui-même, écoutant cette assistance pleine de subtilité et de drôlerie passer en revue les grands objets nationaux avec la même légèreté pertinente que les petits faits parisiens.

Les viandes, bien entamées, disparurent aussi vite qu'elles étaient venues, remplacées par des entremets glacés qui précédaient le fromage et les desserts. En bonne maîtresse de maison, Juliette laissait maintenant aller d'elle-même la conversation, si bien lancée. Donatien l'épiait du coin de l'œil, sentant qu'elle voulait lui rendre ses regards mais que la compagnie de ses amis l'en dissuadait. Elle se fit plus attentive aux propos échangés, comme si une soudaine froideur lui interdisait tout signal envers son nouvel ami. Donatien en conçut une petite déception que les effets émollients du vin n'arrivaient pas à masquer. Mais soudain son cœur bondit et son estime de soi fut rétablie : le pied de Juliette, qu'il sentait déchaussé, lui caressait doucement mais fermement la jambe. Il répondit à sa pression en faisant mine de se concentrer sur l'entremets de vanille et de pêche qu'elle lui avait passé avec un sourire complice.

— Au fond, dit Chateaubriand, notre ami Benjamin veut un gouvernement à l'anglaise. Je crois qu'il est sage. J'ai vu de près ce gouvernement pendant mon exil, il tient un bon équilibre entre la tradition et la liberté, il respecte l'ancien monde et il accueille le nouveau.

— C'est vrai, dit Montmorency. Et puis tout est anglais de nos jours, la politique, les institutions, la littérature, la philosophie... Nous sommes tous d'humeur anglaise.

À ces mots, Donatien trouva que la conversation risquait de reprendre le tour méthodique et sérieux qu'elle avait adopté au premier plat. Il se dit que Juliette n'aimerait pas qu'on confonde ainsi le début et la fin du dîner. On pouvait, faute de mieux, commencer par des propos politiques. Mais il fallait vite en sortir sous peine d'ennuyer. Il devinait qu'un salon aussi brillant ne pouvait se permettre un repas terne. Juliette lui lança un regard de détresse tout en accentuant la poussée de son pied sur sa jambe. Il en fut retourné, tout en cherchant le moyen de dévier le cours des échanges vers des eaux moins froides. Il se creusait encore la cervelle pour trouver un nouveau sujet de conversation quand l'incident éclata. L'Angleterre en fut la cause. Sans que quiconque s'en aperçût, Germaine de Staël était devenue écarlate et serrait sa fourchette en se faisant blanchir les articulations.

— Oui, vous ne croyez pas si bien dire, mon cher Mathieu. Benjamin est effectivement d'humeur très anglaise... Furieusement anglaise, outrageusement anglaise !

Elle avait prononcé cette phrase avec une rage contenue, d'un ton aigu et coupant. Les convives se regardèrent pendant qu'un silence s'installait.

— Mais Minette, protesta Constant d'une voix hésitante et inquiète, calmez-vous. Nos hôtes ne savent même pas de quoi vous parlez.

— Ah ! Ils ne le savent pas ? Eh bien ils vont l'apprendre !

— Minette, je vous assure que cela ne les intéresse pas. Prenez donc un peu de cet entremets glacé, il est délicieux.

Constant avait pris une mine suppliante mais il était trop tard. La digue avait lâché.

— Je ne veux pas de votre entremets, fripon ! Il est aussi glacé que votre Anglaise ! Ah, ils ne le savent pas ! Eh bien je l'annonce, je le proclame, je le crie à tous vents ! Sachez, mes amis, que Benjamin s'est amouraché d'une Anglaise. C'est incongru, extravagant, incompréhensible, elle est aussi bête qu'un lord et aussi sèche que l'archevêque de Canterbury, mais enfin c'est un fait : Benjamin me trahit avec une perfide fille d'Albion, qui dépare les salons où elle passe et ne s'intéresse qu'aux manœuvres de la marine britannique. Voilà où débouchent des années de dévouement, de fidélité, de passion enfin. Sur un vaudeville sans gloire, avec une ennemie de la patrie ! Mais cela ne se passera pas comme cela. Je vous déclare tout net que je me battrai, que ma foi ne sera point foulée aux pieds, que ma confiance ne sera point outragée !

Pendant cette tirade mélodramatique, chacun avait piqué du nez dans son assiette, ne sachant quel parti prendre ni quelle contenance adopter. Ébahi, Donatien imitait les convives, sentant avec une pointe de dépit que le pied de Juliette était revenu à sa place naturelle. L'hôtesse, plus habituée que d'autres aux flambées de colère de son amie, reprit bravement la parole.

— Je suis bien aise que tu nous aies informés, ma chère Germaine. Tes affaires sont aussi les nôtres. Mais enfin, nous sommes vos amis à tous deux, nous ne saurions nous immiscer dans cette querelle. Et je crains effectivement qu'en allant plus loin, nous ennuyions l'assistance. Au vrai, s'agit-il d'une affaire vraiment grave, Germaine ?

— Ah ! Traîtresse ! Tu prends son parti ! Bien sûr, les écarts d'un homme ne comptent pas tandis que ceux d'une femme lui valent le bûcher. Voilà bien la mentalité d'aujourd'hui. On se libère des préjugés, c'est pour mieux humilier, c'est pour mieux trahir ! Ô femmes, à moi ! C'est vous, en moi, qu'on assassine !

Donatien se retint de rire, pendant que Chateaubriand effaçait à la hâte un sourire de sa bouche en passant sa main devant son visage. À peine plus respectueux, Montmorency fit ostensiblement un signe de croix en levant les yeux au ciel.

— Minette, dit Constant, je crois que ton tempérament de tragédienne te fourvoie. Nous sommes dans un dîner, non à l'opéra ou dans une assemblée jacobine.

— Bon. Cette fois, c'en est trop ! s'écria Germaine en se levant. Je quitte cette réunion de Judas. Je laisse le champ libre à l'Angleterre, puisque telle est votre lâche volonté. Je me retire à la campagne. Adieu !

— Mais Minette, dit Constant plus fort, nous frisons le ridicule, reprends-toi !

— Germaine, nous t'aimons tous, ne te rends pas odieuse par dépit ! s'écria Juliette qui trouvait que la scène était d'un mauvais théâtre.

Rien n'y faisait, le torrent était sorti de son lit. Germaine repoussa sa chaise, jeta sa serviette comme on jette un gant et sortit droite et fière, claquant la porte derrière elle.

Ainsi le dîner tourna court. Les valets entrèrent avec précaution pour desservir, emportant nappe, verres, assiettes et couverts, revenant avec une autre nappe et une théorie de coupes, de saladiers et de corbeilles où l'on voyait des oranges, des pommes cuites, des compotes d'abricot ou de prune, et un grand gâteau Frascati fait de biscuit trempé de vin blanc, de meringue et de crème jaune vif. Mais le cœur n'y était plus. Les plats furent à peine entamés. La petite société passa au salon. Un valet servit le café mais la conversation mourait et chacun, un peu gêné, trouva plus sage de se retirer. Constant partit le premier en disant seulement :

— Pensez à moi, je monte au feu.

Chateaubriand et Montmorency trouvèrent un prétexte pour briser là, suivis par Donatien qui ne voulait surtout pas rester en arrière. Juliette, navrée, les reconduisit dans l'entrée. Elle laissa sortir ses deux amis après leur avoir tendu la main qu'ils portèrent près de leur visage en s'inclinant puis elle prit Donatien par le bras.

— Monsieur, un instant, je voudrais faire un arrangement avec vous.

Chateaubriand et Montmorency disparurent dans la nuit. Juliette se rapprocha en hâte de Donatien et l'embrassa sur la joue.

— Je suis désolée de cette scène inattendue, dit-elle, mais j'ai été bien aise de vous voir malgré tout.

— Votre plaisir ne saurait égaler le mien, dit Donatien en lui prenant les mains et en l'attirant vers lui.

— Non, monsieur, nous sommes chez moi. Mais voyons-nous bientôt, j'y trouverai de l'intérêt... Pas ici, cette fois, quelque part où vous avez vos habitudes. Écrivez-moi. Je sens que vous êtes un bon compagnon, amical, compréhensif, j'aimerais connaître mieux Paris avec vous...

— Je vous y guiderai, madame, je serai votre hôte dans les lieux obscurs comme vous avez été mon hôtesse dans la lumière.

— Voilà qui est fort galant, monsieur. Hâtez-vous, il fait froid.

Donatien sortit, aux anges. Il serait bien allé à pied pour savourer la soirée mais sentant l'air coupant et avisant les plaques de glace qui jonchaient la chaussée, il voulut trouver un fiacre pour rentrer vers la place de Thionville qui était éloignée d'une bonne lieue. Il prit sur sa droite vers le boulevard des Capucines, les mains dans ses poches, sa grosse canne sous le bras et son cou enfoncé dans ses épaules, suffisamment heureux pour ne pas souffrir du froid. Un fiacre passa mais il transportait déjà des passagers. Il poussa plus loin et croisa un porte-falot qui grelottait dans le vent, sa lanterne accrochée devant lui au bout d'une perche. Il y en avait plusieurs sur le boulevard, dont on voyait de loin en loin les lumières tremblantes. Il allait accepter ses services et rentrer chez lui quand un fiacre s'arrêta à sa hauteur. Il remercia le porte-falot et grimpa dans la cabine exiguë. Le cocher fouetta et ils partirent vivement vers la Seine. Mais une minute plus tard, le fiacre tourna brusquement dans une ruelle et s'immobilisa sous un réverbère. Donatien sursauta et se pencha vivement à la portière.

— Qu'est-ce que vous faites ? cria-t-il au cocher.

Il n'eut pas le temps d'en dire plus. Sortant de l'ombre, un homme en long manteau, masqué d'un foulard rouge, lui mit un pistolet sous le nez. Dans la lumière du réverbère, Donatien vit l'index du tireur qui se crispait sur la détente. D'un geste, par réflexe de fantassin, il se baissa au fond du fiacre. Le coup partit et le manqua. Donatien agrippa en désespoir la main qui tenait le pistolet et la cogna de toutes ses forces sur l'encadrement de la fenêtre à demi baissée. L'arme tomba, Donatien entendit un juron. Il serra la main qu'il tenait avec une force redoublée, craignant que l'assassin ne sorte un autre pistolet. Ce fut un couteau, que l'autre brandit de la main gauche, s'apprêtant à frapper. Donatien lâcha sa proie, se rejeta de l'autre côté du fiacre et ouvrit la portière. Il atterrit sur la chaussée boueuse pour voir deux autres spadassins entrer dans le halo du réverbère, chacun un couteau dans la main. Il se releva et fit face, sa canne devant lui, tenue des deux mains comme un bâton de combat. Il fit une feinte sur sa droite et frappa sur sa gauche l'agresseur le plus proche, qui recula en grognant. Il était rompu à cette forme de lutte, qu'il avait apprise des paysans pendant les guerres de Vendée. Les trois hommes l'entouraient en piétinant d'une jambe sur l'autre, cherchant le moment propice pour le poignarder. Il fit encore un moulinet de sa canne et l'enfonça d'estoc dans le ventre du tueur le plus proche, qui se plia en deux. Puis il recula d'un pas. L'attente dura encore de longues secondes. Donatien en profita pour crier :

— À moi ! À l'assassin !

Puis il recula vers le boulevard. Il allait porter une nouvelle botte. Mais un coup venu de l'arrière s'abattit sur sa nuque. Il tomba à genoux sur le sol gelé. Les trois assassins se rapprochèrent couteau levé. Donatien à moitié assommé resta chancelant, sentant la peur au fond de lui et aussi la rage d'être tombé si facilement dans le piège. Soudain il entendit des cris, plus loin dans la rue. « Ici, camarades, sus aux assassins ! » Il se retourna et, derrière celui qui l'avait frappé de revers, il vit des lampes qui se rapprochaient en se balançant dans la nuit. Ses agresseurs aussi les avaient vues. Ils hésitèrent. Donatien se releva et réussit à faire quelques pas. Puis il s'évanouit, pendant que les trois hommes s'apprêtaient à l'achever.

# 16

# Fouché tend un piège

Quatre hommes entouraient le lit de Donatien, intimidés, hirsutes et mal rasés, vêtus de manteaux fripés et de culottes déchirées. Leurs souliers étaient si crottés qu'Honorine avait levé les bras au ciel en les voyant entrer l'un après l'autre, sales et mouillés, dans l'appartement propre et clair. Olympe avait apaisé la gouvernante d'un regard sans réplique et conduit les quatre porte-falots jusqu'à la chambre. Ils avaient posé leur lanterne accrochée au bout d'une perche courbe dans le coin de la pièce, puis ils avaient pris leur chapeau dans leurs mains rouges et attendu que Donatien veuille bien revenir à la vie.

Olympe lui toucha le bras qui reposait sur la couverture, il ouvrit les yeux et fixa avec surprise l'étrange aréopage.

— Ce sont tes sauveurs, mon ami, dit Olympe.

Donatien regardait sans comprendre. Il sentit une douleur à la nuque et passa sa main derrière son crâne. Une bosse y avait poussé, séquelle d'un coup de gourdin porté avec force, mais qui s'était appliqué, par le hasard des choses, bien à plat, laissant Donatien étourdi mais sans blessure.

— Oui, crénom, ajouta l'un d'eux qui s'enhardissait plus que les autres, j'vous ai vu monter dans le fiacre. Quand vous avez tourné dans l'impasse, là, je me suis dit, c'est pas catholique de s'emmancher à c't' heure dans une voie qui n' mène nulle part. Dame, nous, les porte-falots, la nuit, nous voyons tout, nous sommes les yeux de la police. Puis j'ai entendu le coup de feu. Alors j'ai crié, et ces trois aut' m'ont r'joint.

— C'était donc vous, les lumières ? dit Donatien qui reprenait ses esprits. Mes amis, je vous dois une fière chandelle.

— Une fière lanterne, dit un autre, plus petit, l'œil malicieux.

— Mais comment les avez-vous mis en fuite ? dit Donatien en souriant à la saillie du porte-falot.

Il connaissait cette profession qui pratiquait l'impertinence gouailleuse. La police l'avait enrôlée comme une troupe auxiliaire qui arpentait les rues le soir. Les porte-falots éclairaient pour trois sous les passants qui rentraient chez eux après le spectacle. Ils surveillaient aussi les rues sombres pour y débusquer les malandrins, qu'ils pourchassaient volontiers en s'appelant les uns les autres au moindre incident. Cette activité annexe leur valait récompenses et passe-droits à la préfecture, qu'ils ne se privaient pas de réclamer à chaque service rendu.

— Dame, dit un troisième, nous avions nos perches, ce sont autant de bâtons. Ces drôles avaient tiré leur coup de pistolet, ils n'avaient plus que des couteaux. Nous pouvions les atteindre avant qu'ils ne puissent le faire. Nous avons crié, frappé, gesticulé comme à la Saint-Médard. Ils n'ont pas insisté. On les a vus disparaître par une porte sans demander leur reste, en nous laissant le fiacre. Ils ont filé par une cour qui donnait sur une autre rue. Alors nous vous avons ramassé.

— Avec le fiacre, dit Donatien, nous aurons peut-être une piste.

— Si nous avions su que vous étiez commissaire, dit le premier porte-falot, nous aurions couru encore plus vite.

— Oui, mais dans l'autre sens, dit le petit qui faisait des bons mots, déclenchant un éclat de rire autour du lit.

— Messeigneurs, dit Donatien, vous avez gagné la reconnaissance du ministère de la Police. Je ne sais comment vous remercier.

— Nous, nous le savons, dit le petit porte-falot, la reconnaissance, c'est bien, le numéraire, c'est mieux.

— Toute peine mérite salaire, dit Donatien en levant la main pour rassurer ses sauveurs. Mais avez-vous le signalement de ces assassins ?

— Ils portaient des foulards. Impossible de les reconnaître, dit le plus grand.

— Ils n'étaient pas très malins, dit un autre, ils avaient un seul pistolet.

— Ils ne pouvaient pas prévoir que le coup manquerait, dit un autre. Dans son petit réduit du fiacre, le commissaire était fait comme un rat.

— Ils ne savaient pas que c'était un commissaire monté sur ressorts, dit le petit.

Ils rirent encore. Honorine entra dans la pièce avec du vin chaud qu'elle servit dans des gobelets d'étain. Donatien se leva. Il s'aperçut qu'il était en chemise et donc que quelqu'un l'avait déshabillé. Il devina qu'Olympe avait pris soin de lui dans tous les détails. Honorine avait accueilli les porte-falots qui avaient trouvé l'adresse de la place de Thionville dans les papiers de Donatien.

Un peu chancelant, Donatien alla dans l'autre pièce, jusqu'au coffre qu'il dissimulait dans la bibliothèque. Il décida que la récompense ne serait pas pingre. Ces quatre garçons lui avaient positivement sauvé la vie. Il se dit aussi qu'il progressait dans son enquête. Il avait été attaqué le lendemain du jour où il avait appris le nom d'un des comploteurs de la machine. La police ne croit pas aux coïncidences : il y a une relation de cause à effet entre les deux événements, se disait-il.

Au moment où il allait ouvrir le coffre, il s'arrêta net : deux pièces d'argent identiques étaient posées devant le coffre sur le rebord de la bibliothèque.

— Honorine, venez ! cria-t-il.

La grosse gouvernante le rejoignit.

— Qu'est-ce donc que ces deux pièces ? demanda-t-il.

— Je les ai trouvées dans vos poches l'une après l'autre. Je les ai posées là pour que vous les rangiez.

— Dans ma poche de culotte ? Deux fois ?

— Oui, dans la poche.

— Tiens...

Il réfléchit un instant, puis tout lui revint d'un coup : c'étaient les deux pièces qu'il avait trouvées pendant son enquête. L'une venait du gilet de la fillette tuée rue Saint-Nicaise, l'autre de la grange de la rue de Paradis où la charrette avait été remisée. Il les avait prises machinalement comme des indices sans grande importance. Mais leur réunion fortuite leur donnait soudain une valeur extraordinaire. Il ouvrit le coffre, prit une jolie somme et revint dans sa chambre.

— Voici, mes amis. Régalez-vous à ma santé, puisque vous l'avez préservée.

Les porte-falots remercièrent et promirent de redoubler de zèle. Ils prirent leur chapeau, leur perche, leur lanterne et disparurent dans l'escalier en file indienne, faisant des plaisanteries et riant très fort. La porte à peine refermée, Donatien appela Olympe.

— Ces braves à trois poils nous sauvent tous.

— Comment cela ? dit Olympe.

— Regarde, tu vas voir un bon tour de magie, dit Donatien.

Il alla dans son armoire, fouilla sa redingote et en sortit la petite fiole qu'il avait déjà utilisée chez Perrin au Palais-Royal. Il en versa une goutte sur chacune des pièces. La couleur argentée fit place à une teinte marron et rouge qui rappelait le cuivre.

— Voilà. Démonstration ! Ce sont des fausses pièces.

— Et alors ? dit Olympe, quel rapport avec l'enquête ?

— La première pièce était dans la poche de la fillette qu'ils ont sacrifiée dans l'attentat, la deuxième dans la grange où ils ont remisé la charrette. Ils utilisent de la fausse monnaie. Or qui fabrique cette fausse monnaie ? Les Anglais.

— Ce sont des Anglais qui ont fait le coup ?

— Non, je ne crois pas. Mais les Anglais financent les blancs. Ils ont déjà usé de fausse monnaie pour corrompre l'argent républicain et entraver les affaires en France.

— Alors ce sont les blancs ? Fouché avait raison ?
— Tout l'indique.
— Il faut prévenir Bonaparte ! Il va libérer les républicains et Hyacinthe doit sortir tout de suite !
— Il faut surtout parler à Fouché. Ce ne sont que des indices. Et il y a d'autres éléments troublants, à commencer par l'agression. Nous devons réfléchir.

Il s'habilla à la hâte, laissa Olympe avec Honorine et fila dans l'escalier puis sur la place de Thionville et le long du quai Malaquais. Cinq minutes plus tard, il était dans le bureau de Fouché, qui l'écouta de son air glacial.

— Ce ne sont pas des preuves mais des présomptions, Lachance. Nous pensons que ce sont les blancs qui ont fait la machine. Ces pièces de cuivre nous confortent. Mais tant que nous n'avons pas un coupable, nous n'avons rien.
— Il y a autre chose, citoyen ministre. J'ai été attaqué hier soir...
— Ah bon ? Diable ! Mais par qui ?
— Je ne sais pas, ils étaient masqués. Mais ils voulaient tuer. Ils ont tiré un coup de pistolet, j'ai été sauvé par des porte-falots. L'affaire était mal montée. Mais c'est la preuve qu'ils étaient pressés de m'occire.
— Pourquoi voudrait-on vous tuer ?
— J'ai réfléchi. Ce n'est pas parce que je mène l'enquête. Ils savent fort bien que moi mort, je serais remplacé par des policiers qui voudraient venger l'un des leurs, et qui seraient donc encore plus déterminés à les prendre. Non. Ils ont voulu me tuer, parce que j'étais porteur d'un renseignement que j'étais seul à détenir.

— Lequel ?
— Le nom d'un des assassins. Petit-François.
— Comment aviez-vous ce nom ?
— Par le cabaretier de la barrière Saint-Denis.

Fouché réfléchissait. Soudain la troublante implication des déductions de Donatien lui apparut.

— Mais qui savait que vous aviez ce nom ?
— Mon amie Olympe, les gendarmes de la barrière Saint-Denis, le cabaretier...
— Votre amie et les gendarmes sont hors de cause. Mais le cabaretier a pu prévenir des complices.
— Non, il est en prison, au secret.
— Alors qui ?
— Celui à qui je l'ai dit. Celui qui a cherché dans le fichier de Vendéens et qui n'a rien trouvé. Duperron.

Fouché le regarda fixement.

— Il y a un agent des chouans à la préfecture ? Duperron est un blanc ?
— La logique le démontre.
— Mais nous n'avons pas de preuve.
— Pas encore. Mais j'ai mon idée.
— Quelle est-elle ?
— Vous allez voir.

Donatien emmena le ministre dans son bureau, qui était un peu plus loin dans le même couloir. Ils entrèrent. Donatien alla au fond de la pièce et ouvrit une porte qui se découpait discrètement dans la boiserie. Ils entrèrent tous deux dans une salle basse et sombre qui sentait la poussière et le papier jauni. Elle était entourée de rayonnages de chêne qui portaient des boîtes de carton étiquetées. Partout sur le sol des piles de dossiers occupaient l'espace, rangées selon un ordre mystérieux. Au centre, un vieux bureau de bois brut trônait comme une île sur cette petite mer de papiers. Donatien alluma une lampe.

— Quel est ce repaire ? demanda Fouché.
— Mes archives personnelles. Je les garde depuis Nantes et la guerre contre les brigands. Je les ai utilisées pour établir le fichier de la Vendée qui est dans la salle des archives. Ici sont les originaux. Ce nom de Petit-François me dit quelque chose. Si je le trouve dans mes fiches personnelles alors qu'il n'est pas dans le fichier principal, cela prouvera que Duperron l'a fait disparaître.

Sous l'œil intrigué de Fouché, Donatien se mit à fourrager dans une boîte de bois. Il en sortit une liasse de feuilles reliées par une ficelle : l'index qui permettait de se repérer dans le fichier. L'identité des Vendéens était répertoriée selon plusieurs entrées, le nom, le prénom, la région, l'armée d'origine, le lieu de résidence, les bandes dont ils avaient fait partie. Donatien parcourut les pages une à une.

C'est la liste des prénoms qui livra le secret : à « François », il y avait une trentaine d'occurrences, mais parmi les trente, trois seulement comportaient un surnom et un seul celui de « Petit-François ». Donatien prit alors le fichier et sortit la fiche de François Carbon, dit « Petit-François », domestique et aide de camp auprès de Pierre de Saint-Réjant, lui-même chef d'état-major de Bourmont de 1794 à 1798 dans l'armée de Cadoudal. Carbon avait combattu quatre ans puis avait disparu pour ressurgir en

1799 dans une affaire d'enlèvement menée par les hommes de Cadoudal. Son portrait ne laissait aucun doute, dans le style précis et abondant en usage à la préfecture pour les fiches d'identité. « La taille est de quatre pieds trois pouces, soit un mètre cinquante-deux, il est haut de buste et large d'épaules, sans embonpoint, avec des jambes courtes et arquées. Sa chevelure est noire et raide, généralement coupée droit, à l'horizontale, comme autour d'un bol renversé sur son crâne. Son front est bas, ses oreilles rouges et pointues, ses sourcils noirs et abondants. Ses yeux marron sont petits et rapprochés. Il a des rides horizontales sous les paupières inférieures, une cicatrice très visible sous l'œil gauche, des joues maigres, un nez court et droit un peu grêlé et rougi par la goutte. Sa bouche est large et épaisse, son menton rond avec une large fossette au milieu. Il est le plus souvent mal rasé, vêtu comme un paysan, avec une chemise blanche sale, une blouse marron, un pantalon de velours grossier et des bottes lacées très haut. Carbon parle généralement très peu, et s'exprime en breton et rarement en français. Il emploie des tournures paysannes et des jurons antirépublicains. C'est un homme violent, habile au fusil et au pistolet, longtemps garde-chasse, impassible devant le feu et impitoyable avec les prisonniers. Pour cette raison peut-être, il est déconcerté lorsqu'il est capturé. Lui-même prisonnier à la fin des combats de Vendée, il a donné tous ses officiers en échange de la clémence. La police de Nantes l'a libéré en lui donnant un passeport en échange de ses renseignements.

Carbon doit être surveillé avec vigilance. Il est proche des hommes de Cadoudal et peut leur servir en appoint. »

— Incroyable, dit Fouché, le nom de l'assassin était donc à deux pas de mon bureau. Tout y est. Et si nous le prenons, nous avons même une bonne chance de le faire parler. Il a l'air impressionnable. Mais pourquoi sa fiche n'est-elle pas dans le fichier de la Vendée ?

— C'est l'œuvre de Duperron. Mes fiches ont été recopiées, avec d'autres, pour constituer le fichier de la Vendée, votre topographie chouannique. Si celle de Carbon n'y est pas, c'est que Duperron l'a trouvée le premier et qu'il l'a fait disparaître. C'est la seule explication possible : il a eu les premiers témoignages ; il est allé fouiller dans le fichier pour voir si un Vendéen correspondait au signalement. Et pour bloquer l'enquête, il a supprimé la fiche. Il ne savait pas que j'avais un original dans cette pièce. Duperron est un traître, un blanc infiltré dans la préfecture.

— Il faut en être sûr, dit Fouché. Allons voir ma topographie.

Ils allèrent à travers les couloirs du ministère jusqu'à la salle des archives. Ils cherchèrent la fiche de François Carbon. Elle n'existait pas.

— Allons à l'index, dit Fouché. Si la fiche a existé, il doit y en avoir trace dans l'index.

Ils prirent l'index. Carbon n'y était pas plus.

— Votre fiche n'a pas été recopiée, dit Fouché. Duperron n'est pas encore coupable.

— Mais si ! Regardez, citoyen ministre. Le papier a été gratté, ici, entre Carabet et Carbonnier. La trace est récente.

— Vous avez raison, Lachance, dit Fouché après avoir pris son lorgnon dans sa poche de poitrine.

— C'est certain. Qui aurait pu effacer ce nom-là, sinon Duperron ?

— Je savais qu'il y avait un agent royaliste dans le ministère. Au printemps dernier, un journal monarchiste a publié la liste de nos mouches, ce qui nous fut très dommageable. Cela venait de la préfecture. Maintenant nous savons qui c'est.

Ils revinrent sans parler jusqu'au bureau du ministre, chacun supputant les conséquences de la découverte.

— Faut-il faire arrêter Duperron ? demanda Donatien quand ils furent installés l'un en face de l'autre dans la grande pièce qui dominait la Seine.

Fouché resta muet. Il s'était assis au bureau, impassible et silencieux. Son regard vide semblait fixer un point devant lui. Il réfléchissait. Une minute entière se passa. Donatien devina vite le ministre. Fouché n'aimait pas les arrestations précoces. Il préférait maintenir les criminels dans une fausse assurance, repérer les membres d'une bande et les prendre tous.

— Non. Pas tout de suite. Sachons d'abord où est Carbon puis surveillons-le. Ils sont au moins trois, sans doute plus. Nous devons trouver les autres. Quant à Duperron, laissons-le agir en le surveillant aussi. Il a peut-être des complices dans la police. Il faut aussi le savoir. Laissons la fourmilière s'agiter pour bien la cerner puis nous l'écraserons d'un coup.

— Il y a un risque. Ils peuvent disparaître.

— Oui. Mais rien ne sert d'avoir seulement un exécutant. Il faut remonter aux architectes.

— L'architecte, c'est Bourmont et peut-être Cadoudal, dit Donatien, qui avait reconstitué mentalement le jeu du gentilhomme chouan.

— Comment cela ?

— C'est Bourmont qui nous a donné la cache de la rue de Paradis. C'était une audacieuse manœuvre. Il livrait une vraie piste pour en construire une fausse. Il a gagné notre confiance, celle de Bonaparte, puis il nous a lancés aux trousses des républicains. C'était supérieurement combiné. En nous faisant courir après les bleus, il protégeait les blancs. Et par Duperron, il était au cœur de l'enquête. Duperron a supprimé la fiche de Carbon. Bourmont nous a trompés en nous donnant de vrais renseignements, c'est la ruse suprême. Ensuite, ils ont trouvé la vieille qui les espionnait à travers le mur, rue de Paradis. Ils ont tiré parti de l'occasion. Au lieu de la supprimer, ils l'ont abusée. Ils ont lancé à haute voix les noms de Topino-Lebrun, Chevalier et Ceracchi, sachant qu'elle les écoutait. Ils espéraient que nous les trouverions. Ce que j'ai fait. Puis ils ont laissé la missive dans le café de la rue Saint-André-des-Arts. Ainsi ils nous ont persuadés que ces trois noms étaient ceux des organisateurs du complot et que les exécutants avaient déjà pris la fuite. C'était imparable. Comment aurais-je pu soupçonner une délatrice de la Terreur ?

— Georges doit être dans l'affaire, dit Fouché. C'est tout à fait sa manière.

— Lui ne sortira pas du bois. Il est insaisissable.

— À moins que nous tendions un piège.

— Un piège, citoyen ministre ?

— Ils nous ont raconté une histoire, nous pouvons leur en raconter une autre. Résumons l'affaire : ils ont manqué leur coup rue Saint-Nicaise. Comme ils pensaient le réussir grâce à la puissance de la machine, ils ont pris peu de précautions. Carbon, qu'ils ont utilisé, était connu comme vendéen. Sans Duperron, nous l'aurions identifié tout de suite. Pour nous empêcher de le trouver, ils ont monté la combinaison que vous venez de décrire. Par Bourmont, par Duperron et par la vieille, ils nous ont conduits là où ils voulaient que nous allions. Et comme Bonaparte est sûr que le coup vient des exclusifs, il est leur allié involontaire. Mais contre leur attente, vous avez trouvé le nom de « Petit-François ». Ils sont inquiets. Ils ont essayé de vous tuer. La première chose à faire, c'est de les rassurer.

— Les rassurer ?

— Oui. Il faut leur rendre leur confiance. Alors ils bougeront. Alors ils seront imprudents. Je vais d'abord écrire une lettre circulaire pour protester contre le danger des rues à Paris. Même un policier comme vous, vais-je dire, peut se faire attaquer boulevard des Capucines, dans un quartier honnête et surveillé. Il y a là une impéritie de la préfecture. J'écris à Dubois. Duperron le saura. Il pensera que nous n'avons pas fait le rapprochement entre vos renseignements et l'agression. Pour faire bonne mesure, je vais faire savoir que je suis à mon tour certain que les assassins sont républicains. Je fais hâter les recherches dans cette direction. Cela devrait les endormir.

— Nous ne prévenons pas Bonaparte ?

— Cela ne servirait à rien. Nous n'avons que des déductions qu'il balaiera d'un revers de main.

Il en tient pour la sévérité contre les exagérés. Rien ne le détournera de cela. C'est une affaire politique qu'il veut régler au plus vite.

Donatien pensa aussitôt à Hyacinthe. La découverte de la piste royaliste et la preuve de la trahison de Duperron l'avaient rempli de joie : fort de cette démonstration qui innocentait les républicains, il pensait obtenir la libération de Hyacinthe. Le plan de Fouché reculait l'échéance.

— Les innocents restent en prison, dit-il seulement.

— Il s'agit bien de cela ! coupa Fouché. L'affaire est autrement importante. Nous pouvons prendre toute la bande. Le sort de cent exaltés ne vaut rien en regard.

— Les prendre tous ?

— Ils ont manqué leur coup, ne l'oubliez pas. S'ils sont rassurés sur leur sécurité, ils voudront réessayer. Ce sont des furieux. Ils ne s'arrêteront pas avant d'avoir tué Bonaparte.

— Mais nous devons les arrêter avant, justement.

— À condition de les prendre tous et de porter un coup décisif à l'agence royaliste. Alors nous serons tranquilles de ce côté. Pas avant.

— Comment faire ?

— Je vous ai vu plus agile, dit Fouché avec humeur.

— Je me préoccupais de mes amis, qui n'ont rien fait.

— Le sentiment vous égare. Réfléchissez !

— Quelle histoire voulez-vous leur raconter ?

— Un nouvel attentat. Il faut les induire à préparer un nouvel attentat. Et là, nous les prendrons tous.

— N'est-ce pas périlleux ?

— Nous l'avons fait avec Aréna et Ceracchi, souvenez-vous. Nous leur avons distribué nous-mêmes les poignards à l'opéra et nous les avons pris sur le fait. Bonaparte n'a couru aucun danger.

— C'est vrai. Mais il nous faut une surveillance parfaite. Et un agent provocateur.

— La surveillance, vous l'organiserez une fois Carbon localisé. Et l'agent provocateur, mon cher, c'est vous...

Une heure plus tard, le plan était prêt. Donatien quitta le ministère. Rien de simple ni de certain dans la manœuvre projetée par Fouché. Au bout du labyrinthe, il y avait en principe le triomphe de la police et de son ministre. Mais il y avait aussi, peut-être, l'échec, hideux dans ses conséquences. L'échec c'est-à-dire le ridicule, la colère du maître et la chute du ministre. Remuant ces pensées extrêmes, Donatien passa sans le voir devant le guichet de l'hôtel de Juigné. Le fonctionnaire le rattrapa dans la rue des Saint-Pères. Il lui tendit un pli qu'il ouvrit. C'était un mot aimable de Juliette Récamier qui le conviait à dîner pour le lendemain chez Beauvilliers. Émoustillé, il remarqua que Beauvilliers se trouvait à deux pas de chez Perrin, où se déployait cette activité qui fascinait tant Juliette. Il se dit aussi, que dans sa fonction d'agent provocateur assignée par Fouché, elle lui serait d'un précieux concours.

# 17

# Cadoudal

La porte s'entrebâilla. Une main en jaillit qui tenait un gros pistolet. Dans l'ouverture étroite, Donatien aperçut un œil qui le scrutait de droite à gauche et de haut en bas. Il fit un pas de côté pour s'écarter de la ligne de mire. Mais le pistolet pivota pour le suivre. Une voix d'homme en colère se fit entendre.

— Qui êtes-vous ? Que voulez-vous ?
— Police ! cria Donatien.

Derrière lui, les deux gendarmes avaient reculé et pointé eux aussi leur pistolet.

— Ah, la police ! dit la voix. C'est la providence qui vous envoie. Entrez !

Donatien stupéfait fit signe aux gendarmes de baisser leur arme. La porte s'ouvrit. Il entra.

Fouché avait tissé dans Paris une toile qui enserrait la capitale comme un vaste filet à fines mailles. Certains fils étaient visibles, les autres secrets : tous remontaient jusqu'au bureau de l'hôtel de Juigné. Fouché animait lui-même le réseau occulte des indicateurs. Ils lui rapportaient les rumeurs, les intrigues et les dénonciations. Il avait confié à l'administration la partie systématique et officielle de la surveillance. Ainsi il inventait à chaque pas les principes implacables du contrôle des populations par un pouvoir répressif. Chaque quartier, chaque rue, chaque immeuble était répertorié, ausculté, disséqué par la confrérie vigilante des commissaires, des inspecteurs et des gendarmes. Cette armée de l'ordre patrouillait sans cesse, visitait les escaliers, cognait aux portes, notait les arrivées et les déménagements, parlait aux commerçants et aux cabaretiers, l'œil aux aguets et l'esprit en éveil. Les concierges leur signalaient tout incident ; les porte-falots servaient de brigades de nuit ; une nuée de mouchards locaux, rétribués quelques sous, complétaient cette armada policière. Ainsi le gouvernement, qui avait peur de Paris, l'avait enfermé comme dans une membrane élastique et solide, destinée à restaurer l'autorité régulière de l'État et la sécurité de son chef. Cette machine d'espionnage était si efficace, si présente, si insinuante et tranchante à la fois, qu'elle faisait parfois peur à Donatien. La société, se disait-il, se trouve finalement sous cloche, sans cesse observée, contrôlée, pénétrée jusqu'à la moelle par ces regards aigus et supérieurs, comme dans une inquisition permanente, parfois bienveillante, parfois cruelle.

Il prévoyait que l'ancien État de droit divin, absolu mais faible, borné par les privilèges des ordres, des provinces et des corporations, ferait bientôt place, si Bonaparte triomphait, à un État de la Raison, qui n'admettait rien entre lui et l'individu, qui savait tout de la vie des citoyens. Cet État tenait en principe son pouvoir du peuple, qui s'exprimait en votant, mais il possédait surtout, grâce à des hommes comme Fouché, un implacable pouvoir *sur* le peuple. Qu'un homme voulant gouverner la France selon son idée, aussi folle soit-elle, se trouvât à la tête de cette machine et rien ne pourrait l'en prévenir. Entre ses mains puissantes la société deviendrait comme une pâte d'argile qu'il pourrait façonner à sa guise. Bonaparte serait-il celui-là ? Souvent Donatien se posait la question. Aujourd'hui le Premier consul ne faisait que se défendre. Il réprimait parce qu'il y était contraint. Le reste du temps, il élevait des digues pour faire rentrer dans son lit le fleuve destructeur de la Révolution. Mais une fois cette tâche accomplie, légitimé par son œuvre, enhardi par son succès, le jeune général pouvait se changer en tyran. Ainsi les hommes de 1792, en jetant bas l'ancienne monarchie, auraient livré la France à une puissance également dangereuse, si sûre de son bon droit et de sa force que rien ne pourrait la contenir. Donatien connaissait le bon sens souverain du Premier consul, son attachement aux formes, sa méfiance instinctive envers les faiseurs de systèmes, sa volonté de gouverner selon les souhaits de la majorité, son respect des enseignements du passé. Mais il voyait aussi poindre, sous ce pouvoir raisonné appuyé sur les notables de la Révolution, des accès d'autorité, des colères égotistes et un penchant de plus en plus prononcé pour la dictature. Le perfectionnement de l'État, qu'il pouvait mesurer du centre même de l'entreprise, menait, si l'on n'y prenait garde, à une tyrannie d'autant plus redoutable qu'elle serait, pour ainsi dire, philosophique. Donatien souhaitait le succès de Bonaparte, préférable aux désordres antérieurs. Mais tout reposerait, *in fine*, sur la sagesse d'un homme. Il se souvint des avertissements de Constant lors du dîner chez Juliette et il y vit de la clairvoyance.

Ces considérations politiques, qui revenaient de temps à autre dans son esprit, furent vite chassées par le devoir immédiat. Plutôt que s'alarmer de la machine policière, il fallait la faire marcher. Dès l'entrevue avec Fouché achevée, Donatien avait rédigé, comme il le faisait parfois, une missive spéciale du ministère, secrète et rapide, inconnue de la préfecture et de Dubois, pour donner l'ordre qu'on recherchât sur-le-champ tout individu ayant un rapport quelconque avec un nommé François-Jean Carbon, ancien chouan qui se présentait comme marchand forain et parlait breton plus que français.

À la fin de la journée, la maîtresse organisation de Fouché avait une nouvelle fois fait la preuve de son efficience. Le commissaire du Marais, Ostermann, avait trouvé dans ses classeurs, à la lettre C, une femme Catherine Carbon, épouse Vallon, dont la fiche mentionnait en rouge qu'elle était la sœur d'un Vendéen connu, surnommé « Petit-François ». Catherine Carbon avait été domestique à Vannes, non loin du domaine où son frère François était garde-chasse. Elle avait abrité des chouans et aidé à l'insurrection. Mais bien vite elle avait fui le pays ravagé par la guerre pour trouver une place à Paris auprès d'un avocat de la rue Saint-Denis. Elle s'était alors rangée pour épouser Alexandre Vallon, ouvrier ébéniste, dont elle avait eu deux filles. C'était un volontaire de 1791, qui avait combattu à Valmy dans l'armée de Dumouriez puis à Jemmapes où il avait été blessé. Soigné, mais gardant un bras gauche raide, il avait été rendu à la vie civile pour reprendre son métier d'ébéniste qu'il exerçait rue des Enfants-Rouges. Lisant ce rapport, Donatien s'était dit qu'il pourrait peut-être en savoir beaucoup par ce couple mal assorti sur le plan politique, où les fidélités contradictoires ouvraient à coup sûr une brèche pour la police.

Il fallait agir discrètement, c'est-à-dire trouver Carbon sans éveiller la méfiance des autres comploteurs. Donatien s'était adjoint deux gendarmes du ministère, sûrs et d'expérience, et les trois hommes avaient marché à la nuit tombante jusqu'en haut de la rue Saint-Martin, à l'endroit où elle débouchait sur la prison du Temple, massive et menaçante. Pour ne pas alerter les voisins, ils étaient enveloppés dans de grands manteaux qui dissimulaient leur uniforme. Comme ils arrivaient au numéro 189, ils croisèrent deux inconnus qui en sortaient, l'un maigre et pâle, l'autre trapu qui dissimulait son visage dans une écharpe nouée autour de son cou et relevée sur le nez comme pour se protéger du froid. Donatien les regarda sans y penser, concentré sur sa mission.

L'immeuble était gris et décrépit. Il s'élevait en lignes irrégulières jusqu'au sixième étage et sa façade inclinée sur la rue Saint-Martin semblait la fermer vers le haut en cachant le ciel aux passants. Ils entrèrent dans un couloir obscur qui sentait le moisi et les latrines, traversèrent une cour noire encastrée dans l'immeuble comme un puits, poussèrent une porte de planches mal jointes et montèrent un escalier tout aussi sombre en se guidant sur la corde grasse qui servait de rampe. Une odeur de bois brûlé et de ragoût flottait dans l'air confiné. Au dernier étage, les marches irrégulières donnaient sur un couloir mansardé éclairé par des vasistas d'où tombait la lueur de la lune. Ce couloir joignait deux immeubles et couronnait ce qu'on appelait un cabajoutis, c'est-à-dire une partie de maison rajoutée à une autre pour accroître le nombre des pièces à louer, au simple gré des maçons qui se souciaient peu des ruptures de niveau et rendaient toute la construction disparate et de guingois. Les portes étaient alignées sur la droite, grossières et rugueuses, soulignées d'un rai de lumière. Quand ils avaient cogné à la troisième, la main et le pistolet en étaient sortis, puis ils avaient entendu cette parole qu'on adresse rarement à la police : « C'est la providence qui vous envoie. »

Ils entrèrent dans une pièce basse et large ménagée sous le toit, éclairée par une petite cheminée où chauffait une marmite pendue au-dessus de l'âtre. Deux lits recouverts d'un tissu aux couleurs passées la flanquaient à droite et à gauche ; une table était dressée au milieu, portant des écuelles et des pots d'étain. Les murs étaient écaillés et l'on voyait le rouge des briques affleurer sous la peinture. Témoins des opinions divergentes du ménage, une gravure parcheminée représentant le moulin de Valmy était clouée près de la porte d'entrée tandis qu'un crucifix surmontait chacun des lits. Le maître de maison, un grand dadais aux cheveux filasse, le visage déjà fatigué, habillé de la blouse et du pantalon fripé des ouvriers, les fit asseoir autour de la table, chassant des chaises de paille deux petites filles effrayées. Elles venaient d'entamer leur repas. L'une était adolescente, l'autre petite et menue avec un visage miniature. Elle courut dans la jupe de sa mère, une femme rougeaude et charpentée qui observait les policiers avec une hostilité visible pendant que son mari sortait un pichet de cidre d'un garde-manger percé sous la fenêtre.

— Pourquoi ce pistolet, citoyen ? dit Donatien vivement.

— J'avais peur que ce soit encore eux.

— Qui donc, « eux » ?

— Les deux hommes qui viennent de sortir.

— C'est-à-dire ?

— Je ne connais pas leurs noms. Ce sont des hommes terribles. Des chouans.

— Qu'ont-ils dit qui vous fasse si peur ?

— Qu'ils nous tueront tous, en commençant par les deux petites. Ils ont dit qu'ils les feraient rôtir sur un grand feu, comme ils faisaient avec les bleus en Vendée.

— Mais pourquoi ?

— Parce que ma femme a un frère. Voilà tout, dit-il d'un ton où perçaient le reproche et la résignation.

— François Carbon ?

— Oui. Petit-François, dit Vallon, qui s'est mis dans une sale affaire.

— Et comment, citoyen, s'écria Donatien, il a voulu tuer le Premier consul !

— Si nous parlons, ces deux hommes nous tueront. Alors que nous n'avons rien à dire. Rien ! Nous ne savons rien ! Nous ne sommes pas du complot. Et comment le serais-je, dame ? Je suis bleu. J'ai combattu à l'armée de Dumouriez contre les Prussiens. J'ai soutenu la Convention, la Commune, Danton, Marat, Robespierre. Renseignez-vous.

— Nous le savons, citoyen. Mais quand avez-vous vu Carbon ?

— Il y a trois semaines, dit Vallon sous le regard venimeux de sa compagne qui l'épiait dans son coin. Il est venu, il a couché là deux nuits puis il est parti. Nous ne l'avons jamais revu. Et puis nous avons entendu parler de l'attentat.

— Nous ne savons rien, dit brusquement Catherine, le regard farouche planté dans le plancher. Rien.

Et elle se tourna vers Vallon d'un air de défi : elle avait parlé pour deux.

La famille resta coite sur cette dernière parole, butée dans sa dénégation. Donatien jeta un regard alentour. Il y avait peu de meubles dans la pièce, deux lits, une table, quatre chaises et une armoire. Dans le coin droit, une bassine était rangée à côté d'un broc. Dans le coin gauche, un réduit sombre s'ouvrait où l'on apercevait des outils et des vêtements pendus à un crochet. Donatien se leva et inspecta lentement la pièce, regardant sous les lits, ouvrant l'armoire, tâtant les matelas, palpant les murs. Puis il alluma une chandelle et la promena dans le réduit. Il s'arrêta aussitôt. Parmi les outils d'ébéniste, des rabots, des marteaux, des équerres, des varlopes et des scies, il aperçut deux cercles de métal comme ceux qu'on avait exposés dans la cour de la préfecture et trois planches de chêne incurvées qu'on utilisait pour fabriquer les tonneaux. Il allait se retourner vers la famille pour l'interroger sur ces objets incongrus chez un fabricant de meubles, quand une intuition l'arrêta. Il leva sa chandelle et fourragea dans les vêtements pendus au crochet, comme si rien n'avait attiré son attention. Sa décision prise, il revint s'asseoir à la table. Les deux petites filles le contemplaient d'une mine apeurée. La plus grande serrait de ses mains les draps du lit où elle était assise. Il se tourna vers Catherine Carbon qui lui lançait des regards haineux.

— Madame Carbon, vous êtes la sœur d'un suspect, vous l'avez vu récemment, nous devons vous interroger plus avant. Ces deux gendarmes vont vous emmener. Si vous êtes innocente, vous serez relâchée rapidement. Sinon, justice passera...

La mère poussa un long soupir mais elle ne protesta pas. Sans doute savait-elle depuis le début que son frère la condamnait à cette épreuve. Elle prit un sac au pied du lit, y jeta quelques affaires, puis embrassa ses deux filles qui éclatèrent en sanglots.

— Ils vont t'emmener, maman ? Mais quand reviendras-tu ? dit la plus grande, soudain pâle.

— Bientôt, n'ayez pas peur. Je n'ai rien fait. Ils verront vite leur erreur.

— Mais puisqu'on vous dit que nous ne savons rien, cria le père.

— Silence, coupa Donatien. Si elle n'a rien fait, elle ne risque rien.

Les deux gendarmes emmenèrent Catherine Carbon et Donatien resta seul avec le père et les deux filles.

— Sers-nous du cidre, citoyen, dit-il pendant que Vallon le contemplait d'un air méfiant.

Vallon remplit deux gobelets et lui en tendit un.

— Citoyen, dit Donatien d'un ton bonhomme, laisse-moi te poser une question. Je sais que tu n'es pas un blanc, que tu ne conspires pas. Tu as toujours soutenu la République. Tu dois l'aider encore une fois. Réponds-moi franchement et ta femme sera libérée, je t'en donne ma parole. Ce que tu diras restera entre nous. Et nous pouvons te protéger, toi et ta famille. Nous protégeons les bons citoyens. Les tueurs ne pourront rien contre vous. Mais si tu mens, ta femme passera le reste de sa vie au bagne, sois-en sûr.

— ...

— Ces cercles de fer et ces planches, dans ton réduit, au fond, c'était pour la barrique de Carbon, n'est-ce pas ?

Vallon le regarda d'un air épouvanté. Il fixa son regard sur son pichet et se mit à trembler.

— Tu n'as rien à craindre si tu me dis la vérité, je te le répète. La police du Premier consul se souvient toujours de ceux qui lui rendent service. Comme de ceux qui cherchent à la tromper. Dans un cas comme dans l'autre, nous ne t'oublierons pas.

Vallon tremblait de plus en plus fort. Un silence pesant s'installa dans la pièce mal éclairée par le feu mourant. Ce fut l'adolescente qui le brisa.

— Ce sont les planches de l'oncle François ! Elles sont à lui ! Il est venu, il a couché ici !

— Éléonore, tais-toi ! cria Vallon.

— C'est vrai, elle a raison, dit la petite fille de sa voix minuscule, l'oncle François est venu ! Il a couché ici, par terre sur un matelas, puis dans le lit d'Éléonore ! C'est vrai. Il ne faut pas faire de mal à maman !

— Tes filles sont plus intelligentes que toi, Vallon, dit Donatien en souriant.

— Oui, dit le père, c'est vrai, à la fin, il a couché ici.

— À la bonne heure, citoyen, tu as compris où était ton devoir. Dis-moi tout et ta Catherine sortira.

— Carbon est venu, il a entreposé du bois et du métal pour la barrique, des cartouches aussi. Il a couché ici, avec nous.

— Quand ?

— Avant le 3 nivôse, puis le soir même et les jours qui ont suivi. Il dormait la nuit par terre ou avec les filles et le jour il s'activait, pour préparer le coup, je suppose.

— Il a tripoté Éléonore, dit la petite fille, même que papa l'a grondé.

— Comment cela ? dit Donatien.

— C'est un rustre et un violent, répondit Vallon, Il a fallu le corriger quand il a serré ma fille de trop près.

— Charmant gentilhomme ! dit Donatien. Mais où est-il maintenant ?

— Je ne sais pas, dit Vallon.

— Moi je sais, dit brusquement Éléonore, qui avait rougi quand sa sœur avait évoqué les privautés de Carbon et dont le visage n'était plus que colère.

Vallon la regarda avec surprise. Donatien poursuivit :

— Alors, où est-il ?

— Rue Notre-Dame-des-Champs, chez les sœurs, avec Mme de Cicé.

Donatien avait du mal à en croire ses oreilles. Sa manœuvre avait réussi au-delà de toute espérance. En quelques questions il avait débusqué la cache de Petit-François.

— Et comment le sais-tu, étourdie ? jeta Vallon à sa fille.

— Maman m'a donné du linge, du pain et des confitures pour lui. Je suis allée les apporter chez Mme de Cicé. J'ai vu l'oncle François, il habite dans la cellule d'un moine.

— Et quand as-tu porté tout cela ? demanda Vallon.

— Avant-hier. Maman m'avait dit de ne pas te le dire. Mais maintenant, tout est différent. Il faut tout dire et maman sortira, n'est-ce pas, monsieur ?

— Exactement, tu es une bonne citoyenne, Éléonore.

— Et moi aussi, cria la petite fille.

— Et comment étaient les deux hommes qui sont venus ? demanda Donatien d'une voix adoucie.

— L'un était maigre et parlait peu, dit Vallon, l'autre était large, massif, puissant, il faisait peur rien qu'en entrant dans la pièce. C'est lui qui nous a menacés. Il parlait d'une voix basse, sans forcer, et c'est ça qui nous a fait le plus peur. Cet homme-là a l'habitude de tuer. Il est sans pitié, sans âme. Je m'y connais un peu, rapport à mon séjour à l'armée. C'est un tueur, j'en mettrais mon bras valide à couper.

Écoutant Vallon, Donatien fut pris d'une fièvre intérieure. Ces simples traits, rapportés par un ouvrier, l'avaient aussitôt éclairé. Il ne connaissait qu'un seul chouan capable de faire cette impression à la première rencontre, massif, vigoureux, calme, sûr de lui, sans peur ni remords.

— Il avait un nez écrasé, relevé au bout, des yeux bleus, une bouche épaisse aux lèvres tombantes et des oreilles rondes et rouges ?

— Vous le connaissez, citoyen commissaire ?

— Je crois, oui...

Ainsi l'homme qu'ils avaient rencontré en bas, sortant de l'immeuble, c'était l'ennemi le plus redoutable de Bonaparte, le diable incarné dans un chouan, l'ordonnateur de l'attentat du 3 nivôse, l'agent principal du royalisme, celui qui avait juré la mort de la République et qui ne s'arrêterait qu'une fois un Bourbon rétabli sur le trône. C'était Cadoudal. Il venait de le croiser sans le savoir. Il eût suffi d'un ordre aux deux gendarmes pour s'en saisir... Mais il coupa court aux regrets. Georges était dans les murs, tapi, menaçant, implacable, il fallait redoubler de prudence et d'intelligence. Il se fit tout expliquer sur les deux hommes puis sur la cache de Carbon, rue Cassette, dans le couvent dirigé par Mme Champion de Cicé, où Éléonore avait porté son panier. Puis il se leva et dit à Vallon :

— Ta femme va rester quelques jours en prison, jusqu'à ce que tout cela soit fini. C'est mieux pour sa sécurité et pour la vôtre. Si je la relâche, elle sera tentée de prévenir son frère. Alors les chouans sauront que vous avez parlé et se vengeront. Dites aux voisins qu'elle a dû partir pour voir un parent malade ou quelque chose comme cela. Même chose si les deux hommes reviennent. En principe, ils ne reviendront pas. Ils ont voulu vous faire peur. Ils ne savent pas que la police est derrière eux, vous ne risquez rien et quand ils le sauront, c'est qu'ils seront arrêtés. À ce moment-là, je vous préviendrai. Ensuite, nous vous protégerons, je vous en donne ma parole.

Puis il partit, laissant la petite famille entre la peur et l'espoir, bien chapitrée, qui se tiendrait muette jusqu'à sa prochaine visite. Il reprit la rue

Saint-Denis vers la Seine, serpentant entre les flaques d'eau et les amas de boue. Son esprit revint à Cadoudal. La grande partie était engagée. Le chouan était là, quelque part dans Paris, tel un démiurge malfaisant, qui agissait dans l'ombre pour la perte de la République. Pour abattre Bonaparte qui se tenait avec tant d'audace et de succès entre Louis XVIII et son trône, Cadoudal, il le savait, était prêt à tout. S'il n'avait pas quitté Paris après l'échec de l'attentat de la rue Saint-Nicaise, c'est qu'il nouait une nouvelle intrigue. Cadoudal était l'âme de la Vendée insurgée. Il était surtout l'exécuteur diabolique des desseins monarchistes.

Une partie infernale s'engageait donc, avec pour échiquier la grande ville aux innombrables replis, pleine de dangers ignorés et de trames ténébreuses, entre deux puissances également redoutables : la police de Fouché, dont il était, lui, Donatien, l'élément le plus avancé, et l'agence royaliste déployée dans les coulisses de Paris, dirigée par l'ennemi le plus intelligent et le plus cruel qu'ait connu la République.

## 18

# Juliette révélée

La manœuvre de Fouché débuta avec succès. Dans le bureau du ministre le lendemain matin, Donatien examina avec lui tous les éléments de la machine d'espionnage qu'ils avaient conçue. Grâce au renseignement précis donné par la jeune Éléonore, ils avaient fait surveiller la cache de Carbon. C'était un couvent situé rue Cassette, avec une annexe rue Notre-Dame-des-Champs, où une trentaine de nonnes recevaient les indigents qu'elles nourrissaient au réfectoire et logeaient dans des cellules. Adélaïde de Cicé, longue femme aux cheveux déjà gris, sœur de Champion de Cicé, évêque de Bordeaux et grand esprit de l'Ancien Régime, gouvernait d'une main ferme et douce cette œuvre de charité. Elle était monarchiste, liée aux familles d'émigration, profondément croyante et fidèle au pape, mais avant tout occupée de bienfaisance. De temps en temps, elle abritait un fugitif ou un proscrit, sans participer plus que cela aux intrigues du parti blanc. Les premiers gestes de Bonaparte lui avaient plu – le rétablissement de l'ordre, les ouvertures faites aux émigrés, les premiers liens noués avec l'Église. Elle espérait trouver dans le

Premier consul un chef disposé à la réconciliation des deux France, qui rétablirait sinon le trône du moins l'autel. Un ami lui demanda de recevoir Carbon : elle n'y vit autre chose qu'un de ces services sans grande importance qu'on rend à un homme en délicatesse avec les autorités, qui a été privé de son passeport ou qui est pourchassé pour ses opinions. Le bruit de l'attentat, toutefois, était venu jusqu'à elle. Quand Carbon arriva de la rue Saint-Denis, emprunté et apeuré, elle lui demanda tout à trac :

— Vous n'êtes pour rien, j'espère, dans cet affreux attentat contre Bonaparte ?

— Mais non, madame, répondit Carbon avec son bizarre accent breton. Pour rien.

— Jurez-le !

— Je le jure !

— Alors venez.

Et elle l'entraîna dans la chapelle du couvent où elle le fit s'agenouiller avec elle dans une longue prière pour le salut du Premier consul. Carbon désorienté se laissa faire, implorant le Dieu de Rome en faveur de l'homme qu'il avait voulu occire comme l'ennemi principal de la religion romaine. Puis elle le conduisit à sa cellule, meublée d'un bat-flanc et d'une chaise, en l'informant que les repas étaient servis à six heures le matin, à midi et à cinq heures le soir. Au bout de deux jours, Carbon, déprimé par son échec, isolé dans la ville, confiné dans une pièce de trois pieds de côté, fut pris de langueur. Les mœurs austères et le silence du couvent atteignaient son moral. Il voulut voir l'extérieur, marcher dans la ville, se mêler, ne serait-ce qu'une heure, à la société.

Après le repas du soir, au lieu de regagner sa cellule, il s'esquiva par la porte de service dont il avait vu qu'elle était sans surveillance.

Il avait à peine fait un pas dehors qu'il fut repéré par Pierre Marie Cordonnier, inspecteur au ministère. Le policier observait par roulement avec d'autres les sorties du couvent qui donnaient toutes deux dans la rue Notre-Dame-des-Champs. Cordonnier fit signe à ses collègues Espérandieu et Davant qui tuaient le temps dans le cabaret situé deux numéros plus bas. Les trois policiers suivirent Carbon selon les règles de l'art, marchant devant lui la plupart du temps, courant dans les rues parallèles pour déboucher là où il arriverait, sans jamais le regarder, se relayant et échangeant leurs tenues, avec ou sans chapeau, en manteau ou en redingote, pour donner le change et endormir sa méfiance. Carbon, qui jetait sans cesse des regards derrière lui, ignorant qu'on suivait mieux les gens en les précédant, se promena une heure autour du couvent, alla à la place Saint-Sulpice, pénétra dans le Luxembourg où il s'assit sur un banc, puis revint rue Notre-Dame-des-Champs, rentrant au couvent par le même moyen qu'il en était sorti. Cordonnier savait qu'il n'y avait pas d'autre issue dans le bâtiment. Ainsi, il suffisait de se relayer en vue des deux entrées du couvent pour s'assurer de la présence du chouan chez Mme de Cicé. Donatien leur avait donné instruction de poursuivre la surveillance et de n'arrêter Carbon qu'en toute dernière extrémité, s'il montait dans une diligence pour la province, s'il passait les barrières ou s'il embarquait sur un coche d'eau.

Dans le même temps, la police s'était fait une alliée de la fille de Vallon et de Catherine Carbon, Éléonore, qui portait de temps à autre des vêtements propres et des victuailles à son oncle. Ainsi elle donnait de fausses nouvelles rassurantes au fugitif, écoutait ses plaintes, pénétrait ses projets, qui n'étaient guère tordus : il comptait attendre encore deux ou trois semaines au couvent que le bruit de l'attentat s'apaise un peu et que la surveillance se relâche, puis regagner à pied sa Bretagne où il reprendrait langue avec la chouannerie.

La police surveillait de la même manière l'immeuble de la rue Saint-Denis où logeaient les Vallon. Mais Cadoudal ne se montra plus. Il comptait sans doute sur la peur qu'il avait inspirée au ménage Vallon et jugeait inutile de revenir les voir. Les inspecteurs serraient aussi Bourmont de près, qui était suivi dans ses déplacements, mais qui ne faisait rien de suspect. Quant à Duperron, le traître de la préfecture, il ne fallait pas accrocher d'inspecteur à ses basques : un policier détecte avec un flair infaillible la présence d'autres policiers autour de lui. Mieux valait s'en remettre à ses chefs pour le surveiller. Fouché avait convoqué Dubois et l'avait affranchi du double jeu de son adjoint. Le préfet, d'abord consterné par la nouvelle, avait vite saisi ce qu'il convenait d'en faire et de quel levier on disposait désormais pour tromper l'adversaire. Il gardait un œil vigilant sur les agissements de Duperron, tout en le maintenant, par un comportement en tous points conforme à la normale, dans une tranquillité totale. Le piège conçu par Fouché était tendu. Il n'y manquait plus qu'un appât : Donatien fut chargé de le fournir. Il avait déjà son idée. Pour tout dire, le mot de Juliette le conviant chez Beauvilliers l'avait aidé dans sa recherche. Laissant Fouché à ses combinaisons, il sortit à six heures du ministère, franchit le Pont-Royal et marcha par la rue Saint-Honoré jusqu'au Palais-Royal où se trouvait son lieu de rendez-vous.

Beauvilliers, dont l'illustre façade s'ouvrait d'un côté sur le jardin, de l'autre sur la rue Montpensier, était un de ces établissements nouveau-nés des événements, appelés à jouer un grand rôle dans la vie sociale et qu'on appelait « restaurants ». La Révolution, en provoquant l'émigration des grandes familles, avait eu cette conséquence inattendue sur l'histoire de la gastronomie française : les cuisiniers des hôtels et des châteaux, hommes de compétence et de talent, se retrouvèrent sans emploi faute d'employeurs. Il fallut survivre au milieu de la tempête. Les plus entreprenants se décidèrent à exercer leur art, non plus pour le plaisir de quelques grands, mais pour la satisfaction d'un large public, dès lors qu'il avait les moyens. Véry, Legacque, Naudet, Léda, Beauvilliers dans le Palais-Royal, Le Rocher de Cancale rue Montorgueil ou Ledoyen sur les Champs-Élysées, se taillèrent ainsi une réputation en servant aux hommes de la Révolution les délices imaginées pour ceux de l'Ancien Régime. Mirabeau, Barnave, Pétion, Desmoulins, Danton illuminèrent de leur gloire ces lieux de raffinement, démontrant que, même pour un révolutionnaire ou un jacobin, certaines traditions méritaient d'être préservées. Après Thermidor, les restrictions furent levées. Les riches sortirent de leur trou. Le luxe et la dépense prirent le pouvoir en même temps que Barras et Legendre. Ces établissements, qui servaient jusque-là une mince élite républicaine échappant au rationnement, furent assaillis par une classe aisée libérée des angoisses de la Terreur, bien décidée à profiter d'une vie qu'elle avait cru perdre.

Comme il arrivait par la rue de Montpensier qui bordait vers l'ouest le Palais-Royal, Donatien vit un fiacre s'arrêter devant Beauvilliers. Il pressa le pas et arriva pour prendre la main de Juliette qui descendait gracieusement de la voiture en relevant la robe bleue diaphane qu'elle portait sous son épais manteau de laine noire.

— Ah, mon ami, je suis heureuse de vous voir. Le fiacre a volé comme l'oiseau et je craignais de devoir entrer seule chez Beauvilliers, ce qui n'eût pas été convenable.

— J'ai pris quelques minutes d'avance pour être sûr de vous accueillir, dit-il en souriant, si bien que nous sommes accordés parfaitement.

— Nous sommes en effet bien accordés, dit-elle en prenant l'air mutin qui lui plaisait tant.

Il entra le premier, comme il faut lorsqu'on accompagne une dame dans un lieu public, de manière à lui épargner par une discrète reconnaissance tout spectacle fâcheux. Ils traversèrent une entrée qui sentait la marée et où trois femmes en tablier et en coiffe bretonne ouvraient des monceaux d'huîtres. Un majordome les accueillit à la porte d'une vaste salle éclairée par des lustres de cristal qui tombaient d'un plafond fait de moulures dorées et de petites fresques à la manière de Watteau. Les fauteuils étaient recouverts de velours beige, le plancher disparaissait sous des tapis de Chine, les tables et les chaises Louis XV, délicates et ouvragées, s'accordaient avec les fresques qui rappelaient la douceur perdue de ce XVIII<sup>e</sup> siècle peuplé de jeunes marquises et de philosophes. Une colossale cheminée la séparait en deux, où rôtissaient des pigeons, des poulardes et des pintades, diffusant une agréable odeur de feu de bois et de viande grillée. Les tables étaient dressées en argenterie et en cristal sur des nappes lourdes de damas rayé de bleu pâle et de blanc. Les hôtes parlaient doucement pendant qu'une nuée de valets en livrée allaient et venaient avec des assiettes couvertes d'un petit dôme d'argent qu'ils portaient en équilibre sur la main ouverte à plat.

Le majordome les conduisit à leur table, un peu à l'écart des autres convives, dans l'encoignure d'une grande fenêtre à petits carreaux qui donnait de plain-pied sur le jardin. La nuit tombait et on avait posé sur la nappe deux chandeliers d'argent dispensant une lueur orangée. Ainsi éclairée, Juliette resplendissait au milieu de ce raffinement. Ils s'assirent et commandèrent deux coupes de champagne qui furent aussitôt servies, fraîches et pétillantes.

— Donatien – vous permettez que je vous appelle par votre prénom, maintenant que nous sommes amis...

— Je suis à vos ordres.... Et je ne saurais vous rendre la pareille, madame. J'ai trop de respect.

— Mais si, rendez, rendez ! Je serai Juliette pour vous, cela me plaît.

— Il me faudra un moment pour m'y habituer.

— Cela ira vite, Donatien, puisque nous sommes déjà intimes...

Un silence sensuel s'instaura pour un instant, pendant qu'ils se regardaient droit dans les yeux. Sous la table, Donatien sentit le pied de Juliette sur le sien pendant qu'elle lui souriait avec une tendresse mêlée d'effronterie. Il toussa pour se donner contenance, déconcerté par la rapidité du mouvement. Elle rit aux éclats et reprit :

— À propos, je suis confuse de la scène que vous ont jouée Germaine et Benjamin l'autre soir. Ils ont été ridicules, je vous prie de les excuser. Je me suis fâchée contre eux, du reste.

— Ils sont si proches qu'ils se frottent et font de l'électricité.

— Oui, c'est à peu près cela. Sinon que Benjamin est très entiché de son Anglaise, dont l'esprit ne vaut pas un milligramme de celui de Germaine.

— Est-elle belle ?

— Même pas. Elle est sèche et anguleuse.

Puis elle réagit avec un temps de retard à la question de Donatien et prit un ton plus vif.

— Mais que voulez-vous dire ? Il faudrait donc toujours être belle pour plaire ? Ne peut-on aimer une femme pour son esprit et pour son talent ?

Il se sentit penaud d'être pris en faute.

— Si, bien sûr, répondit-il platement. Mais enfin... Euh...

— Vous voilà embarrassé, monsieur le philosophe. Je croyais que les policiers ne se démontaient jamais.

— En votre présence, ils perdent leurs moyens.

— Ta, ta, ta, coupa-t-elle drôlement. Vous êtes en flagrant délit de dédain pour les femmes, voilà tout. Vous ne pouvez les aimer que pour leur apparence. Me voilà prévenue.

— Avec vous j'ai trouvé l'apparence et la profondeur. C'est la raison de mon embarras à vous répondre. Vous êtes au pinacle dans les deux dimensions. Je n'ai pas besoin de choisir.

— Ce n'est pas trop mal rattrapé. Admettons, pour le moment.

— Ce moment est pour moi divin, lâcha-t-il maladroitement en lui prenant la main.

Elle la retira doucement avec un sourire, jetant des coups d'œil furtifs autour d'eux.

— Soyez sage, nous sommes pour ainsi dire en spectacle. Certains convives m'auront reconnue et ne penseront qu'à cancaner. On me connaît un peu à Paris...

Le majordome fit diversion. Il apportait deux grandes feuilles sur lesquelles était gravé en lettres d'or le menu des hors-d'œuvre. L'organisation des restaurants avait modifié l'ordonnancement traditionnel des repas. On ne pouvait plus disposer sur les tables les armadas de plats du service à la française, qui auraient exigé des forces de cuisine herculéennes et provoqué un gâchis de victuailles. Il fallait donc se concentrer sur certains plats que le cuisinier préparait à la demande et servait non à une tablée mais à une personne. Le progrès, comme parfois, réduisait les choix. Encore celui-ci restait-il abondant : une cinquantaine de plats étaient présentés, au bas mot, sur la carte des hors-d'œuvre. Donatien tenta de les lire – il y avait neuf espèces de potages, sept espèces de pâtés, des huîtres par douzaines, puis vingt-cinq espèces de hors-d'œuvre, des pieds de cochon à la Sainte-Ménehould, des saucisses, des boudins, des andouilles, des choucroutes, des poissons marinés – puis il renonça, levant la tête vers Juliette qui avait déjà fait son choix, décidant qu'il s'alignerait sur elle. Elle demanda des huîtres et un potage, ce qu'il fit également, en ajoutant à la commande un pâté de lièvre et une bouteille de côtes-de-beaune. Ce premier service, il en fit le calcul, lui coûterait une bonne part de son traitement mensuel. Il se dit qu'il devait bientôt faire une inspection des jeux, sans cela la fréquentation de Juliette ruinerait ses finances encore chancelantes.

Le début de repas se poursuivit en badineries et en nouvelles parisiennes. Juliette était drôle, savante et simple à la fois. Il l'écoutait avec ravissement, se contentant de relancer çà et là une conversation qui marchait toute seule. Le pied de Juliette était revenu se frotter au sien et, le vin aidant, il se sentit dans un émoi délicieux.

— Et vos affaires, dit-elle soudain, avancent-elles ?

— Mes affaires avancent, dit-il, tiré de sa torpeur sensuelle. Nous avons trouvé une bonne piste, je crois qu'elle sera fructueuse.

— Diable, c'est passionnant ! Et quelle est cette piste ? S'agit-il de républicains ou de monarchistes ?

— Je ne saurais en dire plus sans trahir le devoir de ma charge, j'en suis désolé. Sachez en tout cas que la position de M. Fouché s'améliore.

— Je comprends ! Donc, les exagérés sont hors de cause. J'aurais préféré que les blancs soient innocents, mon cœur penche vers eux. Mais enfin, si cela conforte la position du Premier consul, on ne saurait s'en plaindre.

— Êtes-vous si occupée de son sort ?

— Oui. J'y ai réfléchi. Il est l'homme de l'heure. Le retour du roi serait plus beau, plus conforme à nos fidélités, à Récamier et à moi. Mais enfin, Bonaparte a raison quand il écrit à Louis XVIII qu'il lui faudrait, pour revenir en France, marcher sur cent mille cadavres. C'est un triste fait. Mais c'est un fait. Les Français ne veulent plus de la morgue des nobles. Ils ne veulent plus de l'ordre ancien. Bonaparte créera à la place une sorte de monarchie taillée sur mesure. Il me semble un homme de bon sens. Il s'ouvre à l'ancienne noblesse, qui peut changer et redevenir le fondement d'un régime nouveau. Cela me convient.

— La sagesse parle par votre voix, madame.
— Juliette !
— Juliette... J'ai du mal, vous le voyez.
— Persévérez, vous serez récompensé.
— Vous parlez avec sagesse, dis-je. La force de cette république nouvelle, c'est l'appel aux talents, d'où qu'ils viennent. Nous avons besoin d'hommes comme Récamier, qui s'est fait seul, d'écrivains comme Chateaubriand, qui vient de la Bretagne la plus catholique et pourtant servira ce régime avec son insigne don d'écrire, ou comme Montmorency, qui porte avec lui toute l'intelligence et la loyauté de l'ancien temps.

— Continuez, Donatien, et vous serez bientôt ministre de la Police.
— Il y en a déjà un...
— Vous serez ministre d'autre chose !
— Je suis policier. C'est mon unique souci d'aujourd'hui. Mais justement, Juliette, savez-vous que vous pourriez aider ce gouvernement ?

Le majordome reparut pour la carte des entrées, d'une profusion encore supérieure à la première. Ils commandèrent rapidement, un seul plat chacun, tant la richesse des mets finissait par décourager l'appétit le mieux aiguisé. Le teint de Juliette avait rosi et son regard jetait maintenant un éclat plus vif, où Donatien lisait un intérêt, une excitation sensuelle et peut-être – qui sait ? – un sentiment. Il profita de l'interruption du majordome pour rassembler ses esprits. L'agrément n'était pas le seul objet du repas. Les affaires policières se prolongeaient dans ce lieu de plaisir. Pour parfaire le piège de Fouché, il fallait à Donatien le concours de Juliette. Accepterait-elle ? Il devait présenter la demande avec adresse.

— Je disais que vous pourriez servir le gouvernement que vous soutenez. Il vous en saurait gré.

— Mais comment diable le ferais-je, moi qui ne suis rien et qui ne représente personne ?

— Ce serait une faveur toute simple.

— Mais encore ? Vous m'intriguez, Donatien.

— Vous souvenez-vous de Bourmont, Juliette ? Je l'ai vu chez vous, le premier jour où nous nous sommes rencontrés.

— Mais bien sûr. Bourmont est de bonne famille et c'est un grand soldat, même s'il a combattu de l'autre côté. C'est un homme de courage et d'esprit.

— C'est aussi un traître, répliqua Donatien.

— Un traître ? Comme vous y allez ! Dans ces temps compliqués, on ne sait plus qui trahit qui.

— Bourmont nous trahit, nous, ici et maintenant. Voilà l'affaire.

— Et comment cela ?

— Vous avez bien voulu ménager une rencontre entre lui et le Premier consul, Juliette.

— Certes, c'était un petit service à leur rendre.
— Au cours de cette rencontre, Bourmont nous a indiqué une piste pour l'attentat de la rue Saint-Nicaise.
— Ah ! Je vois. Et cette piste était-elle juste ?
— En apparence, oui. En fait, le renseignement menait à un traquenard pour la République. Il nous engageait sur la voie de la répression des républicains alors que les monarchistes sont coupables. En fait, Bourmont est du complot et ce complot a une âme, Georges.
— Cadoudal ? Cet homme implacable ? Quelle affaire ! Bourmont serait donc toujours blanc ? Lui qui proclame son ralliement. C'est une forme de trahison, en effet.
— Juliette, je ne vous cache aucun détail. Le gouvernement, autrement dit, a confiance en vous.

Elle le regarda, soudain sérieuse parce qu'elle mesurait les implications de ces confidences. De fil en aiguille, elle se retrouvait au cœur d'une enquête d'État. Elle semblait prise de vertige.

— Ne vous alarmez pas, dit Donatien. Tout cela reste entre nous. Personne ne saura que je vous ai tout dit et vous n'en parlerez à personne. Le silence garantit la sécurité.

Juliette renvoya d'un geste gracieux mais impatient le majordome qui venait s'enquérir des plats suivants, un choix de rôtis sortis de la cheminée.

— Je ne m'alarme pas mais je me demande comment une femme comme moi pourrait jouer un rôle dans cette intrigue d'État.

— C'est très simple. Il vous suffit d'inviter Bourmont de nouveau et de lui faire bonne figure.

— L'inviter chez moi ?

— Chez vous ou ailleurs. Selon ce qui sera le plus facile.

— Et dans quel but ?

— Il s'agit de lui livrer une information importante qui le mettra en mouvement et nous permettra de les confondre, lui et ses amis.

— Ainsi, monsieur le policier, vous me demandez de tromper un de mes amis, un homme que j'estime et que je reçois.

— Sachez, Juliette, que cet homme veut tuer Bonaparte et qu'il a déjà trompé tout son monde, vous comprise, pour parvenir à ses fins et ensuite pour protéger les assassins.

Elle marqua le coup sous la contre-attaque. Le majordome reparut en restant à trois pas, circonspect. Ils commandèrent un poulet pour deux et poursuivirent.

— Êtes-vous si sûr de vous sur ce point ?

— Positif, malheureusement.

— Quelle noirceur chez les hommes !

— Nous sommes toujours en guerre, Juliette.

— Je le vois, mon ami, c'est une bien cruelle circonstance.

Puis elle changea brusquement de ton, comme si elle s'était décidée. Elle reprit :

— Il trouverait étrange que je l'invite si vite à dîner. Il pourrait se méfier. Mais peut-être dans ma loge, à l'opéra. C'est un lieu plus neutre, où l'on passe pour de courtes paroles. Mais que devrai-je lui dire ?

— Rien. Il vous suffira de laisser aller la conversation. Je serai là, ainsi que le général Lefebvre.

— Lefebvre ? Ce rustre ? Quelle idée ! Et pourquoi pas sa femme, pendant que vous y êtes ! Une blanchisseuse qui parle comme dans le faubourg Saint-Antoine !

— Justement, cela fait partie du plan.

— Cette fois, le sacrifice est énorme, mon cher Donatien.

— Nous sommes dans des temps d'égalité, Juliette, il faut s'y résoudre.

— Voilà qui me le rappelle cruellement. Mais pourquoi diantre ce Lefebvre ?

— En raison des qualités que vous lui connaissez. Chez lui le pataquès est inné. Il est aussi brave au combat que naïf dans le monde. Sa bourde paraîtra naturelle.

— Sa bourde ?

Elle réfléchit pendant qu'un valet disposait sur la table les couverts du prochain service et reprit :

— Vous avez combiné de lui faire dire une bourde qui livrera à Bourmont une information décisive. Voilà votre plan, n'est-ce pas ? Et je serai la fourrière de ce stratagème.

— Ma chère, vous avez tout deviné !

— L'idée vient-elle de vous ou de M. Fouché ?

— De moi surtout. Mais il en est le commanditaire.

— Quelle belle paire vous faites ! Et dans quel but, cette information ?

— Je vous le dirai si vous le demandez. Mais c'est un but si brûlant et sensible qu'il doit être réservé aux oreilles d'un tout petit nombre. L'affaire est d'une difficulté extrême. En un mot, il en va de la vie et de la mort du Premier consul. Rien de moins.

— Je ne veux pas en savoir plus, vous m'effrayez !

— Juliette, si cette combinaison réussit, le gouvernement en sera stabilisé. Il sera en dette envers vous. Il saura s'en souvenir.

— Je ne demande rien au gouvernement. À vous peut-être. Mais au gouvernement, rien.

— À moi peut-être ?

Elle prit un air caressant et il lut dans ses yeux une expression qu'il lui avait déjà vue dans son boudoir, celle d'un enfant au bord d'un jardin défendu.

— Vous oubliez vos promesses...

— Mais non, Juliette !

— Alors faisons un échange. Je vous aide avec Bourmont. Vous me conduisez dans ces lieux dont vous m'avez parlé avec tant de tact et d'éloquence. Ainsi je saurai vos secrets et vous saurez les miens.

Ils finirent le repas dans une complicité rieuse. Le vin égayait la conversation et la beauté de Juliette devenait encore plus éclatante dans ce cadre de luxe. Les desserts achevés, il se leva, paya la note en frémissant de son montant, qu'il lui faudrait équilibrer par l'une de ces taxes personnelles prélevées sur le demi-monde parisien. Puis il revint à la table, prit Juliette par le bras et sortit avec elle du côté du jardin, sous la galerie de pierre où déambulait déjà une foule joyeuse et affairée. Ils croisèrent les bons bourgeois marchant en couple sage, les jeunes gens efflanqués à la recherche d'une bonne fortune, les artisans endimanchés seulement intéressés par les attractions installées au milieu du jardin, les messieurs ventripotents et avantageux en redingote sombre et chapeau haut de forme venus pour les filles qui attendaient sous les arcades en robe légère, le visage peint et le regard enjôleur. Donatien laissa Juliette devant les boutiques de meubles et de tissus pendant qu'il allait en reconnaissance chez Perrin. Il monta directement dans le bureau du propriétaire qui était en conversation avec une fille à moitié nue.

— Bonsoir, Perrin, dit-il.

— Donatien, à cette heure ? Que cherches-tu, ami ? Un peu de compagnie ? Ou bien veux-tu voir Sybille qui se languit pour toi ?

— Rien de tout cela, je suis en mission secrète.

— En mission secrète ?

— Perrin, je suis ici avec une dame du beau monde qui voudrait connaître ton auguste établissement, dont la renommée est parvenue jusqu'à elle.

— Ah, encore une !

— Comment cela, encore une, Perrin ?

— Crois-tu, mon cher Donatien, que le goût de la luxure soit réservé aux hommes ? Certaines grandes dames sont mes clientes depuis longtemps. Elles viennent ici en chasseresses irrégulières, dans le silence et la discrétion. Mais elles viennent.

— Ah ?

— Donatien, je vois que tu as encore des progrès à faire dans la connaissance du monde. Ta dame sera bien accueillie, n'aie aucune crainte. Fais-la venir. Elle attend dans la galerie, je suppose.

— Euh... Oui.

— Alors qu'elle entre. Sais-tu ce qu'elle cherche ? Un homme, une femme, des spectacles, des frôlements, des étreintes ?

— Je vais le découvrir avec elle.

— Eh bien, je descends aussi. Je lui ferai les honneurs, si tu le permets.

— Cela m'arrange, Perrin. Je ne voudrais pas paraître un habitué.

— On voit Perrin pour les affaires mais on a honte de lui, n'est-ce pas ?

— Mais non ! Perrin, tu es un bon citoyen. Le gouvernement s'honore de ton soutien.

— Il a raison, d'autant que ce soutien est infaillible. Tant qu'un régime est en place, je suis pour lui.

— C'est la politique la plus loyale.

Perrin se retourna, alla au fond de la salle et ouvrit une armoire. Il en sortit deux loups de velours noir tenus par des rubans de soie.

— Tiens, mon cher. Je suppose que ta dame ne souhaite guère rendre publique sa présence ici. Vous porterez ces masques.

— On risque de se croire à carnaval.

— Les clients sont habitués, ne t'inquiète pas. Personne, au demeurant, n'aime ici la notoriété et tout le monde comprend la dissimulation.

Ils descendirent dans l'entrée. Donatien alla chercher Juliette qui entra avec un air serein de femme du monde à l'aise en tout lieu. Perrin attendait rangé sur le côté, comme un majordome qui reçoit dans un hôtel particulier.

— Mon amie, voici Perrin, le maître de ces lieux. C'est un homme de tact et de confiance.

Perrin salua en s'inclinant, un demi-sourire aux lèvres. Manifestement, il avait reconnu Juliette au premier coup d'œil.

— Madame, dit-il, soyez la bienvenue. Je me suis permis d'apporter ces loups. Je me rends compte en vous voyant qu'ils vous seront utiles.

— Vous êtes fort aimable, monsieur. Mais j'ai ici le mien.

— À votre aise, je vois que vous ne voyagez pas sans bagage.

— C'est parce que mon ami Donatien me convie aux explorations les plus exotiques.

Puis, se tournant vers Donatien :

— Mettez aussi votre loup, on nous prendra pour des aristocrates en goguette.

— À vos ordres, madame.

— Vous pouvez continuer de m'appeler Juliette, puisque M. Perrin m'a percée à jour.

— À vos ordres, Juliette.

Perrin les précéda dans la salle de jeu qu'ils traversèrent masqués sans qu'un joueur leur prêtât attention.

— C'est ici le salon des jeux, comme vous le voyez. On joue gros et les fortunes vont et viennent selon les dés, les cartes et la roulette. N'est-ce pas une métaphore de la vie ? Une fois, un client qui avait tout perdu s'est tiré un coup de pistolet à peine sorti, dans la galerie. Cela a beaucoup contribué à la bonne réputation de l'établissement. On a vu qu'ici les choses étaient sérieuses.

— Votre philosophie me plaît, dit Juliette. Vous êtes un homme de sagesse.

— Nous vivons la nuit. Pour cette raison, nous voyons le monde sous son vrai jour, continua Perrin. C'est sans doute la vraie lumière qui fait vivre l'humanité, une lumière noire.

— N'en jetez plus, on se croirait dans mon salon de littérature, dit Juliette en riant.

Ils poussèrent une porte, suivirent un couloir et pénétrèrent dans une grande salle éclairée par des lampes sourdes et dont les fenêtres étaient cachées par de lourds rideaux de satin et de tulle. Sur des sofas profonds, une vingtaine de filles étaient assises dans des poses impudiques, les unes découvrant leurs seins, les autres ouvrant leur robe jusqu'à la taille, certaines, même, seulement vêtues d'un collier et d'un bracelet à la cheville. Il y en avait de toutes les tailles et de toutes les figures, les unes sublimes de grâce, les autres épaisses et tout en bourrelets, certaines avec une figure d'ange, d'autres un visage dur de statue antique, d'autres un minois de grisette ou une trogne de viveuse. Sur la droite, dans un renfoncement de la pièce, un harpiste et un violoniste blasés jouaient mécaniquement. Un client entra derrière eux. Elles le fixèrent toutes. Il fit un petit signe du menton vers l'une d'elles, qui se leva et commença une danse ondulante. Le client se tourna vers une autre, qui se leva à son tour et marcha langoureusement vers lui. Il la détailla puis en appela une troisième qui dansa à son tour. Enfin il s'approcha, prit la dernière fille par le bras en lui souriant et sortit par une autre porte. Juliette observait le manège avec un regard brillant. Elle avait pris Donatien par le bras et s'appuyait sur son épaule, le serrant un peu plus quand le spectacle se développait.

— Vous siérait-il d'avoir une compagnie ? demanda Perrin à la cantonade, ne sachant pas très bien où Juliette voulait en venir.

— Non, dit-elle. Faites-nous les honneurs. Tout cela est intéressant.

Perrin poussa à son tour l'autre porte qui donnait sur un long couloir tout aussi sombre. Les portes s'alignaient à droite et à gauche, un numéro sur chacune d'elles, comme dans un hôtel.

— Ici nos filles reçoivent dans leur salon particulier. Il y en a de toutes sortes. Nous allons du style de Versailles à celui de la ferme de Marie-Antoinette, en passant par une chapelle et même un caveau. Il y a du noble, du liturgique et du morbide. Les goûts sont parfois étranges... Donatien connaît, je crois, le salon égyptien.

— Le salon égyptien ? dit Juliette d'un ton moqueur. Tiens donc ! Il aime à se rappeler le souvenir des campagnes de Bonaparte. Son zèle est admirable.

— Admirable, madame, admirable, dit Perrin d'un air entendu. Certains de ces salons, continua-t-il, ont des glaces sans tain pour les clients qui préfèrent le spectacle à l'action.

— Ah bon ? On peut donc voir ce qui se passe. Les acteurs le savent-ils ?

— Bien sûr, ils sont prévenus. Apparemment, cela fouette leur énergie.

Perrin ouvrit une porte plus étroite qui ne portait pas de numéro. Ils entrèrent dans un sombre réduit pourvu d'une banquette qui faisait face à la glace sans tain. Dans la chambre, où ils pouvaient voir comme s'ils y étaient, un couple nu s'activait, changeant sans cesse d'angle et de position.

— Ils ne peuvent pas nous voir ? souffla Juliette.

— Non, répondit Perrin, à moins que nous n'allumions une chandelle.

Ils restèrent une dizaine de minutes, admirant l'imagination des protagonistes. À l'instant suprême, que les deux athlètes atteignirent avec force injonctions, Juliette serra très fort le bras de Donatien, sa joue pressée sur son épaule.

Ils sortirent derrière Perrin, très émoustillés. Le propriétaire continua son tour. On passa devant des alcôves où attendaient de jeunes hommes minces et maquillés.

— Voilà quelques bougres bien tournés, dit Perrin en riant. Ils attirent beaucoup de monde. Mais je suppose que ce n'est pas votre intérêt premier.

— Certes non, dit Juliette.

Ils franchirent alors deux salons aux murs noirs où pendait un attirail étrange et médiéval de fouets, de pinces et de colliers de cuir cloutés pareils à ceux des chiens.

— Nous entrons là dans les parties les plus sombres de notre éventail, dit Perrin.

— Il s'agit de violence, n'est-ce pas ? demanda Juliette.

— Une violence plus ou moins simulée, madame, répondit Perrin.

— Quelle étrange attirance, remarqua Juliette. Passons vite, cela me fait froid dans le dos.

— À moi aussi, dit Donatien. Faut-il que l'humanité soit bizarre pour aimer ainsi ce que tout un chacun craint le plus.

— Il y a une grande excitation dans le péché, ou plutôt dans l'interdiction défiée, dit Perrin. Songez à Gilles de Rais ou à Néron.

— Nous ne le savons que trop dans la police, mon bon Perrin. Ces étrangetés nous font enquêter sur des crimes qui soulèvent le cœur. C'est la mauvaise partie de notre métier.

— Ceux qui viennent ici ne sont pas de cette espèce, dit Perrin. Ils se jouent une comédie de souffrance. À la ville, il n'y a pas plus pacifique.

— C'est pourquoi la police aime les maisons comme la tienne, reprit Donatien, bien tenue et bien fréquentée. On y respire, somme toute, un air frais et candide.

— Nous arrivons aux salles collectives, dit Perrin.

Dans la première, une vingtaine de chaises étaient disposées comme au théâtre. Un public un peu clairsemé de couples et d'hommes seuls se tenait sagement assis dans l'ombre. Sur la scène éclairée par des quinquets, devant une toile peinte qui figurait l'aurore aux doigts de rose, quatre acteurs jouaient en dansant au son d'une viole la scène de Pâris et de la pomme. Ils étaient beaux et bien faits, légèrement vêtus de tuniques courtes échancrées sur la poitrine. Pâris montrait une virilité gracieuse et vigoureuse, jusque dans les détails intimes que sa tunique cachait fort mal. Athéna était une belle fille sérieuse et musclée, pleine d'une énergie guerrière qui promettait beaucoup ; Héra une belle plante mûre aux rondeurs harmonieuses ; Aphrodite au teint d'ivoire était toute en minceur délicate avec une figure séraphique et des jambes à sculpter. Pour pimenter le spectacle, l'argument mythologique avait été changé : quand Pâris présenta la pomme à Aphrodite, désignant ainsi la plus belle des déesses, au lieu de lui donner Hélène, la femme d'Agamemnon, avec toutes les conséquences désastreuses que l'on connaît pour la paix de la Grèce, elle préféra le remercier en l'entraînant sur le monticule rembourré qui occupait le milieu de la scène. Là, elle se mit en devoir de montrer sa gratitude de la moins chaste manière, soutenant l'ardeur du jeune berger par les moyens les plus divers et les plus insinuants. Les deux autres déesses, plutôt que de s'en aller furieuses alimenter de leur courroux vengeur la guerre de Troie qui, du coup, n'aurait pas lieu, se joignirent bientôt au couple pour former une figure compliquée et haletante où l'on finissait par ne plus savoir à qui appartenait telle ou telle partie de ces jolis corps mêlés et palpitants. Le rideau tomba sur une apothéose de plaisir que Pâris, de toute évidence, ne simula point. Juliette se leva les yeux toujours plus brillants et reprit Donatien par le bras. Perrin les suivit.

— Mon cher Perrin, dit Juliette, votre intrigue est plus sulfureuse que celle d'Homère mais elle est beaucoup plus sage sur le plan diplomatique.

— En effet, madame, dans mon esprit, l'amour doit se substituer à la guerre et non la provoquer.

— Ah ! Si les hommes vous avaient entendu, ils se seraient épargné bien des malheurs. Vous êtes décidément un penseur et un philanthrope.

— Du moment que j'y trouve mon compte, je suis un altruiste, conclut Perrin.

Ils étaient arrivés dans une autre salle, plus grande et plus obscure, à peine éclairée par des lampes mourantes. Quand leurs yeux furent accoutumés à la pénombre, ils comprirent de quoi il s'agissait. Sur les canapés, dans les alcôves ou sur le sol au milieu d'une profusion de coussins, des dizaines de corps nus étaient allongés, agenouillés ou debout, dans les poses les plus variées, ondulant doucement ou bien pris d'un mouvement saccadé, alanguis par l'effort ou bien se déplaçant à la recherche d'un contact nouveau, accepté ou refusé d'un simple mouvement de la main, le tout parmi un concert de chuchotements, de soupirs, de cris et de gémissements. Donatien vit que Juliette s'était immobilisée. Elle resta là de longues minutes. Comprenant que le voyage atteignait son but, Perrin leur désigna une alcôve un peu à l'écart où l'on pouvait tout voir sans participer. Puis il se retira discrètement, satisfait d'avoir si bien joué son rôle de cicérone des sens pour une aussi illustre cliente. Juliette resta collée à Donatien en laissant son regard se promener de droite à gauche. Au bout d'un quart d'heure, alors qu'elle avait commencé à caresser le jeune homme sans avoir l'air d'y penser, elle se tourna vers lui et lui dit à l'oreille :

— Prenez-moi, Donatien, prenez-moi tout de suite. Je n'en puis plus.

Ce fut alors dans l'alcôve un remue-ménage d'amour tendre et fervent, qui s'arrêta sur une conclusion dans laquelle les cris de Juliette en vinrent presque à couvrir la rumeur de plaisir qui emplissait la salle. Personne, au demeurant, n'y prêta la moindre attention.

Donatien la raccompagna chez elle en silence. Il garda le fiacre pour rentrer place de Thionville, en se disant que cette jolie aventure lui ferait un souvenir, en même temps qu'elle scellait avec Juliette le pacte d'espionnage qu'ils avaient conclu. La partie contre Cadoudal prenait tournure.

# 19

# La loi de Bonaparte

Olympe marchait de long en large dans le salon de la place de Thionville, frémissante et désespérée. Elle avait surgi hors de sa chambre à sept heures, avide de nouvelles, impérieuse, ses cheveux blonds en désordre sur ses épaules, son regard bleu tour à tour colérique et abattu, belle comme au premier jour dans sa soif d'action et sa folle inquiétude. Il avait à peine eu le temps de passer un vêtement et de lui servir du café qu'elle le cernait d'objurgations. Donatien n'avait pas l'esprit clair. Sa sulfureuse soirée de la veille avec Juliette lui avait laissé, en même temps qu'une satisfaction de vanité et qu'un souvenir sensuel, un mal de tête tenace provoqué par le vin du dîner, ajouté à la bosse qui diminuait à peine derrière son crâne. Il décida de jouer franc jeu avec Olympe, de s'essayer à la loyauté malgré le dilemme dans lequel l'arrestation de Hyacinthe l'avait plongé. Il lui dit tout de l'enquête, de Carbon dans son couvent, des surveillances mises en place, du plan de Fouché.

— Ainsi la vérité éclate, dit-elle. Vous avez la preuve que les monarchistes sont coupables. La répression des républicains n'a plus d'objet.

— Elle a un objet politique. Bonaparte veut un exemple terrible de ce côté. Il frappera à gauche, puis se tournera contre la droite.

— Mais enfin, il frappera des innocents !

— Olympe, il s'agit de politique et non de justice.

— Mais il faut plaider notre cause, aller voir Fouché, demander audience à Bonaparte, remuer ciel et terre !

— Je ne suis guère en position de le faire.

— Mais si ! Tu es une pièce essentielle dans cette intrigue. Il t'écoutera. Sans toi, ils seraient encore dans la nuit.

Elle disait vrai. Depuis le début, par son efficacité policière, il était l'homme clé de l'affaire. Pour la terminer par un succès, Fouché et le Premier consul avaient besoin de lui.

— Tu as sans doute raison. Ils m'écouteront. Je ne sais s'ils m'entendront.

— Mais enfin, bats-toi ! Si Bonaparte veut punir, qu'il le fasse. Mais qu'il s'en prenne à ses ennemis. Pas à Hyacinthe qui est un soldat d'élite, loyal et franc.

— C'est un républicain sans calcul. Ceux que Bonaparte redoute le plus. Il se méfie des purs plus que des corrompus.

— Hyacinthe n'a rien fait. C'est seulement affaire d'opinion.

— Ces opinions mènent le monde...

— Cesse de chercher des raisons d'échouer. Réussis !

Cette mâle injonction acheva de le convaincre. Elle était finalement plus courageuse que lui. Il la regarda avec admiration, retrouvant les émotions de l'ancien temps. Juliette Récamier, dont il avait goûté la veille tous les charmes, le fascinait par sa classe, son mystère et sa beauté. C'était une femme rêvée, celle que tous les gandins de Paris convoitaient sans espoir : elle était à lui. Ou plutôt elle s'était donnée un soir, dans une circonstance contournée. Était-elle sienne ? Il en doutait. Sous des abords simples et charmants, Juliette échappait à toutes les attaches. Libre, elle ne livrait jamais ses mystères. Aimait-elle son mari ? Était-il d'ailleurs son mari ? Il l'aurait épousée pour la protéger des vents de l'Histoire qui soufflaient en rafale. Avait-elle des amants ? Ou bien sa position d'égérie du monde littéraire lui interdisait-elle toute compromission ? Alors son escapade avec un homme bien au-dessous d'elle s'expliquait. Avec les grands noms qui l'entouraient, comment aurait-elle pu satisfaire ce caprice intime ? Avec Donatien, elle dérogeait en sécurité, elle tombait des hauteurs de la société dans ses bas-fonds sans rien risquer. Elle respirait un parfum d'aventure, un fumet de haute politique et de basse police qui l'excitait.

Olympe était toute de volonté simple, de courage guerrier, de passion entière. Elle était libre de toute convention sociale mais elle était jugulée par sa conviction, qui réglait sa course et fixait son destin. Juliette vivait au-dessus des autres par sa fortune et sa beauté. Olympe vivait pour quelque chose de plus grand qu'elle, qui l'élevait encore plus haut. Juliette décorait l'Histoire, Olympe la faisait. Et puis, se dit-il enfin, pourquoi diable comparer ? Il avait la chance de connaître deux femmes uniques. Ne pouvait-il les aimer toutes deux ? Le risque n'était pas grand : elles étaient de toute manière inaccessibles à une passion régulière. Olympe était à Hyacinthe et Juliette à elle-même. Les moments qu'il leur dérobait étaient des diamants de l'existence, qu'il aurait été sot de négliger par scrupule. Il laissa son esprit tourner autour de ces deux figures, la brune et la blonde, l'ébène et l'or. Il s'aperçut soudain que, tout en rêvant à ces deux femmes elles-mêmes sorties d'un songe, il avait pris sa décision.

— J'irai voir Fouché et je le convaincrai, dit-il à Olympe qui attendait patiemment que son esprit revienne à leur objet commun.

— Je veux venir. Je trouverai les mots, répondit-elle sans lui laisser un espoir de réplique.

Une heure plus tard, dans le bureau du ministre, ils firent assaut d'éloquence pathétique, démontrant à Fouché que le sacrifice de Hyacinthe ne servirait aucun dessein de Bonaparte, aucun calcul de sécurité. À l'inverse un geste de clémence lui attacherait Hyacinthe pour la vie. Fouché avait compris tout cela depuis longtemps. Mais il doutait.

— C'est trop tard, dit-il, nous allons, le Premier consul et moi, devant le Conseil d'État pour faire avaliser la liste des déportations. La politique du gouvernement est arrêtée. Elle ne changera pas. Et puis, vous ne connaissez pas Bonaparte comme moi, dit-il. Avant de prendre son parti, il n'est qu'hésitation, prudence et crainte. Mais chez lui une décision est irréversible. Quand il exécute, c'est un homme de fer. Il préfère une faute à un recul, un mauvais ordre à un ordre annulé. Mais enfin, vous servez bien la police et la République. Je veux bien essayer.

Quand Fouché fut introduit auprès de Bonaparte, dans le salon qui attenait à son bureau, celui-ci commençait son repas. Le Premier consul et le ministre devaient parler au Conseil d'État à trois heures. Ils avaient un long moment pour revoir leurs arguments et vérifier la liste des déportations. Bonaparte travaillait à table. Il était assis sur un fauteuil recouvert de velours, devant le guéridon d'acajou qui semblait perdu dans la grande antichambre.

— Fouché, voulez-vous partager mon ordinaire ? Il est simple mais il nourrit son homme.

— Si vous m'en priez, citoyen consul, c'est un honneur.

On apporta une chaise et un couvert. Bonaparte portait ce jour-là l'uniforme de colonel des chasseurs de la Garde : veste verte à boutons d'or et parements rouges, pantalon blanc, bottes noires à genouillères, chapeau à deux cornes mis en travers. Il le préférait de plus en plus au costume chamarré des consuls. Pour les revues et les opérations militaires, il passait aussi un grand manteau gris qui balayait le sol. Il avait remarqué que cet uniforme simple, très au-dessous de son grade, contrastait heureusement avec les tenues empanachées de ses généraux. Comme il marchait devant eux, chacun comprenait où était le pouvoir, mais aussi que ce pouvoir avait l'apparence modeste d'un chef près de ses hommes et de son peuple. Son sens inné de la propagande lui avait fait saisir qu'il serait, dans cet appareil faussement banal, l'homme unique, trop haut pour se soucier de paraître puissant, trop soucieux de la souffrance des soldats et de la volonté des citoyens pour craindre leur contact. Il serait ainsi à l'envers des directeurs chapeautés qui affectionnaient les costumes ridicules. Il serait surtout différent des rois par sa simplicité populaire. En uniforme sans apprêt devant tous les importants, il représentait le peuple gouvernant les élites. Ainsi il s'était trouvé une allure qu'on pouvait aussitôt identifier. Depuis les premières victoires d'Italie, il écrivait avec talent sa propre légende. L'idée du manteau gris et du petit chapeau, reconnaissables entre mille et qu'on pouvait caricaturer à loisir, était née. Elle ajoutait une silhouette emblématique à son personnage qui semblait déjà sorti d'un roman.

Un mameluk en culotte blanche versa une soupe de légumes fumante dans l'assiette de sèvres du consul. Sans attendre que Fouché soit servi, Bonaparte y trempa son pain qu'il avala goulûment. Puis il attrapa sa bouteille de chambertin, remplit à moitié son verre et y ajouta l'eau fraîche d'une carafe.

— Mangez, Fouché ! Vous aurez l'air plus aimable. La soupe est la bénédiction de l'enfance, l'amie du soldat et le réconfort du vieillard. Prenez ! Prenez ! On est au gouvernement comme à l'armée. Il ne faut jamais perdre l'occasion d'avaler un repas chaud. On ne sait jamais quand sera le suivant !

Il rit de sa propre plaisanterie et de la mine fermée du ministre. Puis il aborda les affaires. Fouché lui résuma les avancées de l'enquête, les soupçons conçus, les déductions faites, les preuves qui commençaient d'apparaître. Bonaparte l'écouta sans mot dire, le regard aigu, portant de temps en temps son vin coupé d'eau à ses lèvres. Puis il réagit.

— Fouché, êtes-vous sûr de votre fait ? Il n'y a point de biais, de faille, de faiblesse dans vos supputations ?

— Ce ne sont pas des supputations, citoyen consul. Le signalement de Carbon est en tout point conforme à celui de l'homme du couvent et nous avons sa sœur, son beau-frère et ses nièces, qui l'ont accusé. La traîtrise de Bourmont et de Duperron ne fait aucun doute. Nous tenons l'affaire. Dans quelques jours, le cas sera bouclé.

— Fouché, je vous parle franchement. Vous n'arrangez pas ma cause en allant si vite. Mais enfin vous avez fait bonne police. Je ne croyais pas en cette explication. Pour moi les républicains étaient tout désignés. J'étais prêt à vous condamner, je révise mon jugement. Joséphine qui vous défend a décidément du bon sens. Vous êtes une canaille mais vous êtes précieux.

— Vous êtes trop aimable, citoyen consul.

— Non. Ne me remerciez pas. Le compliment est sincère.

— C'est vrai qu'un naïf vous servirait moins bien.

— En effet. Il faut être un peu bandit pour diriger la police.

— Ce sont des métiers symétriques. Ils finissent par se ressembler.

— Fouché, nous tiendrons ces avancées secrètes pour l'instant. Nous devons d'abord procéder aux déportations.

— J'ai compris cette funeste nécessité. Mais attention : une fois la vérité connue, le gouvernement semblera désavoué.

— J'y ai pensé. Ce sont deux choses distinctes. Nous chassons du territoire des hommes de sang qui n'y trament que du mal. Le geste est distinct de l'enquête. C'est une mesure de sûreté générale. Ce n'est pas le châtiment des coupables, que nous ne connaissons pas.

— Sauf que nous les connaissons.

— Pas complètement. Et puis nous sommes seuls à savoir. Il suffit de laisser les autres dans l'ignorance quelques jours.

Fouché ne releva pas le cynisme du propos.

— Dans ce cas la liste doit être visée avec soin. Nous ne pouvons nous permettre une injustice. L'opinion vous soutient. Mais elle se détachera de vous si elle sent l'arbitraire.

— Il faut de l'arbitraire dans ces choses-là. Sinon nous ne serons pas assez craints.

Le mameluk posa sur le guéridon un jarret de veau dans un plat d'argent, accompagné de purée et de carottes, un de ces plats robustes qu'affectionnait Bonaparte, jeune consul soucieux d'étiquette mais vieil habitué des bivouacs et des gargotes. Ils passèrent à la liste des futurs proscrits. Fouché entreprit d'enlever des noms qui n'avaient rien à y faire. Bonaparte l'écoutait en se servant dans le plat avec la main, dévorant les morceaux de rôti qu'il détachait de l'os en éclaboussant Fouché de jus de viande. Le ministre n'y prêtait pas attention, le nez dans ses papiers, laissant refroidir les tranches que le mameluk avait placées dans son assiette.

— Il y a des erreurs manifestes dans l'établissement de la liste, nous devons les corriger.

— Lesquelles ?

— Le citoyen Joly, ami de l'anarchiste Chevalier, aurait dit le soir de l'attentat : « Laissez faire, tout sera bientôt fini. » Il n'y a pas d'autre grief contre lui.

— C'est déjà beaucoup. Refusé.

Fouché le regarda, surpris. Il vit dans le regard de Bonaparte une détermination coupante et un début de colère. Il comprit qu'il était vain d'argumenter. Il passa au suivant.

— On nous a signalé un Jacques François comme fanatique, un marchand de vin qui vous traite, dit-on, d'usurpateur.

— Est-ce bénin ?

— Non. Mais il a demandé à être confronté à ses accusateurs, que nous n'avons pas trouvés. Il a vingt-cinq témoignages pour lui, dont celui du commissaire du quartier.

— La dénonciation était donc fausse ?

— Certes.

— Relâchez-le.

— Nous avons un certain Bourdon qui prêche depuis longtemps l'insurrection contre vous.

— Pourquoi hésiter ? N'est-ce pas évidemment le fait d'un misérable ?

— Nous avons enquêté sur lui. C'est un illuminé, un ancien prêtre qui court sur les routes en annonçant la fin du monde.

— Votre renseignement était donc mauvais.

— C'était une dénonciation.

— Ces dénonciations sont une chose horrible mais sans elles point de police et point d'ordre. Il faut user de ce qu'on a pour combattre nos ennemis. Croyez-vous qu'ils fassent preuve de scrupule ?

— Non. Mais nous sommes un gouvernement régulier, non une bande qui occupe un moment le pouvoir.

Bonaparte lui lança un regard noir. Toute sa politique visait justement à effacer le souvenir de Brumaire, à faire passer le coup d'État au second plan par une politique fondée sur les lois et les institutions régulières. Les mesures prévues par Bonaparte étaient celles d'un pouvoir de fait. Fouché mettait le doigt sur la plaie.

— Enlevez donc ce Bourdon de la liste. Je crains le ridicule plus que l'injustice.

— Nous avons une accusation contre un nommé Ripaille, que nous croyions employé au ministère de la Marine, en contact avec Favre, opposant notoire. Il est censé tenir des réunions séditieuses dans le faubourg Saint-Antoine où il habite.

— Alors. Serait-ce sans importance ?

— Il travaille en fait comme garde-magasin « à la Marine » à Versailles, une dépendance du ministère. Il passe onze heures par jour à son travail et rentre se coucher dans le faubourg Saint-Antoine. C'est son prédécesseur au même poste qui connaissait Favre.

— Il y a donc erreur sur la personne. Relâchez-le. Pourquoi me souffle-t-on des accusations si mal étayées ?

— C'est l'effet de la délation.

— Poursuivez.

— Vous avez vous-même inscrit sur la liste, sur les instances de Réal, un certain Georget, menuisier, accusé d'avoir participé aux massacres de septembre.

— Ce sont les hommes comme lui que je veux toucher. Les buveurs de sang.

— Sa femme nous a écrit que son mari n'avait pas treize ans à cette époque. Elle dit qu'on peut difficilement imaginer qu'un enfant de cet âge ait pu commettre d'aussi horribles forfaits qui exigent de la férocité et surtout de la force physique.

Bonaparte réfléchit. Puis il reprit :

— Mais enfin, voulez-vous faire enlever de cette liste tous ceux qui s'y trouvent ? Cela n'est pas juste. Si j'ai mis ce Georget sur la liste, c'est forcément sur la foi d'éléments probants. Il y est, il y reste. Mon intention est de faire un exemple terrible. Je ne peux m'embarrasser de scrupules de ce genre.

Ils poursuivirent l'examen des noms, un par un, disposant en un instant de la vie de dizaines d'hommes et du malheur d'autant de familles. Fouché arriva alors à Hyacinthe.

— J'ai ici un Hyacinthe de Saint-Aubin qui est officier à l'armée de Moreau depuis un an. Il fait la guerre et ne peut évidemment pas avoir trempé dans le complot. Il est républicain mais nous n'avons contre lui que des paroles un peu exaltées, dénoncées par un soldat qu'il a puni pour lâcheté. Aucun fait, aucun complice, aucun contact à Paris, sinon sa femme, qui est une bonne citoyenne. Ce Hyacinthe a combattu au siège de Granville, dans l'Ouest, puis à Toulon et en Italie sous vos ordres. Il est ensuite passé à l'armée du Rhin où ses états de service sont excellents.

— C'est un proche de Moreau.

— Sans doute. Il est officier dans son armée. Ils se connaissent bien. Ils ont combiné Hohenlinden ensemble, avec l'état-major.

— L'armée de Moreau est un foyer de sédition contre moi.

— Elle a sauvé la France.

— Ce fut une heureuse manœuvre mais une mauvaise campagne, qui a commencé par une retraite.
— Et qui s'est finie par une victoire.
Nouveau regard noir.
— Certes. Mais il y a là-bas un mauvais esprit. Je me méfie de Moreau, qui se croit appelé à des hautes destinées et jalouse mes succès. Il faut montrer que personne sous lui n'est intouchable. Laissez ce Saint-Aubin sur la liste.
— C'est une cruelle injustice.
— Elle est nécessaire.
— Hyacinthe de Saint-Aubin est un ami de Lachance, qui mène si efficacement notre enquête.
— Ah ! Ce Lachance est en effet un homme avisé et précieux. Je le connais bien, je l'ai employé à Toulon et en Italie. Mais c'est aussi un jacobin.
— Il ne l'est plus.
— Il l'a été, dans la guerre de l'Ouest, la plus horrible.
— J'y étais aussi, dit Fouché crânement.
— Ce n'est pas votre titre de gloire, rétorqua Bonaparte. Mais laissons là. J'estime Lachance mais je ne peux pas me prononcer sur la foi d'une amitié. Lachance doit le comprendre ; c'est une affaire d'État et non un arrangement personnel. Pressons-nous, le Conseil va nous attendre. Voulez-vous un dessert ?

Fouché se dit que c'était une bien désinvolte épitaphe pour un officier distingué tel que Hyacinthe de Saint-Aubin. Mais il en avait tellement vu qu'il n'y pensa plus et demanda des poires au vin. Bonaparte se servit de fromage, cette fois avec un couteau qu'il maniait délicatement de ses mains fines et blanches. L'homme était ainsi, raffiné et brutal, rustre et courtois, généreux puis cruellement injuste, politique jusqu'au bout de ses bottes à genouillères. Ils finirent le repas en un instant – Bonaparte restait rarement plus de vingt minutes à table – puis ils passèrent dans le bureau où attendait Bourrienne. Ils s'assirent à la table en forme de violon, chacun d'un côté de la partie étroite, passant les feuilles de proscription de la gauche vers la droite après avoir visé les noms et biffé les rares cas que Bonaparte acceptait d'épargner. Puis le consul se leva, suivi par son ministre. Ils prirent chacun leur portefeuille de cuir rouge aux armes de la République consulaire et s'avancèrent dans les couloirs des Tuileries froids et tristes, coupés de lourdes portes sculptées et de tentures de velours.

À quinze heures précises, ils firent leur entrée dans une salle austère, seulement meublée de trois tables rectangulaires disposées en fer à cheval, de chaises et d'une commode chapeautée de marbre blanc de Carrara sur laquelle on voyait une grosse horloge dorée portée de chaque côté du cadran par des nymphes et des satyres d'onyx. De part et d'autre des tables, laissant l'intérieur du fer à cheval vide, une quinzaine de personnages étaient assis dans des fauteuils aux accoudoirs dorés. Un huissier annonça d'une voix forte : « Le Premier consul ! » Ils se levèrent à l'entrée de Bonaparte. Celui-ci salua brièvement et vint s'asseoir sur le petit côté du fer à cheval, entre les deux autres consuls. Ils se rassirent avec lui dans un bruit de fauteuils que l'on tire. Deux grands feux réchauffaient difficilement la salle, allumés chacun dans une cheminée de marbre. Fouché prit place. Il posa son portefeuille devant lui qu'il ouvrit aussitôt, arrangeant les papiers pour pouvoir en disposer au fil de son discours.

— Messieurs les conseillers, dit Bonaparte, nous allons entendre le rapport du ministre de la Police sur les mesures de sûreté que nous projetons après l'attentat de la rue Saint-Nicaise. Nous voulons vous entendre sur leur efficacité et surtout sur leur légalité et sur leur opportunité. Ensuite nous adopterons le rapport pour transmission au Sénat.

Fouché commença sa lecture par une explication sur les mesures de déportation, puis il énuméra lentement la liste des noms proposés à la proscription : « André Louis, Bailly André, Antoine Côme, Barbier Jean, Baudray Michel... », etc.

La lecture dura longtemps, dans un silence de plomb. Il semblait aux participants qu'à chaque nom le couperet d'une guillotine invisible tombait sur le cou des proscrits. Chacun savait que la déportation aux Seychelles était un sort infernal. Peu survivaient au-delà de deux ou trois ans, minés par les fièvres, brûlés par le soleil, affaiblis par la mauvaise nourriture et par l'eau empoisonnée d'humeurs malignes.

Fouché termina son rapport par un résumé très incomplet de l'enquête, livrant seulement le nom de Carbon, sans dire qui il était ni où il se cachait. Il assura néanmoins tenir les fils de la conspiration et exprima sa confiance de voir l'enquête aboutir bientôt.

Roederer l'interrompit avant la fin.

— Sans vouloir pénétrer les secrets de la police, dit-il, je demande que le ministre dise clairement si les auteurs, dont il dit tenir le fil, sont ou ne sont pas de la classe des hommes dont la déportation nous est proposée ; il importe au Conseil, et surtout au gouvernement, qu'on ne nous dise pas que les hommes frappés par la mesure proposée étaient d'un parti et les coupables d'un autre.

Bonaparte coupa la parole à Fouché qui commençait à répondre.

— Je vais parler pour le ministre de la Police. Il n'en sait pas plus que moi sur la question ; j'en sais autant que lui. Je suppose que les auteurs du crime sont d'une autre espèce que les scélérats dont nous venons d'entendre la liste. Il ne serait pas moins vrai que ceux-ci conspirent depuis un an, qu'ils sont souillés de tous les crimes, qu'ils font horreur à la France, qu'ils ne laissent aucun repos au gouvernement et qu'ils sont associés à tous les complots semblables qui ont été découverts depuis un an. Tous les rapports de police sont emplis de leurs œuvres. Ainsi on peut examiner si, indépendamment de toute complicité immédiate avec les auteurs du 3 nivôse, l'intérêt public ne demande pas la déportation de ces gens.

— Je ne suis pas de l'avis de mon collègue Roederer sur un fait, dit Defermon, un homme plus âgé, ancien constitutionnel de 1789, personnalité respectée, ministre sous le Directoire, un des rares républicains de la Vendée. Le ministre de la Police, continua-t-il, a bien parlé de la conspiration du 3 nivôse et a bien déclaré qu'il en tenait le fil et que la police donnerait à la justice une lumière qui l'empêcherait de s'égarer. Ainsi il pourrait s'expliquer, pour que nous délibérions en connaissance de cause. Nous avons besoin, en un mot, de pénétrer un peu plus les secrets de la police sans quoi nous allons à l'aveugle.

— Le ministre ne tient point de fil, coupa Bonaparte. Il sait seulement par qui a été attaché le cheval.

Fouché lui jeta un coup d'œil un peu éberlué mais ne souffla mot. La version de l'enquête donnée par Bonaparte frisait la fantaisie et respirait le mensonge.

— Je ne veux pas, reprit Roederer, entrer dans l'intimité de l'enquête, qui n'est pas de notre ressort. Je demande seulement qu'il ne puisse pas être dit dans quelques jours que le Conseil a voté contre un parti tandis qu'il fallait en punir un autre et qu'on n'insinue pas dans toutes les oreilles et dans toutes les consciences que ceci est un acte de pur arbitraire.

— Non ! Non ! crièrent plusieurs conseillers.

L'affaire se dégradait pour Bonaparte. Roederer était un monarchien de cœur, ennemi de Fouché, chaud partisan de l'autorité du Premier consul qu'il poussait à s'allier au parti blanc. Mais il était aussi un homme de 1789. Le respect de la loi et des assemblées, pour ces hommes-là, était le sens de toute une vie de luttes et de dangers. Quoique courtisan et favorable à une réaction autoritaire, Roederer défendait courageusement ses principes. Sa critique était d'autant plus redoutable qu'elle émanait d'un partisan du régime. Il apparaissait que le Conseil ne voudrait pas s'associer à un acte de pur arbitraire, quand bien même serait-il politiquement utile. C'est Cambacérès, le plus sage du gouvernement, qui vint au secours de Bonaparte.

— Quels que soient les auteurs du crime du 3 nivôse, les individus à déporter annoncent tous les jours le dessein de le commettre. Il n'est pas douteux qu'ils en eussent profité. Au reste, il ne s'agit pas de faire voter le Conseil sur les individus mais sur une procédure. La formation et la composition des listes sont sous la seule responsabilité du ministre de la Police.

L'argument ne valait pas grand-chose : en laissant faire le gouvernement, le Conseil atteindrait tout aussi cruellement les individus. Mais il fournissait aux consciences un prétexte pour se défausser, il dégageait leur responsabilité directe, il faisait de ces juristes pointilleux les Ponce Pilate de ce jugement de condamnation. Les remarques de Cambacérès portèrent. Un ou deux conseillers émirent encore des réserves mais elles étaient de forme. La critique principale, le risque d'arbitraire, avait été dissipée par Cambacérès. Le vent avait tourné en faveur du gouvernement. Voyant cela, le Premier consul se hâta de mettre aux voix qu'il fallait une mesure d'exception contre des individus dont la simple présence sur le territoire de la République était une menace pour la sécurité.

Bonaparte déféra ensuite au Sénat le rapport de Fouché portant la mention « Le Conseil d'État entendu ». Le Sénat déclara que l'acte du gouvernement était une mesure conservatrice de la Constitution, alors même qu'elle la violait avec impudence. L'émotion populaire, la popularité de Bonaparte, la peur du désordre, la haine des jacobins sensible chez une grande partie des brumairiens, avaient emporté la décision et fait taire les scrupules.

Les trois consuls arrêtèrent définitivement la liste des déportés, scellant par un acte suprême le sort de Hyacinthe. Ainsi, malgré les efforts d'Olympe, de Donatien et la tentative de Fouché, le jeune soldat républicain serait-il un des boucs émissaires de l'affaire, simplement parce que Bonaparte voulait montrer à Moreau qu'il ne craignait pas de frapper un de ses subordonnés. Quand Donatien apprit à Olympe ce verdict cruel et cynique, la jeune femme poussa un cri et s'évanouit. Il fallut avec Honorine l'aliter et l'entourer de soins. Elle restait prostrée, pâle et muette, refusant de manger, le regard fixe, remuant les pensées les plus invraisemblables. Donatien se dit qu'il aurait aimé être aimé ainsi. Deux jours plus tard, rentrant du ministère, Donatien ne trouva plus la jeune femme. Elle avait pris ses affaires et disparu sans laisser le moindre indice. Donatien en conçut une vive inquiétude. Il connaissait les projets insensés d'Olympe, qu'elle était très capable de mettre à exécution. L'évasion était vouée à l'échec mais il n'avait plus aucun moyen de la prévenir. Ou bien il fallait résoudre l'affaire avant qu'Olympe ne commît une folie. Seul un miracle pouvait encore sauver Hyacinthe. Il lui revenait de l'organiser.

# 20

# Bourmont

— Mais croyez-vous qu'une bête comme moi soit bien choisie pour votre ruse ?

Donatien faillit dire : « Justement, c'est ce qu'il nous faut » et se reprit de justesse :

— Ce n'est pas cela, général, il nous faut un homme de franc-parler et de droiture.

— C'est égal, dit Lefebvre, je ne suis pas baladin. Votre Bourmont verra vite l'artifice.

— Ce ne sont que deux phrases, général. Tout est dans la concision.

— Cesse de mignarder, Joseph, lança la générale, tu es en service commandé. Fais ce que la police te dit ! Marchez ! Faites votre répétition !

— Bon, bon, dit le général. Puisque Catherine l'ordonne, il faut bien monter au feu. Reprenons.

Il se mit en position dans le salon de Donatien et lança du ton le plus naturel qu'il put :

— Au fait, viendrez-vous lundi avec nous, à la revue de Bonaparte au Carrousel, madame ?

Donatien, qui jouait le rôle de Juliette, lui donna la réplique :

— Le Premier consul fait défiler lundi ? Je croyais que les revues se déroulaient le dimanche...

Lefebvre interrompit la scène et demanda avec bon sens :

— Croyez-vous que votre dame Récamier soit si au fait des revues militaires ?

— Oui. Ces revues attirent souvent les Parisiens, y compris les dames de la haute société, qui veulent se faire voir. C'est plausible.

— Ah ! Alors reprenons. Voulez-vous me relancer ?

— Le Premier consul fait défiler lundi ? Je croyais que les revues se déroulaient le dimanche...

— Non, le jour a été changé à cause des risques d'attentat. Les revues se tiennent maintenant de manière inopinée, sans jour fixe. Cela déroute des assassins éventuels et cela évite de mobiliser une armée policière. Bonaparte refuse la protection. Il veut parler à la troupe sans écran, comme il sait faire.

— Voilà, fort bien, dit Donatien à Lefebvre. C'est là que je ferai des signes pour que vous arrêtiez cette conversation. Vous me regarderez et vous changerez brusquement de sujet, comme si vous étiez pris en faute. Vous parlerez de l'opéra qui sera joué, *Les Mystères d'Isis*. Faites une réflexion piquante, pour couper court. Alors Bourmont comprendra qu'il a surpris un secret : nous lui aurons livré le jour fixé pour la revue de Bonaparte, qui aura lieu sans protection policière. Logiquement, il préviendra les conspirateurs. Nous pourrons les attirer, comme on prend des mouches avec du miel.

— J'ai bien compris, dit le général. Nous attirons les brigands à la revue et nous les prenons sur le fait.

— *Vous* attirez les brigands, général.

— J'ai compris cela aussi, dit Lefebvre en riant. Vous aviez besoin d'un niais pour accréditer le mensonge.

Le général Lefebvre était un militaire du peuple au cheveu dru, au teint vermeil et à la moustache tombante. Il avait la franchise de ses origines. Fils d'un surveillant des portes de la ville à Rouffac en Alsace, il avait cherché un état dans l'armée peu avant la Révolution. Sergent en 1789, il avait été lieutenant dans la garde nationale, puis il avait fait la guerre aux frontières. Courageux à l'extrême, bourru avec ses hommes, les insultant dans un mélange de français et d'alsacien, mais toujours le premier dans les charges, indifférent aux boulets, impitoyable aux ennemis, il avait suivi une de ces carrières où l'on est promu sur le champ de bataille, où l'on monte d'un grade à chaque combat. Rustre mais point bête, il était devenu un homme important de l'ordre militaire. Le Conseil des Anciens l'avait frustré dans son ambition en refusant de le nommer directeur. Furieux contre le régime, quoique jacobin, il était commandant de la place de Paris au 18 brumaire et donc en position de faire échouer le coup d'État. Pour le circonvenir, Bonaparte lui avait joué une saynète de sa façon.

— Avec ce gouvernement de bavards et de tripoteurs, la République va périr, lui avait-il lancé. Unissez-vous à moi pour la sauver !

Puis, d'un geste de théâtre :

— Tenez, Lefebvre, voici mon sabre. C'est celui que j'avais aux Pyramides. Je vous le donne comme un gage de mon estime et de ma confiance.

Le brave Lefebvre en avait eu les larmes aux yeux. Il fut de ceux qui chassèrent les députés de l'orangerie de Saint-Cloud le 19 brumaire : Bonaparte en fit un sénateur. Propulsé dans la haute société parisienne, il détonait par son maintien gauche et ses manières populaires. D'autant qu'il emmenait partout sa générale, née Catherine Hubscher, blanchisseuse puis cantinière, qu'il avait rencontrée au début de ses campagnes. C'était une grosse femme aux bras rouges et au visage rond, brave et forte en gueule, insensible aux afféteries parisiennes, qui gardait partout et toujours sa verve et son abord des faubourgs. Fouché avait choisi ce couple rustique pour sa maladresse supposée. Lefebvre était bavard et naïf. Son indiscrétion sur le défilé de Bonaparte, lâchée devant Bourmont, serait vraisemblable. Ils répétèrent encore un moment et puis les Lefebvre repartirent, laissant Donatien dans son salon, inquiet pour un stratagème dont dépendait la vie de Bonaparte, celle de Hyacinthe et la survie du régime.

Le lendemain soir, le théâtre des Arts recevait une foule brillante qui pénétrait en flot continu de la rue de la Loi dans l'entrée de marbre. C'était la première des *Mystères d'Isis*, un opéra viennois mis au goût français par Morel de Chéneville et Wenzel Lachnith, qui en avaient fait une libre adaptation pour le public parisien. Fidèle à sa volonté de mélanges, Juliette avait convié dans sa loge Donatien, Bourmont, le couple Lefebvre et le duc de Coucy, l'un des plus arrogants monarchistes de Paris, qui venait de rentrer d'exil sous promesse de s'abstenir de toute action politique.

Descendu d'un fiacre qui s'éloigna lentement au milieu d'une noria de voitures, Donatien marcha vers le contrôle pour montrer son coupon. Une file d'attente s'était formée sous un lustre de cristal. Il vit devant lui, au milieu de la foule, le général Lefebvre et sa générale qui parlaient vivement au contrôleur. Soudain le ton monta. La voix de Lefebvre arriva jusqu'à lui.

— Mais enfin, drôle, je vous dis que je suis prié dans la loge de Mme Récamier.

— Il me faut un coupon spécial pour les loges, dit le contrôleur d'un air hautain.

La générale vint au secours de son mari.

— Nous sommes invités, tu vas nous faire manquer le début, bougre d'animal.

Le contrôleur la regarda avec l'air d'un passant qui voit une charogne sur le bord de la route. Catherine Lefebvre était engoncée dans une robe serrée qui marquait ses bourrelets, elle agitait des diamants trop visibles au bout de ses gros bras et elle portait sur sa tête une sorte de plumeau planté dans une coiffe mal ajustée qui menaçait de choir à tout instant.

— Il me faut un coupon, madame. Je suis désolé.

Juliette Récamier passa en faisant un petit signe au contrôleur. Elle ne connaissait pas le général, elle fila dans son dos sans rien dire.

— Vas-tu comprendre, sacripant de contrôleur ? rugit le général. Je suis invité. Laisse-moi entrer ou je prends la place d'assaut.

Rouge de colère, gêné aux entournures dans un habit noir trop neuf, Lefebvre s'agitait de plus en plus.

— Vous dites que vous êtes prié par Mme Récamier, dit le contrôleur. Elle vient de passer et elle n'a rien dit. Vous-même ne l'avez pas reconnue.

— Mais je vais te faire mettre aux arrêts, espèce de mutin !

— Calme-toi, Joseph, dit Catherine, nous allons nous expliquer.

— Il y a du monde, madame, je dois faire entrer. Revenez plus tard avec votre coupon.

Catherine n'y tint plus. Avec ses mains rouges, elle agrippa le contrôleur par le cou et commença à le secouer. Donatien fendit alors la foule pour s'interposer. Il sortit son passeport de policier, le montra au contrôle avec son coupon et prit la générale par le bras.

— C'est bon, madame, montons tous les trois. Ce sont des gens de routine. Venez.

— Ah, vous tombez bien, Lachance, j'allais déclencher l'assaut ! dit Lefebvre. Ces gens sont de l'ancien temps. Ils nous regardent de haut. Foutre, j'en ferai de la chair à saucisse !

Ils montèrent l'escalier de marbre recouvert d'un épais tapis rouge, à la suite des hommes en habit et des femmes en robes soyeuses aux épaules entourées de ces *shalls* indiens bariolés que Joséphine avait lancés. Un valet en livrée bleue leur prit leurs coupons et leur indiqua la loge de Juliette. Ils entrèrent par une porte étroite et capitonnée donnant sur un couloir sombre au bout duquel s'ouvrait un balcon coupé à gauche et à droite d'une paroi mince qui les séparait des autres loges. Le rideau était baissé mais il cachait sur la scène une agitation dont on percevait les piétinements et les chuchotis. L'orchestre s'accordait dans la fosse avec des sons disparates. Les spectateurs du parterre envahissaient progressivement la salle conduits par d'autres valets en livrée qui leur désignaient leurs places en gestes policés. Juliette les accueillit debout à l'entrée de la loge, sa poitrine serrée dans une mousseline blanche et ses cheveux relevés par un ruban de velours, les épaules nues et la silhouette découpée par la lumière des quinquets.

— Bonsoir, madame, bonsoir, général, c'est un plaisir flatteur que de recevoir un couple de héros.

— Vous êtes trop bonne, madame, dit Lefebvre, nous avons seulement assisté à deux ou trois batailles.

— Et puis moi, j'étais en arrière avec la gnôle ! dit Catherine en partant d'un rire tonitruant.

Juliette sourit discrètement avant de se tourner vers Donatien.

— Bonsoir, mon ami, je suis heureuse de vous voir.

Donatien s'inclina silencieusement et frôla des lèvres la main qu'elle lui tendait.

— Récamier est pris par ses affaires, dit-elle, mais laissez-moi vous présenter M. de Bourmont, qui est aussi militaire, même s'il n'a pas combattu aux mêmes endroits que vous, et le duc de Coucy, qui revient d'Angleterre. Messieurs, voici le général Lefebvre et madame, à qui la République doit beaucoup.

Lefebvre et sa femme étaient au fait de la politique de réconciliation de Bonaparte, qu'ils acceptaient en renâclant. Les deux invités étaient le genre d'hommes contre lesquels ils avaient bravé la mitraille quelques années plus tôt. Bourmont aurait pu transpercer Lefebvre d'un coup de sabre ; Coucy qui avait été dans l'armée des princes, méprisait ces gens de peu soudain admis dans le monde. Pourtant ils se saluèrent, avec une gaucherie chaleureuse d'un côté et une courtoisie pincée de l'autre. Coucy était un homme maigre au cheveu gris qui portait sans cesse sur le visage une expression d'insolente indifférence. Il devait sa présence auprès de Juliette non à son esprit mais à son nom, l'un des plus illustres de l'ancienne noblesse que le régime voulait se concilier. Juliette avait jugé politique de le convier pour équilibrer un peu plus son salon, dont elle sentait qu'il devait refléter les états nouveaux de la politique.

Chacun s'assit, Juliette se mit en frais pour Catherine, qui lui répondait en ponctuant ses phrases de rires sonores. La salle était pleine, les lustres brillaient, les robes étincelaient et un brouhaha mondain montait en vagues jusqu'au poulailler. Soudain le chef d'orchestre se mit à son pupitre et frappa de sa baguette le lutrin qui soutenait sa partition. Les musiciens se mirent en position, le chef se retourna pour saluer la salle, revint à l'orchestre et leva ses deux bras qu'il immobilisa dans le silence. L'ouverture commença. Trois accords solennels captèrent l'attention, comme les trois coups du théâtre, puis une ribambelle de motifs joyeux gravirent et descendirent la gamme comme un esquif sur le flot. La musique était facile, légère, pleine de surprise et de fantaisie. Donatien se dit qu'elle changeait des harmonies guindées que faisaient entendre les compositeurs français à longueur de concert. Puis, sans arrêt dans cette cascade de sons qui jaillissait de l'orchestre, le rideau se leva. Sur la scène qui figurait une forêt merveilleuse, un serpent multicolore poursuivait un jeune homme qui criait à l'aide. Trois jeunes femmes surgirent pour lui porter secours. Donatien vit le regard émerveillé de Catherine qui parcourait avec ravissement la scène, le décor et les acteurs.

*Les Mystères d'Isis* racontaient l'histoire d'un jeune prince et d'un sage souverain en butte aux manœuvres d'une reine ténébreuse. Le prince rencontrait une princesse et recevait le concours truculent d'un oiseleur en costume bariolé. Tous cherchaient une flûte magique qui leur donnerait des pouvoirs extraordinaires. Le public fut conquis par l'exubérance des décors et la fraîcheur de la musique, qui semblait une enveloppe de soie et de diamants enroulée autour de l'intrigue. Étrangement, au lieu d'aller et venir et de converser avec ses voisins comme il était habituel à l'opéra, chacun restait silencieux à sa place, signe d'un succès inhabituel auprès de ce public parisien si désinvolte. L'entracte arriva, un applaudissement fervent salua le baisser de rideau. Catherine Lefebvre était restée penchée au-dessus du balcon la bouche ouverte pendant l'acte entier.

— Voilà une bien belle féerie, dit-elle. Le décor et les costumes sont de première force et les chanteurs bien jolis.

— Pour une fois, dit le général, je ne me suis pas endormi à l'opéra.

— Oui, dit Juliette, ce Lachnith a du talent. Tout cela est charmant et plein d'invention.

— Lachnith n'a pas fait grand-chose, dit Coucy. La pièce est d'un Autrichien très amusant, même s'il a des orientations déplorables. Il s'appelle Schikaneder. Lachnith a seulement adapté le texte. J'ai vu une des premières représentations à Vienne en 1792. En fait, cela s'appelle *Die Zauberflüte*.

— La Flûte enchantée, dit Lefebvre qui savait l'allemand depuis sa jeunesse alsacienne.

— Et la musique ? demanda Donatien, qui était séduit par ces mélodies simples et nouvelles.

— La musique a été écrite par un certain Mozart, qui avait sa notoriété à Vienne à l'époque. Il avait donné un *Don Juan* et un *Figaro*, de jolie facture. Mais lui aussi prêchait des idées inconvenantes.

— Cela est charmant, dit Bourmont, mais c'est très au-dessous de Méhul ou de Chérubini, qui font de la grande musique.

— Certes, dit Juliette, nous avons vu un divertissement habile. Mais pas une grande œuvre, bien sûr, cela distrait mais ne frappe point.

Les Lefebvre, qui étaient ravis du spectacle, n'osaient pas les contredire, eux qui ne connaissaient de la musique que les sonneries des régiments et les fanfares des revues.

— Méhul surtout est fort, dit Coucy qui semblait amateur.

— Oui, dit Bourmont. Les musiciens comme ce Mozart sont de circonstance. Ils donnent un spectacle agréable, voilà tout.

— Mozart disparaîtra, Méhul restera, dit Coucy.

— Mais pourquoi parlez-vous d'idées inconvenantes dans cet opéra ? demanda le général Lefebvre. C'est un conte, voilà tout.

— Parce que ce Schikaneder et ce Mozart étaient des francs-maçons enragés, dit Coucy en laissant percer dans sa phrase une acidité condescendante. Cette Flûte est constellée des signes secrets de cette confrérie funeste. Ainsi les premiers accords évoquent les principes maçonniques. Les héros triomphent de la nuit dans l'illusion de la Raison, contre la tradition de nos ancêtres. Ce Schikaneder professait les idées qui nous ont menés où nous en sommes.

Coucy parlait comme un cuistre et un fat, qui tenait pour acquis que les amis de Juliette seraient tous blancs, même ce couple de militaires rustres qu'il affectait de trouver déplacé dans une loge d'opéra. Juliette, qui sentait venir l'orage, posa une nouvelle question sur la musique. Quant à Donatien, il se demandait quand le général et lui pourraient dérouler devant Bourmont le stratagème dont ils étaient convenus. Coucy allait poursuivre, quand Lefebvre, déjà agacé par l'incident du contrôle, dit brusquement :

— Ces idées inconvenantes, monsieur, sont les miennes. Je suis aussi maçon et j'en suis fier. Votre réflexion est d'un autre âge. Il est passé le temps des superstitions et des prêtres !

— Ce que vous appelez superstition, c'est la foi de nos pères, dit Coucy.

— Cette foi est une fumée pour le peuple, rétorqua Lefebvre qui fréquentait les loges. Ces idées qui vous déplaisent sont d'ailleurs celles du gouvernement qui vous a autorisé à rentrer. Toute la famille Bonaparte est maçonne, sachez-le. Vous êtes mal tombé.

— C'est le mauvais côté de ce régime, dit Coucy, de plus en plus abrupt.

Catherine Lefebvre, qui soutenait toujours son Joseph, monta en ligne à son tour.

— Vous avez vu cette pièce en 1792 à Vienne, dit-elle. En somme, quand la patrie était en danger, vous étiez à l'opéra.

Cette fois l'échange devint incident. Coucy répliqua en frémissant sous l'attaque.

— Madame, j'ai dû fuir les exactions des gens comme vous.

— Les gens comme nous ont sauvé la France, monsieur, ne l'oubliez pas !

— La France, madame, a été faite bien avant vous, par quarante rois, leur noblesse et leur clergé !

— Il y a une nouvelle France, dit Catherine, qui sera faite par le peuple et non par les nobles. Nous l'avons fondée, contre vous !

— Mais qui êtes-vous pour parler ainsi de la France éternelle, vous n'avez pas d'ancêtres !

— Les ancêtres, cria Lefebvre, c'est nous !

Tremblant et congestionné, il se leva, salua Juliette, prit Catherine par le bras et quitta la loge. Coucy, blanc comme sa chemise, l'imita aussitôt en s'excusant.

Bourmont gardait un silence gêné.

— Ce sont des discussions d'il y a dix ans, dit-il seulement. Aujourd'hui nous voulons la concorde.

Donatien et Juliette se regardaient navrés. L'éclat avait fait partir Lefebvre, le stratagème tombait à l'eau. Comment passer à Bourmont l'information prévue sans qu'il se méfie ? Pourquoi l'un ou l'autre parleraient-ils tout à coup d'une revue militaire ? Donatien se torturait déjà l'esprit pour trouver une ruse de rechange quand le chef d'orchestre revint à son pupitre. La représentation reprenait. Dans la loge à moitié vide, Donatien perdit le goût du spectacle, voyant s'effondrer pour une peccadille le bel échafaudage qu'il avait monté avec Fouché.

Sur scène, le succès du premier acte se changea en triomphe. La magnificence des décors plaisait aux esprits simples ; la vigueur des personnages aux amateurs de théâtre ; la musique de Mozart revue et corrigée en « grand opéra » à la française transportait les oreilles lassées de Gluck et de ses émules compassés. Le dernier ballet, accompagné d'un concerto de cor et de harpe, fit se lever toute la salle avant même la fin de l'intrigue.

Juliette, attristée de son échec mondain autant que déçue pour Donatien de n'avoir pas pu mener à bien leur tromperie, accompagna ses hôtes dans le grand escalier du théâtre des Arts, parmi la foule élogieuse qui tenait *Les Mystères d'Isis* pour un grand événement lyrique. Ils allaient atteindre l'entrée où la foule s'attardait comme pour prolonger son plaisir quand une main ferme les prit par l'épaule. C'était Lefebvre suivi de Catherine qui les rattrapait.

— Mes amis, dit le général, je suis désolé de l'incident de tout à l'heure mais mon sang de républicain n'a fait qu'un tour. Votre ami le duc m'en voudra mais nous avons trop combattu pour souffrir certains discours. Me pardonnerez-vous ?

— Général, dit Juliette, l'équilibre dans mes invitations n'est pas facile à tenir. Ces incidents peuvent survenir. Vous êtes pardonné.

— Pour mériter cette indulgence, j'ai une invitation à vous proposer en retour. Viendriez-vous lundi à la revue du Premier consul au Carrousel, madame ?

Juliette fit la preuve de sa présence d'esprit.

— Le Premier consul fait défiler lundi ? dit-elle tout naturellement. Je croyais que les revues se déroulaient le dimanche...

— Non, dit Lefebvre, le jour a été changé à cause des risques d'attentat. Les revues se tiennent maintenant de manière inopinée, sans jour fixe. Cela déroute des assassins éventuels et cela évite de mobiliser une armée policière. Bonaparte refuse la protection. Il veut parler à la troupe sans écran, comme il sait faire.

Pendant cette petite tirade, Donatien avait observé Bourmont. Le chouan fixait le général avec une intensité étrange. Donatien chercha Lefebvre du regard et fit des signes de la main pour lui intimer le silence. Bourmont s'en aperçut et se tourna vers lui. Donatien laissa flotter son expression d'embarras avant de reprendre une contenance fermée et indifférente. Lefebvre poursuivit d'un ton dégagé.

— Au fait, ces *Mystères* nous dépassent et dépassent bien des compositeurs !

— Les décors du dernier ballet nous prenaient à l'estomac, dit Catherine dont le jugement musical était principalement visuel.

Bourmont fixa Lefebvre à son tour, essayant manifestement de voir se confirmer le sentiment qu'il avait surpris un secret. Ils étaient arrivés au milieu de l'entrée, sous le vaste lustre de cristal qui éclairait la salle.

— Adieu général, dit Juliette, je vous retrouverai sans doute ce lundi...

— Adieu madame, excusez-nous encore, mais nous sommes du monde militaire, qui est tout d'une pièce.

— N'y pensez plus, dit Juliette qui salua aussi Bourmont et Donatien.

Les deux hommes se séparèrent devant l'entrée du théâtre, chacun cherchant un fiacre. Bourmont fut le plus chanceux. Donatien le regarda partir dans une file de voitures qui marchaient au pas. Aussitôt, il monta dans un cabriolet qui stationnait un peu en arrière. À l'intérieur, il trouva un policier.

— Tout est prêt ?
— Oui, citoyen commissaire, tout est prêt.
— Alors suivons-le.

# 21

# La machination

Dans l'éventail du savoir policier, la filature était une discipline ardue. Il fallait s'y prendre à plusieurs, connaître son terrain, deviner sa victime, maîtriser le déguisement, pratiquer la course, jouer la comédie, bref, user de toutes sortes de ruses pour voir sans être vu, pour surprendre sans être surpris. Mais quand on devait suivre un fiacre, l'affaire atteignait au grand art. Une voiture qui en file une autre ne peut se dissimuler comme on le fait quand on marche : elle est aussitôt détectée ; et si elle précède sa cible, elle est semée dès le premier virage. Bref la filature en fiacre était un casse-tête pour la profession.

C'était un motif de fierté pour Donatien que d'avoir trouvé une solution. Il avait disposé autour du théâtre une machine faite de quatre voitures et de deux hommes à cheval. Une première voiture, celle où il était monté, suivrait Bourmont de loin, sans que le chouan puisse la voir. Une seconde le précédait, ce qui ne pouvait pas éveiller sa méfiance. Pendant ce temps, deux autres voitures avançaient dans les deux rues parallèles, à droite et à gauche. Ainsi, le fiacre de Bourmont, tournant d'un côté ou de l'autre, croiserait toujours une des voitures suiveuses, qui le prendrait en charge à son tour. Deux cavaliers reliaient les voitures entre elles.

En quittant le théâtre, Bourmont se retrouva enserré dans une nasse qui bougeait avec lui. Il descendit la rue de la Loi vers la Seine, précédé par un cabriolet qui emmenait deux policiers. Derrière lui, Donatien attendit qu'il soit hors de vue pour démarrer. Dans la rue des Bons-Enfants d'un côté et dans la rue Sainte-Anne de l'autre, parallèles à la rue de la Loi, deux autres voitures, averties par les cavaliers, avançaient en même temps que lui. Dans la rue Saint-Honoré, Bourmont tourna à gauche. Comme elle arrivait à son tour dans la même artère, la voiture de la rue des Bons-Enfants le croisa : elle tourna pour se mettre à sa suite. Pendant ce temps, les autres voitures couraient vers le Châtelet où il semblait se diriger, pour rétablir le dispositif. Mais Bourmont prit à droite sur le Pont-Neuf : il fallut encore réviser l'ensemble. Fort heureusement le chouan n'allait pas vite. Quelques galops permettaient d'adapter la filature. Il était tard et les rares passants marchaient dans le froid en courbant la tête. Donatien se félicita de sa prévoyance. Dans la nuit déserte, tout autre système, trop simple, eût été découvert en quelques minutes. Le ballet discret des voitures, au contraire, donnait à son dispositif toutes les apparences du naturel.

C'est ainsi qu'un fiacre policier envoyé en avant se trouvait sur place quand Bourmont s'arrêta devant l'église Saint-Sulpice dont les deux tours dominaient la ville. Il passa la tête à la portière, étudia longuement la place et, rassuré sur sa solitude, descendit et courut vers l'église. Il tourna une lourde poignée pour pousser une porte de bois sculpté. Deux minutes plus tard, il ressortit. Le fiacre l'attendait. Toujours suivi par son escorte invisible, il rentra tranquillement chez lui, au bout de la rue de Grenelle.

Il avait à peine disparu dans la cour de son hôtel que Donatien donna l'ordre qu'on reparte à vive allure vers la place Saint-Sulpice, où il avait laissé une voiture.

— Nous devons savoir ce qu'il a fait, dit-il au policier qui était resté aux abords de l'église. A-t-il vu quelqu'un ? A-t-il placé un message ?

— Nous n'avons vu personne sortir de l'église après lui, dit l'autre, ce doit être un message.

Ils rangèrent le fiacre dans la rue des Canettes, traversèrent à pied la rue Saint-Sulpice et poussèrent la porte de bois sculpté. Dans toutes les églises, les curés laissaient ainsi une porte ouverte pour les miséreux transis ou pour les filles-mères qui venaient déposer nuitamment l'enfant qu'elles ne pouvaient pas garder.

Ils entrèrent. La nef était obscure ; le bruit de leurs pas résonnait sous l'immense voûte ; seule une petite chapelle était éclairée par deux cierges posés sur un trépied de fer. Ils allèrent de ce côté, cherchant du regard une cachette, un recoin, où Bourmont avait pu laisser quelque chose. Ils regardèrent sur les prie-Dieu, au pied de l'autel, sous les tapis, derrière les tableaux où l'on devinait de sombres scènes bibliques. Il n'y avait rien. Une demi-heure se passa en recherches. Ils avaient pris un des deux cierges et élargissaient leur investigation à d'autres chapelles autour de la vaste église. Puis Donatien s'arrêta.

— Il n'est resté que deux minutes, dit-il. La cachette est forcément simple et proche de l'entrée.

Ils revinrent à leur point de départ. Entre la porte et la chapelle éclairée, Donatien avisa sur sa gauche deux confessionnaux qu'on devinait dans l'obscurité. Ils fouillèrent le premier, le cierge à la main. Dans le deuxième, sur une plinthe élevée qui entourait le réduit où se tenait habituellement le prêtre, ils trouvèrent un rouleau de papier tenu par une cheville de bois. Donatien le déplia et lut : « Ami. Le coup essentiel redevient possible. Je serai à onze heures sur le banc. » Il réfléchit un instant puis dit à son adjoint :

— Allons-nous-en. Ce confessionnal est une boîte de poste pour les conspirateurs. Ils peuvent survenir à tout moment.

Il replaça le message où il l'avait trouvé, remit les cierges à leur place et sortit. Revenu au cabriolet, il dit à son compère :

— Il ne reste plus qu'à attendre. Le message dit qu'il sera sur un banc à onze heures demain. C'est donc que ce courrier est relevé tous les jours. Quelqu'un va venir.

Ils firent avancer le fiacre un peu plus loin dans la rue des Canettes et Donatien sortit pour prendre le premier tour de garde, caché dans l'ombre d'une porte cochère, à deux pas de l'entrée. À sept heures, au terme d'une glaciale nuit d'attente, leur patience fut récompensée. Un homme à l'allure de domestique, portant des souliers délavés, enveloppé d'un manteau froissé et coiffé d'un chapeau de feutre, entra dans l'église venant de l'Odéon. Il ressortit. Donatien le laissa prendre un peu d'avance et courut au cabriolet pour réveiller l'autre policier. Marchant chacun d'un côté de la rue, ils suivirent le domestique jusqu'à la rue Monsieur-le-Prince. Le messager remonta vers le Luxembourg et entra brusquement dans un immeuble étroit qui faisait le coin avec la rue de Vaugirard. Puis rien ne se passa : sans doute le messager habitait-il là. Donatien laissa son compère en faction discrète et revint au ministère. Là, il organisa la surveillance.

À onze heures moins le quart, un gros homme frisé au nez plat sortit de l'immeuble de la rue Monsieur-le-Prince. Donatien qui prenait un chocolat dans le café fut estomaqué. C'était Cadoudal. Ainsi leur filature compliquée produisait ses effets. À force d'efforts fastidieux et subtils, ils avaient retrouvé l'ennemi public que recherchaient toutes les polices consulaires. Il aurait pu le faire arrêter aussitôt. Mais à sa suite, trois autres hommes sortirent l'un après l'autre et se placèrent autour de lui, quelques pas en arrière pour les deux premiers, sur le côté opposé de la rue pour le troisième. Ainsi escorté, le chouan pouvait se défendre facilement. Donatien n'avait que cinq policiers avec lui. On risquait une fusillade et l'affaire devenait hasardeuse. Il fallait suivre sans intervenir. Aussi bien, Fouché avait demandé qu'on identifiât le groupe avant d'agir.

La prudence était de mise : les quatre chouans ne cessaient de se retourner, scrutant les passants, remontant lentement vers le jardin du Luxembourg. Donatien resta en arrière, les autres policiers à sa suite, dispersés le long de la rue. Ils entrèrent les uns après les autres dans le Luxembourg par la rue de Vaugirard et prirent chacun une direction différente. Donatien avança droit devant lui dans le jardin, sur une allée de gravier bordée d'arbres noirs. Au bout de l'allée, sur un banc, sous une statue, non loin du bassin central, Donatien vit Bourmont qui lisait. Cadoudal marchait sur lui. Mais soudain le chouan se retourna. À cette seconde même, un des policiers s'était rapproché de Donatien pour lui demander une instruction. Là où le chouan avait vu un homme l'instant d'avant, il y en avait deux tout à coup.

Ce simple détail fut un signal d'alarme. Cadoudal se méfia. Il dépassa Bourmont sans lui parler et pressa le pas vers l'autre extrémité du jardin. Ses trois cerbères l'imitèrent. Voyant la fuite de son interlocuteur, Bourmont se leva et marcha dans l'autre direction. Donatien fit signe à ses hommes de ne pas bouger. Ils avaient été repérés. Inutile de confirmer les soupçons des conspirateurs en courant après eux, sans même avoir une chance de les prendre. Donatien se promit de sanctionner durement le policier maladroit. Ils rentrèrent dépités et furieux.

La fuite de Georges jeta la consternation au ministère. Le fil était rompu. La piste était brouillée. La police était de nouveau aveugle. Cadoudal était quelque part dans Paris, comme une puissance redoutable et obscure, rendu doublement méfiant par l'incident du Luxembourg, plein de haine et avide d'action. Verrait-il Bourmont ailleurs ? Poursuivrait-il dans ses machinations ?

Ou bien quitterait-il la ville ? Le brouillard retombait sur l'enquête. Donatien dut aller rendre compte de sa déconvenue à Fouché.

— Vous mettrez à pied le responsable, dit le ministre avec humeur. Cela dit, nous avons toujours Carbon à portée...

— Oui, mais il se terre et ne voit personne.

— Aucun moyen de retrouver Georges ?

— Il ne reviendra pas rue Monsieur-le-Prince.

— Et ils n'utiliseront plus la boîte de poste de Saint-Sulpice, continua Fouché.

— Devons-nous toujours monter le piège de la revue ?

— Oui. Soyons opiniâtres. Nous savons que ce sont les blancs, nous avons un des assassins, nous connaissons la chaîne de commandement, qui remonte à Georges. Ce n'est pas si mal en trois semaines. Tâchons de terminer la partie. Avez-vous touché les propriétaires de la place du Carrousel ?

— C'est fait. Il y a deux maisons seulement où l'on peut poster des tireurs. Elles sont sur la droite de la place quand on regarde le palais, à l'entrée de la rue Saint-Nicaise.

— Ainsi nous revenons au même endroit, dit Fouché.

— Oui. S'ils veulent atteindre Bonaparte, ils doivent se poster là. Ailleurs sur la place, ce sont des bâtiments officiels : le Louvre, les Tuileries, l'hôtel de Longueville sont inaccessibles.

— Ils peuvent se mélanger à la foule...

— Il y aura peu de monde, la revue ne sera pas annoncée. Seuls viendront les invités et quelques badauds. Bonaparte fait la revue pour les soldats, non pour les Parisiens. Les invités seront filtrés et nous aurons des hommes partout. Si quiconque sort une arme, il sera ceinturé.

— Avec un pistolet, on peut agir vite, objecta Fouché.

— La foule sera maintenue à l'écart du défilé, à plus de cent pas. Le pistolet est trop imprécis. Ils ne prendront pas le risque de se faire prendre pour tirer un coup aux moineaux. Il leur faut un fusil. Mais le fusil est visible et les fera prendre d'emblée.

— Donc, ils chercheront à se poster à une fenêtre.

— Oui. Mais pour cela il leur faut louer une chambre à l'avance. Nous en avons fait libérer une par une prostituée. Elles sont nombreuses dans ces immeubles. Le propriétaire nous préviendra si quelqu'un veut la louer. Nous avons la clé. Si l'incident du Luxembourg ne les dissuade pas, ils peuvent mordre à l'hameçon.

— Encore faut-il, dit Fouché, que Bourmont passe son information à Cadoudal.

— Ils ont forcément un point de rendez-vous secondaire...

À ce moment, on cogna trois coups discrets à la porte du ministre. Fouché cria d'entrer. Un huissier portant un plateau avança. Sur le plateau était une enveloppe cachetée.

— Un message urgent pour le commissaire Lachance, dit l'huissier. Nous avions ordre de le lui remettre aussitôt.

— Faites, dit Fouché.

Donatien prit l'enveloppe, l'ouvrit, tira une lettre pliée en deux et la lut à la hâte. Il releva la tête vers le ministre.

— Nous revenons dans le jeu, dit-il, Bourmont et Cadoudal ont trouvé un lieu de rendez-vous discret. Ce pli m'indique où il se trouve. J'y vais.

Sybille attendait Donatien à la porte de la rue de Valois. Elle portait une longue robe transparente et une paire d'escarpins.

— Couvre-toi, lui dit Donatien, nous sommes en hiver.

— Je travaille.

— Je le vois.

— Je travaille pour toi et tu te moques...

— La République apprécie ton aide à sa juste valeur.

— Elle peut. Ils voulaient monter de suite. J'ai prétexté que les chambres étaient prises. Ils patientent dans le salon des filles. J'ai envoyé un bouledogue te prévenir.

— Ils montent seuls ?

— Mais non ! Avec des filles. Sinon leur couverture ne tient pas.

— C'est vrai, dit piteusement Donatien.

— Viens !

Marchant devant lui, ses longues jambes se devinant sous la mousseline, Sybille le conduisit par un escalier étroit et sombre. Ils débouchèrent dans le couloir tendu de velours rouge où il était déjà venu. Elle ouvrit une porte. Donatien retrouva le réduit aménagé derrière la glace sans tain. Devant lui, la grande chambre qu'ils avaient contemplée avec Juliette était vide.

— Tu es sûre qu'ils ne s'apercevront de rien ?

— Mais enfin, ce réduit sert tous les jours aux pervers qui veulent voir sans agir. Nous n'avons jamais eu de surprise.

Elle ressortit. Donatien s'assit sur la banquette et attendit, détaillant la chambre, manifestement arrangée pour les rencontres compliquées. Elle était meublée de quatre grands fauteuils rembourrés à pieds dorés et dossiers couverts de velours, deux guéridons d'acajou posés sur un épais tapis d'Arabie jonché de coussins et un vaste lit de satin surmonté d'un baldaquin où l'on voyait un miroir horizontal. Il y avait encore des miroirs sur les murs tendus de taffetas, ce qui justifiait la présence de la glace sans tain qui occupait tout un côté. Les figures les plus diverses pouvaient se déployer dans le confort et le luxe, démultipliées par les reflets.

La porte s'ouvrit. Sybille entra suivie de deux filles brunes en tunique grecque courte et échancrée. Derrière elles, deux hommes en redingote et en bottes à revers pénétrèrent dans la pièce, le regard méfiant et le chapeau à la main. Le premier était un haut gentilhomme à la chevelure blonde, élégant et découplé. Le second, courtaud, trapu, les cheveux frisés, tout en muscles et en bedaine, le nez large, plat et relevé tout au bout, arborait une expression de sauvage volonté, dardant ses yeux bleus fendus sous d'épais sourcils autour de la pièce. Donatien avait aussitôt reconnu Bourmont et Cadoudal.

Sybille s'allongea sur le lit, désignant les fauteuils aux deux hommes pendant que les filles s'approchaient d'eux avec des mouvements langoureux.

— Ma chère Sybille, dit Bourmont, nous n'aurons malheureusement pas recours à vos talents aujourd'hui. Nous avons à parler. Voici votre dédommagement. Vous verrez que vous n'y perdrez rien.

Il jeta à Sybille une bourse de cuir qu'elle ouvrit et contempla avec un regard admiratif.

— Cette somme pour ne rien faire ! C'est contre les règles du commerce, dit-elle en riant.

— Nous sommes amplement payés de seulement vous voir, dit Bourmont d'un ton galant.

— Si tous les clients étaient comme vous, ce métier serait un rêve, dit Sybille. Allez, les filles, nous partons.

— Motus, évidemment, dit Bourmont.

Sybille mit le doigt sur ses lèvres en souriant et se leva du lit. En partant, elle marcha vers la glace sans tain. Avec un peu d'angoisse, Donatien la vit qui le fixait des yeux. Elle s'approcha, vérifiant dans le miroir que les deux hommes ne la regardaient pas. D'un geste rapide, elle désigna de l'index le couloir dans lequel donnait la porte de la chambre, en prenant un air effrayé. Puis elle disparut à la suite des deux filles.

Donatien allait sortir à son tour dans le couloir pour lui parler mais il se ravisa. Très doucement, il tourna la poignée et entrebâilla la porte. Il vit trois hommes assis sur le banc du palier qui regardaient partir les filles. Ainsi Cadoudal n'était pas venu seul. Ses cerbères l'accompagnaient toujours. Inutile de songer à une arrestation. S'il tentait quoi que ce soit, Donatien serait vu sitôt qu'il sortirait de sa cachette. Il referma doucement la porte et tourna son attention vers la chambre.

— Bourmont, c'est une idée impie que de me donner rendez-vous dans ce genre de maison, dit

Cadoudal d'un ton glacial. Je ne suis pas dévot mais une décence élémentaire sied aux fidèles de notre Église catholique et romaine.

— C'est affaire de sécurité, mon cher Georges, répondit Bourmont. On ne vous cherchera pas dans un bordel.

— On me cherche partout. Et ces maisons sont pleines de mouches.

— Celle-ci est sûre. J'y viens depuis le temps de Robespierre. Je n'ai jamais eu matière à m'en repentir. Cette jeune Sybille est de confiance.

— Vous êtes homme de tradition, dit Cadoudal d'un ton sarcastique. Chacun les siennes. Mais la sécurité n'était pas votre fort au Luxembourg.

— Je vous ai vu passer votre chemin, j'ai préféré prendre le large. Mais qu'y avait-il donc ?

— J'ai repéré deux hommes derrière moi, où il n'y en avait qu'un l'instant d'avant. Ils étaient donc séparés mais de mèche. Cela ressemblait à une filature. Je viens à votre rendez-vous et ma sécurité est compromise.

— Ces hommes étaient derrière vous et non derrière moi qui suis venu par l'autre côté du jardin.

— Certes. C'est ce qui vous sauve. Pour l'instant.

Cadoudal passa sa main sous sa redingote et sortit l'un après l'autre deux pistolets qui brillaient dans la pénombre de la chambre. Il les posa sur le guéridon près de lui. Bourmont le regardait avec une expression où la crainte l'emportait peu à peu sur la surprise.

— Êtes-vous sûr d'avoir été suivi ? demanda Bourmont. Deux hommes peuvent se rencontrer au Luxembourg sans être des policiers.

— J'ai appris, dans ce métier spécial, à ne pas croire aux coïncidences, dit Cadoudal en plongeant son regard dans les yeux de Bourmont. J'ai été suivi, j'en mettrais ma main à couper. Et c'était après avoir reçu votre message. Vous l'avez déposé vous-même à Saint-Sulpice ?

— Oui, en sortant de l'opéra.

— Et si vous aviez été suivi ? On aurait pu attendre ensuite, à Saint-Sulpice, se mettre dans les pas de mon messager et parvenir jusqu'à la rue Monsieur-le-Prince.

Dans son réduit, derrière la glace sans tain, Donatien admira la lucidité de Georges, dont la vie clandestine avait aiguisé la vigilance et développé le sens des combinaisons policières.

— Je n'ai pas été suivi. J'étais en fiacre et j'ai constamment vérifié que personne n'était derrière moi.

— Et devant ? La police suit en général par-devant.

— Aucune voiture ne m'a précédé jusqu'à Saint-Sulpice. J'en suis sûr, comme du Fils et du Saint-Esprit.

Donatien sourit, très content de sa nasse mobile à plusieurs voitures.

— Je vous crois pour l'instant, dit Cadoudal. Mais quelqu'un m'a trahi, c'est un fait. Dans ce cas, c'est Saute-le-Gué, mon messager.

— N'est-il pas sûr ?

— Si. Mais la police de Fouché est diabolique. Elle pénètre les confréries les mieux occultées. En Vendée, déjà, les bleus achetaient les trahisons pour des sommes énormes. L'or corrompait les meilleurs combattants. J'ai été pris une fois comme cela. Ils m'ont enfermé à Brest avec ma famille. Ma mère a succombé en cellule. Je me suis évadé. Quand j'ai retrouvé le traître, il est mort très lentement. Les jacobins sont prêts à tout. Il n'y a pas de merci dans ce combat. Saute-le-Gué paiera pour sa faute.

— Et si ce n'est pas lui ?

— Si ce n'est pas lui, c'est vous.

— Alors, c'est lui. À moins que tout cela ne soit vraiment une coïncidence...

— Je ne courrai pas cette chance. Il faut un exemple. La punition de Saute-le-Gué, même innocent, effraiera nos ennemis et intimidera ceux qui pourraient trahir à l'avenir. Il mourra.

Donatien frissonna dans son réduit. Même à lui, le cynisme de Cadoudal faisait peur. Il se dit que Georges était décidément l'ennemi le plus redoutable de la République. La froideur de ses raisonnements, la tranquillité de ses verdicts, la force de sa logique inhumaine en faisaient le démon principal.

— Georges, dit Bourmont, je voulais vous voir au plus vite.

— Au fait. Vous m'avez appâté avec ce message sur le coup essentiel. Parlez.

— Vous pouvez réparer l'échec de la rue Saint-Nicaise. Devant moi, à l'opéra, un général bleu qui n'est qu'un lourdaud a livré une information précieuse. Bonaparte passe ses troupes en revue lundi au Carrousel. Il sera à découvert devant le palais. Il n'y aura pas de police. Vous connaissez les lieux. Un tireur bien placé l'atteindra à coup sûr.

— Et pourquoi n'aura-t-il pas de protection ?

— Parce que la revue est impromptue. Bonaparte pense que ses mouvements aléatoires garantissent sa sûreté. Il n'aime pas les gardes trop rapprochées. Il veut un rapport sans écran avec les soldats. Et puis, il croit à son étoile.

— Elle ne lui a pas manqué jusqu'à présent. Sa survie le 3 nivôse est un miracle. Je ne sais ce que Limoëlan a fait. Il a oublié le signal. Le diable s'en est mêlé.

Donatien nota aussitôt dans sa tête le nom du conspirateur. Limoëlan. Encore un homme de la Vendée, sans doute.

— Cette fois, le diable sera de notre côté, dit Bourmont. Ils croiront la cérémonie sûre. Vous pourrez frapper et vous enfuir sans opposition.

— Encore faut-il trouver un poste de tir. Devant les Tuileries, la chose n'est pas courante.

— Il y a des maisons particulières au débouché de la rue Saint-Nicaise. Elles surplombent le Carrousel. L'or achètera bien une chambre pour une journée.

— Il faut une voie de retraite.

— Les toits. Une bonne reconnaissance ménagera un itinéraire de fuite. Nous avons quatre jours. C'est suffisant.

Cadoudal réfléchissait. Un silence s'installa. Puis il reprit.

— J'irai sur place moi-même avec un de mes tireurs. Il faut un honnête repérage. Si Bonaparte se tient au milieu de la place, il faut l'abattre en tirant d'une distance de plus de trente toises. Ce n'est pas partie facile. Peut-être faut-il doubler les chances. En prévoyant un autre...

Cadoudal allait poursuivre mais il arrêta soudain, un œil inquisiteur sur son complice, comme s'il ne voulait pas tout lui dire. Bourmont ne remarqua rien et prolongea le propos.

— Vos tireurs de la Vendée sont d'élite. Ce sont des chasseurs impitoyables. Cette fois le gibier est de premier choix. Ils peuvent changer le cours de l'Histoire en un coup.

Donatien se souvint du siège de Granville et des tireurs que Cadoudal avait placés dans les maisons de la rue des Juifs. Décidément, le piège imaginé par Fouché comportait un risque. Si la police n'arrêtait pas les assassins avant l'heure, Bonaparte était condamné. Les chouans se laisseraient-ils prendre au piège ? Ce qui avait abusé Ceracchi et Aréna tromperait-il Cadoudal ? Il commença à douter. La puissance physique de Georges, immobile à quelques mètres de lui, influençait son jugement. Un homme si retors et si déterminé serait-il trompé par cette ruse policière dont les fils fragiles pouvaient se rompre à tout instant sur un hasard, une maladresse ou un détail ? En même temps, les occasions de tuer Bonaparte n'étaient pas légion pour les blancs. Le Premier consul était imprévisible, populaire, couvé par l'armée. Pour l'approcher il fallait des manœuvres extraordinaires, des assassins ne craignant pas la mort, des complicités au sommet. En ouvrant à Georges une occasion, Fouché avait fait son calcul : la tentation serait forte de venger le fiasco de la rue Saint-Nicaise. Cadoudal, monarchiste fanatique, était prêt à tous les dangers pour rétablir la couronne. Il était comptable du sort du roi devant toute l'émigration et devant l'Europe entière. Le cadavre de Bonaparte était la seule marche qui permette à Louis XVIII d'accéder au trône. Cadoudal était là pour l'ériger. Donatien l'observa dans la lumière fauve de la chambre. La fente de ses yeux s'était à demi fermée. Pas un muscle ne bougeait sur son visage ou dans son corps massif. Mais son esprit travaillait. On sentait qu'il examinait la suggestion de Bourmont dans ses détails et ses implications, qu'il en cherchait les failles, qu'il en pesait les risques.

— Il faut des fusils à vent, dit-il. Sinon la détonation attirera tous les regards. Il y aura des milliers de soldats sur la place, des gardes, des officiers. Aucune chance de s'échapper si les tireurs sont vus tout de suite. Avec des fusils à vent, le tyran tombera sans que personne sache d'où vient le coup. C'est le bon expédient. Mais il faut doubler la chance...

Une nouvelle fois il s'interrompit en fixant Bourmont, comme s'il hésitait à lui faire une confidence. Puis il reprit, changeant d'idée :

— Il faut aussi organiser un itinéraire de fuite. Les tireurs seront dans un lieu clos. Ils doivent pouvoir sortir vite et sans être vus. Tout cela suppose un patient travail. Autant commencer tout de suite.

Il se leva, prit ses pistolets et disparut. Bourmont attendit quelques minutes et sortit à son tour.

Cette fois le piège était tendu, séduisant, attirant, irrésistible. Cadoudal y succomba. Le lendemain de l'entrevue des deux chouans, un homme se renseigna sur les chambres qu'on pouvait louer sur la place du Carrousel. Il expliqua qu'il avait affaire au Louvre pour plusieurs semaines, qu'il avait parcouru toute la rue Saint-Nicaise et que la vue sur les Tuileries flattait son patriotisme. On l'envoya sur le propriétaire, qui était en fait un policier. Celui-ci fit le difficile, dit que rien n'était à louer, que les chambres étaient rares, qu'un hôtel serait meilleure demeure. L'homme parlementa, plaida, argumenta. Devant son insistance, le faux propriétaire demanda à réfléchir. L'autre revint le soir et s'entendit réclamer un prix de voleur. Il demanda à voir la chambre. C'était une pièce minuscule au bout d'un appartement, avec un vieux lit, une table, une chaise de paille et un broc, utilisée jusque-là par une prostituée qui officiait sur le quai. Mais la fenêtre ouvrait en plein sur le Carrousel. L'affaire fut conclue. La police avait un double de la clé. Elle avait scié sur les côtés la cloison qui séparait la chambre de l'appartement, cachant les fentes par des galons collés. Ainsi les policiers pouvaient-ils entrer quoi qu'il arrive, même si on obstruait la porte avec le lit.

Deux jours plus tard – on était le dimanche matin, veille du défilé –, deux hommes vinrent dans la pièce. Ils portaient chacun une valise. Ils ressortirent deux heures plus tard. Les policiers les laissèrent partir et entrèrent dans la chambre. Ils trouvèrent sous le lit deux longs fusils enveloppés dans un linge blanc et deux boîtes de balles en plomb. Les armes semblaient habituelles, comme on en utilise à la chasse, à l'exception d'un réservoir sphérique en cuivre, gros comme un melon, dont la sortie était vissée dans l'orifice de la chambre de tir, au-dessus de la gâchette. C'était là qu'on stockait l'air comprimé qu'on injectait à l'aide d'une pompe à main. En se détendant, la réserve d'air propulsait la balle à grande vitesse vers sa cible, sans émettre autre chose qu'un petit claquement discret. Les policiers rangèrent les fusils et repartirent.

Ainsi la partie allait commencer. En apparence tout était simple : il suffisait de saisir les tireurs dès qu'ils seraient dans la chambre, en espérant que d'autres complices se postent alentour, que la police pourrait aussi repérer et arrêter. Peut-être Cadoudal serait-il là, comme il l'avait dit à Bourmont. Les meilleurs hommes du ministère de la Police seraient disséminés autour du défilé et dans l'immeuble. Toute la machine délicate de Fouché tendait vers le but suprême : prendre Georges et décapiter d'un coup l'agence royaliste. La place du Carrousel était la fosse recouverte de branchages où devait tomber le chef chouan. Mais l'appât, présenté en pleine lumière et sans défense, était Bonaparte.

S'il avait été besoin de rehausser l'enjeu inouï de la manœuvre, un geste ultime de Cadoudal l'aurait fait, en émettant un sinistre signal. Le même dimanche matin, devant l'hôtel de Juigné où Donatien avait son bureau, on trouva un cadavre qui gisait à quelques pas de la grille. Il avait été abandonné pendant la nuit, pour ainsi dire sous le nez de la sentinelle endormie. C'était un homme à l'allure de domestique, avec des souliers éraillés, un manteau fripé et un chapeau de feutre. Donatien le reconnut : Saute-le-Gué, le messager de l'église Saint-Sulpice. Quand on retourna le corps, on vit que son visage était lacéré et que des plaies profondes s'ouvraient sur sa poitrine. Ainsi Cadoudal avait-il tenu parole. Il avait torturé à mort un de ses hommes sur un simple doute, à coup sûr un fidèle partisan qui l'idolâtrait, pour garantir sa sécurité et celle du complot. Puis il avait changé le crime en message sanglant à l'intention de ses ennemis. Fouché et

Donatien avaient laissé l'assassin libre dans la ville, pour mieux déjouer ses machinations et anéantir sa trame secrète. Mais l'assassin agissait sans contrainte, effrayant de logique et de cruauté. Maintenant, il s'approchait.

# 22

# Les assassins du Carrousel

— Écrivez ! dit Bonaparte.
Ce lundi de nivôse, l'aube se levait sur Paris et un jour gris pointait par les hautes fenêtres des Tuileries. Bonaparte tournait dans son cabinet en robe de chambre de laine, un foulard de soie noué autour du crâne et de grosses pantoufles aux pieds. Les deux nœuds de sa coiffure lui faisaient comme des cornes sur la tête et, sur les murs du cabinet, son ombre projetée par le feu ressemblait à un taureau qui trottinait autour de la pièce. Souvent, le matin, Bonaparte s'habillait tard. Il était chez lui et dédaignait les apprêts.
— À Talleyrand. Citoyen ministre, veuillez mettre en forme dans un texte de votre manière les notes que je vous tiens par la présente pour soumettre au pape notre projet d'accord. J'ai travaillé cette nuit sur les règles de nominations des prêtres, sur leur état et sur l'organisation des diocèses. Les dispositions que vous lirez me semblent justes. Elles assurent la prédominance de la République sans nier l'influence du Saint-Siège. Mon intention est de trouver dans ces dispositions le moyen de conduire l'Église de France et d'en faire un auxiliaire de l'ordre. Le pape y

trouvera celui de rétablir la religion catholique et romaine. La Curie criaillera. Mais l'arrangement ne paraît honorable. Nous devons mener cette campagne hardiment : ma politique de concorde en dépend. D'ailleurs, je propose de donner à ce traité le nom de Concordat. Donnez-moi votre avis. S'il est favorable, faites partir les courriers dès ce jour, avec une copie pour le nonce.

Le Premier consul s'arrêta devant une fenêtre et regarda un instant le jour se lever.

— J'ai une revue ce matin. Il doit s'y passer des choses importantes. Fouché me tient dans sa main mais je n'ai pas le choix : nous pouvons prendre Georges et sa troupe de brigands. Mon étoile me protégera. Bourrienne, achevez la lettre et apportez-moi le plan de la revue. Je veux revoir l'ordonnancement des régiments et le nom des soldats.

Puis il s'avança vers le mur et tira un cordon. Un valet ouvrit la porte.

— Je vais m'habiller. Procédez.

Le valet fit demi-tour et revint avec une pile de vêtements sur le bras. Bonaparte ôta sa robe de chambre et apparut dans un caleçon blanc qui lui couvrait le corps du cou aux chevilles. Le valet lui passa sa chemise, son gilet de flanelle puis son habit vert et rouge de colonel de la Garde consulaire.

Bourrienne achevait sa lettre. Il jeta du sable sur le papier, présenta le pli à la signature. Bonaparte parapha d'une main pendant qu'il enfilait de l'autre la manche de sa veste. Le secrétaire répandit un peu de cire sur la lettre, la cacheta et porta le message au réduit où demeurait le garde du portefeuille, chargé des communications. Quand il revint, Bonaparte avait mis son pantalon blanc à talonnières et tirait sur de grosses chaussettes qui remontaient sur son mollet. Le valet lui présenta ses bottes à genouillères, qu'il enfila assis au bord de sa causeuse.

— Ces chaussettes sont une bénédiction, Bourrienne. Je les avais dans les Alpes, je leur dois mes succès. Sans elles, Marengo était impossible !

Il rit de sa boutade. Bourrienne avait pris le plan de la revue et commença à lire à haute voix l'ordre des régiments.

— Non, dit Bonaparte. Je vais vous les réciter. Le premier à se présenter sera le 4$^e$ régiment des Allobroges que j'avais conduit sur le pont de Lodi. Colonel Dupas, lieutenants Garnier et Samper. Au premier rang seront les soldats Boncœur, Le Guen et Faujas, qui se sont illustrés au passage du Grand-Saint-Bernard.

— Le soldat Faujas est malade, dit Bourrienne, il est remplacé par Saint-Véran.

— Diable ! Voilà qui trouble mon ordre. Vous me passerez votre papier, sinon je risque de m'embrouiller.

Avant chaque revue, Bonaparte, qui sentait mieux que personne l'esprit de la troupe, apprenait par cœur le nom d'une vingtaine de soldats qu'il pouvait distinguer dans les rangs. Ainsi remarqués, les intéressés en conservaient une reconnaissance éternelle, pendant que les autres en concluaient que leur général les connaissait tous par leur nom. Bonaparte reprit sa récitation en vissant sur son crâne son bicorne noir mis « en bataille », les deux ailes sur le côté. Suivi par Bourrienne qui l'écoutait en vérifiant les noms sur son plan, il passa dans son salon et s'assit à son guéridon. On lui servit une soupe et un rôt garni de pommes de terre et de haricots. Finissant sa récitation, il avala son repas en dix minutes. Puis il se leva et marcha jusqu'à la galerie de Diane, Bourrienne sur ses talons. Au-dehors, on entendit le son d'une musique de fifres qui s'approchait, rythmée par les tambours et le bruit des souliers sur le pavé.

— Pressons, dit Bonaparte, la revue arrive.

De loin, Donatien vit entrer sur la place les premiers soldats qui passaient en deux colonnes sous le guichet de la galerie du Bord de l'Eau. Bonaparte voulait rendre hommage à son armée d'Italie, qu'il avait conduite à travers les Alpes, à l'instar d'Hannibal, jusque dans la plaine de Marengo. Ces soldats avaient marché dans la neige et la glace pour vaincre le col du Grand-Saint-Bernard, puis sillonné la plaine du Pô à la rencontre des troupes autrichiennes. Pour une fois malheureux dans ses combinaisons, Bonaparte avait divisé son armée ; Mélas l'avait attaqué concentré. À trois heures, la bataille était perdue. Elle fut gagnée à quatre heures par l'arrivée de la division Boudet menée par le général Desaix et par la charge des cavaliers de Kellermann qui avait dispersé une avant-garde autrichienne trop confiante. Le miracle de Marengo avait rétabli les affaires du Premier consul, qu'on donnait déjà battu et chassé de la scène politique. Bonaparte devait sa fortune à ces régiments mal vêtus qui avaient franchi trois cents lieues pour le maintenir aux Tuileries. Il désirait leur montrer sa gratitude. Aussi l'ordre de la revue suivait celui de la campagne. Les détachements des troupes de Lannes, qui commandait l'avant-garde, étaient en tête, avec le régiment des Allobroges, ces Savoyards qui avaient ouvert la voie dans les montagnes de Suisse. Suivaient les troupes de Duhesme, celles de Victor et un détachement de la cavalerie de Murat.

Donatien observa un instant les tambours et les fifres précédés par leur sergent-major et son bâton qui battait la mesure. Les hauts grenadiers à bonnet d'ourson de la première compagnie, dite « compagnie d'élite », suivaient. Leurs baïonnettes alignées faisaient comme une herse d'acier qui avançait en cadence en reflétant par éclairs la lumière du matin. Le visage sévère des soldats, leurs longues moustaches noires et tombantes, la fourrure des bonnets qui frémissait à chaque pas, les guêtres blanches qui avançaient d'un seul mouvement sur la largeur de la ligne, la silhouette raide des officiers en grand uniforme doré qui serraient les files de chaque côté de la troupe, tout cela formait un tableau farouche, plein de force martiale, qui fascinait les badauds regroupés de chaque côté du défilé et incarnait, dans les ors, les cuirs luisants, le blanc éclatant et le bleu sombre des habits, dans le cliquetis des sabres et le martèlement des bottes, l'esprit même du nouveau régime, tout d'ordre impérieux et de menace guerrière. Donatien s'était posté dans la guérite des gardes des Tuileries qui s'élevait à gauche de l'entrée, devant la grille qui coupait la place du Carrousel par son milieu, séparant la cour du palais de l'esplanade publique. Il jeta un coup d'œil circulaire sur la cérémonie qui commençait. La troupe s'avançait en musique vers le milieu de la place, la foule tenue à distance saluait et criait, des grappes d'enfants, que les officiers laissaient faire, couraient, riaient et virevoltaient dans les espaces libres entre les compagnies.

À droite et devant Donatien, les façades du Louvre et de l'hôtel de Longueville étaient fermées et vides. À gauche en revanche, au débouché de la rue Saint-Nicaise, on voyait aux fenêtres ouvertes des Parisiens qui secouaient la main ou agitaient des mouchoirs. Donatien prit sa lunette et la braqua sur la fenêtre du réduit où se trouvaient les tireurs. Elle était close et sombre. À coup sûr, les assassins ne se montreraient pas avant que Bonaparte se soit avancé au milieu de la place sur son cheval pour observer le défilé. Il y avait des policiers partout, dans la foule, devant les immeubles, dans les escaliers, sur les paliers et dans les greniers, sauf devant la chambre louée par les chouans, laissée libre quoique surveillée de tous côtés. À six heures, alors qu'il faisait encore nuit sur la place déserte, trois ombres étaient entrées discrètement dans l'immeuble, sous l'œil des agents dissimulés dans la guérite ou aux fenêtres voisines. Donatien les imaginait maintenant serrés dans leur chambrette, l'œil aux aguets, tenant leur fusil chargé et armé posé sur la crosse, attendant l'apparition de l'usurpateur dont ils voulaient débarrasser la France. Parmi les trois hommes entrés nuitamment, un policier avait reconnu une silhouette trapue et agile couronnée de cheveux frisés. La silhouette de Cadoudal.

Bonaparte sortit par l'escalier du pavillon de Flore et enfourcha le cheval blanc qui l'attendait. Sur son habit il avait passé un long manteau gris à large col qui descendait bas sur les flancs du cheval. Lannes, Duhesme, Victor et Murat, qui l'attendaient en grande tenue, furent surpris de sa mise. Jusque-là, pour les revues, il passait l'uniforme de général, habit bleu, culotte blanche, écharpe tricolore autour de la taille et grand bicorne empanaché. L'habit vert de colonel, le chapeau noir et le manteau de campagne leur parurent incompréhensibles. Ils ne posèrent pas de question, habitués aux écarts du grand homme. Bonaparte dirigea lentement son cheval vers la grille du palais, ses généraux derrière lui. Les soldats arrivaient maintenant en nombre sur la place du Carrousel, chaque régiment précédé de sa musique. Aux ordres lancés par les officiers, qui résonnaient sur les façades, ils s'arrêtaient, pivotaient, s'alignaient pour se disposer en carrés successifs étagés dans la largeur de l'esplanade, face à l'immense palais dont les murs chargés de bas-reliefs et couronnés de statues barraient la vue. Puis ils s'immobilisaient, droits, raides, fusil à l'épaule, menton levé, tandis qu'un vent léger faisait frissonner leur moustache longue et leur bonnet d'ourson. Toujours au pas, Bonaparte passa la grille, son regard braqué sur les soldats alignés. Il poussa encore un peu son cheval, en uniforme austère et gris devant une parade d'or, de couleurs et de plumes. Il raidit doucement les rênes quand il fut au milieu exactement de l'espace formé par les grilles du palais qu'il venait de franchir et l'alignement des hommes devant lui. Le cheval souffla et s'arrêta. Bonaparte resta immobile. Les fanfares entonnèrent la *Marche consulaire*.

Dans sa guérite à l'entrée de la cour du palais, Donatien se dit en voyant passer le Premier consul qu'il offrait déjà une cible parfaite aux tireurs. Seul en avant du petit cortège, il s'avançait à découvert, sans méfiance ni protection. Il braqua sa lunette sur le réduit mais ne vit rien, sinon les carreaux noirs de la haute fenêtre, aveugles et menaçants. Il fallait attendre que les chasseurs de Cadoudal fussent en place pour les prendre à coup sûr. On ne le saurait que lorsqu'ils ouvriraient la fenêtre pour se mettre en position. La *Marche consulaire* s'arrêta. Le silence se fit. On entendit l'ordre de l'officier qui faisait face à la ligne, renvoyé par l'écho. Les soldats présentèrent les armes, les baïonnettes brillèrent dans le soleil. Donatien gardait sa lunette en place. Soudain, il vit que la fenêtre s'ouvrait. Deux hommes apparurent. Donatien décela aussitôt le canon des deux fusils à vent posés de chaque côté du chambranle. Le drame commençait.

Bonaparte descendit de cheval et marcha sans hâte vers la ligne, suivi de ses généraux, pour passer les soldats en revue. Il commencerait par les plus à gauche, qui étaient entrés les premiers sur la place. Et donc il se dirigeait vers la fenêtre du réduit, accroissant les chances des tireurs à chaque pas. Donatien, sorti de sa guérite, se tourna vers la fenêtre et leva le bras. Aussitôt les policiers groupés dans la pièce voisine abattirent dans un fracas étourdissant la cloison qui les séparait des tireurs. Trois autres s'étaient approchés sans bruit dans le couloir. Ils tournèrent la clé de la chambre et entrèrent, pistolet braqué devant eux.

— Pas un geste, cria le premier, vous êtes pris !

— Ne bougez pas, hurla le second, ou vous êtes morts !

Au balcon de la chambre, les deux tireurs, un grand diable blond au teint rouge et un petit paysan frisé en blouse bleue, s'emparèrent de leur fusil pour résister. Ils furent aussitôt ceinturés et jetés à terre par six policiers déchaînés. On les ligota et on les bâillonna. Ils furent relevés et emmenés dans le couloir, tenus chacun d'une poigne de fer par les assaillants.

Entre-temps, pendant que Bonaparte s'approchait des soldats, Donatien avait couru le long de la grille vers l'immeuble et monté les escaliers quatre à quatre. Il vit les policiers et leurs prisonniers.

— Où est le troisième ? cria-t-il. Il y en avait un troisième ! C'est Cadoudal !

— Il a dû s'enfuir par l'escalier, au fond de ce couloir. Les autres sont après lui. Il y en a aussi en haut, sous les combles. Ils ne peuvent pas le manquer.

Donatien s'arrêta un instant dans la chambre. Par la fenêtre, il vit à cent pas de lui Bonaparte, qui avait commencé à longer le premier rang. Par terre, les deux fusils à vent étaient tombés. Donatien considéra une seconde le curieux réservoir de cuivre qui surmontait chacune des culasses. Puis il tourna les talons et courut vers le fond du couloir, derrière Cadoudal et ses poursuivants.

Bonaparte s'était arrêté devant le premier soldat dont il avait révisé le nom le matin même.

— Alors, Boncœur, toujours vaillant depuis le pont de Lodi ?

Le soldat resta droit, le visage immobile dans sa faction, tournant seulement les yeux vers le Premier consul. Il était de tradition que les hommes puissent converser avec leur général, à condition qu'ils gardent sans ciller la posture réglementaire.

— Toujours vaillant, général. Ce fut une belle affaire, sans vous et Berthier, nous étions flambés !

— C'est surtout Dupas qui a sauvé le tout. Nous avons seulement terminé la charge, répondit Bonaparte. Je l'ai fait colonel. Est-ce juste, Boncœur ?

Le 10 mai 1796, au milieu du pont de Lodi, alors que les soldats français venaient d'être fauchés par un tir de mitraille, le chef de bataillon Dupas avait ramassé le drapeau parmi les morts et s'était précipité vers les Autrichiens en ralliant les survivants. La prise du pont avait terminé la manœuvre de Lombardie et ouvert la route de Milan.

— C'est juste, général, dit Boncœur. Mais il n'était pas le seul à mériter de l'avancement.

— Ah ! Ah ! Voilà bien les soldats français ! Toujours à se plaindre et à grogner. Et qu'as-tu fait depuis, Boncœur, qui mérite une promotion ?

— J'étais à Arcole, à la Favorite et au siège de Mantoue.

— Une bien belle campagne, dit Bonaparte.

— Et je suis reparti le printemps dernier avec l'avant-garde pour passer la montagne.

— Tu étais à Marengo ?

— Non. À Montebello. J'ai atteint la crête le premier. J'étais couvert du sang des camarades.

Parole, ils étaient presque tous tombés sous les balles des Autrichiens pendant l'assaut.

— Tout cela est-il véridique ? demanda Bonaparte.

— Sur la tête de ma mère et sur celle du colonel.

— Ne jure pas, Boncœur. Surtout sur la tête des autres.

En fait, il avait vérifié la veille les états de service des soldats qu'il voulait distinguer. Il se tourna vers Lannes qui se tenait un pas en arrière.

— Général, vous ferez un caporal de ce brave. Une fois que nous aurons fait la paix, il pourra revenir dans son village la tête haute. Il lui suffira de dire « J'étais de l'armée d'Italie » pour qu'on le salue bas.

Boncœur ne bougea pas. Mais une larme commença à couler sur sa joue rugueuse. Bonaparte s'approcha de lui. Boncœur le dominait d'une tête et son bonnet d'ourson le faisait encore plus grand.

— Adieu, Boncœur. Nous avons fait de belles choses. Une fois la paix revenue, nous en ferons de plus belles encore.

Puis il lui tira l'oreille et passa au rang suivant. Il marcha quelques pas et avisa un soldat glabre dont les cheveux bruns dépassaient sous son bonnet.

— Alors, Le Guen, toujours vaillant depuis le pont de Lodi ?

Donatien avait longé les portes des appartements et monté en courant les marches d'un escalier qui conduisait sous les toits. Il était arrivé à mi-chemin, quand il entendit un coup de feu. Il accéléra encore. Il déboucha dans un couloir étroit qui courait sous les toits. Au milieu de ce couloir, il vit le corps d'un policier tombé sur le sol de carreaux rouges. Un commissaire était agenouillé près de lui et défaisait son col.

— Grave ? demanda Donatien.

— Cadoudal lui a tiré en pleine poitrine, dit le commissaire en montrant une tache rouge qui s'élargissait au milieu de sa redingote.

— Le diable ! s'écria Donatien. Et où est-il ?

— Il a filé par les toits. Mais ils sont cinq derrière lui. Le pâté d'immeubles est isolé. Nous avons tout repéré. Il ne pourra pas nous échapper.

— Par où est-il passé ?

Le commissaire tendit le bras vers une ouverture dans le toit dont la vitre horizontale était rabattue sur les ardoises à l'extérieur. Donatien s'y précipita. Il sauta, agrippa le bord de la fenêtre, passa les coudes et fit un rétablissement. Il se mit debout sur le toit d'ardoise et tourna la tête de tous côtés. Derrière lui, il aperçut deux policiers qui avançaient avec précaution le long d'une gouttière. Un autre marchait en équilibre sur le faîte du toit. Donatien monta vers le sommet de l'immeuble et progressa aussi vite qu'il put sur l'arête des deux pentes couronnée d'une mince bande de zinc. Arrivé de l'autre côté, il vit la rue Saint-Honoré, dont la chaussée boueuse s'étendait beaucoup plus bas, dans une vision vertigineuse. Il put s'accrocher à une girouette de fer tenue par des fils. Sur sa gauche, trois policiers s'étaient mis à quatre pattes pour s'approcher d'une vaste cheminée de briques rouges d'où sortait une fumée abondante et blanche. Comme ils étaient à une quinzaine de mètres, Cadoudal apparut soudain, un pistolet à la main, les traits sereins, les lèvres serrées, le regard seulement aiguisé par la concentration. Il visa, tira, et l'un des policiers tomba. Son corps roula sur la pente d'ardoise, rebondit sur la gouttière et disparut dans le vide. Un policier répliqua mais Cadoudal s'était remis à l'abri derière la cheminée.

Donatien prit son pistolet dans sa ceinture, l'arma et se mit en devoir d'avancer pas à pas, l'arme braquée devant lui et le corps courbé en deux.

Au même instant, à la préfecture de police, deux policiers qui avaient attendu l'arrivée du jeune commissaire Duperron le virent se diriger tranquillement vers son bureau, avec l'air de ceux qui voient s'ouvrir devant eux une nouvelle journée de routine. Ils se levèrent à son approche, firent un pas vers lui, et le saisirent chacun par un bras.

— Citoyen Duperron, dirent-ils, vous êtes en état d'arrestation.

— Comment ? Quoi ? s'exclama Duperron dont le visage mince exprimait un mélange de surprise et d'horreur. De quel droit ? Je suis commissaire. Quelle est cette farce ?

— Ordre du préfet Dubois et du ministre Fouché, rétorqua l'un des policiers.

— Du préfet ? Mais que me reproche-t-il ? Je veux le voir ! Je saurai m'expliquer.

— Désolé, dit l'autre policier. Nous avons ordre de vous saisir et de vous conduire à la Force. Pour motif de trahison et d'espionnage.

— Mais que chantez-vous ? Où sont les preuves ? Où sont les ordres ?

— Les ordres sont là, dit le premier en montrant un papier. Quant aux preuves, nous les avons accumulées depuis deux semaines.

Duperron baissa la tête, pâle et déjà résigné. Il se laissa emmener sans résistance.

Dix minutes plus tard, dans ce faubourg Saint-Germain affectionné par l'aristocratie en passe de réhabilitation, trois autres policiers se présentaient rue de Grenelle à l'hôtel de Bourmont et demandaient à voir le maître des lieux. Un valet en livrée leur demanda d'attendre. Il revint deux minutes plus tard et dit :

— Monsieur le comte va vous recevoir dans quelques instants. Il s'habille.

Les policiers s'assirent poliment et attendirent. Mais cinq minutes plus tard, dans le parc qui s'étendait derrière l'hôtel, un homme en manteau noir tenant une grosse sacoche de cuir se dirigea en courant vers la petite porte qui donnait sur la rue de Varenne. Il l'ouvrit avec une grosse clé qu'il raccrocha à son clou et sortit. Là, trois autres policiers qui étaient en embuscade l'arrêtèrent et le firent monter dans une voiture. Bourmont ne protesta même pas. Sa fuite par le parc était déjà un aveu.

Plus à l'est, juste après la limite du faubourg Saint-Germain, douze policiers envahirent à la même seconde la cour du couvent d'Adélaïde Champion de Cicé en passant en même temps par les deux portes qui s'ouvraient sur la rue Notre-Dame-des-Champs. Renseignés par la fille Vallon qui venait toujours visiter son oncle François, ils savaient où ils allaient. Au milieu de la cour, ils trouvèrent la vieille dame mince qui frappait dans ses mains. Ils crurent à un signal pour les conjurés et jetèrent Adélaïde sur le sol de pierre en lui couvrant la bouche de leurs mains. En fait, la brave femme frappait toujours dans ses mains pour inviter les pensionnaires à se rendre à la messe. Les policiers se ruèrent dans les étages. Dans sa cellule de moine, ils trouvèrent Carbon qui se rasait devant un miroir au-dessus d'une bassine d'étain. Le chouan se résista pas. En compagnie de son hôtesse qui criait son innocence, il fut aussitôt emmené à la préfecture.

Donatien rampait vers la cheminée qui cachait Cadoudal. Paralysés par le sort de leur collègue, les policiers avaient cessé d'avancer. Le fugitif réapparut. Il visa et tira. Donatien s'aplatit sur le zinc. Il entendit la balle siffler. Il se releva et il avança vers la cheminée. Il escomptait qu'après deux coups tirés, Cadoudal n'aurait pas un autre pistolet prêt à servir. Marchant au sommet comme un funambule, il lui fallut plus d'une minute pour arriver à la cheminée. Il la contourna : Cadoudal avait disparu.

— Levez-vous, vous autres ! cria Donatien. Il s'échappe !
— Il ne peut pas s'enfuir, dit un commissaire, ce groupe de maisons est isolé.
— On ne sait jamais. C'est un diable.

Ils coururent devant eux. Ils faillirent tomber : la gouttière tournait brusquement à gauche derrière une cheminée qui masquait le vide. À l'autre coin du toit, ils virent Cadoudal. Il marchait lentement sur deux planches qui surplombaient la rue Saint-Honoré et qui formaient comme un pont de fortune vers l'immeuble voisin. Une corde tendue entre deux cheminées de chaque côté de la rue lui servait de rampe. Donatien se jeta en avant. Il braqua son pistolet vers le chouan.

— Arrête, Georges, cria-t-il, ou je tire !
— Tire, imbécile, si tu l'oses !

Donatien visa. Il avait au bout de son canon d'acier l'ennemi acharné de la République, le conspirateur diabolique de la rue Saint-Nicaise, l'ennemi mortel du Premier consul. Il voyait sa courte silhouette râblée avancer sur les deux planches à cent pieds au-dessus de la rue. Il n'y avait aucun autre moyen de l'arrêter. Le coup ne pouvait pas manquer. Donatien pressa son doigt sur la détente. Mais Cadoudal qui s'approchait du toit opposé avait vu qu'il était en joue. Il se jeta en avant. La balle s'écrasa sur l'ardoise. Cadoudal avait bondi sur la gouttière. Un complice lui tendit la main. Il la saisit. Tous deux dénouèrent la corde qui servait de rampe. D'un coup de pied, ils firent tomber les planches dans la rue Saint-Honoré.

— Abattez-le ! cria Donatien aux policiers.

Un commissaire tira mais il n'avait pas pris le temps d'ajuster. Le coup se perdit. Impuissant au bord du toit, Donatien voyait les deux conspirateurs s'éloigner à la hâte le long de la corniche qui entourait l'immeuble opposé. Soudain Cadoudal s'arrêta. Il se retourna vers ses poursuivants arrêtés par le vide, regarda Donatien, sourit d'un air carnassier et salua d'un large geste du bras en s'inclinant. Puis il disparut derrière la pente d'ardoise.

Tremblant de rage, Donatien rebroussa chemin. Inutile de continuer la poursuite. De toute évidence, les chouans avaient reconnu leur itinéraire de fuite. La ruse du pont de planches avait réussi. En gagnant quelques minutes d'avance, Cadoudal et son complice pouvaient redescendre dans une rue voisine. Ils se perdraient dans Paris avant qu'un seul commissaire ait pu localiser l'entrée de l'immeuble où ils se trouvaient. Deux morts chez les policiers pour une arrestation manquée : l'opération finissait sur un fiasco. Le piège avait fait son office. Mais Georges s'en était extrait au dernier moment avec son énergie et sa brutalité coutumières. Donatien repassa devant la chambre où étaient postés les tireurs. Au moins, se dit-il, l'attentat a été prévenu sans coup férir et les deux chasseurs chouans ont été pris en flagrant délit. Les arrestations de Bourmont, de Duperron et de Carbon complétaient un tableau honorable. L'agence royaliste subissait une grave défaite et le mystère de l'attentat était éclairci : Fouché avait eu raison depuis le début contre Bonaparte. Donatien avait maintenant une bonne chance d'obtenir la libération de Hyacinthe. Olympe serait heureuse.

Dans la chambre, Donatien s'approcha de la fenêtre pendant qu'un vieux commissaire ramassait les deux fusils à vent pour les emporter à la préfecture. Bonaparte continuait sa revue, parlant à un autre soldat, toujours suivi par ses généraux, reconnaissable de loin grâce au chapeau noir et au manteau gris. Le vieux commissaire s'était approché lui aussi pour contempler le spectacle.

— C'est curieux, dit-il, ces fusils sont silencieux mais ils ne sont efficaces qu'à moins de cinquante pas. Le Premier consul était nettement plus loin. Ils avaient toutes les chances de rater leur coup.

Donatien le regarda puis considéra les fusils et tourna son regard vers Bonaparte dont il voyait la silhouette au milieu de la place du Carrousel.

— Ces fusils ne portent qu'à cinquante pas ?

— Non, ils portent plus loin. Mais ils deviennent très imprécis après cinquante pas.

— Comment sais-tu cela ?

— J'en ai étudié dans une autre affaire, il y a trois ans. Un mari a tué l'amant de sa femme en espérant que le coup ne s'entendrait pas.

— Il a réussi ?

— Oui. Mais il se trouvait à trente pas de sa cible.

— Et d'ici, ils ne pouvaient pas atteindre Bonaparte ?

— Si, mais ça aurait été un coup de hasard. Ou bien il aurait fallu qu'il se rapproche beaucoup plus.

— Ce n'était pas prévu. Mais ils ne le savaient pas. Ils pouvaient seulement espérer que leur cible vienne plus près de l'immeuble.

— Drôle de plan, dit le vieux commissaire. Pour réussir, ils comptaient sur des mouvements dont ils ignoraient tout et qui avaient peu de chances de se produire.

— Oui, c'est curieux, dit Donatien. D'habitude Georges monte mieux ses combinaisons.

Il prit un des fusils et le contempla d'un air pensif.

— Les fusils à vent tirent à cinquante pas... Bizarre. Il n'y avait pas d'autre fusil ?

— Non. Regardez. Il n'y a rien d'autre.

— Bizarre.

Donatien regarda encore par la fenêtre la place couverte d'hommes en armes rehaussée par un frais soleil. Bonaparte parlait avec un soldat. Il sortit une médaille de sa poche et la lui accrocha sur la poitrine. Il lui donna l'accolade, lui tira l'oreille et passa au suivant. Devant lui, dix rangs de soldats le regardaient, immobiles, le fusil à l'épaule. Soudain Donatien eut une illumination. Les paroles de Cadoudal lui revinrent d'un coup. Il les avait oubliées, tant le plan de Georges paraissait simple : une chambre, deux tireurs, deux fusils, il ne pouvait pas manquer son affaire. Mais les fusils n'avaient pas la bonne portée et Bonaparte était resté à distance. Les mots de Georges jaillirent dans sa mémoire : « Il faut doubler la chance. »

Donatien jeta encore un regard sur la revue, sur les soldats alignés, sur Bonaparte qui marchait tranquillement au milieu de centaines d'hommes armés. Ceux-là étaient une protection. Ivres de fierté et d'admiration, ils couvriraient leur général en toutes circonstances. Sauf si...

Donatien sortit en courant de la chambre pour se précipiter dans l'escalier qui descendait sur la place, pendant que le vieux commissaire le regardait partir avec un œil étonné.

# 23

# La ruse

Donatien déboucha sur la place et cligna des yeux dans le soleil. Bonaparte devait encore inspecter trois régiments ; il mettait tant de soin au moral de la troupe que ces revues pouvaient durer trois heures. Il restait exposé : il fallait agir.

En descendant les marches, Donatien avait fait travailler son esprit. Il avait compris la ruse de Cadoudal. Pour le cas où le premier attentat échouerait, le chouan en avait prévu un second. C'était la seule explication de l'insuffisante portée des fusils à vent. Il y avait une « seconde chance ». Si Bonaparte s'était approché, les deux chouans auraient tiré. Il était resté à distance : d'autres assassins feraient le travail. Cette seconde chance était aussi une assurance contre la trahison. Cadoudal se méfiait de Bourmont. Pour déjouer toute machination policière, il ne lui avait livré que la moitié de son plan. L'autre moitié, restée secrète à tous, serait mise en œuvre en cas d'échec de la première. La chambre aux fusils à vent était un leurre ; le véritable attentat allait se dérouler maintenant.

D'où viendrait le coup ? Il ne pouvait y avoir de tireur dans la foule : elle était triée sur le volet, tenue au loin et truffée de policiers. Il ne pouvait y avoir de tireur aux fenêtres : elles étaient condamnées et surveillées. Il ne restait qu'une seule solution. Comment s'approcher armé d'un général pendant une revue ? En étant soldat soi-même. Inéluctablement, le déroulement du défilé mettrait la cible à portée de l'assassin. Et l'assassin n'avait pas besoin de dissimuler son arme : le règlement lui ordonnait de la porter avec lui.

Sûr de sa conclusion, Donatien marcha sur le groupe des généraux qui suivaient le Premier consul. Il se présenta, prit Lannes à part et lui dit la situation : deux tireurs étaient pris, Cadoudal était en fuite, mais il y avait un autre dispositif, prêt à entrer en action. Bonaparte avait vu l'intrusion. Il s'interrompit et vint sur eux, pendant que les soldats restaient au garde-à-vous, impassibles.

— Quel est ce manège, Lachance ? Avez-vous pris les brigands ?

— Deux d'entre eux, mais Georges s'est enfui.

— Peste ! Vous avez été maladroit.

— L'agence royaliste est décapitée néanmoins. Nous avons Bourmont, Duperron, et surtout un des assassins de nivôse, Carbon.

— Certes. Mais vous avez manqué l'essentiel.

— Je crois surtout que l'affaire n'est pas finie. Je sais maintenant que Cadoudal avait doublé son dispositif.

— Comment cela ?

— Il a prévu un deuxième attentat.

— Vous voulez dire qu'il y a encore des tireurs ?

— Oui, citoyen consul. Il y a un deuxième groupe d'assassins, quelque part sur la place.

— Mais où se cachent-ils ?

Bonaparte avait lancé un regard autour de lui.

Donatien, lui aussi, observait la troupe immobile. Il tentait de déceler un mouvement suspect, un début de manœuvre, un geste révélateur. Mais les soldats étaient fixes comme des statues.

— Il n'y a qu'une seule cachette, citoyen consul, au milieu de la troupe.

— Au milieu de mes soldats ? C'est impossible.

— Les blancs ont des hommes dans l'armée, nous le savons. Ils ont pu infiltrer une compagnie.

En parlant, Donatien continuait d'observer la troupe. Soudain il crut voir quelque chose. À trente pas de lui, deux soldats du troisième rang tournaient la tête vers la foule massée le long de la galerie du Bord de l'Eau. Ce manquement à la discipline était étrange.

— Êtes-vous sûr de vous, Lachance ?

— Oui. J'ai entendu Cadoudal dire qu'il voulait doubler la chance. Je suis sûr de moi, citoyen consul. L'affaire n'est pas terminée.

Au troisième rang, les deux soldats avaient repris leur pose réglementaire. Mais l'instant d'après ils jetèrent encore, l'un après l'autre, un long coup d'œil vers leur gauche, au milieu de la foule. Donatien remarqua qu'ils fixaient le même point, caché à ses yeux derrière les uniformes alignés et les baïonnettes brandies.

— Alors que faire ? demanda Bonaparte.

— Conclure maintenant. Écourter la revue. C'est la sagesse même.

— Ce serait battre en retraite, dit Bonaparte.

— La retraite est parfois nécessaire à la guerre.

— On dira que j'ai eu peur, que les assassins m'ont fait reculer. Ce n'est pas honorable.

— Votre sécurité est à ce prix.

— Non. Je n'arrêterai pas la revue. J'ai une meilleure idée. Le Premier consul ne recule pas devant le danger. Au contraire, il va droit sur lui.

Il tourna les talons et marcha vers la file des soldats alignés. À dix pas, il se planta bien en face de la troupe et commença à parler. Éberlués, Donatien et les généraux se placèrent derrière lui.

— Soldats ! Écoutez votre général ! Je veux vous parler comme à mes amis.

Sa voix claire résonna sur la place. Il parla lentement, détachant les mots, son accent corse soudain maîtrisé, le verbe limpide et martial.

— Ce matin, pendant que vous défiliez en paix pour recueillir les fruits légitimes de votre courage, des brigands conspiraient contre moi, contre vous, contre la République. Ils voulaient refaire de coup de la rue Saint-Nicaise, ils voulaient mener à son terme la lâche entreprise qu'ils ont manquée le 3 nivôse.

Malgré la discipline, un frémissement parcourut les rangs et un début de rumeur se fit entendre.

— Mais grâce à l'habileté de ma police, ils ont été prévenus. Deux assassins étaient à une fenêtre pour me coucher en joue et m'abattre. Et cela, devant vous ! Heureusement, leur affaire a été percée à jour, ils ont été surveillés, entourés et saisis. Ils sont en prison. Nous en ferons une justice éclatante.

Dans la troupe alignée et muette, un lieutenant cria soudain :

— Vive la République ! Vive Bonaparte !

Aussitôt, les soldats reprirent frénétiquement :

— Vive la République ! Vive Bonaparte !

L'ordre s'était rompu. Les hommes levaient leur fusil, tapaient du pied, enlevaient leur bonnet pour l'agiter au-dessus de leur tête. Donatien continuait d'observer les suspects.

— Soldats ! reprit le Consul. Cette affaire n'est pas terminée. Le danger est encore là.

Le silence se fit.

— On vient de me dire à l'instant que d'autres brigands se sont infiltrés parmi vous. Ce sont les hommes de Georges, les espions de l'Angleterre, les assassins de la Vendée, les agents des nobles et des prêtres, les hommes perdus qui veulent jeter bas les autorités légitimes et continuer les malheurs de la patrie !

Une vague d'indignation parcourut la troupe. C'était un mugissement que les soldats émettaient en se tournant de tous côtés.

— Mais, soldats, je ne crains rien. Je suis parmi vous ! Vous êtes mes enfants. Vous me protégerez des brigands. Soldats de la République, vous ne laisserez pas faire ces brigands !. Les laisserez-vous ?

Ce fut un hurlement.

— Non ! Non ! Non ! Vive Bonaparte ! Vive notre général ! Vive le petit caporal ! Lodi ! Arcole ! Rivoli !

Les soldats criaient leur fidélité au chef, leur soumission à son étoile, leur adhésion au régime d'ordre incarné par ce petit homme en manteau gris.

Donatien réfléchissait à toute vitesse. Si ces deux-là voulaient tuer Bonaparte, se dit-il, c'est qu'ils avaient décidé de se suicider. Ils auraient à peine braqué leur fusil qu'ils seraient ceinturés, désarmés, jetés à terre. Donatien ne comprenait pas comment ils pouvaient espérer réussir dans leur entreprise et sauver leur peau. Même sans l'improvisation de Bonaparte, ils n'auraient pas pu tirer sans être aussitôt saisis par leurs voisins. Cadoudal les aurait-il convaincus de se sacrifier ? C'était invraisemblable. Dans l'attentat de nivôse, perpétré par des chouans tout aussi fanatiques, les assassins s'étaient ménagé une chance de s'enfuir. Ils avaient payé une fillette pour qu'elle saute à leur place. Malgré leur détermination, ces hommes craignaient la mort comme les autres. Ils voulaient bien risquer leur vie mais point se suicider. C'était la limite de la tactique de l'assassinat. Il fallait promettre une chance de survie aux assassins. Et donc réduire les chances de réussite. On ne pouvait rien ou presque contre un assassin décidé à mourir ; on pouvait se protéger d'un assassin qui craignait pour sa vie. Le discours de Bonaparte n'avait pas d'autre objet : rendre la fuite des meurtriers impossible. Et donc les dissuader d'agir.

À moins que Cadoudal n'ait trouvé un itinéraire de fuite aux deux soldats. Comment ? Peut-être en détournant l'attention au bon moment. Alors les deux hommes pourraient tirer et s'enfuir dans la confusion. Avançant de quelques pas, Donatien porta son regard vers le point que les deux suspects observaient. Il vit seulement une voiture dorée stationnée au milieu de la foule, ouverte sur le côté, où l'on vendait des sucreries, des gâteaux et de l'orangeade, comme il y en avait dans tous les défilés. Un peu plus loin sur la gauche, un cabriolet était arrêté derrière la foule et le cocher fixait la troupe, comme s'il attendait quelque chose. Les acclamations continuaient pendant que Bonaparte regardait ses hommes en souriant, un air de bonté sur le visage.

Soudain, un spectacle invraisemblable fit sursauter Donatien. Deux hommes tiraient sur des cordes attachées au sommet de la voiture ; trois autres poussaient de l'autre côté. La voiture vacilla. Aussitôt Donatien comprit. C'était l'événement qui détournerait l'attention : la chute d'une grosse voiture, un accident dans la foule. Le danger était là. Il prit son pistolet dans sa ceinture et marcha sur les deux soldats. Au loin, la voiture versa puis s'abattit sur le sol avec un fracas qui résonna sur toute la place. La troupe cessa ses acclamations et regarda comme un seul homme vers l'origine du bruit. Bonaparte lui-même s'était tourné avec un air de surprise. Donatien vit les deux suspects mettre un genou en terre et ajuster leur fusil. Occupés par le spectacle de la chute de la voiture, les soldats ne réagirent pas. Les tireurs visaient tranquillement Bonaparte, qui ne les voyait pas plus. Donatien se mit à courir.

— À l'assassin, cria-t-il, à l'assassin !

On ne l'entendit pas. Il s'arrêta. Il voyait les fusils braqués, le visage haineux des deux soldats, leur doigt sur la détente. Il leva son pistolet et tira. L'un des deux tomba, du sang sur son habit bleu. L'autre le regarda avec horreur. Effrayé, il se releva et se mit à courir vers le cabriolet. Il était trop tard. Le coup de feu avait ramené l'attention vers Donatien. Les soldats avaient compris la scène. Dix d'entre eux avaient agrippé le tireur en fuite et l'avaient jeté par terre. Le meurtrier se débattait. Un soldat pointa sur lui son fusil prolongé par la baïonnette.

— Non ! Ne le tuez pas ! cria Donatien.

En vain. Déjà le soldat avait plongé sa baïonnette dans la poitrine du meurtrier qui rendit un cri étouffé. Il la ressortit rouge de sang pendant que sa victime expirait en gémissant. Derrière la foule, le cabriolet dont le cocher avait vu toute la scène démarra en trombe et s'évanouit par la rue Saint-Nicaise. Ceux qui avaient renversé la voiture de confiserie avaient eux aussi disparu. Donatien revint vers Bonaparte, qui avait regardé toute l'affaire avec un calme de statue. Les officiers criaient pour ramener la discipline. Les généraux entouraient le Premier consul. Ils s'étaient placés devant lui pour le protéger mais Bonaparte les avait écartés pour mieux voir.

— Lachance, dit le consul, vous avez du sang-froid et vous êtes bon tireur. Je vous dois quelque chose.

— J'avais vu les deux suspects, citoyen consul. Ils se comportaient à l'envers de leurs voisins. On pouvait les deviner...

— Vous avez un meilleur œil que moi. Dans les affaires de police en tout cas.

— Citoyen consul, c'est votre discours qui a tout changé.

— Il n'était pas mal venu, je dois le confesser, dit Bonaparte en souriant. Ainsi cette affaire est close.

— Nous avons manqué Cadoudal mais nous avons écarté le danger. Georges ne pourra pas monter un autre complot avant longtemps.

— Fort bien. Lachance, je dois terminer cette revue. Ces braves méritent qu'on s'occupe d'eux. Allez au palais, attendez dans l'antichambre, je vous recevrai à mon retour.

Donatien salua et repartit vers les Tuileries pendant que Bonaparte s'approchait d'un autre soldat. Donatien l'entendit :

— Alors Courtauld, toujours aussi vaillant depuis le pont de Lodi ?

Assis depuis une heure dans l'antichambre du consul, Donatien vit arriver Fouché, froid comme toujours.

— Ainsi, dit-il, Cadoudal avait prévu deux attentats en un ?

— Oui, c'était supérieurement raisonné. Il a failli nous tromper.

— Comment l'avez-vous deviné ?

— Un commissaire m'a fait remarquer la courte portée des fusils à vent, que j'ignorais. Ainsi les deux premiers tireurs avaient une chance très mince de tuer Bonaparte. C'était étrange.

— Pourquoi n'ont-ils pas pris des fusils normaux ?

— Pour éviter le bruit, qui les aurait fait repérer dans la seconde. Ces gens sont des fanatiques mais ils veulent vivre. Les fusils à vent ne s'entendent pas. Ils comptaient s'échapper avant qu'on trouve d'où venait le coup.

— Mais la portée des fusils limitait leurs chances...

— Oui. C'est pourquoi Cadoudal avait deux cartes dans son jeu.

— Comment l'avez-vous su ?

— Je me suis souvenu d'une phrase qu'il avait prononcée chez Perrin devant Bourmont. Il lui fallait une seconde chance. À partir de là, ce ne pouvait être qu'un soldat de la revue : il n'y avait pas d'autre moyen d'approcher Bonaparte avec une arme.

— Ainsi nous avons manqué Cadoudal mais nous avons gagné sur toute la ligne. Nous avons Carbon, Bourmont, Duperron, les deux tireurs de la chambre. Sur les cinq, l'un ou l'autre parlera. Nous avons démontré que le coup venait des blancs et non des bleus. Donatien, vous avez fait un travail remarquable.

Un bruit de bottes sur le marbre se fit entendre. Bonaparte arrivait de son pas pressé. Il entra dans l'antichambre et vit Fouché.

— Citoyen ministre, sachez-le, la balle qui doit me tuer n'est pas encore fondue.

— Grâce en soit rendue au ciel, dit le ministre de la Police.

— Et à votre ami Donatien, ajouta Bonaparte. Il a éventé les combinaisons de Georges. Voilà bien une redoutable canaille. Il faut mettre toutes les forces de la République à ses trousses. Il n'y aura pas de repos public tant qu'il pourra agir. Passons dans mon bureau.

Ils suivirent le consul qui défaisait ses gants et son manteau gris. Un valet l'attendait dans le bureau où flambait un grand feu. Il prit le manteau, les gants, le chapeau et disparut.

— Fouché, vous surveillerez les journaux. Je veux de cette affaire un compte rendu succinct qui mette en lumière le succès de la police, l'arrestation des brigands, le sang-froid de tous au moment du danger. Vous ferez en sorte qu'on passe sous silence le rôle de Georges. Si son nom est cité, il deviendra une sorte de mythe pour le public. Évitons d'en faire un croquemitaine royaliste.

— Bien, citoyen consul. Nous veillerons sur la presse.

— Vous soulignerez surtout que le cas de la rue Saint-Nicaise est résolu. C'est un succès remarquable : nous avons clarifié l'affaire en trois semaines.

Donatien se dit que le « nous » était audacieux. Fouché avait orienté l'enquête à l'inverse même des intuitions de Bonaparte. Le ministre d'ailleurs regardait le consul avec un regard où perçait, sous la froideur, une pointe d'ironie. Bonaparte sourit.

— Je vous devine, Fouché. Vous avez eu raison contre moi. Ce n'est pas un bon point pour vous, mais je dois le reconnaître. Je ne croyais pas les blancs capables de cette barbarie. Les septembriseurs me paraissaient tout désignés.

— Ces chouans sont des diables, dit Fouché. Leur engeance n'est pas morte, loin de là. Nous devons redoubler de vigilance.

— Il faut séparer le bon grain de l'ivraie terroriste. Chez les bleus comme chez les blancs. La paix que je prépare et l'accord avec l'Église désarmeront leur haine. D'ailleurs s'ils cherchent à me tuer, c'est qu'ils n'ont pas d'autre expédient, c'est que le peuple ne veut pas d'eux, que la France les rejette. Personne ici ne veut des prêtres et des nobles, de la dîme et de la taille. Chacun tient à l'ordre, à la propriété, aux biens nationaux. C'est le centre de gravité de toute politique. Louis l'a peut-être compris mais son entourage vit de chimères. Ils veulent faire marcher l'Histoire à rebours. L'Histoire se passera d'eux.

Il se tourna vers Donatien.

— Lachance, votre concours m'a été précieux. Vous êtes un homme sûr. Que voulez-vous ? La croix ? Un établissement pour vous et les vôtres ?

Une terre dans votre pays natal ? Fouché peut aussi réfléchir à une promotion.

— Je ne veux rien, citoyen consul, sinon une vie.

— Une vie ?

— Celle de Hyacinthe de Saint-Aubin, un brave soldat républicain que la nécessité de faire un exemple a jeté en prison.

— Ah ! Toujours votre républicain. Fouché m'en a parlé. La paix française exige des exemples : voilà mon raisonnement. Vous êtes un entêté, Lachance.

— Il le fallait pour résoudre l'affaire du 3 nivôse.

— Voilà une réplique. Alors où est ce Saint-Aubin ?

— À la Conciergerie. Il attend sa déportation.

— Bien. Je le libère. Êtes-vous satisfait ?

— Au plus haut point, citoyen consul.

— Alors cela me plaît. Voici l'ordre.

Il griffonna une lettre et la signa d'une plume rapide.

Donatien sortit des Tuileries le cœur content. Ainsi il avait mené l'affaire avec brio, favorisé sa fortune et sauvé son ami. Olympe lui en saurait gré. Il avait surtout surmonté ses hésitations de conscience. Entre sa fidélité à Bonaparte et sa fidélité à ses amis, il avait balancé. Un peu honteux, il était délivré par une conclusion qui résolvait les deux problèmes d'un coup. Le sentiment et l'intérêt étaient du même côté : c'était une félicité.

Dans le salon de Juliette, il avait aussi goûté à d'autres plaisirs, ceux de la société la plus raffinée du temps. Ses rêves d'ambition trouvaient une nouvelle application. La faveur de Bonaparte aidant, il pouvait encore progresser dans l'édifice social, viser plus haut, convoiter une carrière à la mesure des talents qu'il avait déployés. Il se laissa ainsi porter, pendant qu'il marchait vers la Conciergerie le long de la Seine, sa lettre serrée dans sa poche de poitrine, par une rêverie d'ascension qui le portait aux plus hautes positions de la politique et du gouvernement. Son étoile, décidément, était attachée à celle de Bonaparte. Les succès du consul, qu'il pressentait immenses, seraient aussi les siens. Il résolut de redoubler d'habileté et de fidélité, au service de cet homme hors de toutes les séries, qui ne voyait pas de limite à sa gloire. Ainsi les rêves de la Révolution, qui postulait la libération des talents, trouvaient une incarnation inattendue dans le destin d'un militaire corse auquel il n'était pas loin, dans l'ordre de la police et de la jungle parisienne, l'un sur la scène du monde, l'autre dans les coulisses de Paris, de s'identifier.

Il arrivait devant l'inquiétant bâtiment aux chapeaux d'ardoise. Il montra son passeport au factionnaire, passa la lourde porte et demanda à voir le concierge. Au bout de cinq minutes, Richard arriva, affairé et bonhomme. Donatien lui tendit la lettre en disant :

— Ordre du Premier consul.

Richard prit la lettre, l'ouvrit et la lut. Il releva un visage navré.

— Citoyen commissaire, c'est une guigne tragique. Vous seriez venu hier que tout serait réglé.

— Et pourquoi ? Il suffit de libérer Saint-Aubin et tout est dit.

— Je le ferais volontiers s'il était encore ici.
— Ah ça ! Mais où est-il donc ?
— Il a été transféré ce matin à la prison de la Force.
— Transféré ? Mais pourquoi ? Sur ordre de qui ?
— Sur ordre du préfet Dubois. Saint-Aubin a tenté de s'évader cette nuit. Mais il a été pris. Il a blessé un gardien et tué un chien. Nous avons failli saisir la voiture qui l'attendait dehors mais elle s'est enfuie de justesse. Le préfet a donné l'ordre qu'on le changeât de prison pour prévenir une autre tentative.

Richard conta à Donatien les détails de la tentative. Olympe était venue la veille munie d'un laissez-passer du ministère de la Police. Entendant cela, Donatien comprit qu'elle avait subtilisé des papiers pendant qu'elle était dans son bureau. Munie d'un faux, elle avait pénétré jusqu'à la cellule de Hyacinthe et l'avait entretenu pendant une heure. Puis elle était partie. Richard expliqua qu'elle avait laissé à Hyacinthe un pain, des boulettes de viande et un saucisson où elle avait inséré une lime. À cause de l'ordre du ministère, on ne l'avait pas fouillée et l'on n'avait pas examiné les victuailles. Au milieu de la nuit, Hyacinthe avait scié la serrure de sa cellule, marché jusqu'à la salle des chapiteaux, et s'était mis en devoir de limer un barreau dans la grille qui le séparait de la rue. De l'autre côté, à quelques mètres, Olympe l'attendait dans une voiture rangée le long du quai. Les chiens l'avaient débusqué. Il avait réussi à les tenir à distance en leur lançant les boulettes de viande. Mais les chiens avaient mangé les boulettes plus vite qu'il ne limait son barreau. De nouveau en éveil, ils l'avaient attaqué et avaient fini par aboyer, ce qui avait attiré les gardes. Hyacinthe avait étranglé un chien puis s'était rebellé contre les gardiens qui avaient eu le plus grand mal à le maîtriser. Olympe, désespérée, avait fouetté son cheval et disparu dans la nuit.

Ainsi tout s'effondrait.

# 24

# Le combat de Saint-Malo

La déportation était une injustice criante. Son déroulement porta de bout en bout la marque de ce vice initial. Hyacinthe qu'il n'y avait plus moyen de faire libérer fut enfermé d'abord à la Force puis transféré à Bicêtre avec trente-neuf compagnons d'infortune, les uns anciens terroristes et robespierristes, les autres ramassés sur dénonciation ou sur on-dit en raison de l'ordre sauvage du Premier consul. Parmi eux, le général Rossignol, bourreau de la Vendée, et divers assassins républicains exécrés du public. Devant semblable compagnie, Hyacinthe enragea tout le jour, mortifié d'être confondu avec cette tourbe sanglante, lui, le soldat généreux des frontières, qui s'était toujours battu à la loyale.

Comme le regroupement à Bicêtre présentait des dangers – il pourrait y avoir des évasions –, on demanda quinze cavaliers pour escorter les prisonniers. Ils n'arrivèrent pas. On dut procéder à l'opération tout de même. Les prisonniers résignés ne tentèrent rien. Mais pour emmener les condamnés jusqu'à Saint-Malo, Dubois n'avait pas de voitures. On pouvait employer les charrettes qui servaient à transporter les forçats. Mais justement, Bonaparte, peut-être honteux en secret de son geste arbitraire, ne l'avait pas voulu. Il avait demandé des voitures couvertes, plus dignes, et qui épargnent aux déportés le port de la chaîne infamante des bagnards. Il fallut attendre plusieurs jours qu'on dégote trois diligences des Messageries nationales, puis deux jours encore pour réunir un détachement de gendarmes et un autre de dragons.

Le 10 janvier – 20 nivôse – le citoyen Guillaume Recorder, maire de Gentilly, monta à la maison de détention pour présider au départ. Mais le fonctionnaire porteur des ordres se fit attendre. Les déportés étaient montés dans les voitures à sept heures, on les fit descendre à midi, puis on remit le départ au lendemain. Le lendemain les chevaux ne parurent pas et il manquait l'escorte. On remit encore. Finalement, le 12 janvier, on réussit à lancer le convoi sur les routes, à une allure d'escargot. On s'arrêta à Arpajon où un convoi similaire transportant Pichegru et les victimes de fructidor avait fait halte trois ans plus tôt. Ceux-là, accusés de monarchisme, étaient transportés dans des cages de fer, à la grande satisfaction des jacobins vainqueurs de la journée, dont plusieurs composaient maintenant le nouveau convoi.

Bonaparte là encore avait voulu une sorte de clémence dans la cruauté. On logea Hyacinthe et ses compagnons dans un grenier et on les autorisa même à écrire à leur famille. La plupart étaient sans bagages ni vêtements autres que ceux qu'ils portaient sur eux, tant ils étaient sûrs d'être élargis une fois que la méprise dont ils s'estimaient victimes serait reconnue. On leur trouva des rechanges et on reprit la route le lendemain. Il fallut bien resserrer l'escorte : pour les bourgeois et les villageois qui les voyaient passer, c'étaient les hommes terribles qui avaient ravagé les provinces de l'Ouest sept ans plus tôt, les buveurs de sang de la Terreur qu'un juste châtiment promettait enfin à l'exil. Pour un peu, ils les auraient estourbis à la faveur d'un relâchement de la surveillance. Entouré de gendarmes et de dragons, de gîte en gîte, de prison en prison, le convoi arriva finalement le 31 janvier – 11 pluviôse – à Saint-Malo. On enferma les prisonniers dans la tour Solidor puis le lendemain, par un froid glacial, ils furent portés sur des canots à bord du brick *La Chiffonne*, mouillé dans l'embouchure de la Rance, chargé de les conduire à leur lieu de déportation, de l'autre côté des mers.

Une sorte de pitié se mêlait à la rigueur des dispositions de transport. Les déportés étaient autorisés à emmener femme et enfants – aucun ne le fit, ils croyaient tous à leur libération proche –, ils devaient être logés dans l'entrepont et disposer chacun d'un lieu privé pour le voyage. On construisit des compartiments de bois qui isolèrent les prisonniers de l'équipage. Ils eurent droit au même ordinaire que les marins, avec du vin en supplément, ainsi que toutes les victuailles qu'ils pourraient se procurer eux-mêmes. La précision de Bonaparte se manifesta une nouvelle fois : il recommanda d'emporter à bord « de l'oseille confite, de la choucroute, des pommes de terre, du vinaigre, de la moutarde » qui seraient distribués comme « douceurs » pendant le voyage aux déportés, qui devaient aussi recevoir « une marmite particulière » et manger « dans un lieu spécialement désigné ». Une disposition était encore plus libérale. Les proscrits, disait l'ordre dicté par le Premier consul, « auront la faculté de monter sur le pont, de façon à ce qu'il y ait toujours le plus grand nombre possible à prendre l'air ».

Bonaparte voulait éloigner et non tuer. Tel était le sens de ces instructions détaillées. Peut-être qu'en ancien républicain il répugnait à martyriser ses condisciples en jacobinisme. Ou qu'il souhaitait atténuer par un adoucissement des conditions l'horreur globale de la mesure. Hyacinthe, en tout cas, ayant le droit de correspondre, décrivit par le menu les conditions futures de son voyage dans une des nombreuses lettres qu'il écrivit à Olympe. Ces lettres arrivaient vite : Olympe avait suivi à distance le convoi des déportés, dormant dans les auberges sous un faux nom, en compagnie de plusieurs autres femmes toutes épouses de l'un ou l'autre déporté. Ainsi elle recevait les courriers de Hyacinthe que l'une d'entre elles réclamait chaque jour aux officiers de l'escorte. Lisant ces lettres, Olympe cherchait le moyen de faire évader Hyacinthe avant qu'il ne soit trop tard et qu'un navire emporte vers l'horizon le dernier espoir de sauver son mari.

À bord de *La Chiffonne*, la vie s'organisait lentement, au rythme d'un bateau qui se prépare à appareiller pour les terres lointaines. On armait, on ravitaillait, on réparait sans relâche. L'ordre de départ était arrivé tard : le brick n'était pas prêt. Ainsi le navire restait à tirer sur son ancre dans la rade, relié à la terre par une noria de canots qui portaient à bord les espars de rechange, les voiles de secours, les vivres et les munitions. On ne partirait pas avant une semaine, et encore fallait-il un vent favorable pour remonter le chenal de Saint-Malo vers l'ouest et mettre le cap sur l'Atlantique : Olympe profita de ce délai pour concevoir son plan. Et ce plan passait par Granville, où l'histoire avait commencé.

Revenue dans sa ville natale, Olympe ne fut pas longue à recruter des partisans. Les jeunes gens du siège, les pêcheurs amis de son père, les proches de Hyacinthe, dont la popularité avait laissé un souvenir plein de confiance, tous se portèrent volontaires. L'ancienne déesse de la Liberté n'avait pas perdu son aura. Elle convainquit rapidement, dans les tavernes de la ville, devant un pichet de cidre, ses anciens admirateurs de tenter avec elle l'opération qui réparerait l'injustice faite à Hyacinthe. L'affaire était risquée, audacieuse, trop audacieuse peut-être. Mais enfin elle reposait sur le sens marin des Granvillais, dont Olympe savait qu'ils n'en manquaient pas.

Il y avait dans le port trois cotres bien armés, rapides et légers, qui servaient depuis sept ans à cette guerre de course dont les ports de la région, animés par l'exemple de Saint-Malo et du vaillant Surcouf, s'étaient fait une spécialité. Régulièrement l'un de ces bâtiments furtifs et redoutables prenait le large où il interceptait, au milieu de la Manche ou même en vue des côtes d'Angleterre, un bateau de commerce britannique chargé de marchandises venues des colonies. Les capitaines granvillais, à l'instar de Surcouf, étaient porteurs des lettres de course émises par la République en guerre contre les Anglais. Ainsi ils se constituaient par ces coups de main de corsaires une réputation de marins hors pair, en même temps qu'une fortune coquette constituée des parts de prise que l'État leur laissait à chaque opération. La guerre de course, expédient né de l'infériorité de la marine de la République face à l'irrésistible Navy de Nelson, Hood et Collingwood, faisait la gloire de Cherbourg, de Granville et de Saint-Malo. Deux fois déjà, pendant la guerre de 1793, Olympe et Hyacinthe avaient participé à ces opérations. Olympe savait de quoi elle parlait.

Ces cotres amarrés dans le port n'étaient guère surveillés entre les opérations. On laissait à bord deux ou trois marins chargés de veiller au grain et de garder l'accès. Les équipages se retiraient chez eux ou bien revenaient à la pêche, leur occupation première. Ainsi on pouvait, à la faveur de la nuit, se saisir des gardes et emprunter, pour une ou deux journées, le plus rapide de ces navires, le *Beauchamp*, cotre armé de canonnades, fin et léger, idéal pour les abordages, qui ne manquerait à personne avant des semaines. Une fois en mer, on se dirigerait vers Saint-Malo pour attendre dans une crique le départ de *La Chiffonne* que le changement de temps aurait annoncé plus sûrement qu'une vigie. Une fois en vue, le navire de déportation serait rejoint par le *Beauchamp*, bateau français que le capitaine de *La Chiffonne* ne pouvait tenir en méfiance. Deux amis d'Olympe monteraient à bord, munis d'un ordre contrefait sur un des papiers que la jeune fille avait dérobés dans le bureau de Donatien. Sur cette lettre, signée faussement du ministre de la Marine, le capitaine de *La Chiffonne* lirait qu'il devait aussitôt transférer sur le cotre Hyacinthe de Saint-Aubin, qu'un tardif contre-ordre avait blanchi de toute accusation dans l'affaire des complots contre le Premier consul. Hyacinthe serait alors remis aux deux émissaires, qui repartiraient avec lui.

Dans l'arrière-salle enfumée de l'auberge des Huguenans, pendant que les volailles tournaient sur leur broche dans la cheminée, les Granvillais écoutaient en silence Olympe dérouler son plan. Puis, en hommes d'action et de marine avisés, ils soulevèrent toutes les objections possibles. Olympe, habituée à la rhétorique d'assemblée, leur répondait avec toute sa flamme et sa volonté.

— Que ferait-on des marins gardant le *Beauchamp* dans le port ?

— On les ligoterait, on les bâillonnerait et on les laisserait sur le quai sous une bâche.

— Et si d'autres navires se lançaient à la poursuite du bateau dérobé ?

— On emprunterait le cotre le plus rapide, qui aura disparu derrière l'horizon au lever du jour. Cela interdira la poursuite.

— Et si *La Chiffonne* poursuivait sa route sans répondre aux signaux ?

— Le cotre était plus rapide : on viendrait bord à bord pour parlementer. La lettre du ministre ferait le reste.

— Et si le capitaine se méfiait ?

— C'était le seul risque.

— Mais comment s'échapper en cas de découverte ?

— Hyacinthe était prévenu par une lettre d'Olympe. Il sauterait à bord du cotre et on compterait sur la rapidité du bateau.

— Pourquoi ne pas user du même stratagème alors que *La Chiffonne* était encore au mouillage à Saint-Malo ? On n'aurait pas besoin dans ce cas de voler un navire.

— Parce qu'au mouillage le capitaine aurait tout loisir de vérifier la validité de l'ordre et d'éventer la ruse.

— Et que ferait-on du cotre une fois l'opération menée à bien ?

— On remonterait le long du Cotentin dans sa partie la plus retirée. On mouillerait de nuit dans une baie isolée de la Hague, on débarquerait en laissant le navire seul sur son ancre. À l'aube, on serait loin, pendant qu'un habitant remarquerait la présence du cotre et le signalerait aux autorités.

Olympe et Hyacinthe fuiraient à l'étranger, pendant que les Granvillais regagneraient leur maison, à l'abri de l'anonymat. Personne ne pourrait dénoncer les Granvillais : *La Chiffonne* continuerait sa route vers les tropiques et l'on n'aurait pas de nouvelles d'elle avant des mois. La disparition du cotre corsaire resterait un mystère, qu'on oublierait vite après l'avoir retrouvé intact.

Tout s'assemblait sans heurts. Il restait un point faible : le capitaine pouvait se méfier de ces émissaires de pleine mer munis d'une seule lettre qu'on ne pouvait pas vérifier. Olympe tournait autour de ce problème depuis deux jours quand elle trouva la solution. Alors un soir, à la lumière d'une fragile chandelle, sa plume d'oie grattant sur le papier dans la petite chambre de la haute ville, elle écrivit à Donatien.

Il reçut la lettre au ministère. Il l'ouvrit, fébrile, quand il reconnut l'écriture féminine et volontaire d'Olympe. Jamais de sa vie missive ne le plongea dans un trouble aussi grand.

« Donatien », écrivait Olympe,

« Il me reste une chance de sauver Hyacinthe. Sans toi elle est mince ; avec toi elle est considérable.

La semaine prochaine, nous rejoindrons en mer le vaisseau *La Chiffonne* qui emporte vers la mort quarante citoyens arbitrairement arrêtés et l'un d'entre eux victime d'une injustice encore plus criante. Nous présenterons au capitaine une fausse lettre du ministre de la Marine ordonnant qu'on nous remette Hyacinthe de Saint-Aubin, dont l'innocence, dira la lettre, a été reconnue par les autorités. La chose est vraisemblable puisque chacun sait que ces déportations sont le fait du prince. Nous repartirons avec lui et nous débarquerons en un lieu secret pour disparaître définitivement. Le vaisseau continuera vers l'autre côté du monde. Il ne pourra nous dénoncer, si l'idée lui en venait. Nous courons un seul risque : l'incrédulité du capitaine. La lettre sera notre seule preuve. Il peut l'accepter ; il peut la rejeter en demandant des confirmations. Mais si cette lettre lui est présentée par toi, commissaire du ministère muni de tous les papiers officiels, elle sera irrésistible. Quarante braves Granvillais en dormiront mieux et Hyacinthe sera délivré à coup sûr.

Mon ami, il ne s'agit pas seulement de justice mais d'amour. Depuis notre nuit parisienne, funeste et délicieuse, mon esprit est occupé par toi. Ma fidélité va vers Hyacinthe, mon inclination vers Donatien. Le destin est ainsi fait que j'ai aimé deux hommes et que je les aime encore, chacun d'un amour différent. L'honneur me commande de sauver Hyacinthe ; mon bonheur de le sauver avec toi, pour que je puisse te revoir, te parler, te toucher, t'aimer. En nous rejoignant tu seras digne de cette passion qui me brûle. Tu penseras que ce sont là folies divergentes. Tu me connais assez pour savoir que ces folies sont ma vie. Je te conjure de comprendre qu'il ne s'agit pas là d'une action de chantage. Mon cœur saigne. Seul, il parle. Hyacinthe libre, je serai libre de t'aimer. Hyacinthe prisonnier me voue au chagrin et à la solitude. Nous sommes dans une tragédie, comme celle de la France depuis dix ans. Il te reste un jour, peut-être deux, pour trancher le dilemme. Notre navire est amarré à la jetée du port, à l'emplacement le plus au large. Il partira la semaine prochaine, avec *La Chiffonne* et le changement de vent. Si tu arrives trop tôt, il te suffira de venir chez mon père pour me retrouver. Si tu arrives à point, tu n'as plus qu'à monter à bord.

Je t'attends.

Brûle cette lettre.

Olympe. »

Donatien relut trois fois la lettre, l'âme bouleversée. Puis il rentra chez lui et la mit dans son coffre. Il entra en méditation. Une nouvelle fois, Olympe le plaçait au cœur de ses incohérences, de ses espérances et de ses crimes. D'un côté l'amour pur et impérieux, le devoir de l'amitié, l'obligation de l'honneur. De l'autre son ambition, sa position, sa sécurité, son ascension prévisible. Rejoindre Olympe, c'était se jeter dans l'illégalité, désobéir au gouvernement et, pire, participer en personne à une trahison des ordres du Premier consul. S'abstenir, c'était rendre l'exécution du plan très aléatoire. Avec lui, le capitaine croirait à la mesure de l'élargissement. Un policier venu de Paris, lié à l'enquête, émissaire direct de Fouché, serait cru. Sans lui, deux pêcheurs granvillais tendant une lettre falsifiée seraient facilement confondus. Rester à Paris, c'était sacrifier Hyacinthe, renier son amitié, trahir son amour, mettre Olympe en danger et, au bout du compte, l'abandonner pour ne jamais plus la revoir.

Il reprit la lettre, la relut, tourna en rond pendant une heure, se rassit, se releva, relut encore, fit du feu pour se donner du temps et une contenance, se rassit, se releva, tourna en rond et ne sut que faire. Il devait choisir son destin. En un jour, il déciderait de tous ses autres jours.

Olympe trompa son angoisse par son activité. Il fallait organiser l'équipage, préparer la prise du cotre, prévoir les armes, les vivres et les équipements. Peut-être devraient-ils se dégager de vive force : toutes les situations devaient être envisagées. À chaque minute elle attendait des nouvelles de Donatien. En vain.

Puis un jour, par un agent à Saint-Malo, qui revint vers Granville à bride abattue, elle sut que *La Chiffonne* était prête à appareiller. Il ne lui manquait qu'un vent favorable, qui était rare en cette région de régimes d'ouest. Une fois ce vent établi, il lui faudrait encore vérifier que la croisière anglaise, qui soumettait tous les ports de France à une surveillance intermittente mais dangereuse, n'attendait pas en embuscade à la sortie du chenal. Une fois rassuré par les vigies de la Latte et des Ebhiens, le capitaine ferait servir, virerait le guindeau et embouquerait le chenal du Grand Jardin qui le mènerait, au-delà du cap Fréhel, vers la mer libre.

Olympe attendait donc le changement du temps. Il faudrait quelques heures à *La Chiffonne*, que rien ne pressait, pour faire vérifier sa sécurité par les vigies avant de lever l'ancre. Pendant ce temps, le même vent d'est qui déterminait *La Chiffonne* à partir permettrait au *Beauchamp* de foncer sur la pointe du Herpin, de doubler la baie de Saint-Malo et de venir se dissimuler derrière le cap Fréhel pour couper ensuite la route de *La Chiffonne* comme s'il venait de Saint-Brieuc.

Le 15 février – 25 pluviôse – le temps changea. Par un bel après-midi au coucher de soleil flamboyant, le ciel se nettoya et une brise d'est, d'abord hésitante, s'établit du Mont-Saint-Michel jusqu'à Brest. Aussitôt l'équipage du *Beauchamp* se réunit en deux groupes aux abords du port. On décida qu'on se saisirait des gardes à onze heures et qu'on appareillerait sitôt les armes et les vivres portés à bord. Tous les marins de Granville avaient navigué sur ces corsaires ; ils en connaissaient parfaitement la manœuvre. À dix heures trente, Olympe releva sa coiffure en un chignon qu'elle dissimula sous un chapeau de matelot et se dirigea avec quatre complices vers la jetée. Les sentinelles dormaient. Elles furent immobilisées sans peine, ligotées et allongées sous une bâche derrière le petit bâtiment des douanes qui se dressait sur la jetée. On les trouverait au matin.

Ils chargèrent ensuite l'équipement et l'avitaillement, dans le silence nocturne du port à peine troublé par le vent d'est naissant. Vint l'heure du départ. Olympe regardait les derniers matelots monter à bord, tout en jetant des regards désespérés vers l'entrée du port. Elle n'y voyait qu'un chemin vide mal éclairé par la lune. Donatien n'était pas venu. Il avait choisi. La politique l'emportait sur la passion, l'ambition sur l'attachement. Une tristesse sans limites l'étreignait. Le silence du port était celui de la trahison. L'amertume plissait ses lèvres et aiguisait son regard. Les larmes commencèrent à couler, vite essuyées d'un revers de main rageur.

Chacun était maintenant à son poste, il ne restait qu'à défaire les amarres, à les jeter à bord et à déborder le quai. Le *Beauchamp* serait halé par son canot jusqu'au bout de la jetée, avant d'envoyer ses voiles et de prendre son cap vers l'ouest. Trois matelots dénouèrent les grosses cordes, les lancèrent par-dessus le bastingage et sautèrent à bord. Les rameurs du canot se mirent en mouvement. Lentement, le *Beauchamp* se sépara du quai et s'avança dans l'eau noire. Olympe quitta le port du regard et vint à l'avant surveiller la manœuvre. Elle tournait le dos à son dernier espoir et ne s'occupait plus désormais que de réussir leur folle entreprise.

Quand soudain le bruit d'un galop se fit entendre : un cavalier débouchait du chemin et s'élançait sur la jetée.

— Donatien ! souffla Olympe.

Elle fit signe aux rameurs de se rapprocher du quai. On aborda de nouveau. L'instant d'après, Donatien la serrait dans ses bras en lui disant à voix basse de ne pas pleurer. Cette fois, elle ne put se contenir.

Le lendemain matin, un soleil froid se leva sur la baie de Saint-Brieuc, perçant difficilement la brume qui s'était formée pendant la nuit avec le temps d'est. Le *Beauchamp* était à l'ancre derrière le cap Fréhel qui se dressait de son impressionnante hauteur au-dessus des modestes mâts du cotre. Le canot du bord se tenait un demi-mille plus en avant, au-delà du cap, et pouvait embrasser du même coup le chenal de sortie d'où viendrait *La Chiffonne*. À midi, Donatien vit dans sa lunette un vaisseau aux voiles gonflées par un vent arrière doubler le phare du Grand Jardin. Sa silhouette était brouillée par la brume, mais elle était aisément reconnaissable : *La Chiffonne* approchait.

Le canot revint s'amarrer à l'arrière du navire. Le *Beauchamp* leva l'ancre et se dirigea vers le nord-ouest, à l'abri du cap, suivant une route qui couperait dans un quart d'heure celle de *La Chiffonne*. Sanglé dans son uniforme, Donatien serrait dans sa redingote de commissaire la liasse des papiers qui montraient son identité et ses pouvoirs. Il tenait à la main la lettre cachetée qu'il tendrait tout à l'heure au capitaine et attribuerait, d'un ton péremptoire, au ministre de la Marine. La lunette braquée, il surveillait la progression de *La Chiffonne*, dont la moustache d'écume s'agrandissait de minute en minute. Dans un instant, ils seraient bord à bord. Soudain la voix excitée de la vigie du *Beauchamp* se fit entendre.

— Goélette en vue ! À bâbord ! Goélette en vue !

Donatien sursauta, l'équipage se rua à la proue du navire. Tournant sa longue-vue, Donatien vit bientôt, au-delà de *La Chiffonne*, les hautes voiles d'un navire sorti de la brume, qui fonçait bâbord amure sur le vaisseau français en soulevant des gerbes d'eau blanche. Donatien porta son regard en tête de mât. Dans le vent d'est qui forcissait, il vit une longue flamme rouge et bleu battre à l'horizontale : l'Union Jack de Sa Majesté britannique. L'instant d'après, la goélette abattit pour venir vent arrière, sur une route parallèle à celle de *La Chiffonne*. Donatien vit ses flancs se couvrir de fumée avant d'entendre, déformée par la brise, le bruit de tonnerre d'une bordée.

— *La Chiffonne* est attaquée ! cria-t-il, comme si l'équipage n'avait pas compris que les vigies avaient été trompées par la brume et qu'un navire anglais se tenait en embuscade au large de Cézembre.

— L'Anglais est plus fort. Notre opération est annulée ? demanda un matelot.

— Attendez, répondit Donatien.

*La Chiffonne* répliquait à la goélette, se couvrant d'une épaisse fumée rabattue par le vent. Mais le combat était inégal. L'Anglais portait au moins trente-six canons, contre douze sur le brick français. Encore quelques minutes et l'assaillant lui aurait infligé des dommages décisifs.

— Ils vont être massacrés ! dit Olympe.

— C'est probable, répondit Donatien d'un ton fataliste. J'espère que les prisonniers sont à fond de cale. Au lieu d'aller aux Seychelles, ils seront prisonniers en Angleterre. À moins que les Anglais ne les libèrent, comme ennemis de Bonaparte. Le destin change de course.

— Oui, mais les Anglais auront pris un bateau français. Nous ne pouvons pas laisser faire ça, dit la jeune fille, dont la chevelure flottait maintenant en plein vent. Les Anglais sont trop arrogants. Venir ainsi en vue des côtes !

— Nous sommes trop faibles pour intervenir.

— Oui, mais nous sommes rapides, répondit Olympe avec un ton de résolution.

Elle réfléchit une minute, couvrant du regard l'étendue de mer qui les séparait du brick français et de la goélette britannique. Elle se tourna vers l'homme de barre.

— Remonte au vent ! Branle-bas de combat !

Sans réfléchir, le timonier serra le vent en faisant claquer les voiles. Une partie de l'équipage manœuvra les bras et les écoutes pour prendre la nouvelle allure, tandis que l'autre ouvrait les sabords et mettait en position les douze caronades alignées dans l'entrepont.

— Un canon sur deux à mitraille, cria encore Olympe, l'autre à boulets.

Le *Beauchamp* se retrouva au près, marchant de toute sa vitesse à la rencontre de *La Chiffonne*. Vingt minutes plus tard, il croisait la haute muraille de sa coque et passait derrière sa poupe, à quelques mètres du château arrière. Voyant deux officiers qui les contemplaient avec un air de surprise totale, Olympe leur cria :

— Nous allons à l'abordage par le côté tribord. Rapprochez-vous du côté bâbord !

Une nouvelle bordée de la goélette troua les voiles de *La Chiffonne*. Mais elle restait manœuvrante. Les officiers mirent trois minutes à comprendre le plan d'Olympe. Quittant *La Chiffonne*, la proue coupant fièrement les vagues, le cotre se rapprochait à toute vitesse de l'Anglais. Pour expédier ses bordées, la goélette suivait une route parallèle à celle de son adversaire. Elle ne vit pas tout de suite que le deuxième navire avait décidé de l'attaquer. Elle resta sur sa route, le flanc tourné vers le sud, tirant ses bordées sur celui qu'elle tenait pour son seul ennemi dangereux. Quand elle vit le cotre se rapprocher, elle obliqua enfin pour se mettre en position de tir. Une bordée partit vers le *Beauchamp*. Trois marins tombèrent arrosant le pont de sang ; un boulet transperça la coque et fit sauter une caronade. Mais le tir était mal ajusté. Le gros de la bordée tomba dans l'eau, levant de grandes gerbes d'écume. Maintenant il était trop tard pour l'ennemi. Plus de temps pour une autre bordée. Plus rapide, prenant le vent de flanc ce qui le mettait en pleine vitesse, le *Beauchamp* marchait droit sur l'arrière de la goélette. Deux minutes plus tard, il passait à peine blessé sous sa poupe mal défendue.

— Feu à volonté ! hurla Olympe.

L'une après l'autre, les caronades tirèrent à bout portant dans la muraille de bois qui défilait au-dessus du petit cotre. Les ravages furent terribles. Traversant toute la longueur du navire, les boulets ouvraient une tranchée sanglante dans l'équipage, tandis que la mitraille tuait à dix mètres, faisant gicler sang et débris d'os sur les parois du navire. Olympe donna l'ordre de virer. Le cotre repassa sur l'autre bord en longeant la poupe, déversant le même lot de boulets et de mitraille. Il vira encore pendant que les marins rechargeaient les canons. Un troisième feu roulant acheva de porter la désolation chez l'Anglais. Mais le jeu ne pouvait pas continuer : une simple embardée de la goélette pouvait soudain tourner les canons sur le cotre, qui serait pulvérisé en une bordée.

— À l'abattée ! cria Olympe.

Le timonier laissa porter.

— La barre à droite !

Le cotre se rangea le long de la coque tribord de son adversaire. Cinq marins jetèrent les grappins. Les deux bateaux étaient maintenant solidaires et leurs deux coques s'entrechoquaient dans les vagues avec un bruit d'enfer. Olympe monta sur le bastingage et pointa son sabre sur la muraille de bois qui dominait maintenant le *Beauchamp*.

— Marins de Granville, hurla-t-elle, à l'abordage !

Un hourra lui répondit. Perchés sur les vergues, deux Granvillais sautèrent sur le pont de la goélette tandis qu'Olympe, suivie par les autres marins armés de piques et de sabres, escaladait la coque anglaise. Pendant la manœuvre, *La Chiffonne* avait elle aussi gouverné sur la goélette. Elle touchait maintenant l'Anglais sur l'autre bord. De ce côté aussi, on entendit crier « À l'abordage ! ». Aiguillonnés par l'exemple héroïque du petit cotre, cinquante Français hurlants se ruèrent à l'assaut. L'affaire fut brève. Donatien se porta devant Olympe pour la protéger. Elle sabrait néanmoins avec furie. Il déchargea ses pistolets sur deux adversaires puis tira son sabre. En quelques minutes, hurlant, taillant et pointant, les assaillants avaient tué ou blessé les survivants décidés à se battre, pendant que les autres, éprouvés par les bordées successives, ne songeaient qu'à se rendre. La victoire fut complète.

Le combat achevé, les armes confisquées, les prisonniers enfermés, Olympe et Donatien descendirent dans l'entrepont de *La Chiffonne*. Là, au milieu des blessés et des morts, ils trouvèrent un jeune homme occupé à soigner un marin dont la jambe avait été emportée. Entendant des pas derrière lui, le jeune homme se retourna. C'était Hyacinthe.

Le retour à Saint-Malo fut triomphal. Humiliée depuis dix ans par la Navy qui bloquait ses ports et harcelait ses forts, la marine française n'avait pas souvent l'occasion de fêter une victoire. La prise de la goélette, remorquée sous les vivats dans le port de Saint-Malo, était un événement rare et précieux. Des témoins sur le cap Fréhel avaient observé la manœuvre des Granvillais. Personne, dans l'euphorie du triomphe, ne songea à demander ce que ce corsaire faisait au matin derrière le cap Fréhel. On supposa que le *Beauchamp* était en course et qu'il était tombé par hasard sur la bataille. On admira surtout son audace et son sens marin, qui l'avait conduit à défier et à vaincre un ennemi trois fois plus puissant. Personne parmi l'équipage du *Beauchamp* ne les détrompa. On envoya un courrier à Rennes et là, le télégraphe annonça l'incroyable succès jusqu'aux Tuileries. Un article parut dans *Le Moniteur* et le Premier consul fit parvenir un message de félicitations. La municipalité organisa un banquet et un bal populaire en l'honneur des deux équipages. Olympe et Donatien s'étourdirent un moment de ces agapes de victoire. Ils dormirent ensemble dans une auberge sous les remparts. Au matin, ils allèrent se promener jusqu'à la Rance par la tour Solidor, où *La Chiffonne* était mouillée, en réparations. Toujours leur but restait hors d'atteinte :

victorieuse ou vaincue, *La Chiffonne* restait un navire de déportation, qui tenait prisonniers quarante bannis en partance. Précédés par le bruit de leur succès, ils prirent la malle-poste pour Paris.

Trois jours plus tard, Donatien Lachance et Olympe Le Hérel, que *Le Moniteur* avait appelés « les héros de Saint-Malo », entraient dans le cabinet du Premier consul. Bonaparte était assis à son bureau, dos au feu, relisant les dépêches que Bourienne lui avait soumises.

— Parfait. Au courrier, dit-il avant de lever les yeux sur les visiteurs.

Il se leva, marcha sur Olympe et lui prit la main qu'il approcha de ses lèvres. Puis il administra une bourrade à Donatien et lui tira l'oreille.

— Alors, Lachance. Si mes policiers se mêlent de prendre des vaisseaux anglais à l'abordage, je n'ai plus qu'à licencier mes amiraux et mes marins !

— C'est cette jeune femme qui a conduit la manœuvre, citoyen consul.

— Je sais. Elle est célèbre dans toute la France. J'y ai veillé. Vous avez vu *Le Moniteur* ?

— Oui, dit Olympe. Le récit a été embelli. Mon rôle a été exagéré. Celui qui a écrit cela est un fieffé romancier.

— Vous pouvez le dire, dit Bonaparte en riant, c'est moi !

*Le Moniteur* avait publié trois jours plus tôt un récit du combat de Saint-Malo où Olympe tenait à peu près le rôle d'une Jeanne d'Arc des mers. Comme il le faisait de temps en temps, le Premier consul avait lui-même dicté l'article qu'il voulait faire paraître.

— Il y a là un talent d'imagination, répondit Olympe avec un peu d'effronterie.

— Je sais, dit Bonaparte. Mais justement, madame. Il faut savoir parler à l'imagination des peuples : toute la politique est là. Madame, vous êtes un bon personnage dans le conte que je fais à la France. Je vous ai donc mise en exergue. L'opinion veut des résultats mais elle veut surtout des romans. Elle aime la gloire. Vous la lui donnez : c'est ainsi qu'on mène les hommes. Votre exploit fait rêver dans les châteaux et dans les chaumières. Il suscitera des émules, il justifiera des efforts, il fera oublier des sacrifices. Le peuple veut des héros. Ou des héroïnes. Vous servez ma politique.

— Citoyen consul, dit Olympe, je n'aspire pas à la gloire.

— Et pourquoi donc ? dit vivement Bonaparte. Y a-t-il un plus noble objectif ? Il est vrai que je préfère les femmes près de leur ouvrage ou au berceau de leur enfant. Mais enfin, vous avez montré énergie, intelligence et courage. Souffrez que la République vous en soit reconnaissante.

— La République, citoyen consul, n'a qu'un geste à faire pour me rendre heureuse.

— Diable ! Et lequel ?

— Réparer une injustice : celle qui a été faite à mon mari, Hyacinthe de Saint-Aubin.

— Ah ! Encore lui. Lachance m'a déjà convaincu de le libérer : il a tenté de s'évader en contravention de toutes les lois. Que puis-je faire ?

— Rendre justice, citoyen consul, répliqua Olympe.

— C'est un fait, ajouta Donatien, que vous l'aviez déjà innocenté.

— Jusqu'à ce qu'il s'incrimine de lui-même, dit Bonaparte d'un ton sec.

Les deux jeunes gens s'assombrirent. La réplique du consul n'augurait guère de sa clémence. Hyacinthe avait violé les lois et défié le régime. Bonaparte les regarda, de ce regard « à travers la tête » qui était sa manière. Puis il se leva et commença à marcher de long en large, les deux mains derrière le dos, marmonnant des phrases indistinctes. Enfin il s'arrêta et se tourna vers eux.

— Mais ne faites pas cette figure, lâcha-t-il soudain. Je vous entends. Trente-neuf coquins déportés aux Seychelles feront l'affaire au lieu de quarante. D'ailleurs nous ne dirons rien. Pour *Le Moniteur*, ils seront toujours quarante. Votre Saint-Aubin est un bon soldat, n'est-ce pas ?

— Excellent, citoyen consul.

— Eh bien, qu'il aille faire la guerre ! Mais pas dans l'armée de Moreau, qui compte déjà son lot de républicains enragés. Je le verse dans l'armée que je constitue sur les côtes de l'Ouest. Il faudra sans doute envoyer des troupes à Saint-Domingue, où la situation est trouble. Ce Toussaint-Louverture en prend décidément à ses aises avec la République française. Votre Saint-Aubin fera un bon colonel qui ira là-bas faire valoir nos droits. Il sera plus utile qu'en garnison à Strasbourg.

— Merci du fond de mon cœur, citoyen consul, dit Olympe en se levant et en s'inclinant dans une gracieuse révérence.

— Et vous, madame, que ferez-vous ?

Olympe se tourna vers Donatien.

— Je ne sais pas encore. Mais j'ai rempli mes devoirs envers mon mari. Je suis libre. Je ne sais si l'air des colonies me siéra. Celui de Paris est aujourd'hui accueillant...

Elle regarda Donatien d'un œil intense, un léger sourire sur le visage. Il lui prit la main. Elle se rapprocha de lui à le toucher.

— Hum, dit Bonaparte, ces affaires intimes ne sont point de mon ressort.

— Quant à moi, dit Donatien, je serai à mon poste pour servir cette politique que je crois avisée et juste.

— Vous faites bien, Lachance. Soyez-moi fidèle, nous ferons de grandes choses ensemble.

— De grandes choses ont déjà été faites depuis un an, dit Donatien d'un ton flagorneur.

— Lachance, nous sommes au début de la course. Ils n'ont encore rien vu !

**9965**

*Composition*
NORD COMPO

*Achevé d'imprimer en France (Malesherbes)*
*par* MAURY-IMPRIMEUR
*le 2 avril 2012.*

Dépôt légal avril 2012.
EAN 9782290035955
N° d'impression : 171972

ÉDITIONS J'AI LU
87, quai Panhard-et-Levassor, 75013 Paris

*Diffusion France et étranger : Flammarion*